증편 한국구비문학대계

2-14

강원도 철원군

이 저서는 2008년 정부(교육과학기술부)의 재원으로 한국학중앙연구원(한국학진흥사업단)의 지원을 받아 수행된 연구임.(AKS-2008-AIA-3101)

증편 한국구비문학대계
2-14
강원도 철원군

강등학 · 이영식 · 박은영

한국학중앙연구원

역락

발간사

　민간의 이야기와 백성들의 노래는 민족의 문화적 자산이다. 삶의 현장에서 이러한 이야기와 노래를 창작하고 음미해 온 것은, 어떠한 권력이나 제도도, 넉넉한 금전적 자원도, 확실한 유통 체계도 가지지 못한 평범한 사람들이었다. 이야기와 노래들은 각각의 삶의 현장에서 공동체의 경험에 부합하였으며, 사람들의 정신과 기억 속에 각인되었다. 문자라는 기록 매체를 사용하지 못하였지만, 그 이야기와 노래가 이처럼 면면히 전승될 수 있었던 것은 그것이 바로 우리 민족의 유전형질의 일부분이 되었기 때문이며, 결국 이러한 이야기와 노래가 우리 민족을 하나의 공동체로 묶어 주고 있는 것이다.

　사회와 매체 환경의 급격한 변화 가운데서 이러한 민족 공동체의 DNA는 날로 희석되어 가고 있다. 사랑방의 이야기들은 대중매체의 내러티브로 대체되어 버렸고, 생활의 현장에서 구가되던 민요들은 기계화에 밀려 버리고 말았다. 기억에만 의존하여 구전되던 이야기와 노래는 점차 잊히고 있다. 한국학중앙연구원이 1970년대 말에 개원함과 동시에, 시급하고도 중요한 연구사업으로 한국구비문학대계의 편찬 사업을 채택한 것은 바로 이러한 시대적 상황에 대한 우려와 잊혀 가는 민족적 자산에 대한 안타까움 때문이었다.

　당시 전국의 거의 모든 구비문학 연구자들이 참여하였는데, 어려운 조사 환경에서도 80여 권의 자료집과 3권의 분류집을 출판한 것은 그들의 헌신적 활동에 기인한다. 당초 10년을 계획하고 추진하였으나 여러 사정으로 5년간만 추진되었으며, 결과적으로 한반도 남쪽의 삼분의 일에 해당

하는 부분만 조사하게 되었다. 그럼에도 불구하고 한국구비문학대계는 주관기관인 한국학중앙연구원의 대표 사업으로 각광 받았을 뿐 아니라, 해방 이후 한국의 국가적 문화 사업의 하나로 꼽히게 되었다.

21세기에 들어서면서 한국학중앙연구원에서는 미완성인 채로 남아 있는 구비문학대계의 마무리를 더 이상 미룰 수 없다는 생각으로 이를 증보하고 개정할 계획을 세웠다. 20년 전의 첫 조사 때보다 환경이 더 나빠졌고, 이야기와 노래를 기억하고 있는 제보자들이 점점 줄어들고 있었던 것이다. 때마침 한국학 진흥에 대한 한국 정부의 의지와 맞물려 구비문학대계의 개정·증보사업이 출범하게 되었다.

이번 조사사업에서도 전국의 구비문학 연구자들이 거의 다 참여하여 충분하지 않은 재정적 여건에서도 충실히 조사연구에 임해 주었다. 전국 각지의 제보자들은 우리의 취지에 동의하여 최선으로 조사에 응해 주었다. 그 결과로 조사사업의 결과물은 '구비누리'라는 이름의 데이터베이스에 탑재가 되었고, 또 조사 자료의 텍스트와 음성 및 동영상까지 탑재 즉시 온라인으로 접근할 수 있는 시스템을 갖추었다. 특히 조사 단계부터 모든 과정을 디지털화함으로써 외국의 관련 학자와 기관의 선망의 대상이 되고 있다.

이제 조사사업의 결과물을 이처럼 책으로도 출판하게 된다. 당연히 1980년대의 일차 조사사업을 이어받음으로써 한편으로는 선배 연구자들의 업적을 계승하고, 한편으로는 민족문화사적으로 지고 있던 빚을 갚게 된 것이다. 이 사업의 연구책임자로서 현장조사단의 수고와 제보자의 고귀한 뜻에 감사를 표하지 않을 수 없다. 아울러 출판 기획과 편집을 담당한 한국학중앙연구원의 디지털편찬팀과 출판을 기꺼이 맡아준 역락출판사에 감사를 드린다.

2013년 10월 4일

한국구비문학대계 개정·증보사업 연구책임자 김병선

책머리에

구비문학조사는 늦었다고 생각하는 지금이 가장 빠른 때이다. 왜냐하면 자료의 전승 환경이 나날이 달라지고 있기 때문이다. 전승 환경이 훨씬 좋은 시기에 구비문학 자료를 진작 조사하지 못한 것이 안타깝게 여겨질수록, 지금 바로 현지조사에 착수하는 것이 최상의 대안이자 최선의 실천이다. 실제로 30여 년 전 제1차 한국구비문학대계 사업을 하면서 더 이른 시기에 조사를 했더라면 하는 아쉬움이 컸는데, 이번에 개정·증보를 위한 2차 현장조사를 다시 시작하면서 아직도 늦지 않았다는 사실을 실감했다.

구비문학 자료는 구비문학 연구와 함께 간다. 자료의 양과 질이 연구의 수준을 결정하고 연구수준에 따라 자료조사의 과학성이 결정되기 때문이다. 실제로 1차 조사사업 결과로 구비문학 연구가 눈에 띠게 성장했고, 그에 따라 조사방법도 크게 발전되었다. 그러나 연구의 수명과 유용성은 서로 반비례 관계를 이룬다. 구비문학 연구의 수명은 짧고 갈수록 빛이 바래지만, 자료의 수명은 매우 길 뿐 아니라 갈수록 그 가치는 더 빛난다. 그러므로 연구 활동 못지않게 자료를 수집하고 보고하는 일이 긴요하다.

교육부에서 구비문학조사 2차 사업을 새로 시작한 것은 구비문학이 문학작품이자 전승지식으로서 귀중한 문화유산일 뿐 아니라, 미래의 문화산업 자원이라는 사실을 실감한 까닭이다. 따라서 학계뿐만 아니라 문화계의 폭넓은 구비문학 자료 활용을 위하여 조사와 보고 방법도 인터넷 체제와 디지털 방식에 맞게 전환하였다. 조사환경은 많이 나빠졌지만 조사보고는 더 바람직하게 체계화함으로써 누구든지 쉽게 접속하여 이용할 수 있는 데이터베이스를 구축했다. 그러느라 조사결과를 보고서로 간행하는 일은 상대적으로 늦어지게 되었다.

2차 조사는 1차 사업에서 조사되지 않은 시군지역과 교포들이 거주하는 외국지역까지 포함하는 중장기 계획(2008~2018년)으로 진행되고 있다. 한국학중앙연구원 어문생활연구소와 안동대학교 민속학연구소가 공동으로 조사사업을 추진하되, 현장조사 및 보고 작업은 민속학연구소에서 담당하고 데이터베이스 구축 작업은 한국학중앙연구원에서 담당한다. 가장 중요한 일은 현장에서 발품 팔며 땀내 나는 조사활동을 벌인 조사자들의 몫이다. 마을에서 주민들과 날밤을 새우면서 자료를 조사하고 채록하여 보고서를 작성한 조사위원들과 조사원 여러분들의 수고를 기리지 않을 수 없다. 조사의 중요성을 알아차리고 적극 협력해 준 이야기꾼과 소리꾼 여러분께도 고마운 말씀을 올린다.

구비문학 조사를 전국적으로 실시하여 체계적으로 갈무리하고 방대한 분량으로 보고서를 간행한 업적은 아시아에서 유일하며 세계적으로도 그 보기를 찾기 힘든 일이다. 특히 2차 사업결과는 '구비누리'로 채록한 자료와 함께 원음도 청취할 수 있는 데이터베이스를 구축해서 세계에서 처음으로 인터넷과 스마트폰으로 이용할 수 있는 디지털 체계를 마련했다. '구슬이 서 말이라도 꿰어야 보배'인 것처럼, 아무리 귀한 자료를 모아두어도 이용하지 않으면 소용이 없다. 그러므로 이 보고서가 새로운 상상력과 문화적 창조력을 발휘하는 문화자산으로 널리 활용되기를 바란다. 한류의 신바람을 부추기는 노래방이자, 문화창조의 발상을 제공하는 이야기 주머니가 바로 한국구비문학대계이다.

2013년 10월 4일
한국구비문학대계 개정 · 증보사업 현장조사단장 임재해

한국구비문학대계 개정·증보사업 참여자 (참여자 명단은 가나다 순)

연구책임자
김병선

공동연구원

강등학	강진옥	김익두	김헌선	나경수	박경수	박경신	송진한	신동흔
이건식	이경엽	이인경	이창식	임재해	임철호	임치균	조현설	천혜숙
허남춘	황인덕	황루시						

전임연구원
이균옥   최원오

박사급연구원

강정식	권은영	김구한	김기옥	김영희	김월덕	김형근	노영근	류경자
서해숙	유명희	이영식	이윤선	장노현	정규식	조정현	최명환	최자운
한미옥								

연구보조원

강아영	고호은	공유경	기미양	김미정	김보라	김영선	박은영	박혜영
백민정A	백민정B	서정매	송기태	신정아	오소현	윤슬기	이미라	이선호
이창현	이화영	임세경	장호순	정혜란	황영태	황은주	황진현	

주관 연구기관 : 한국학중앙연구원 어문생활사연구소
공동 연구기관 : 안동대학교 민속학연구소

일러두기

- ■ 『증편 한국구비문학대계』는 한국학중앙연구원과 안동대학교에서 3단계 10개년 계획으로 진행하는 "한국구비문학대계 개정·증보사업"의 조사 보고서이다.
- ■ 『증편 한국구비문학대계』는 시군별 조사자료를 각각 별권으로 간행하 는 것을 원칙으로 한다. 서울 및 경기는 1-, 강원은 2-, 충북은 3-, 충 남은 4-, 전북은 5-, 전남은 6-, 경북은 7-, 경남은 8-, 제주는 9-으 로 고유번호를 정하고, -선 다음에는 1980년대 출판된 『한국구비문학 대계』의 지역 번호를 이어서 일련번호를 붙인다. 이에 따라 『증편 한국 구비문학대계』는 서울 및 경기는 1-10, 강원은 2-10, 충북은 3-5, 충 남은 4-6, 전북은 5-8, 전남은 6-13, 경북은 7-19, 경남은 8-15, 제주 는 9-4권부터 시작한다.
- ■ 각 권 서두에는 시군 개관을 수록해서, 해당 시·군의 역사적 유래, 사 회·문화적 상황, 민속 및 구비 문학상의 특징 등을 제시한다.
- ■ 조사마을에 대한 설명은 읍면동 별로 모아서 가나다 순으로 수록한다. 행정상의 위치, 조사일시, 조사자 등을 밝힌 후, 마을의 역사적 유래, 사회·문화적 상황, 민속 및 구비문학상의 특징 등을 중심으로 설명하 고, 마을 전경 사진을 첨부한다.
- ■ 제보자에 관한 설명은 읍면동 단위로 모아서 가나다 순으로 수록한다. 각 제보자의 성별, 태어난 해, 주소지, 제보일시, 조사자 등을 밝힌 후, 생애와 직업, 성격, 태도 등을 중심으로 서술하고, 제공 자료 목록과 사진을 함께 제시한다.

- 조사 자료는 읍면동 단위로 모은 후 설화(FOT), 현대 구전설화(MPN), 민요(FOS), 근현대 구전민요(MFS), 무가(SRS), 기타(ETC) 순으로 수록한다. 각 조사 자료는 제목, 자료코드, 조사장소, 조사일시, 조사자, 제보자, 구연상황, 줄거리(설화일 경우) 등을 먼저 밝히고, 본문을 제시한다. 자료코드는 대지역 번호, 소지역 번호, 자료 종류, 조사 연월일, 조사자 영문 이니셜, 제보자 영문 이니셜, 일련번호 등을 '_'로 구분하여 순서대로 나열한다.

- 자료 본문은 방언을 그대로 표기하되, 어려운 어휘나 구절은 ( ) 안에 풀이말을 넣고 복잡한 설명이 필요할 경우는 각주로 처리한다. 한자 병기나 조사자와 청중의 말 등도 ( ) 안에 기록한다.

- 구연이 시작된 다음에 일어난 상황 변화, 제보자의 동작과 태도, 억양 변화, 웃음 등은 [ ] 안에 기록한다.

- 잘 알아들을 수 없는 내용이 있을 경우, 청취 불능 음절수만큼 '○○○'와 같이 표시한다. 제보자의 이름 일부를 밝힐 수 없는 경우도 '홍길○'과 같이 표시한다.

- 『증편 한국구비문학대계』에 수록된 모든 자료는 웹(gubi.aks.ac.kr/web)과 모바일(mgubi.aks.ac.kr)에서 텍스트와 동기화된 실제 구연 음성파일을 들을 수 있다.

차례

철원군 개관 ● 25

1. 갈말읍

▌조사마을

▌제보자

▌설화

● 근현대 구전민요

3. 김화읍

4. 동송읍

5. 서면

● **근현대 구전민요**

6. 철원읍

▌**조사마을**

▌**제보자**

● **설화**

철원군 개관

철원군은 금강산에서 경기도까지 서남쪽으로 뻗어 있는 광주산맥을 동쪽으로 등지고, 서울에서 원산에 이르는 추가령지구대를 서쪽으로 바라보는 지역에 자리하고 있다. 강원도 북서부에 위치하고, 동경 127°05'으로부터 127°53'까지 동서간 96.4km이며, 북위 38°5'에서 38°20'까지 걸쳐 남북간 25.7km로 이들의 둘레는 212km이고, 총 면적은 898.4km²이다. 동쪽으로는 강원도 화천군과 양구군, 서쪽으로는 경기도 연천군, 남쪽으로는 경기도 포천군, 북쪽으로는 평강군과 회양군에 각각 접하고 있다.

철원군은 고구려 시대에 모을동비(毛乙冬非) 또는 철원(鐵圓)이라 칭하다가, 신라의 경덕왕 때 와서는 철성(鐵城)이라 하였다. 그 후 궁예가 군사를 일으켜 901년에 나라를 세우고 도읍을 풍천원(楓川原)[현 철원군 북면 홍원리]에 정하였다. 이때 국호를 마진(摩震)이라 하였으며, 연호를 무태(武泰)라 하고 18년간 통치하다가 911년에 국호를 태봉(泰封), 연호를 수덕만세(水德萬歲)라 개칭하였다.

고려 태조 때인 918년에는 철원(鐵圓)이라 개칭하고, 919년에는 도읍을 송악(松岳)으로 옮기고 동주(東州)로 개명하였다. 성종 14년인 995년에는 동주에 단련사를 두었다가 목종 8년인 1005년에 폐하고, 현종 9년인 1018년에 동주에 지주사(知州事)를 두었다. 고종 41년인 1254년에 현령으로 강등하였다가 그 후 목사(牧使)로 하였다. 충선왕 2년인 1310년에는 목사제를 폐지하고 다시 철원부(鐵原府)로 하였다. 공양왕 3년인 1391년에 경기도에 속하였다.

조선 태종 13년인 1413년에 조선조의 통례에 따라 도호부로 고치고, 세종 16년인 1434년에는 경기도에서 강원도로 이관 되었으며, 영조22년인 1747년에는 춘천으로부터 진관도호부를 이설하여 3부 6현을 관할하였다. 고종 32년인 1895년 5월 26일 현칙령 제 98호로 춘천부 철원군이 되었다. 1896년 8월 4일 칙령 제 36호로 강원도 철원군이 되어 동별, 갈말, 서변, 신서, 송내, 관인, 북면, 어은동, 묘장 등 9개 면을 관할하던 중 1914년 3월 1일 군면 폐합에 따라 경기도 삭령군의 내문 등 3개면이 철원군에 병합 서변, 동송, 갈말, 어운, 북면, 신서, 묘장, 내문, 인목, 마장의 10개 면으로 개편되었으며, 1931년 4월 1일 부령 제 103호로 서변면이 읍으로 승격하며 철원읍이 되었다.

1945년 8월 15일 일제로부터 해방과 동시에 북위 38도선을 경계로 남북으로 분단되어 철원군 전역이 공산치하에 들어 갔다가 6·25동란 이후 국군의 북진에 따라 일부 지역이 수복되었다. 1963년 1월 1일 법률 제 1178호에 의거 구 김화군 중 김화, 서면, 근북, 근동, 근남, 원동, 원남, 임남 등 8개 읍면이 철원군에 편입되고, 신서면이 경기도 연천군에 편입되었다. 1972년 12월 28일 법률 제 2395호에 의거 전 철원군 북면 유정리, 홍원리와 내문면 독검리를 철원읍에, 전 평강군 남면 정연리가 갈말면에 편입되었다. 1973년 7월 1일 대통령령 제 6542호로 철원군 서면 청양리와 도창리가 김화면에 편입되었다. 1979년 5월 1일 대통령령 제 9409호로 갈말면이 읍으로, 1980년 대통령령 제 10050호로 동송면이 읍으로 승격하여 현재 철원군은 갈말읍, 김화읍, 동송읍, 철원읍 4읍과 서면, 근남면, 근북면, 근동면, 원동면, 원남면, 인남면 등 7면으로 등으로 이루어져 있다. 하지만 근동면, 원동면, 원남년, 인남면 등 4개 면은 미수복지구로 남아 있다.

철원군의 군청소재지는 갈말읍 신철원리이다. 철원군의 면적은 898.4km² 인데 이중 경지면적이 211.24km²(밭 88.15km², 논 123.09km²)이며, 임야 511.502km², 기타 140.65km²이다. 법정리는 80개리(이중 46개리는 미수복 지구), 행정리는 110개리이다.(미수복 지구를 포함하지 않음)

읍 면 별	면적(km²)	법정리	행정리	비고
철원군	898.4	80	110	
갈말읍	173.17	11	23	-
김화읍	87.82	9	13	미수복 법정 5개리 포함
동송읍	128.2	12	35	미수복 법정 4개리 포함
철원읍	99.27	15	15	미수복 법정 11개리 포함
근남면	129.34	6	10	미수복 법정 2개리 포함
근북면	24.10	4	1	미수복 법정 3개리 포함
서 면	74.29	2	13	-
근동면	20.38	2	-	미수복 법정 2개리 포함
원남면	81.26	11	-	미수복 법정 11개리 포함
원동면	57.53	4	-	미수복 법정 4개리 포함
임남면	24.61	4	-	미수복 법정 4개리 포함

철원군의 인구는 1963년 1월 1일 김화군과의 통합직후인 1964년 총 인구는 63,611명이던 것이 증감을 반복하여 오다가 1978년 66,659명을 최고 정점으로 다시 감소하기 시작하여 1990년 11월 1일 52,603명이었 다. 2008년 11월말 현재 철원군의 세대 및 인구는 총 18,761세대에 47,734명이며, 이를 읍면별로 정리하면 아래와 같다.

	인 구 수			구 성 비			세대수
	계	남	여	계	남	여	
합 계	47,734	24,773	22,961	100.00	51.90	48.10	18,761
철원읍	6,098	3,150	2,948	12.77	6.60	6.18	2,252
김화읍	3,474	1,840	1,634	7.28	3.85	3.42	1,383
갈말읍	13,467	7,141	6,326	28.21	14.96	13.25	5,259
동송읍	15,673	7,925	7,748	32.83	16.60	16.23	6,112
서 면	6,590	3,459	3,134	13.81	7.25	6.56	2,727
근남면	2,287	1,184	1,103	4.79	2.48	2.31	969
근북면	142	74	68	0.30	0.16	0.14	59

철원군은 강원도의 북서쪽 가장자리에 위치하며 강원도의 화천군과 경기도의 포천군, 연천군에 인접해 있다. 해방 이전에는 서울에서 원산, 금강산 방면으로 가는 철도의 교통요지였으나, 6·25 이후 남북이 분단되어 북으로 향하는 도로는 끊어진 채 춘천으로 향하는 노선과 서울로 향하는 노선이 주노선으로 이용되고 있다.

철원군은 양구군·화천군과의 군계를 따라 해발 1,000m 이상의 고산들이 뻗어있고 강원도 최북서단에 위치하고, 한반도 중앙 내륙지대에 위치하고 있어 기온의 일교차가 비교적 큰 대륙성기후의 특성을 가지고 있다. 그리고 지형적으로는 바람받이 지역이 형성되어 지형성 강우가 발생하기도 한다. 대략 10월 중순 쯤 서리가 내려 다음해 3월말까지 지속되며, 눈은 11월 중순부터 다음해 3월까지 내린다.

평강군 북방산을 수원으로 한 한탄강과 서면 근남면으로부터의 화강(남대천)이 갈말읍 북방에서 합류하여 깊은 계곡을 이룬 한탄강이 동송읍과 갈말읍의 경계를 관류하여 임진강에 유입된다. 하지만 한탄강이 지면보다 30m 쯤 낮게 후루기 때문에 논에 물대기가 어려웠고, 현무암이 풍화되어 이루어진 척박한 땅은 원래 논농사에 부적합한 곳이었다. 따라서 과거의 주요 농산물은 콩과 명주실, 옥수수 등이었다. 그러던 것이 1930년대에 들어와 이웃 평강군의 봉래 저수지 등이 들어섬으로써 물을 댈 수 있었고, 모래를 객토하여 지력을 높이어 기름진 땅으로 점차 바뀌었다. 그러다가 해방 후 남북이 분단되자 봉래 저수지의 물줄기를 북한에서 끊어버려 논은 황폐하여 갔다. 하지만 1970년대에 용수시설 및 저수시설을 건설하고 양수기 등을 통한 농업 기계화에 힘입어 지금의 철원평야를 이루었다.

읍 면 별	총면적(㎢)	전(㎢)	답(㎢)	임야(㎢)
갈말읍	173.17	14.564	14.666	116.312
김화읍	87.82	10.478	11.203	57.679
동송읍	128.2	13.601	49.853	36.868
철원읍	99,27	19.409	27.944	34.105
근남면	129.34	7.739	9.199	105.899
근북면	24.10	7.742	3.418	11.524
서 면	74.29	5.32	3.95	59.09
근동면	20.38	3.127	0.470	13.550
원남면	81.26	4.661	0.682	45.589
원동면	57.53	2.405	0.110	30.917
임남면	22.61	0.069	0.004	0.006

철원군은 궁예가 세운 태봉이 있던 까닭인지 전해지는 설화 또한 <궁예가 패망하여 울었던 명성산>, <궁예가 시름없이 넘은 시르매 고개>, <궁예와 왕정낭의 지명유래담>, <고남산을 남산으로 삼아 일찍 망한 궁예>, <아내의 말을 무시해서 삼 년 만에 망한 궁예>, <궁예의 패망과 울음산의 유래>, <궁예와 장수나드리의 지명유래> 등과 같이 궁예와 관계된 인물 및 지명에 대한 이야기가 많이 전하고 있으며, 근남면 일대에서는 <김시습과 매월대의 지명유래>, <김시습이 매월대를 떠난 사연>,

<김시습이 잡아준 묏자리 봉춘말> 등 김시습과 관계된 이야기가 전승되고 있다. 그런가 하면 한탄강의 고석정 주변 마을에서는 <밤에만 활동하는 임꺽정>, <꺽지로 변하는 임꺽정> 등 임꺽정과 관계된 이야기가 전한다.

철원군의 넓은 평야를 기반으로 태봉국을 세운 궁예는 한때 크게 위세를 떨쳤다. 그때 어느 대사가 궁예에게 동송읍에 자리하고 있는 금학산을 남산으로 삼으면 300년간 나라가 번성할 수 있지만, 현재 포천군 관인면에 속해 있는 고남산을 남산으로 삼으면 30년간 존재할 수 있다고 했다. 그런데 궁예는 이 말을 무시하고 금학산이 아닌 고남산을 남산으로 삼아서 나라가 일찍 망했다는 것이 <고남산을 남산으로 삼아 일찍 망한 궁예>의 줄거리이다. 이 이야기에는 태봉국 건설로 철원지역이 크게 번성할 수 있는 계기가 마련되었으나 궁예의 짧은 통치 기간으로 인하여 태봉국이 무너졌음을 상기하며, 오랫동안 태봉국이 존재하지 못한 것에 대한 지역민들의 아쉬움이 담겨 있다.

<김시습이 잡아준 묏자리 봉춘말>은 근남면에서 집성을 이루고 있는 영해 박 씨 집안에 대한 이야기이다. 사곡리에 거주하시던 조상 중의 한 분이 돌아가셔서 묏자리를 잡으려고 하는데, 마침 잠곡리 매월대에 머무르고 있던 김시습이 소식을 전해 듣고 사곡리 마을 앞에 있는 봉춘말에 못자리를 쓰도록 했다. 이에 자식들은 그곳에 조상을 모셨더니 후손들이 사방으로 퍼져 번성하였다고 한다.

<꺽지로 변하는 임꺽정>은 관군이 임꺽정을 잡으러 오면, 임꺽정은 평소 바둑을 두며 놀던 고석정에서 물로 몸을 숨겨 꺽지로 변신했다고 한다. 그래서 관군은 임꺽정을 오랫동안 잡을 수 없었다고 한다.

철원군 노동요는 그리 풍부하지 않은데, 밭농사보다 논농사와 관련된 소리가 더 다양하게 조사되었다. 먼저 논농사와 관계된 소리로는 모심는 소리인 <하나 소리>, 논매는 소리로는 <덩어리 소리>, <방아 소리>,

<상사 소리> 등이 전승되고 있으나, 밭 매는 소리로는 <메나리>가 전한다. 논밭을 갈 때 불렀던 소리는 <이랴 소리> 있다. 그리고 동송읍 상노리를 중심으로는 강원도무형문화재 제9호로 지정된 '철원상노리지경다지기'가 활발하게 전승되고, 그에 따른 땅 다지는 소리인 <지경 소리> 및 가래질 하는 소리인 <어차 소리>가 전하고 있다. 흔히 부르는 소리는 아니지만, 나무할 때 불렀던 <올라간다 올라간다>는 철원읍 대마리에서 채록하였다.

의식요로는 운상할 때 부르는 소리와 묘 다질 때 부른 소리가 중심을 이루고 있다. 운상할 때는 <어허넘차 소리>, <어허 소리>가 전하고 있으며, 묘 다질 때 부르는 <달구 소리>의 경우는 여러 제보자에게서 채록하였는데, 이는 강원도의 여타 지역과 크게 다르지 않다. 그러나 <달구 소리>를 마칠 무렵 철원지역에서는 <새 쫓는 소리>인, "옛노인 하신말씀/ 소나기도 삼석이고/ 무당의굿도 세벌이고/ 우리굿도 세 번이니/ 새나 한번 몰아내세/ 새가새가 날아든다/ 온갖잡새 다날아들어/ 나혼자는 못몰겠고/ 그중에서 무서운새/ 주둥아리는 뭉툭허고/ 두다리는 성큼한새/ 여기저기서 막날아오니/ 나혼자는 못몰테니/ 군방님네 여러분과/ 여기오신 여러분/ 온갖잡새 몰아내세/ 우여 위" 등과 같이 대체적으로 많은 사설을 구성하는 특징이 있다.

유희요는 <아리랑>, <강원도 아리랑>, <수심가>, <어랑 타령>, <사발가> 등과 같은 가창유희요도 채록하였지만, 잠자리 잡을 때 불렀던 <잠자리 꽁꽁>, <앉아라 꽁꽁>, 가재 잡을 때 부르던 <헌물은 나가고>, 벌을 잡을 때 불렀던 <옮겨 붙게 소리> 등 곤충 및 동물을 잡을 때 불렀던 소리, <한알대 두알대>, <고모네 집에 갔더니>, <춘향아 춘향아>, <그네여 남배여>, <두껍아 두껍아>, <아침바람 찬바람에> 등과 같이 손이나 발을 이용하여 놀이를 하면서 불렀던 소리가 중심을 이루고 있다. 그리고 <곰보딱지 개딱지>, <앞니 빠진 갈가지>, <중중 까까

중> 등과 같이 상대방 신체의 특정 부분을 지적하여 놀리는 소리도 정리하였다.

강원도 철원군 전경

1. 갈말읍

증편 한국구비문학대계 ● 강원도 철원군

▌조사마을

강원도 철원군 갈말읍 문혜5리

조사일시 : 2011.3.26
조 사 자 : 강등학, 이영식, 박은영, 이창현

갈말읍(葛末邑)은 철원의 중앙에 놓여 있다. 철원군청을 비롯하여 군단위 주요 관공서와 사회단체가 위치하고 있어 행정의 중심지이며, 남쪽으로는 서울과의 관문인 43번국도가 연결되어 교통의 요충지이다.

조선 정조 2년인 1778년 갈종면(葛宗面)으로 편재되어 서자곡리, 눌치리, 지습포리, 용선리, 풍전역리, 지혜동리, 상사와리, 하사와리, 소후리, 동막리, 갈고리 등 11개 동리였으나 1895년에 갈말면(葛末面)으로 개편되면서 상사동막, 내대, 토성, 지혜, 문현, 군탄, 지포 등 7개리를 관할했다.

1914년 군면 폐합에 따라 상사(上絲), 동막(東幕), 내대(內岱), 토성(土城), 문혜(文惠), 군탄(軍炭), 지포(芝浦) 등 7개리로 개편하였다.

해방 후 38°선 이북지역으로 1945년부터 1950년까지 공산치하에 있다가 6·25동란 때 전선의 북상과 함께 남하 피난했던 주민들이 고향을 찾아 왔다가 멈춰 사는 실향민들의 집결지가 되었다. 1954년 4월 7일부터 면내의 남쪽 일부지역에 주민이 정착하였으며, 군정 하에 있다가 그 해 10월 21일 수복지구 임시 행정조치법 공포에 따라 11월 15일 행정권이 민정으로 이양되었다. 이에 동막리, 상사리와 토성리 일부를 제외하고는 전 지역이 입주하게 되었고, 1959년 10월 21일에는 상사리의 일부지역에도 입주하게 되었다. 1959년 지포리를 분할하여 강포(江浦), 신철원(新鐵原)의 2개리로, 토성리를 분할하여 지경리(地境里)를 신설하여 10개리가 되었다. 1972년 12월 28일 법률 제2395호에 의거 전 평강군 남면 정연리가 갈말면에 편입되었으며, 1979년 5월 1일 대통령령 제9490호에 의거 갈말면이 읍으로 승격되었다.

갈말읍은 한반도의 중앙부에 위치, 남으로 경기도 포천시와 경계를 이루며, 북으로는 남방한계선이 놓여 있다. 동쪽은 해발 923m의 명성산 등 대체로 산간 언덕지역이, 서쪽은 한탄강을 경계로 넓은 평야 지대가 위치해 주업인 벼농사를 경작하고 있다. 특히 주민 다수가 원주민보다는 수복 후 북쪽에 고향을 둔 실향민이 많이 정착하여 통일을 염원하며 살고 있다. 서울과 2시간 이내의 생활권을 이루고 있는 까닭에 지역민들은 수도권으로의 진출입이 활발하다.

갈말읍은 신철원리, 지포리, 강포리, 군탄리, 문혜리, 내대리, 상사리, 지경리, 토성리, 정연리, 동막리 등 11개 법정리로 구성되어 있으나, 행정리는 22개리이다. 2008년 12월 기준으로 전체면적이 173.17km²인데, 이 중에 논이 14.666km², 밭이 14.564km², 임야가 116.312km²로 밭과 논의 크기가 비슷하다. 총세대수는 5,259이고, 인구는 13,467명이다.

문혜리(文惠里)는 동쪽으로 서면 자등리, 서쪽으로는 내대리·군탄리, 남쪽으로는 신철원리, 북쪽으로는 김화읍 청양리와 각각 이웃하고 있다. 문혜리는 1914년 행정구역을 폐합하면서 문현리(文峴里), 지혜리(芝惠里) 일부와 대동, 능곡, 논골, 새말, 토기점, 지석, 어음성, 평촌, 삼셍이 등을 병합할 때 문현의 문(文)자와 지혜의 혜(惠)자를 한 자씩 따서 문혜리라 지었다.

문혜5리에는 논골, 아랫샛말, 웃샛말, 텃골, 새점, 느락골, 능골 텃골 등의 자연마을이 있으며, 2008년 12월 기준으로 195세대에 남자 472명, 여자 287명 등 총 759명이 거주하고 있다. 1960년대 중반에 문혜초등학교 대곡분교가 마을에 개교했으나 2000년경에 학생 수 감소로 폐교하였다. 예전 김화장까지는 30리 거리이며, 철원장은 45리 거리이다. 걸어갈 경우에는 가까운 김화장을 다녔으나, 우마차를 끌고 갈 경우에는 김화장 길이 험한 까닭에 철원장을 다녔다고 한다.

강원도 철원군 갈말읍 상사리

조사일시 : 2011.2.26
조 사 자 : 강등학, 이영식, 박은영, 이창현

상사리(上絲里)는 동쪽으로 지경리, 서쪽으로는 동송읍 오덕리·장흥리, 남쪽으로는 내대리, 북쪽으로는 동막리와 각각 이웃하고 있다. 상사리는 원래 누에와 상전(桑田)이 많았던 곳으로 윗실, 아랫실로 불리웠다. 1914년 행정구역 폐합에 따라 소후동, 내동, 외동, 송호동을 병합하여 상사리라 했다. 이 마을에 노인회장은 한 분이나 아래상사리, 중간상사리, 웃상사리 등 세 곳에서 각각 경로당을 운영하고 있다.

상사리에는 2008년 12월 기준으로 141세대에 남자 159명, 여자 125명 등 총 284명이 거주하고 있다. 주민 대부분은 농업에 종사하고 있으나,

마을이 한국의 나이아가라폭포라고 이르는 직탕폭포와 접해 있는 까닭에
숙박업 등을 비롯한 기타 서비스업에 종사하는 분들도 있다.

강원도 철원군 갈말읍 신철원3리

조사일시 : 2011.3.26
조 사 자 : 강등학, 이영식, 박은영, 이창현

신철원리(新鐵原里)는 동쪽으로 서면 자등리, 서쪽으로는 지포리, 남쪽
으로는 강포리·포천군 영북면·이동면, 북쪽으로는 문혜리와 각각 이웃
하고 있다. 신철원리는 원래 지포리(芝浦里)에 속했던 곳인데, 1954년 수
복 이후 철원읍에 있던 군청을 이곳으로 옮김에 따라 인구가 늘어나고 지
포리의 범위가 넓어졌기 때문에 1956년 이를 나눠 지포리와 신철원리로
분할 현재에 이르고 있다.

　신철원3리에는 2008년 12월 기준으로 101세대에 남자 104명, 여자 97명 등 201명이 거주하고 있으며, 주민 대부분은 농업에 종사하고 있다. 마을을 개척한 분은 동래 정씨로 양주에 살다가 임진왜란 때 피난을 와서 정착했다. 지금은 각성바지이지만 예전에는 정씨가 80% 이상이었다. 예전 마을에서는 50리 거리에 있는 철원장과 30리 거리에 있는 포천 운천장을 다녔다는데, 특별한 일이 아니면 좀 더 가까운 운천장을 많이 다녔다고 한다. 일제 때 금광이 개발되어 외지 사람들이 많이 왔었고, 6·25 이후에도 몰래 캐는 사람들이 있었다. 중석 광산도 있었으며, 마을에 금 방앗간이 두 군데 있었다고 한다.

강원도 철원군 갈말읍 토성리

조사일시 : 2011.3.19
조 사 자 : 강등학, 이영식, 박은영, 이창현

　토성리(土城里)는 동쪽으로 김화읍 도창리·청양리, 서쪽으로는 동막리,
남쪽으로는 지경리, 북쪽으로는 김화읍 도창리와 각각 이웃하고 있다. 토
성리는 동쪽 농경지 한 가운데 성축된 토성이 있어 붙여진 이름이다. 구
전에 병자호란 때 청군이 하룻밤에 쌓았다는 말이 전하나, 학자들에 의하
면 삼한시대에 성축된 토성이라 한다. 1914년 행정구역 폐합에 따라 상토
동, 중토동, 하토동, 갈골, 불당골, 지경터를 병합하여 토성리라 하였는데,
1956년 갈골, 불당골, 지경터를 병합 분리하여 지경리로 분리하였다.

　토성리는 예전에 물이 부족하여 논농사가 활발하지 못했는데, 1970년
대부터 시작한 양수 시설과 하천이 정리되어 논농사가 제대로 돌아갔다.
1980년대 이전에는 논이 50%도 안 되었으나, 지금은 논이 95% 정도이
다. 예전 밭에는 조, 콩, 밀, 메밀 등을 많이 심었다.

　토성리에는 2008년 12월 기준으로 123세대에 남자 158명, 여자 159명
등 총 317명이 거주하고 있으며, 주민 대부분은 농업에 종사하고 있다.

▌제보자

고의환, 남, 1936년생

주 소 지 : 강원도 철원군 갈말읍 토성리
제보일시 : 2011.3.19
조 사 자 : 강등학, 이영식, 박은영, 이창현

　토성리 토박이로 평생 농사만 지었다.
6·25가 나던 해에 초등학교 졸업반이었으
나 전쟁으로 인해 졸업은 못 했다. 1955년
재입주가 시작되고, 마을에서는 1970년대부
터 농악을 시작하여 20여년을 여러 곳에 다
니며 경연대회에 참가하였다. 소리는 선배
들이 하는 것을 보고 들었을 뿐 본격적으로
배운 것은 아니며, 단지 민속경연대회에 나
가기 위해 지역에 계신 분으로부터 지도를 받았다. 차분하고 적극적인 성
격이나 지역에 전승되는 설화나 민요에 대해서는 기억나는 게 별로 없다
고 한다.

제공 자료 목록
03_11_FOS_20110319_KDH_GUW_0001_s01_# 하나 소리
03_11_FOS_20110319_KDH_GUW_0001_s02_# 덩어리 소리
03_11_FOS_20110319_KDH_GUW_0002 메요 메요 소리

오경천, 남, 1936년생

주 소 지 : 강원도 철원군 갈말읍 문혜5리
제보일시 : 2011.3.26

조 사 자 : 강등학, 이영식, 박은영, 이창현

문혜5리 토박이다. 6·25 때 서울 천호동까지 피난 갔다가 1954년 수복 후에 돌아왔다. 건강이 좋지 않아 군대를 못 갔다. 집에서 농사를 도우며 건강을 키웠다. 25세에 결혼을 했으나 집안 형편이 좋지 않아 아버지의 권유로 28세에 도시로 나가 생활하였다. 그러다가 1981년에 혼자 귀향하여 사슴을 키우다가 2000년에 집을 새로 짓고 가족이 내려와 현재까지 살고 있다. 사슴은 지금도 키우고 있다. 예전 외할아버지, 외할머니가 재미있는 얘기를 많이 해 주셨다고 한다. 젊어서 심하게 아팠던 탓인지 건강해 보이지 않았다.

제공 자료 목록
03_11_FOT_20110326_KDH_OGC_0001 억울하게 죽은 아이를 위해 세운 부군당
03_11_FOT_20110326_KDH_OGC_0002 궁예가 패망하여 울었던 명성산
03_11_FOT_20110326_KDH_OGC_0003 물당지기 욕심 때문에 쌀이 안 나오는 바위
03_11_FOS_20110326_KDH_OGC_0001 띠놈 띠놈 소리

전병순, 여, 1947년생

주 소 지 : 강원도 철원군 갈말읍 상사길 39-29
제보일시 : 2011.2.26
조 사 자 : 강등학, 이영식, 박은영, 이창현

김화 태생으로 19세에 서울로 시집을 갔다. 철원이 군사지역이어서 군인이 많은 까닭에 과년한 처녀들에게 안 좋다고 부모님이 서둘러 시집보냈다고 한다. 한국전력에

다니던 남편이 2000년에 퇴직하면서 이곳 고향에 집을 짓고 귀향하였다. 남편의 고향은 북강원이다. 자식들은 출가하여 모두 서울에서 생활하고 있다. 2년 전부터 성당에 다니고 있으며, 현재 지역에서 사회복지 도우미로 활동하고 있다. 적극적이고 활달한 성격으로 목소리도 밝다.

제공 자료 목록
03_11_FOT_20110226_KDH_JBS_0001 소쩍새가 된 며느리 사연
03_11_FOT_20110226_KDH_JBS_0002 밥풀꽃이 된 며느리 사연
03_11_FOT_20110226_KDH_JBS_0003 발로 차면 점점 커지는 달걀 귀신
03_11_FOT_20110226_KDH_JBS_0004 도깨비로 변하는 빗자루 귀신
03_11_FOT_20110226_KDH_JBS_0005 변덕이 심한 도깨비
03_11_FOS_20110226_KDH_JBS_0001 두껍아 두껍아
03_11_FOS_20110226_KDH_JBS_0002 우리 아기 잘도 잔다
03_11_FOS_20110226_KDH_JBS_0003 씹쪽 씹쪽
03_11_FOS_20110226_KDH_JBS_0004 됫박 바꿔줘
03_11_FOS_20110226_KDH_JBS_0005 별 하나 나 하나
03_11_FOS_20110226_KDH_JBS_0006 강원도 아리랑
03_11_FOS_20110226_KDH_JBS_0007 곡소리
03_11_MFS_20110226_KDH_JBS_0001 무궁화 꽃이 피었습니다
03_11_MFS_20110226_KDH_JBS_0002 세 세 세(1)
03_11_MFS_20110226_KDH_JBS_0003 원숭이 똥구멍은
03_11_MFS_20110226_KDH_JBS_0004 세 세 세(2)

정진택, 남, 1936년생

주 소 지 : 강원도 철원군 갈말읍 신철원3리
제보일시 : 2011.3.26
조 사 자 : 강등학, 이영식, 박은영, 이창현

신철원3리 용화동 토박이로 13대째 거주하고 있다. 동래 정씨로 조상이 임진왜란 때 양주에서 이곳으로 피난 나왔다가 정착했다

고 한다. 6·25 때 평택까지 피난을 다녀왔다. 체중 미달로 군대에 가지 못했다. 22세에 결혼하였고, 아버지, 제보자, 이들 등 삼대가 마을에서 이장을 맡아 일을 했었다. 소리에는 취미가 없었으나 밭갈애비를 맡아 마을의 논과 밭을 많이 갈았다. 경로당에 가서 고스톱 치는 것보다 바둑 두는 것을 더 좋아한다. 활달한 성격은 아니지만 아는 것에 대해서는 자세히 설명해 주었다.

제공 자료 목록
03_11_FOT_20110326_KDH_JJT_0001 선녀가 목욕하고 올라간 선녀탕
03_11_FOT_20110326_KDH_JJT_0002 궁예가 시름없이 넘은 시르매 고개
03_11_FOT_20110326_KDH_JJT_0003 못에 돌을 메우는 기우제
03_11_FOT_20110326_KDH_JJT_0004 용화리 마을 개척담
03_11_FOT_20110326_KDH_JJT_0005 밤에만 활동하는 임꺽정
03_11_FOT_20110326_KDH_JJT_0006 철원지역 돌이 곰보돌이 된 사연
03_11_FOT_20110326_KDH_JJT_0007 궁예와 왕정낭의 지명유래담
03_11_FOT_20110326_KDH_JJT_0008 이무기와 이심소의 유래
03_11_FOT_20110326_KDH_JJT_0009 서낭당을 지나며 침을 뱉는 사연
03_11_FOS_20110326_KDH_JJT_0001_s01 #1 하나 소리
03_11_FOS_20110326_KDH_JJT_0001_s02 #1 방아 소리
03_11_FOS_20110326_KDH_JJT_0002 잠자리 꽁꽁
03_11_FOS_20110326_KDH_JJT_0003 알나라 꽁꽁
03_11_FOS_20110326_KDH_JJT_0004 메요 메요 소리
03_11_FOS_20110326_KDH_JJT_0005 얕게 날아라
03_11_FOS_20110326_KDH_JJT_0006 허영차 소리
03_11_FOS_20110326_KDH_JJT_0007 엄마 손이 약손이다
03_11_FOS_20110326_KDH_JJT_0008 우리 아기 잘도 잔다
03_11_FOS_20110326_KDH_JJT_0009 중도 고기를 먹더냐
03_11_FOS_20110326_KDH_JJT_0010 한알대 두알대
03_11_FOS_20110326_KDH_JJT_0011 나무하러 가세
03_11_FOS_20110326_KDH_JJT_0012 이거리 저거리 갓거리
03_11_FOS_20110326_KDH_JJT_0013 고모네 집에 갔더니
03_11_FOS_20110326_KDH_JJT_0014 아가리 딱딱 벌려라

03_11_FOS_20110326_KDH_JJT_0015 각시방에 불켜라
03_11_FOS_20110326_KDH_JJT_0016 동그랑 땡
03_11_FOS_20110326_KDH_JJT_0017 앞니 빠진 갈가지
03_11_MFS_20110326_KDH_JJT_0001 원숭이 똥구멍은

최근수, 남, 1934년생

주 소 지 : 강원도 철원군 갈말읍 토성리
제보일시 : 2011.3.19
조 사 자 : 강등학, 이영식, 박은영, 이창현

토성리 토박이로 평생 농사만 지었다. 6·25가 나던 해에 초등학교 졸업반이었으나 전쟁으로 인해 졸업은 못 했다. 1955년 재입주가 시작되고, 마을에서는 군청의 권유로 1970년대부터 농악을 시작하여 20여 년을 여러 곳에 다니며 경연대회에 참가하였다. 당시 마을 이장을 맡아 적극적으로 장구를 치며 다녔다. 소리는 선배들이 하는 것을 보고 들었을 뿐이고, 단지 민속경연대회에 나가기 위해 지역에 계신 분으로부터 지도를 받은 경험이 있다. 하지만 오랫동안 소리를 안 한 탓에 지금은 기억이 나지 않는다고 한다. 적극적인 성격이나 지역에 전승되는 설화나 민요에 대해서는 기억나는 게 별로 없다고 한다.

제공 자료 목록
03_11_FOS_20110319_KDH_CGS_0001 그네여 남배여
03_11_FOS_20110319_KDH_GUW_0001_s01_#1 하나 소리
03_11_FOS_20110319_KDH_GUW_0001_s02_#1 덩어리 소리

한병순, 여, 1947년생

주 소 지 : 강원도 철원군 갈말읍 상사리
제보일시 : 2011.2.26
조 사 자 : 강등학, 이영식, 박은영, 이창현

　　충남 청양군 화성면 화암리 태생으로 24
세에 서울로 시집을 갔다. 현재 서울 마포구
염리동에 거주하고 있다. 전병순 남편과 한
병순 남편이 예전 직장동료인 까닭에 상사
리에 놀러 왔다가 제보에 응했다. 지금도 집
에서 가끔 일곱 살 된 손녀딸과 함께 다리
뽑기 하는 소리 등을 부른다고 한다. 성격이
밝고 차분하다.

제공 자료 목록
03_11_FOS_20110226_KDH_HBS_0001 이거리 저거리 갓거리
03_11_MFS_20110226_KDH_HBS_0001 삼천갑자 동방삭
03_11_MFS_20110226_KDH_JBS_0004_#1 세 세 세

억울하게 죽은 아이를 위해 세운 부군당

자료코드 : 03_11_FOT_20110326_KDH_OGC_0001

조사장소 : 강원도 철원군 갈말읍 문혜5리 태봉로 994 오경천 댁

조사일시 : 2011.3.26

조 사 자 : 강등학, 이영식, 박은영, 이창현

제 보 자 : 오경천, 남, 75세

구연상황 : 2011년 3월 24일 오경천 댁에 전화를 드려 26일 방문을 약속했다. 그런데 약
속한 26일 아침에 다시 연락을 하니 통화가 안 되었다. 그래도 약속한 일이
라 수소문하여 집을 방문하였으나 집에는 아무도 없었다. 이에 혹시나 하는
생각에 마을회관에 갔더니 마을청소를 마치고 금방 갔다고 한다. 다시 집을
방문하여 제보자를 만났다. 전화기가 고장 나서 연락이 안 되었던 것이다. 집
에 들어가 준비한 음료수를 마시며 제보자 및 마을에 대한 얘기를 들었다. 제
보자는 젊어서 건강이 좋지 않아 농사를 제대로 짓지 않았고, 도시에서 생활
했던 까닭에 농사와 관련된 소리는 모른다고 했다. 그러나 어려서 어른들한테
마을에 전해 오는 이야기는 들었다고 했다. 이에 조사자는 제보자가 수년 전
에 구연했던 부군당 이야기를 부탁했다.

줄 거 리 : 옛날 유 정승네 집에서는 길에 있던 어린 아이를 데려다 키웠다. 그 아이는
똑똑하고 일을 잘하여 유 정승에게 귀여움을 받았다. 아이가 정승으로부터
귀여움을 독차지하자 나이든 머슴 돌쇠가 샘이 났다. 하루는 돌쇠가 잠자는
아이의 겨드랑이에 난 날개를 보고 인두로 지졌다. 아이는 며칠 않다가 죽었
다. 이후 정승 댁에 불운이 자꾸 생기는 까닭에 만신에게 물었더니 그 아이
를 위해야 한다고 했다. 그리하여 유 저승 댁에서는 그 아이의 영혼을 위해
부군당을 세웠다.

　거기 인제 그, 그 뭐야 동자를 내 들기로는 그 뭐야, 말하자면 정승 집
그 대감이 어디 이제 나들이 갔다 오다가 그 쪼그마한 애가 자꾸 졸졸 따
라 왔대요 인제. 그래서 인제 그

　"너 어디에 사는데 인제 날 따라오느냐?" 이렇게 물으니까는,

"아이 나는 뭐 부모도 없고 그러니까는 뭐 그 나를 저거 뭐야 거둬 주시면은 담배 심부름이라도 하겠다." 인제 이런 식으루.

엿날에(옛날에) 인제 그 담배 심부름 같은 것들도 애들을 시키구 그랬답니다. 그 인제, 엿날에(옛날에) 인제 담배, 담뱃대를 이렇게 길면 고 이제 자기가 불붙이기는 인제 뭐 이렇게 좀 멀고 그러니까는 인제 고 고기다 이렇게 뭐.

(조사자 : 부싯돌.)

네 해서 부싯돌 해 가지고 이렇게 거기다 붙여져야 되고 그런 거, 또 그렇고 해서 갖다 붙이고 그러니까. 그러니까 고 똑똑하게 생겼으니까 아 그러면 좋겠다 하고 이제 데려왔대요. 그래 가지고 그 엿날엔(옛날엔) 그래도 뭐 그 하인들 이렇게 자고 그러는 이제 사랑방 있지 않습니까? 그니까 그 이제 문간방이나 뭐 이런 데, 그 뭐 그런데 하인이 묵는 그런 방에다 같이 재우구서 거기서 인제 에 하인하고 같이 지내게 하고 인제 담배 심부름 시켜보고는, 똑똑하고 아주 그 뭐 아주 좀 귀엽고 든든하게 아주 참 잘 하고 있는데, 그 아주 무척 똥똥, 저 영리하고 그래 가지구, 이놈이 하는 소리가 뭐 "저한테 시켜주면 뭐, 어디든지 심부름 시켜주면 다 할 수 있다." 그래 가지구, 한번은 인제

"너 서울에 저 무슨 대감 집 인제 그 응 거기에 한번 내 서찰을 써줄 테니까 거길 다녀오너라!"

인제 이래 봤어요. 그랬더니

"아 그럼 갔다 오죠 뭐."

그 이제 뭐 이렇게 무슨 동에 이제 뭐 정동대감, 뭐 무슨 대감 댁에 이제 서찰을 써주면서

"가서 전하고 오너라!" 그러니까 인제,

아 이놈이 아침에 떠나보냈는데 해도 넘어가지 전에 벌써 다녀왔다고 인제 그러는 거야.

아 이놈이 갔다 오고 갔다 왔는지, 아니 뭐 이거 거짓말 같은 게, 요새 사람들은 전혀 상상도 못할 거리 만한데. 그런데, 그래서 이제 아 대감도 못 미더워 가지고, 그 다음엔

"너 거 갔다 그 다음엔 또 심부름 허면선 그 답신을 받아 와라!"

응 그니까 인제. 아 그 다음에 이렇게 또 보냈더니 뭐 요번에는 뭐 정동대감 뭐 무슨 김 대감이나 뭐 이런 집으루 가서 심부름 하고 와라. 서찰을 써 주구 "요번엔 꼭 답신을 받아 와라!"

예, 그러니까 인제 어 그날도 뭐 역시 해도 넘어가지 전에 이제 온 거야. 아이 그 뭐 답신을 받아 왔는데, 거기서 정말 갖다 주구, 거기서 잘 보내준 서찰은 잘 받았구 응 뭐 이런 게 답신이 아주 분명히 이제 뭐.

"너 도대체 어떻게 거기를 말을 타고 갔다 와도 못 갔다 올 데를 어떻게 그렇게 다닐 수 있느냐?"

하니까는 난 축지법을 쓴다는 거지 축지법. 그 축지법이란 거 들으셨는지는 몰라두, 이제 뭐 이렇게 땅을 이제 주름을 잡는 거지 이렇게.

그 옛날(옛날) 우리 할아버지 얘기가, 그 축지법이라는 거를 아시는가 몰라, 옛날에(옛날에) 그 뭐 저거 한 사람들은 축지법이란 걸 써 가지고 땅을 주름을 잡아서 이렇게 끌어 땡겨 가지고 이렇게 가면은 그냥 몇 십 리씩 쭉쭉 날아가는 거나 마찬가지지 말하지면, 여기서 그런 이제 방법으로 갔다 온대는 거지.

"아, 그러냐고."

그러믄서 아 이게 똑똑하고 그러니까는 아주 주인이, 상당히, 대감이 아주 귀여워하고 그러니깐, 아이 뭐 돌쇠라는 그 영감이 상당히 그 샘이 나는 거지 응. 그 상당히 귀염 받고 뭐 이러니까.

'아니, 도대체, 이놈이 어떻게 생긴 놈이 그러가.' 하고 '이게 날개가 달렸나 어떻게 이놈이 이렇게 응 서울을, 걸어서는 며칠씩 걸려야 갔다 올 데를 댕일로(당일로) 일찌가니, 그것도 일찌가니 갔다 오나!' 하구서는, 잠

이 들어서 자는 거를 이렇게 들쳐 봤더니, 어 여기에 날개가 있는 거야, 겨드랑 밑에, 쪼그맣게 여기 날개가 붙어 있더래요. 그래 가지고, 그래서 그, 옛날엔(옛날엔) 그 화로라는 걸 방에 들여놓고 인제 살고, 인제 그 화로 있으면 거 인두라는 게 있어요. 인제 불을 인제 모으고 뭐 이렇게 헤치고 그렇게 쓰는 인두 게, 그런 걸루다가 인제 거길 날개를 지졌대요.

그랬더만 병이 나가지고 시름시름 앓다가 그 사람이, 그 애가 죽은 거지, 도령이. 그 죽어서 갖다가 이제 묻었는데, 그 뒤로는 아 이 그 정승 집에 인제 자꾸 뭐 여러 가지 인제 좋지 않은 일이 벌어지는 거지 인제. 그게 에, 그러니까 뭐 요새도 뭐 그런 뭐 집안에 자꾸 우환이 있고 뭐 여러 가지 그러면은 뭐 무슨 만신집이나 그런 데 물어볼 거 아니요? 그래 그때 시절에 물어보니까는,

"그 도령 그 우하질(위하지) 않으면은 계속해서 인제 뭐 피해가 있을 거다. 뭐 그렇게 그 신을 위해야 된다."

인제 그러니까 인제 그 부군당이라는 걸 지어 가지고 그 신을 달래는 이제 그 각을 세워 놓구 제사를 지내주고 이제 뭐.

아 그러니까 그전에 보면 이제, 내 어릴 때 거기 앞으로 지나보고 그래 봤는데 그쪽으로 길이 있어 가지고 여기서 저 토성리 이쪽으로 갈려 하면은 그쪽으로 소로, 그전에는 걸어서 많이 다녔으니까는 그 집, 그 부군당 옆으로 해서 고개를 넘어서 가기 때문에 거기를 늘 그쪽으로 저 갈옥이나 그쪽으로 갈려면 글루 지나다니기 때문에 그 앞으로 잘 가게 돼요. 그러면 그 어른과 같이 가도 그게 거기 무슨 신을 모신다니까 두렵기도 하고, 그래믄선 이렇게 들여다보고 그랬는데, 소름이 쭉 뻗고 그러더라고.

그런데 인제, 그러니까 옷감도 뭐 장에서 사오든가, 뭐 뭐 이렇게 뭐 어디서 사다가 이제 옷을 뭐 만들려고 할려면은 옷감도 거기부터 짤라다 놓구, 뭐 떡을 해던가 뭘 해 먹어도 거기부터 갖다 놓구 이래야지, 그러지 않고 먹었거나 뭐 떡을 해 놓고 거길 빼놓고 먹었다 하면은, 떡 해서 먹

고 나머지를 전부다, 아침에 일어나 보면 그냥 전부 나가서 저 울타리가지 끝에 꽂혀 있대요. 그만큼 그 신이 상당히 그 뭐 저거 해 가지구 엿날엔(옛날엔) 그 신을 아주 상당히 이제 그 모시고 그 집에서 있던 부군, 그 이름이 뭐냐 그랬더니 부군당이라 그래더라구. 부군당이라고 지어 가지구, 그 건물이 그렇게 있었어요.

(조사자 : 지금은 없어졌구요?)

아니, 근데 언제가 그런 얘기 접 때 동네서 했더니 거기 살던 사람인데, 시방도 거기 있어요 그러드라구.

(조사자 : 아, 그게 어디 있는 겁니까, 어디쯤 있죠?)

그 논골, 시방 현재 그 자손 그 정승 집 댁 그 '○○'가 거기 살고 있거든요.

(조사자 : 아, 논골 집안이요?)

예, 그분들 그 엿날에(옛날에) 유 정승 댁 그 집 손들이 거기서 시방,

(조사자 : 아, 유 정승이요?)

예, 그 집 손들이 거기 살고 있어요, 아직두.

궁예가 패망하여 울었던 명성산

자료코드 : 03_11_FOT_20110326_KDH_OGC_0002
조사장소 : 강원도 철원군 갈말읍 문혜5리 태봉로 994 오경천 댁
조사일시 : 2011.3.26
조 사 자 : 강등학, 이영식, 박은영, 이창현
제 보 자 : 오경천, 남, 75세
구연상황 : 2011년 3월 24일 오경천 댁에 전화를 드려 26일 방문을 약속했다. 그런데 약속한 26일 아침에 다시 연락을 하니 통화가 안 되었다. 그래도 약속한 일이라 수소문하여 집을 방문하였으나 집에는 아무도 없었다. 이에 혹시나 하는 생각에 마을회관에 갔더니 마을청소를 마치고 금방 갔다고 한다. 다시 집을

방문하여 제보자를 만났다. 전화기가 고장 나서 연락이 안 되었던 것이다. 집에 들어가 준비한 음료수를 마시며 제보자 및 마을에 대한 얘기를 들었다. 제보자는 젊어서 건강이 좋지 않아 농사를 제대로 짓지 않았고, 도시에서 생활했던 까닭에 농사와 관련된 소리는 모른다고 했다. 그러나 어려서 어른들한테 마을에 전해 오는 이야기는 들었다고 했다. 이에 조사자는 제보자가 수년 전에 구연했던 '억울하게 죽은 아이를 위해 세운 부군당'을 부탁하여 듣고, 궁예에 대해 묻자 명성산 얘기를 해 주었다.

줄 거 리 : 궁예가 쫓기어 명성산까지 갔다. 그곳에서 최후를 맞이하며 울었다고 하여 명성산이라고 한다.

아 궁예가 그 때 궁지에 몰려 가지구 그 명성산에 어 이제 가서 있었는데, 그 거기서도 인제 그 뭐야 인제 완전히 인제 패망해 가지구 마지막까지 거기서 버티다 거기서 죽었다는가 본대. 거기서 그래서 그 궁예가 울어 가지구 그거 명성산이라 그런대잖아.

물당지기 욕심 때문에 쌀이 안 나오는 바위

자료코드 : 03_11_FOT_20110326_KDH_OGC_0003
조사장소 : 강원도 철원군 갈말읍 문혜5리 태봉로 994 오경천 댁
조사일시 : 2011.3.26
조 사 자 : 강등학, 이영식, 박은영, 이창현
제 보 자 : 오경천, 남, 75세
구연상황 : 2011년 3월 24일 오경천 댁에 전화를 드려 26일 방문을 약속했다. 그런데 약속한 26일 아침에 다시 연락을 하니 통화가 안 되었다. 그래도 약속한 일이라 수소문하여 집을 방문하였으나 집에는 아무도 없었다. 이에 혹시나 하는 생각에 마을회관에 갔더니 마을청소를 마치고 금방 갔다고 한다. 다시 집을 방문하여 제보자를 만났다. 전화기가 고장 나서 연락이 안 되었던 것이다. 집에 들어가 준비한 음료수를 마시며 제보자 및 마을에 대한 얘기를 들었다. 제보자는 젊어서 건강이 좋지 않아 농사를 제대로 짓지 않았고, 도시에서 생활했던 까닭에 농사와 관련된 소리는 모른다고 했다. 그러나 어려서 어른들한테 마을에 전해 오는 이야기는 들었다고 했다. 이에 조사자는 제보자가 수년 전

에 구연했던 '억울하게 죽은 아이를 위해 세운 부군당', '궁예가 패망하여 울었던 명성산'을 부탁하여 듣고, 이어서 물당지기 얘기를 청했다. 약수터는 느락골에 있다고 한다.

줄 거 리 : 마을에 좋은 약수가 있었다. 그런데 그 바위에서는 물당지기가 하루 먹을 만큼의 쌀이 매일 나왔다. 어느 날 물당지기가 많은 쌀을 바라고 구멍을 넓혔더니 그 다음부터는 쌀이 나오지 않았다.

엿날에는(옛날에는) 그게 상당히 용해 가지구, 올 때는 뭐 그런깐(그러니깐) 걸어올 수가 없으니까는 이제 엿날에(옛날에) 뭐 이제 이렇게 저 시집장가 가는, 시집가고 그럴 때 태워가주가는 가마라는 거 있잖아? 그거 타고 왔다가두 나중에 제 발로 걸어갈 수 있는 그런 용한 약수다, 그전에.

그 저 위에 있는데, 그게. 가보면 인제 그냥은 못 들어가요, 깜깜해 가지구 이렇게 겨(기어) 들어가는 바위골 안에서 물이 똑똑 떨어지는데, 옛날에 상당히 그게 용해 가지구 거기다 노고메 정성을 잘해야 물이 지적, 많이 좀 나온대요. 그런데 그 안이 깜깜해. 그런데 이제 고기서 그 물당지기가 그전에 살았는데, 쌀이 고기서 인제 그 사람, 하루 종일 나오면 그 물당지기가 먹구, 먹을 만한 고런 양식이 그거 어 바위에서 나왔다 그래 그게. 한 알씩 똑똑 떨어지는 게 하루 종일 떨어지면은 그 물당지기가 먹고 살만큼 이제 쌀알이 떨어졌다 그래, 엿날(옛날) 얘기가.

그럴 정도로 그랬는데 이제, 그 사람이 욕심이 많아 가지구 그 더 나오라고 구멍을 늘켜났더니 쌀알이 쏙 쏟아지더니 그 다음에 안 나오더라는 거지. 그런, 그런 말이 있어 엿날에(옛날에).

소쩍새가 된 며느리 사연

자료코드 : 03_11_FOT_20110226_KDH_JBS_0001
조사장소 : 강원도 철원군 갈말읍 상사길 39-29 전병순 댁
조사일시 : 2011.2.26

조 사 자 : 강등학, 이영식, 박은영, 이창현
제 보 자 : 전병순, 여, 64세
구연상황 : 2010년 12월 15일 철원 고석정 전적관 강당에서 철원역사문화연구소가 주최
한 세미나장에서 전병순을 만났다. 당시에 조사자가 구비문학조사의 취지를
말씀드리고 협조를 요청하자, 연락처를 가르쳐 주며 자신이 '곡소리'를 좀 하
니까 집으로 한번 오라고 했다. 그런데 연말부터 구제역이 전국으로 확산되
고, 특히 철원군에는 양돈장이 많은 까닭에 조심스러워 조사를 할 수가 없었
다. 그러다가 가축이 있는 집을 직접 방문하지 않으면 괜찮다는 말에 2011년
2월 19일부터 본격적으로 조사를 다니기 시작했다. 2월 26일에는 전병순 댁
에 전화를 드리니 손님이 와서 바깥에서 식사 중이라고 하여 약속 시간을 정
했다. 오후에 상사리 마을 앞에 있는 태봉대교를 들어서니 민간인과 군인이
함께 구제역 방역을 하고 있었다. 제보자 집에 도착하니 남편과 남편의 옛 직
장 동료 가족이 함께 밖에서 일을 하고 있었다. 제보자는 쑥스럽다며 집안으
로 안내해 주었다. 처음에는 제보자 신상에 대해 묻고 마을 얘기를 간단히 들
었다. 이후 처음에는 제보자의 나이를 생각하여 '고무줄 하는 소리'를 청했더
니, '무찌르자 오랑캐'를 불렀다고 했다. 노래를 청하니 조금 부르다가 가사
를 잊었다며 멈췄다. 이에 조사자가 손으로 모래집 짓는 시늉을 하면서 모래
집 지을 때 어떤 노래를 불렀냐고 묻자 '헌집 줄게 새집 다오'를 불러 주었다.
이어서 '무궁화 꽃이 피었습니다', '세 세 세', '우리 아기 잘도 잔다', '원숭
이 똥구멍은', '썹쪽 썹쪽', '됫박 바꿔줘' 노래를 불렀다. 그리고 제보자는 새
와 관계된 이야기가 있다며 이 얘기를 들려주었다.
줄 거 리 : 시어머니가 작은 됫박으로 쌀을 퍼 주는 까닭에 며느리가 배를 곯아 죽었다.
후에 죽은 며느리는 새가 되었는데, 배가 고팠던 것이 한이 되어 '됫박 바꿔
달라!'며 운다고 한다.

그 전설이라는 게, 메누리가, 시어머니가 됫박으로 이렇게 쌀을 갖다
주면 밥을 허면 만날 밥이 작으니까 자기 밥이 굶잖아요? 그래 그 며느리
가 굶어 죽었대요. 그래 가지고서는 됫박을 이제 바꿔달라는 거지, 큰 걸
로 인제. 그래 가지고 메누리 한이라 그래더라구. 그 새가 그렇게 해서 새
가 됐다 그래요그런 소리는 들어봤어요. 예.

밥풀꽃이 된 며느리 사연

자료코드 : 03_11_FOT_20110226_KDH_JBS_0002
조사장소 : 강원도 철원군 갈말읍 상사길 39-29 전병순 댁
조사일시 : 2011.2.26
조 사 자 : 강등학, 이영식, 박은영, 이창현
제 보 자 : 전병순, 여, 64세

구연상황 : 2010년 12월 15일 철원 고석정 전적관 강당에서 철원역사문화연구소가 주최
한 세미나장에서 전병순을 만났다. 당시에 조사자가 구비문학조사의 취지를
말씀드리고 협조를 요청하자, 연락처를 가르쳐 주며 자신이 '곡소리'를 좀 하
니까 집으로 한번 오라고 했다. 그런데 연말부터 구제역이 전국으로 확산되
고, 특히 철원군에는 양돈장이 많은 까닭에 조심스러워 조사를 할 수가 없었
다. 그러다가 가축이 있는 집을 직접 방문하지 않으면 괜찮다는 말에 2011년
2월 19일부터 본격적으로 조사를 다니기 시작했다. 2월 26일에는 전병순 댁
에 전화를 드리니 손님이 와서 바깥에서 식사 중이라고 하여 약속 시간을 정
했다. 오후에 상사리 마을 앞에 있는 태봉대교를 들어서니 민간인과 군인이
함께 구제역 방역을 하고 있었다. 제보자 집에 도착하니 남편과 남편의 옛 직
장 동료 가족이 함께 밖에서 일을 하고 있었다. 제보자는 쑥스럽다며 집안으
로 안내해 주었다. 처음에는 제보자 신상에 대해 묻고 마을 얘기를 간단히 들
었다. 이후 처음에는 제보자의 나이를 생각하여 '고무줄 하는 소리'를 청했더
니, '무찌르자 오랑캐'를 불렀다고 했다. 노래를 청하니 조금 부르다가 가사
를 잊었다며 멈췄다. 이에 조사자가 손으로 모래집 짓는 시늉을 하면서 모래
집 지을 때 어떤 노래를 불렀냐고 묻자 '헌집 줄게 새집 다오'를 불러 주었다.
이어서 '무궁화 꽃이 피었습니다', '세 세 세', '우리 아기 잘도 잔다', '원숭
이 똥구멍은', '씹쪽 씹쪽', '뒷박 바꿔줘' 노래를 불렀다. 그리고 제보자는 새
와 관계된 이야기가 있다며 '소쩍새가 된 며느리 사연' 얘기를 들려준 후, 밥
풀꽃 이야기를 했다.

줄 거 리 : 옛날에 며느리가 배가 고파서 밥을 푸다가 몰래 밥을 먹다가 밥알이 입술에
붙었다. 후에 며느리가 죽어 꽃이 되었는데, 사람들은 그걸 밥풀꽃이라 한다.

　　그래 꽃 꽃에두 왜 밥풀꽃이라는 거 있어요. 그 꽃의 이름이 뭐냐 하며
는 음 저기 저 뭐야 저 음 무슨 꽃이냐 하며는 그게 음 금낭화예요. 우리
가 지금 이게, 내가 야생화를 무지 좋아해서 야생활 많이 심거든요! 그 야

생화를 보면 그 이름이 분명히 금낭환데, 노인들이 하는 말씀이 밥풀꽃이래요. 그래서 왜 저게 밥풀꽃이냐 했더니, 고게 빨간데 고기 밥풀처럼 하얀 게 고기 딱 붙었어, 요렇게. 그래서 저게 왜 그러냐니까, 그 며느리가 밥을 푸다가, 밥이 맨날 배가 고프니까 밥을 몰래 훔쳐 먹다가 요게 들켰대, 요기 붙어 가지고. 들켜 가지고선, 그래서 그게 밥풀꽃이라고.

(조사자 : 입술에?)

예, 입술에 붙어 가지고, 고게 꼭 입술 같이 그렇게 꽃이 참 예뻐요. 요래 가지고 고게 요렇게 붙었어요. 금낭화가 요렇게 생겨 가지고 고게 나왔어요, 꽃을 이렇게 보면은. 그래 가지고 그런 말이 있더라구. 그래서 그렇게 됐다 그러구.

발로 차면 점점 커지는 달걀 귀신

자료코드 : 03_11_FOT_20110226_KDH_JBS_0003
조사장소 : 강원도 철원군 갈말읍 상사길 39-29 전병순 댁
조사일시 : 2011.2.26
조 사 자 : 강등학, 이영식, 박은영, 이창현
제 보 자 : 전병순, 여, 64세
구연상황 : 2010년 12월 15일 철원 고석정 전적관 강당에서 철원역사문화연구소가 주최한 세미나장에서 전병순을 만났다. 당시에 조사자가 구비문학조사의 취지를 말씀드리고 협조를 요청하자, 연락처를 가르쳐 주며 자신이 '곡소리'를 좀 하니까 집으로 한번 오라고 했다. 그런데 연말부터 구제역이 전국으로 확산되고, 특히 철원군에는 양돈장이 많은 까닭에 조심스러워 조사를 할 수가 없었다. 그러다가 가축이 있는 집을 직접 방문하지 않으면 괜찮다는 말에 2011년 2월 19일부터 본격적으로 조사를 다니기 시작했다. 2월 26일에는 전병순 댁에 전화를 드리니 손님이 와서 바깥에서 식사 중이라고 하여 약속 시간을 정했다. 오후에 상사리 마을 앞에 있는 태봉대교를 들어서니 민간인과 군인이 함께 구제역 방역을 하고 있었다. 제보자 집에 도착하니 남편과 남편의 옛 직장 동료 가족이 함께 밖에서 일을 하고 있었다. 제보자는 쑥스럽다며 집안으

로 안내해 주었다. 처음에는 제보자 신상에 대해 묻고 마을 얘기를 간단히 들었다. 이후 처음에는 제보자의 나이를 생각하여 '고무줄 하는 소리'를 청했더니, '무찌르자 오랑캐'를 불렀다고 했다. 노래를 청하니 조금 부르다가 가사를 잊었다며 멈췄다. 이에 조사자가 손으로 모래집 짓는 시늉을 하면서 모래집 지을 때 어떤 노래를 불렀냐고 묻자 '헌집 줄게 새집 다오'를 불러 주었다. 이어서 '무궁화 꽃이 피었습니다', '세 세 세', '우리 아기 잘도 잔다', '원숭이 똥구멍은', '씹쪽 씹쪽', '뒷박 바꿔줘' 노래를 불렀다. 그리고 제보자는 새와 관계된 이야기가 있다며 '소쩍새가 된 며느리 사연', '밥풀꽃이 된 며느리 사연' 이야기를 했다. 이후 새와 관련된 얘기를 나누다가 '별 하나 나 하나'를 청해서 듣고 젊었을 때 어떤 유행가를 불렀냐고 묻자 '유정천리', '노란셔츠 입은 사나이', '빨간 마후라' 등을 불렀다고 했다. 이에 '강원도 아리랑'을 청하자 남편이 잘 부른다고 하며 노래를 불러 주었다. 제보자가 아는 노래는 대충 다 불렀다고 해서 옛날 얘기를 부탁하자 어렸을 적 형부가 들려준 얘기라며 했다.

줄 거 리 : 화장실에 가면 달걀 귀신이 있는데, 발로 찰 때마다 커져서 나중에는 사람을 잡아먹는다고 한다.

　우리 형부가 저녁에 "처제 저녁에 화장실에를", 옛날에 뒷간이라고 그랬잖아? 여기 강원도에는. 뒷간에 가면은 달걀귀신이 있대요. 그런데 달걀귀신이 한번 딱 차면 요만해졌다가, 또 차면 더 커졌다가 그 다음에는 아주 커 가지고서는 나를 싹 먹 먹 먹어 버린대, 삼켜 버린대.

　아휴 밤만 되면 화장실엘 가. 내가 눈이 지금은 요래도요 눈이 무지 컸어요. 그런데 겁이 많았어. 겁이 무척 많았어. 그러니까 우리 형부가 나를 골리려고 만날 그 소리가 머리에 잊혀지지 않아서 '밤에 가면 달걀귀신 있다 그랬지!' 그러니까 그 무서워서 밤에 화장실엘 못 가는 거예요 인제.

　그 그랬던 생각나고.

도깨비로 변하는 빗자루 귀신

자료코드 : 03_11_FOT_20110226_KDH_JBS_0004
조사장소 : 강원도 철원군 갈말읍 상사길 39-29 전병순 댁
조사일시 : 2011.2.26
조 사 자 : 강등학, 이영식, 박은영, 이창현
제 보 자 : 전병순, 여, 64세
구연상황 : 2010년 12월 15일 철원 고석정 전적관 강당에서 철원역사문화연구소가 주최한 세미나장에서 전병순을 만났다. 당시에 조사자가 구비문학조사의 취지를 말씀드리고 협조를 요청하자, 연락처를 가르쳐 주며 자신이 '곡소리'를 좀 하니까 집으로 한번 오라고 했다. 그런데 연말부터 구제역이 전국으로 확산되고, 특히 철원군에는 양돈장이 많은 까닭에 조심스러워 조사를 할 수가 없었다. 그러다가 가축이 있는 집을 직접 방문하지 않으면 괜찮다는 말에 2011년 2월 19일부터 본격적으로 조사를 다니기 시작했다. 2월 26일에는 전병순 댁에 전화를 드리니 손님이 와서 바깥에서 식사 중이라고 하여 약속 시간을 정했다. 오후에 상사리 마을 앞에 있는 태봉대교를 들어서니 민간인과 군인이 함께 구제역 방역을 하고 있었다. 제보자 집에 도착하니 남편과 남편의 옛 직장 동료 가족이 함께 밖에서 일을 하고 있었다. 제보자는 쑥스럽다며 집안으로 안내해 주었다. 처음에는 제보자 신상에 대해 묻고 마을 얘기를 간단히 들었다. 이후 처음에는 제보자의 나이를 생각하여 '고무줄 하는 소리'를 청했더니, '무찌르자 오랑캐'를 불렀다고 했다. 노래를 청하니 조금 부르다가 가사를 잊었다며 멈췄다. 이에 조사자가 손으로 모래집 짓는 시늉을 하면서 모래집 지을 때 어떤 노래를 불렀냐고 묻자 '헌집 줄게 새집 다오'를 불러 주었다. 이어서 '무궁화 꽃이 피었습니다', '세 세 세', '우리 아기 잘도 잔다', '원숭이 똥구멍은', '씹쪽 씹쪽', '뒷박 바꿔줘' 노래를 불렀다. 그리고 제보자는 새와 관계된 이야기가 있다며 '소쩍새가 된 며느리 사연', '밥풀꽃이 된 며느리 사연' 이야기를 했다. 이후 새와 관련된 얘기를 나누다가 '별 하나 나 하나'를 청해서 듣고 젊었을 때 어떤 유행가를 불렀냐고 묻자 '유정천리', '노란셔츠 입은 사나이', '빨간 마후라' 등을 불렀다고 했다. 이에 '강원도 아리랑'을 청하자 남편이 잘 부른다고 하며 노래를 불러 주었다. 제보자가 아는 노래는 대충 다 불렀다고 해서 옛날 얘기를 부탁하자 어렸을 적 형부가 들려준 얘기라며 '발로 차면 커지는 달걀 귀신'을 이야기한 후에 '도깨비로 변하는 빗자루 귀신'을 들려주었다.
줄 거 리 : 빗자루 귀신이 나중에 도깨비로 변한다.

빗자루 귀신 있잖아요? 빗자루도, 빗자루 귀신이 그 도깨비가 된다고. 빗자루 귀신 왜 인제 이렇게 빗자루를 인제 발로 펑 차면은 빗자루가 인제 응 저기 저 뭐야 도깨비로 변해 가지고. 낭중에는(나중에는) 그게, 빗자루 귀신이 알고 보면 도깨비래면요, 그게 그랬다는 그.

그래서 말은 뭐 그 빗자루에 피가 묻은 걸 오래 나두면 그렇다 이런 말 저런 말 많이 들었어. 그 그런 그런 애길 들었 들었던 거 같애.

변덕이 심한 도깨비

자료코드 : 03_11_FOT_20110226_KDH_JBS_0005
조사장소 : 강원도 철원군 갈말읍 상사길 39-29 전병순 댁
조사일시 : 2011.2.26
조 사 자 : 강등학, 이영식, 박은영, 이창현
제 보 자 : 전병순, 여, 64세
구연상황 : 2010년 12월 15일 철원 고석정 전적관 강당에서 철원역사문화연구소가 주최한 세미나장에서 전병순을 만났다. 당시에 조사자가 구비문학조사의 취지를 말씀드리고 협조를 요청하자, 연락처를 가르쳐 주며 자신이 '곡소리'를 좀 하니까 집으로 한번 오라고 했다. 그런데 연말부터 구제역이 전국으로 확산되고, 특히 철원군에는 양돈장이 많은 까닭에 조심스러워 조사를 할 수가 없었다. 그러다가 가축이 있는 집을 직접 방문하지 않으면 괜찮다는 말에 2011년 2월 19일부터 본격적으로 조사를 다니기 시작했다. 2월 26일에는 전병순 댁에 전화를 드리니 손님이 와서 바깥에서 식사 중이라고 하여 약속 시간을 정했다. 오후에 상사리 마을 앞에 있는 태봉대교를 들어서니 민간인과 군인이 함께 구제역 방역을 하고 있었다. 제보자 집에 도착하니 남편과 남편의 옛 직장 동료 가족이 함께 밖에서 일을 하고 있었다. 제보자는 쑥스럽다며 집안으로 안내해 주었다. 처음에는 제보자 신상에 대해 묻고 마을 얘기를 간단히 들었다.
이후 처음에는 제보자의 나이를 생각하여 '고무줄 하는 소리'를 청했더니, '무찌르자 오랑캐'를 불렀다고 했다. 노래를 청하니 조금 부르다가 가사를 잊었다며 멈췄다. 이에 조사자가 손으로 모래집 짓는 시늉을 하면서 모래집 지

을 때 어떤 노래를 불렀냐고 묻자 '헌집 줄게 새집 다오'를 불러 주었다. 이어서 '무궁화 꽃이 피었습니다', '세 세 세', '우리 아기 잘도 잔다', '원숭이 똥구멍은', '썹쪽 썹쪽', '뒷박 바꿔줘' 노래를 불렀다. 그리고 제보자는 새와 관계된 이야기가 있다며 '소쩍새가 된 며느리 사연', '밥풀꽃이 된 며느리 사연' 이야기를 했다. 이후 새와 관련된 얘기를 나누다가 '별 하나 나 하나'를 청해서 듣고 젊었을 때 어떤 유행가를 불렀냐고 묻자 '유정천리', '노란셔츠 입은 사나이', '빨간 마후라' 등을 불렀다고 했다. 이에 '강원도 아리랑'을 청하자 남편이 잘 부른다고 하며 노래를 불러 주었다. 제보자가 아는 노래는 대충 다 불렀다고 해서 옛날 얘기를 부탁하자 어렸을 적 형부가 들려준 얘기라며 '발로 차면 커지는 달걀 귀신'을 이야기한 후에 '도깨비로 변하는 빗자루 귀신'을 얘기하고, 이어서 친정아버지에게서 들은 얘기라며 이 이야기라며 들려주었다.

줄 거 리 : 도깨비는 변덕이 심해서 여자하고 잘 살다가도 쉽게 헤어진다. 그래서 도깨비와 살면 도깨비가 가져다주는 돈으로 땅을 사놓아야 한다. 돈은 가져갈 수 있지만 땅은 가져갈 수 없기 때문이다.

옛날에는 도가, 도깨비 진짜 있었대요. 우리 아버님이 그러는데, 도깨비는 키가 크는데, 이 우에 상체만 이렇게 크게 보이지 다리는 잘 안 보이더래요. 다리는 안 보이는데 하여튼 키는 크대요.

이제 도깨비가, 도깨비가 돈을 벌어다 주면, 도깨비랑 살면, 여자랑 살며 얼굴에 노란 꽃은 피는데, 돈은 많아 벌어 갖다 준대. 갖다 주면 새벽만, 꼬꼬 닭만 울면 그 도깨비는 가 버리는 거야 인제. 도깨비는 밤만 있는 거니까.

그런데 그거를 땅을 사면 돼요. 그러면 낭중에 도깨비가 빈덕이(변덕이) 있어 가지고 안 살 적에 가면은 돈 도로 다 내놓으라고 그러는데, 땅을 사면 땅을 파다 파다 밤새도록 파다 그냥 간다 간다는 그런 전설도, 그런 얘기도 어른들이 그런 얘길 하더라구.

"무조건 땅을 사놔야 된다!"

그러면 땅을 파 갈 수가 없잖아요? 파다 파도 그 땅을 어떻게 떠 갈 수가 없잖아요? 그래 가지고 만다고. 도깨비는 또 살다가 그렇게 빈덕이 나

면 가 버린대요. 돈, 그 도깨비랑 살았던 여자두 있다 그러더라구, 우리
아버님이, 옛날에. 진짠지 아닌지 몰라도 그런 소릴 내가 들었어.

선녀가 목욕하고 올라간 선녀탕

자료코드 : 03_11_FOT_20110326_KDH_JJT_0001
조사장소 : 강원도 철원군 갈말읍 신철원3리 용화동길 36 정진택 댁
조사일시 : 2011.3.26
조 사 자 : 강등학, 이영식, 박은영, 이창현
제 보 자 : 정진택, 남, 75세
구연상황 : 『강원의 설화』에 정리된 자료를 참고하여 제보자에게 여러 번 연락을 취했으
　　　　　나 통화를 못 했다. 나중에 알고 보니 그동안 몸이 불편하여 병원에 있었기
　　　　　때문이다. 오전에 제보자 집을 방문하였다. 제보자는 집 마당에서 조사자들을
　　　　　맞이했다. 집에는 부인과 일주일 전에 제대한 손자가 있었으나 각자 방에 있
　　　　　어서 조사에는 동참하지 않았다. 세탁기 돌아가는 소리가 함께 녹음되었다.
　　　　　몇 년 전에 설화를 제보한 경험이 있었기 때문에 조사에는 별 문제가 없었다.
　　　　　제보자 및 마을에 대한 정보를 얻고 마을에 내려오는 전설에 대해 들었다. 처
　　　　　음에 자료에 나온 선녀탕을 묻자 이내 답변해 주었다.
줄 거 리 : 선녀탕이 있는데, 이곳은 옛날에 선녀가 목욕하고 올라간 곳이라 한다.

　　선녀탕은 여기 저 삼부연께서 이리 올라오다 보믄 거 바우가 하나 이
렇게 큰 게 있었어요, 지금도 있지만. 그, 그 밑에 이렇게 소이가 있었어,
물. 그래 그걸 선녀탕이라 했는데, 옛날에 선녀가 거기서 내려와서 목욕
을 하구 그러구 올라갔다 해서 선녀탕이라구 그랬어요, 옛날에.

궁예가 시름없이 넘은 시르매 고개

자료코드 : 03_11_FOT_20110326_KDH_JJT_0002
조사장소 : 강원도 철원군 갈말읍 신철원3리 용화동길 36 정진택 댁

조사일시 : 2011.3.26
조 사 자 : 강등학, 이영식, 박은영, 이창현
제 보 자 : 정진택, 남, 75세
구연상황 : 『강원의 설화』에 정리된 자료를 참고하여 제보자에게 여러 번 연락을 취했으
　　　　　나 통화를 못 했다. 나중에 알고 보니 그동안 몸이 불편하여 병원에 있었기
　　　　　때문이다. 오전에 제보자 집을 방문하였다. 제보자는 집 마당에서 조사자들을
　　　　　맞이했다. 집에는 부인과 일주일 전에 제대한 손자가 있었으나 각자 방에 있
　　　　　어서 조사에는 동참하지 않았다. 세탁기 돌아가는 소리가 함께 녹음되었다.
　　　　　몇 년 전에 설화를 제보한 경험이 있었기 때문에 조사에는 별 문제가 없었다.
　　　　　제보자 및 마을에 대한 정보를 얻고 마을에 내려오는 전설에 대해 들었다.
　　　　　'선녀가 목욕하고 올라간 선녀탕'을 청해 듣고, 이어서 시르매 고개에 대해
　　　　　얘기해 주었다.
줄 거 리 : 궁예가 피난을 하며 시름없이 그 고개를 넘었다고 해서 시르매 고개라 한다.

시르매 고개 울음산은 그 뭐야 그 구래, 군예, 군예왕(궁예왕)?

(조사자 : 궁예, 예 예.)

예 예, 군예가 울음산에서 피난을 했어요. 그래 거기서 피난을 하다가 이 시르매 고개루다가 시름없이 넘어왔다 그래 가지고 시르매 고개. 이 그래서 평강 가서 그 군예왕 돌아가셨지. 그 백성들한테 그 돌 맞아 가지고 우리 그렇게 알고 있어요, 여기선.

못에 돌을 메우는 기우제

자료코드 : 03_11_FOT_20110326_KDH_JJT_0003
조사장소 : 강원도 철원군 갈말읍 신철원3리 용화동길 36 정진택 댁
조사일시 : 2011.3.26
조 사 자 : 강등학, 이영식, 박은영, 이창현
제 보 자 : 정진택, 남, 75세
구연상황 : 『강원의 설화』에 정리된 자료를 참고하여 제보자에게 여러 번 연락을 취했으
　　　　　나 통화를 못 했다. 나중에 알고 보니 그동안 몸이 불편하여 병원에 있었기

때문이다. 오전에 제보자 집을 방문하였다. 제보자는 집 마당에서 조사자들을 맞이했다. 집에는 부인과 일주일 전에 제대한 손자가 있었으나 각자 방에 있어서 조사에는 동참하지 않았다. 세탁기 돌아가는 소리가 함께 녹음되었다. 몇 년 전에 설화를 제보한 경험이 있었기 때문에 조사에는 별 문제가 없었다. 제보자 및 마을에 대한 정보를 얻고 마을에 내려오는 전설에 대해 들었다. '선녀가 목욕하고 올라간 선녀탕', '궁예가 시름없이 넘은 시르매 고개'를 청해 듣고, 이어서 삼부연 기우제에 대해 들었다.

줄 거 리 : 철원군에 가뭄이 오면 삼부연을 돌로 메웠다. 그러면 곧 비가 온다.

이 삼부연은 그 가마 같은 게 셋 있어서, 가마 부(釜)자 써 가지고 삼부연이구요. 또 그, 다음엔 이 비가 안 오믄 이 철원군 사람이 모여 가지구 그 삼부연을 돌루다 이렇게 미웠대요(메웠대요). 그래 그 안에서 점심을 먹구 헤어지믄, 그 인제 바람이 불면서 비가 와가지구 그렇게 됐다는 전설이 있어요.

(조사자 : 음, 그니까 비가 온다는 말씀이군요?)

예 예 예. 여 우리 수복돼 가지구 들어와서두 군수, 군단장 이런 사람들이 와서 비 안 올 때 가물믄 지실(제사를) 지내고 그랬어요.

(조사자 : 어르신도 따라가 보셨습니까?)

예, 저기 폭포수께예요. 폭포수에다 대구(대고) 제사를 지냈어요. 거 굴 있는 바로 옆에. 예, 거기.

용화리 마을 개척담

자료코드 : 03_11_FOT_20110326_KDH_JJT_0004
조사장소 : 강원도 철원군 갈말읍 신철원3리 용화동길 36 정진택 댁
조사일시 : 2011.3.26
조 사 자 : 강등학, 이영식, 박은영, 이창현
제 보 자 : 정진택, 남, 75세
구연상황 : 『강원의 설화』에 정리된 자료를 참고하여 제보자에게 여러 번 연락을 취했으

나 통화를 못 했다. 나중에 알고 보니 그동안 몸이 불편하여 병원에 있었기 때문이다. 오전에 제보자 집을 방문하였다. 제보자는 집 마당에서 조사자들을 맞이했다. 집에는 부인과 일주일 전에 제대한 손자가 있었으나 각자 방에 있어서 조사에는 동참하지 않았다. 세탁기 돌아가는 소리가 함께 녹음되었다. 몇 년 전에 설화를 제보한 경험이 있었기 때문에 조사에는 별 문제가 없었다. 제보자 및 마을에 대한 정보를 얻고 마을에 내려오는 전설에 대해 들었다. '선녀가 목욕하고 올라간 선녀탕', '궁예가 시름없이 넘은 시르매 고개', '못에 돌을 메우는 기우제'를 청해 듣고, 이어서 송아지를 지게에 지고 온 사연에 대해 들었다.

줄 거 리 : 용화리를 처음 개척할 당시에는 사방이 막혀 길이 없는 까닭에 송아지를 지게에 지고 고개를 넘었다.

우리 용화리 유래는 임진왜란 때 우리 조상님께서 피난을 오셔 가지고 자리 잡아 가지구. 그 담에 여기서 또 이, 여기 소를 끌고 올 데가 없어 가지구, 이렇게 맥혀 가지구, 소를 끌고 올 데가 없어서 암송아지 하나, 수송아지 하나 이렇게 지게에다 지구 넘어오셔 가지구 그걸 퍼트려 인제 소 종자를 퍼트리셨대요, 여기. 그래 가지구선 그걸루다 인제 소 가지고, 그 전엔 농사를 소로 지었잖아요? 그 인제 소를 그렇게 해서 키워 가지고 농사를 지, 지었어요.

밤에만 활동하는 임꺽정

자료코드 : 03_11_FOT_20110326_KDH_JJT_0005
조사장소 : 강원도 철원군 갈말읍 신철원3리 용화동길 36 정진택 댁
조사일시 : 2011.3.26
조 사 자 : 강등학, 이영식, 박은영, 이창현
제 보 자 : 정진택, 남, 75세
구연상황 : 『강원의 설화』에 정리된 자료를 참고하여 제보자에게 여러 번 연락을 취했으나 통화를 못 했다. 나중에 알고 보니 그동안 몸이 불편하여 병원에 있었기 때문이다. 오전에 제보자 집을 방문하였다. 제보자는 집 마당에서 조사자들을

맞이했다. 집에는 부인과 일주일 전에 제대한 손자가 있었으나 각자 방에 있어서 조사에는 동참하지 않았다. 세탁기 돌아가는 소리가 함께 녹음되었다. 몇 년 전에 설화를 제보한 경험이 있었기 때문에 조사에는 별 문제가 없었다. 제보자 및 마을에 대한 정보를 얻고 마을에 내려오는 전설에 대해 들었다. '선녀가 목욕하고 올라간 선녀탕', '궁예가 시름없이 넘은 시르매 고개', '못에 돌을 메우는 기우제', '용화리 마을 개척담'을 청해 들었다. 이어서 농사 얘기가 나와 농사와 관련된 소리를 청했다. 특히 밭갈애비를 했다고 해서 논밭 가는 소리를 청했으나 소리는 취미가 없었다고 하여 듣지 못했다. 그래서 모심을 때 부르는 '하나 소리', 논맬 때 부르는 '덩어리 소리', '방아 소리', '상사 소리'를 청했으나 후렴만 불렀다. 그리고 '잠자리 잡는 소리', '잠자리 부리는 소리'를 청해 들었다. 잠시 다른 얘기를 하다가 기존 자료에 정리한 임꺽정 얘기를 들었다.

줄 거 리 : 임꺽정이 낮에는 물에 있고, 밤에는 도둑질을 하여 어려운 사람을 도왔다.

들었던 얘기면 낮에는 저기, 어 꺽정이가 돼서 뭐 물에 있었구, 밤에는 나가서 도둑질하구 그랬다는 소리 밖에는 못 들었어요, 임꺽정이는.

(조사자 : 낮에는 꺽정이가 돼서 물에 있었구요?)

예.

(조사자 : 이제 밤에만 도둑질하는.)

예, 밤에만 활동을 해 가지구, 그걸 이제 뭘 갖다가 이제 남 집서(남의 집에서) 쌀 많구 부잣집에서 훔쳐다가 움는(없는) 집에 갖다 주고 그랬다는 소리를.

철원지역 돌이 곰보돌이 된 사연

자료코드 : 03_11_FOT_20110326_KDH_JJT_0006
조사장소 : 강원도 철원군 갈말읍 신철원3리 용화동길 36 정진택 댁
조사일시 : 2011.3.26
조 사 자 : 강등학, 이영식, 박은영, 이창현
제 보 자 : 정진택, 남, 75세

구연상황 : 『강원의 설화』에 정리된 자료를 참고하여 제보자에게 여러 번 연락을 취했으
　　　　　나 통화를 못 했다. 나중에 알고 보니 그동안 몸이 불편하여 병원에 있었기
　　　　　때문이다. 오전에 제보자 집을 방문하였다. 제보자는 집 마당에서 조사자들을
　　　　　맞이했다. 집에는 부인과 일주일 전에 제대한 손자가 있었으나 각자 방에 있
　　　　　어서 조사에는 동참하지 않았다. 세탁기 돌아가는 소리가 함께 녹음되었다.
　　　　　몇 년 전에 설화를 제보한 경험이 있었기 때문에 조사에는 별 문제가 없었다.
　　　　　제보자 및 마을에 대한 정보를 얻고 마을에 내려오는 전설에 대해 들었다.
　　　　　‘선녀가 목욕하고 올라간 선녀탕’, ‘궁예가 시름없이 넘은 시르매 고개’, ‘못
　　　　　에 돌을 메우는 기우제’, ‘용화리 마을 개척담’을 청해 들었다. 이어서 농사
　　　　　얘기가 나와 농사와 관련된 소리를 청했다. 특히 밭갈애비를 했다고 해서 논
　　　　　밭 가는 소리를 청했으나 소리는 취미가 없었다고 하여 듣지 못했다. 그래서
　　　　　모심을 때 부르는 ‘하나 소리’, 논맬 때 부르는 ‘덩어리 소리’, ‘방아 소리’,
　　　　　‘상사 소리’를 청했으나 후렴만 불렀다. 그리고 ‘잠자리 잡는 소리’, ‘잠자리
　　　　　부리는 소리’를 청해 들었다. 잠시 다른 얘기를 나누다가 ‘밤에만 활동하는
　　　　　임꺽정’을 들었다. 그리고 궁예와 관련된 얘기를 들었다.
줄 거 리 : 궁예가 임금 자리를 내놓지 않으려고 “돌에 좀이 먹으면 내놓겠다고 했다.”
　　　　　그러자 철원지역에 돌이 좀을 먹어 곰보돌이 되었다.

　궁예는 이, 여기, 여기 저 근까 명승산(명성산), 이런 걸 여기선 울음산
이라 그러거든요! 그 울 명(鳴)자 써 가지고 그 명승산에 와서 피난을 해
서 지금두 가면 이렇게 성 닦던 자리가 조금 있어요.

　그 인제 거기서 피난을 와 가지구 이리 이 시르매루다가 쬧겨(쫓겨) 가
느냐구 시르매 시름없이 넘어와 가지구 이 평강 가 가지구 이 농사꾼들한
테 맞아서, 저 돌에 맞아서 죽었다는 소리 들었어요.

　그래 가지고 뭐 그 때 그 이성곈가? 그 사람이 궁예보구 저걸 임금을
내놓으라구 그러니까 이 돌이 좀을 먹어야 저 이 임금을 내놓겠다 그래
가지구, 철원 지방에 거기만 철원군에서부터 요, 요 철원지방에만 곰보석
이 제주도하고 이 철원지방에만 있어 가지구 그 좀먹은 돌이라구 여기선
옛날에 전부다 그랬어요.

　이 돌이 제주도에 있는 돌 있잖아요? 그 돌 같은 게 이 철원에 밖에 없

어, 이 대한민국에 와선. 그게 전부다 이렇게 구멍이 뚫렸으니까 좀먹은 돌이라구 그 옛날엔.

(조사자 : 음 그래서 왕권을 물려줬데요?)

예, 예. 왕권을 물려준 게 아니라 쬈겨(쫓겨) 갔지 뭐. 그, 그래 가지구 "돌이 좀을 먹으면 나가구, 까마귀 머리가 하얘지믄 내가 나가겠다." 그래 가지구 까치가 생긴 거래요.

궁예와 왕정낭의 지명유래담

자료코드 : 03_11_FOT_20110326_KDH_JJT_0007
조사장소 : 강원도 철원군 갈말읍 신철원3리 용화동길 36 정진택 댁
조사일시 : 2011.3.26
조 사 자 : 강등학, 이영식, 박은영, 이창현
제 보 자 : 정진택, 남, 75세
구연상황 : 『강원의 설화』에 정리된 자료를 참고하여 제보자에게 여러 번 연락을 취했으나 통화를 못 했다. 나중에 알고 보니 그동안 몸이 불편하여 병원에 있었기 때문이다. 오전에 제보자 집을 방문하였다. 제보자는 집 마당에서 조사자들을 맞이했다. 집에는 부인과 일주일 전에 제대한 손자가 있었으나 각자 방에 있어서 조사에는 동참하지 않았다. 세탁기 돌아가는 소리가 함께 녹음되었다. 몇 년 전에 설화를 제보한 경험이 있었기 때문에 조사에는 별 문제가 없었다. 제보자 및 마을에 대한 정보를 얻고 마을에 내려오는 전설에 대해 들었다. '선녀가 목욕하고 올라간 선녀탕', '궁예가 시름없이 넘은 시르매 고개', '못에 돌을 메우는 기우제', '용화리 마을 개척담'을 청해 들었다. 이어서 농사 얘기가 나와 농사와 관련된 소리를 청했다. 특히 밭갈애비를 했다고 해서 논밭 가는 소리를 청했으나 소리는 취미가 없었다고 하여 듣지 못했다. 그래서 모심을 때 부르는 '하나 소리', 논맬 때 부르는 '덩어리 소리', '방아 소리', '상사 소리'를 청했으나 후렴만 불렀다. 그리고 '잠자리 잡는 소리', '잠자리 부리는 소리'를 청해 들었다. 잠시 다른 얘기를 나누다가 '밤에만 활동하는 임꺽정'을 들었다. 그리고 궁예와 관련하여 '철원지역 돌이 곰보돌이 된 사연'을 듣고 왕정낭 유래를 들었다.

줄 거 리 : 고성정 아래에 왕정낭이라고 있는데, 이는 궁예가 급히 도망가면서 옷을 정강
　　　　　이까지 걷어서 물을 건넜다는 데서 유래한다.

저 이 지금 고석정 여기 있죠? 고석정 고 밑에 왕정낭이라고 있어요.
궁예가 이렇게 급하니까 이걸 그냥 정강이로, 왕정이루다 이렇게 정강이
를 이렇게 옷을 걷구 물을 건넜다 그래서 왕정낭이예요. 왕이 정강이를
이렇게 물을 건넜다 그래서 피, 쫓겨(쫓겨) 간다구.

(조사자 : 왕정낭?)

예, 갔다 그래서 왕정낭이예요.

이무기와 이심소의 유래

자료코드 : 03_11_FOT_20110326_KDH_JJT_0008
조사장소 : 강원도 철원군 갈말읍 신철원3리 용화동길 36 정진택 댁
조사일시 : 2011.3.26
조 사 자 : 강등학, 이영식, 박은영, 이창현
제 보 자 : 정진택, 남, 75세
구연상황 : 『강원의 설화』에 정리된 자료를 참고하여 제보자에게 여러 번 연락을 취했으
　　　　　나 통화를 못 했다. 나중에 알고 보니 그동안 몸이 불편하여 병원에 있었기
　　　　　때문이다. 오전에 제보자 집을 방문하였다. 제보자는 집 마당에서 조사자들을
　　　　　맞이했다. 집에는 부인과 일주일 전에 제대한 손자가 있었으나 각자 방에 있
　　　　　어서 조사에는 동참하지 않았다. 세탁기 돌아가는 소리가 함께 녹음되었다.
　　　　　몇 년 전에 설화를 제보한 경험이 있었기 때문에 조사에는 별 문제가 없었다.
　　　　　제보자 및 마을에 대한 정보를 얻고 마을에 내려오는 전설에 대해 들었다.
　　　　　'선녀가 목욕하고 올라간 선녀탕', '궁예가 시름없이 넘은 시르매 고개', '못
　　　　　에 돌을 메우는 기우제', '용화리 마을 개척담'을 청해 들었다. 이어서 농사
　　　　　얘기가 나와 농사와 관련된 소리를 청했다. 특히 밭갈애비를 했다고 해서 논
　　　　　밭 가는 소리를 청했으나 소리는 취미가 없었다고 하여 듣지 못했다. 그래서
　　　　　모심을 때 부르는 '하나 소리', 논맬 때 부르는 '덩어리 소리', '방아 소리',
　　　　　'상사 소리'를 청했으나 후렴만 불렀다. 그리고 '잠자리 잡는 소리', '잠자리
　　　　　부리는 소리'를 청해 들었다. 잠시 다른 얘기를 나누다가 '밤에만 활동하는

임꺽정', '철원지역 돌이 곰보돌이 된 사연', '궁예와 왕정낭의 지명유래담'
등에 이어서 마을의 전설을 얘기해 주었다.

줄 거 리 : 이심소 옆에 소를 매어 두었는데 소는 이심이가 잡아먹고 고삐만 남아 있었
다는 얘기가 전해 온다.

요 위에 이심소에서는 그 용이 못 돼 가지고 이심이가 돼 가지구 여 소
를 갖다가 그 옆에다 맸는데, 고삐만 이렇게 물에 있구 소는 이심이가 잡
아먹었다는 그런 옛날 얘기가 있어요, 요기 올라가믄.

(조사자 : 아. 거기 이심소라 그럽니까?)

예. 여기선 이심소라 그래요.

(조사자 : 이심이.)

예.

(조사자 : 이무기를 이심이라 그러는 거예요?)

응. 이무기.

(조사자 : 어. 이무기를 이심이라.)

예. 용이 되다 못 된 걸 갖다가 이무기라 안 하고 이심이라.

(조사자 : 이심이라 그러시는구나.)

예, 그래서 여 이심소.

(조사자 : 그 소를 매는데 소가 없어지고 고, 이거만 있는 고삐만.)

예, 고삐만, 남아 있었다구.

서낭당을 지나며 침을 뱉는 사연

자료코드 : 03_11_FOT_20110326_KDH_JJT_0009
조사장소 : 강원도 철원군 갈말읍 신철원3리 용화동길 36 정진택 댁
조사일시 : 2011.3.26
조 사 자 : 강등학, 이영식, 박은영, 이창현
제 보 자 : 정진택, 남, 75세

구연상황 : 『강원의 설화』에 정리된 자료를 참고하여 제보자에게 여러 번 연락을 취했으나 통화를 못 했다. 나중에 알고 보니 그동안 몸이 불편하여 병원에 있었기 때문이다. 오전에 제보자 집을 방문하였다. 제보자는 집 마당에서 조사자들을 맞이했다. 집에는 부인과 일주일 전에 제대한 손자가 있었으나 각자 방에 있어서 조사에는 동참하지 않았다. 세탁기 돌아가는 소리가 함께 녹음되었다. 몇 년 전에 설화를 제보한 경험이 있었기 때문에 조사에는 별 문제가 없었다. 제보자 및 마을에 대한 정보를 얻고 마을에 내려오는 전설에 대해 들었다. '선녀가 목욕하고 올라간 선녀탕', '궁예가 시름없이 넘은 시르매 고개', '못에 돌을 메우는 기우제', '용화리 마을 개척담'을 청해 들었다. 이어서 농사 얘기가 나와 농사와 관련된 소리를 청했다. 특히 밭갈애비를 했다고 해서 논밭 가는 소리를 청했으나 소리는 취미가 없었다고 하여 듣지 못했다. 그래서 모심을 때 부르는 '하나 소리', 논맬 때 부르는 '덩어리 소리', '방아 소리', '상사 소리'를 청했으나 후렴만 불렀다. 그리고 '잠자리 잡는 소리', '잠자리 부리는 소리'를 청해 들었다. 잠시 다른 얘기를 나누다가 '밤에만 활동하는 임꺽정', '철원지역 돌이 곰보돌이 된 사연', '궁예와 왕정낭의 지명유래담', '이무기와 이심소의 유래' 등의 설화를 들었다. 이어서 '송아지 부르는 소리', '벌 모으는 소리', '목도하는 소리', '배 쓸어주는 소리', '아기 재우는 소리', '두드러기 없애는 소리', '다리 뽑기 하는 소리', '말머리 잇는 소리', '다리 뽑기 하는 소리', '풀뿌리 문지르는 소리', '동그랑 땡' 등을 청해 들었다. 장시간의 구연에 힘들어 하시는 거 같아 잠시 마을민속에 대해 이야기를 나눴다. 그러다가 서낭당에 대한 이야기를 들었다.

줄 거 리 : 서낭당을 지나가며 침을 뱉는 이유는 어느 여인이 물을 길러 가다가 물동이를 깨서 그것을 채워 주려고 지나가는 행인들이 침을 뱉는다. 그리고 돌을 모아 두는 것은 무기로 사용하기 위한 것이다.

그 침 뱉는 유랜, 그전에 무슨 그 어떤 아줌마가 저 이 물을 길러 가다가 동이를 깨트려서 그 물이 없어 가지구 저걸 해 가지구 그 물 채워 주느냐구 침 뱉는다구 그런 소리는 들었어요. 그 여럿이 뱉어서 이제 물동이에다 물을 까뜩 채워야 되니까 그래서 했단 소리는 들었어요.

또 어떤 사람들은 그 이 고개 마루에 또 이 휴진데 이렇게 해나 가지구 석전 시대 때 그 안, 그 거기 사용하기 위해서 그걸 맨들었다구 소리 있어요. 돌들, 돌들 그 무기로 사용할려구.

하나 소리 / 모심는 소리

자료코드 : 03_11_FOS_20110319_KDH_GUW_0001_s01

조사장소 : 강원도 철원군 갈말읍 토성길 98 토성리 경로당

조사일시 : 2011.3.19

조 사 자 : 강등학, 이영식, 박은영, 이창현

제보자 1 : 고의환, 남, 75세

제보자 2 : 최근수, 남, 77세

구연상황 : 2011년 3월 15일 고의환 댁에 전화를 드려 약속을 했다. 전화상으로는 방문해도 들려줄 얘기가 없다고 하였으나 조사자가 고집을 부려 약속을 했다. 3월 19일 10시 경에 조사자들이 토성리 경로당에 도착하니 고의환, 최근수 두 분과 몇 분의 경로당 회원들이 기다리고 계셨다. 전화상으로 드렸던 얘기를 다시 설명하고 도움을 청하니 예전 강원도민속경연대회에 참여했던 팸플릿을 보여 주셨다. 노래는 지역에 전승하던 것이나 자신들이 농요를 부르며 농사짓지 않았던 까닭에 지역 선배들에게 배웠다고 한다. 그래도 예전에 불렀던 기억을 되살려서 불러 달라고 청하자 팸플릿에 정리된 노랫말을 보고 불렀다. '덩어리 소리'는 초벌매기 때 부르던 것이고, 두벌 때는 '방아 소리'를 불렀던 걸로 기억하나 부르지는 못한다고 했다. '덩어리 소리'가 끝나고 마을유래를 들으려 했으나 마을에는 토성과 고인돌이 있을 뿐 딱히 자랑할 게 없다고 했다. 잠시 마을 얘기를 한 다음 모심을 때 부르던 소리를 청하니 처음에는 잘 모른다고 했다. 이에 조사자가 '덩어리 소리'처럼 팸플릿을 보고 불러 달라고 했으나 팸플릿에는 '모심는 소리' 노랫말이 없었다. 고의환이 기억을 되살려 선소리를 불렀다. '모심는 소리'도 '덩어리 소리'처럼 주고받는 거라고 설명을 했으나 정작 최근수가 제대로 받질 못했다. 몇 번을 연습해서 정리한 노래이다.

제보자 1 : 하나 하나 하나이로 구나

제보자 1 : 물이많아 수답이고 물이즉어 건답일세

제보자2, 조사자 : 하나 하나 하나이로 구나

덩어리 소리 / 논매는 소리

자료코드 : 03_11_FOS_20110319_KDH_GUW_0001_s02

조사장소 : 강원도 철원군 갈말읍 토성길 98 토성리 경로당

조사일시 : 2011.3.19

조 사 자 : 강등학, 이영식, 박은영, 이창현

제보자 1 : 고의환, 남, 75세

제보자 2 : 최근수, 남, 77세

구연상황 : 2011년 3월 15일 고의환 댁에 전화를 드려 약속을 했다. 전화상으로는 방문
해도 들려줄 얘기가 없다고 하였으나 조사자가 고집을 부려 약속을 했다. 3월
19일 10시 경에 조사자들이 토성리 경로당에 도착하니 고의환, 최근수 두 분
과 몇 분의 경로당 회원들이 기다리고 계셨다. 전화상으로 드렸던 얘기를 다
시 설명하고 도움을 청하니 예전 강원도민속경연대회에 참여했던 팸플릿을
보여 주셨다. 노래는 지역에 전승하던 것이나 자신들이 농요를 부르며 농사짓
지 않았던 까닭에 지역 선배들에게 배웠다고 한다. 그래도 예전에 불렀던 기
억을 되살려서 불러 달라고 청하자 팸플릿에 정리된 노랫말을 보고 불렀다.
'덩어리 소리'는 초벌매기 때 부르던 것이고, 두벌 때는 '방아 소리'를 불렀던
걸로 기억하나 부르지는 못한다고 했다.

제보자1 : 에헐싸 덩어리야

제보자 2, 조사자 : 에헐싸 덩어리요

제보자1 : 이논배미가 누구논이냐

제보자 2, 조사자 : 에헐싸 덩어리요

제보자1 : 김서방네 논배미로다

제보자 2, 조사자 : 에헐싸 덩어리요

제보자1 : 잘파면은 이밥뎅이

제보자 2, 조사자 : 에헐싸 덩어리요

제보자1 : 에헐싸 덩어리요

제보자 2, 조사자 : 에헐싸 덩어리요

제보자1 : 못파면은 모조밥뎅이

제보자 2, 조사자 : 에헐싸 덩어리요

제보자 1 : 외로넴기면 왼고배뎅이

제보자 2, 조사자 : 에헐싸 덩어리요

제보자 1 : 앞으로넴기면 맷돌뎅이

제보자 2, 조사자 : 에헐싸 덩어리요

제보자 1 : 뒤로넘기면 번개뎅이

제보자 2, 조사자 : 에헐싸 덩어리요

메요 메요 소리 / 송아지 부르는 소리

자료코드 : 03_11_FOS_20110319_KDH_GUW_0002
조사장소 : 강원도 철원군 갈말읍 토성길 98 토성리 경로당
조사일시 : 2011.3.19
조 사 자 : 강등학, 이영식, 박은영, 이창현
제 보 자 : 고의환, 남, 75세
구연상황 : 2011년 3월 15일 고의환 댁에 전화를 드려 약속을 했다. 전화상으로는 방문해도 들려줄 얘기가 없다고 하였으나 조사자가 고집을 부려 약속을 했다. 3월 19일 10시 경에 조사자들이 토성리 경로당에 도착하니 고의환, 최근수 두 분과 몇 분의 경로당 회원들이 기다리고 계셨다. 전화상으로 드렸던 얘기를 다시 설명하고 도움을 청하니 예전 강원도민속경연대회에 참여했던 팸플릿을 보여 주셨다. 노래는 지역에 전승하던 것이나 자신들이 노래를 부르며 농사짓지 않았던 까닭에 지역 선배들에게 배웠다고 한다. 그래도 예전에 불렀던 기억을 되살려서 불러 달라고 청하자 팸플릿에 정리된 노랫말을 보고 불렀다. '덩어리 소리'는 초벌매기 때 부르던 것이고, 두벌 때는 '방아 소리'를 불렀던 걸로 기억하나 부르지는 못한다고 했다. '덩어리 소리'가 끝나고 마을유래를 들으려 했으나 마을에는 토성과 고인돌이 있을 뿐 딱히 자랑할 게 없다고 했다. 잠시 마을 얘기를 한 다음 모심을 때 부르던 소리를 청하니 처음에는 잘 모른다고 했다. 이에 조사자가 '덩어리 소리'처럼 팸플릿을 보고 불러 달라고 했으나 팸플릿에는 '모심는 소리' 노랫말이 없었다. 고의환이 기억을 되살려 선소리를 불렀다. '모심는 소리'도 '덩어리 소리'처럼 주고받는 거라고 설명을 했으나 정작 최근수가 제대로 받질 못했다. 어렵게 '모심는 소리'를 청해

서 듣고 농악 연습하던 이야기를 나눴다. 농요가 어려울 것 같아 다른 노래를 청했으나 소득이 없었다. 그래서 6·25가 나기 전에 불렀던 노래 중에 소와 관계된 것을 물어 이 노래를 들려주었다.

며어~

며어~

며어~

띠놈 띠놈 소리 / 호랑이 쫓는 소리

자료코드 : 03_11_FOS_20110326_KDH_OGC_0001
조사장소 : 강원도 철원군 갈말읍 문혜5리 태봉로 994 오경천 댁
조사일시 : 2011.3.26
조 사 자 : 강등학, 이영식, 박은영, 이창현
제 보 자 : 오경천, 남, 75세
구연상황 : 2011년 3월 24일 오경천 댁에 전화를 드려 26일 방문을 약속했다. 그런데 약속한 26일 아침에 다시 연락을 하니 통화가 안 되었다. 그래도 약속한 일이라 수소문하여 집을 방문하였으나 집에는 아무도 없었다. 이에 혹시나 하는 생각에 마을회관에 갔더니 마을청소를 마치고 금방 갔다고 한다. 다시 집을 방문하여 제보자를 만났다. 전화기가 고장 나서 연락이 안 되었던 것이다. 집에 들어가 준비한 음료수를 마시며 제보자 및 마을에 대한 얘기를 들었다. 제보자는 젊어서 건강이 좋지 않아 농사를 제대로 짓지 않았고, 도시에서 생활했던 까닭에 농사와 관련된 소리는 모른다고 했다. 그러나 어려서 어른들한테 마을에 전해 오는 이야기는 들었다고 했다. 이에 조사자는 제보자가 수년 전에 구연했던 '억울하게 죽은 아이를 위해 세운 부군당', '궁예가 패망하여 울었던 명성산', '물당지기 욕심 때문에 쌀이 안 나오는 바위' 얘기를 청해서 들었다. 그리고 마을 민속에 대해 얘기를 나누다가, 제보자가 벌집 찾는 방법에 대하여 한참을 얘기했다. 예전 어른들은 이것을 '벌매본다'라 했는데, 제보자는 이것을 '심마니'에서 이름을 따서 '봉(蜂)마니'라 부른다고 한다. 그러다가 호랑이 얘기가 나오자, 옛날에 제보자 할머니께서 나물 캐는데 멀리서 호랑이가 나타나 울기에 이런 소리를 했다는 소리를 들었다며 얘기해 주었다.

띠놈 띠놈

하구서 이제는, 야 이놈아 저리 가라 띠놈 하고
(조사자 : 고거를 다시 한 번만 어르신.)

아 띠놈 띠놈

하구 마, 이놈, 말하자면 이놈 이놈 하는 거지.

두껍아 두껍아 / 모래집 짓는 소리

자료코드 : 03_11_FOS_20110226_KDH_JBS_0001
조사장소 : 강원도 철원군 갈말읍 상사길 39-29 전병순 댁
조사일시 : 2011.2.26
조 사 자 : 강등학, 이영식, 박은영, 이창현
제 보 자 : 전병순, 여, 64세
구연상황 : 2010년 12월 15일 철원 고석정 전적관 강당에서 철원역사문화연구소가 주최
한 세미나장에서 전병순을 만났다. 당시에 조사자가 구비문학조사의 취지를
말씀드리고 협조를 요청하자, 연락처를 가르쳐 주며 자신이 '곡소리'를 좀 하
니까 집으로 한번 오라고 했다. 그런데 연말부터 구제역이 전국으로 확산되
고, 특히 철원군에는 양돈장이 많은 까닭에 조심스러워 조사를 할 수가 없었
다. 그러다가 가축이 있는 집을 직접 방문하지 않으면 괜찮다는 말에 2011년
2월 19일부터 본격적으로 조사를 다니기 시작했다. 2월 26일에는 전병순 댁
에 전화를 드리니 손님이 와서 바깥에서 식사 중이라고 하여 약속 시간을 정
했다. 오후에 상사리 마을 앞에 있는 태봉대교를 들어서니 민간인과 군인이
함께 구제역 방역을 하고 있었다. 제보자 집에 도착하니 남편과 남편의 옛 직
장 동료 가족이 함께 밖에서 일을 하고 있었다. 제보자는 쑥스럽다며 집안으
로 안내해 주었다. 처음에는 제보자 신상에 대해 묻고 마을 얘기를 간단히 들
었다. 이후 제보자의 나이를 생각하여 '고무줄 하는 소리'를 청했더니, '무찌
르자 오랑캐'를 불렀다고 했다. 노래를 청하니 조금 부르다가 가사를 잊었다
며 멈췄다. 이에 조사자가 손으로 모래집 짓는 시늉을 하면서 모래집 지을 때

어떤 노래를 불렀냐고 묻자 이 노래를 불러 주었다.

두껍아 두껍아 헌집 주께 새집 다오
두껍아 두껍아 헌집 주께 새집 다오

우리 아기 잘도 잔다 / 아기 재우는 소리

자료코드 : 03_11_FOS_20110226_KDH_JBS_0002
조사장소 : 강원도 철원군 갈말읍 상사길 39-29 전병순 댁
조사일시 : 2011.2.26
조 사 자 : 강등학, 이영식, 박은영, 이창현
제 보 자 : 전병순, 여, 64세
구연상황 : 2010년 12월 15일 철원 고석정 전적관 강당에서 철원역사문화연구소가 주최
한 세미나장에서 전병순을 만났다. 당시에 조사자가 구비문학조사의 취지를
말씀드리고 협조를 요청하자, 연락처를 가르쳐 주며 자신이 '곡소리'를 좀 하
니까 집으로 한번 오라고 했다. 그런데 연말부터 구제역이 전국으로 확산되
고, 특히 철원군에는 양돈장이 많은 까닭에 조심스러워 조사를 할 수가 없었
다. 그러다가 가축이 있는 집을 직접 방문하지 않으면 괜찮다는 말에 2011년
2월 19일부터 본격적으로 조사를 다니기 시작했다. 2월 26일에는 전병순 댁
에 전화를 드리니 손님이 와서 바깥에서 식사 중이라고 하여 약속 시간을 정
했다. 오후에 상사리 마을 앞에 있는 태봉대교를 들어서니 민간인과 군인이
함께 구제역 방역을 하고 있었다. 제보자 집에 도착하니 남편과 남편의 옛 직
장 동료 가족이 함께 밖에서 일을 하고 있었다. 제보자는 쑥스럽다며 집안으
로 안내해 주었다. 처음에는 제보자 신상에 대해 묻고 마을 얘기를 간단히 들
었다. 이후 처음에는 제보자의 나이를 생각하여 '고무줄 하는 소리'를 청했더
니, '무찌르자 오랑캐'를 불렀다고 했다. 노래를 청하니 조금 부르다가 가사
를 잊었다며 멈췄다. 이에 조사자가 손으로 모래집 짓는 시늉을 하면서 모래
집 지을 때 어떤 노래를 불렀냐고 묻자 '헌집 줄게 새집 다오'를 불러 주었다.
이어서 '무궁화 꽃이 피었습니다'를 부른 후 조사자가 '세 세 세'도 아느냐고
묻자 동작을 취하며 불렀다. 잠시 이야기를 나누다가 '자장가'를 불러 주겠다
며 이 노래를 불렀다. 이 노래는 예전에 자식을 키우며 불렀지만 친정어머니
께서 더 많이 불렀다고 한다.

자장 자장 잘자 거라

우리 애기 잘자 거라

꼬꼬 닭아 울지 마라

우리 애기 잘자 거라

씹쪽 씹쪽 / 소쩍새 흉내 내는 소리

자료코드 : 03_11_FOS_20110226_KDH_JBS_0003

조사장소 : 강원도 철원군 갈말읍 상사길 39-29 전병순 댁

조사일시 : 2011.2.26

조 사 자 : 강등학, 이영식, 박은영, 이창현

제 보 자 : 전병순, 여, 64세

구연상황 : 2010년 12월 15일 철원 고석정 전적관 강당에서 철원역사문화연구소가 주최한 세미나장에서 전병순을 만났다. 당시에 조사자가 구비문학조사의 취지를 말씀드리고 협조를 요청하자, 연락처를 가르쳐 주며 자신이 '곡소리'를 좀 하니까 집으로 한번 오라고 했다. 그런데 연말부터 구제역이 전국으로 확산되고, 특히 철원군에는 양돈장이 많은 까닭에 조심스러워 조사를 할 수가 없었다. 그러다가 가축이 있는 집을 직접 방문하지 않으면 괜찮다는 말에 2011년 2월 19일부터 본격적으로 조사를 다니기 시작했다. 2월 26일에는 전병순 댁에 전화를 드리니 손님이 와서 바깥에서 식사 중이라고 하여 약속 시간을 정했다. 오후에 상사리 마을 앞에 있는 태봉대교를 들어서니 민간인과 군인이 함께 구제역 방역을 하고 있었다. 제보자 집에 도착하니 남편과 남편의 옛 직장 동료 가족이 함께 밖에서 일을 하고 있었다. 제보자는 쑥스럽다며 집안으로 안내해 주었다. 처음에는 제보자 신상에 대해 묻고 마을 얘기를 간단히 들었다. 이후 처음에는 제보자의 나이를 생각하여 '고무줄 하는 소리'를 청했더니, '무찌르자 오랑캐'를 불렀다고 했다. 노래를 청하니 조금 부르다가 가사를 잊었다며 멈췄다. 이에 조사자가 손으로 모래집 짓는 시늉을 하면서 모래집 지을 때 어떤 노래를 불렀냐고 묻자 '헌집 줄게 새집 다오'를 불러 주었다. 이어서 '무궁화 꽃이 피었습니다', '세 세 세', '우리 아기 잘도 잔다', '원숭이 똥구멍은'을 불렀다. 조사자가 새 소리 흉내 내는 소리를 아느냐고 묻자, 제보자는 웃다가 욕 비슷한 소리를 하는 새가 있다고 하면서 이 소리를 했다.

새 이름은 모른다고 했다.

그런 새 이름은 잘 모르는데,

씹쪽 씹쪽

이래요. 새 이름, 새가 그렇게 불러요.

됫박 바꿔줘 / 소쩍새 흉내 내는 소리

자료코드 : 03_11_FOS_20110226_KDH_JBS_0004
조사장소 : 강원도 철원군 갈말읍 상사길 39-29 전병순 댁
조사일시 : 2011.2.26
조 사 자 : 강등학, 이영식, 박은영, 이창현
제 보 자 : 전병순, 여, 64세
구연상황 : 2010년 12월 15일 철원 고석정 전적관 강당에서 철원역사문화연구소가 주최
한 세미나장에서 전병순을 만났다. 당시에 조사자가 구비문학조사의 취지를
말씀드리고 협조를 요청하자, 연락처를 가르쳐 주며 자신이 '곡소리'를 좀 하
니까 집으로 한번 오라고 했다. 그런데 연말부터 구제역이 전국으로 확산되
고, 특히 철원군에는 양돈장이 많은 까닭에 조심스러워 조사를 할 수가 없었
다. 그러다가 가축이 있는 집을 직접 방문하지 않으면 괜찮다는 말에 2011년
2월 19일부터 본격적으로 조사를 다니기 시작했다. 2월 26일에는 전병순 댁
에 전화를 드리니 손님이 와서 바깥에서 식사 중이라고 하여 약속 시간을 정
했다. 오후에 상사리 마을 앞에 있는 태봉대교를 들어서니 민간인과 군인이
함께 구제역 방역을 하고 있었다. 제보자 집에 도착하니 남편과 남편의 옛 직
장 동료 가족이 함께 밖에서 일을 하고 있었다. 제보자는 쑥스럽다며 집안으
로 안내해 주었다. 처음에는 제보자 신상에 대해 묻고 마을 얘기를 간단히 들
었다. 이후 처음에는 제보자의 나이를 생각하여 '고무줄 하는 소리'를 청했더
니, '무찌르자 오랑캐'를 불렀다고 했다. 노래를 청하니 조금 부르다가 가사
를 잊었다며 멈췄다. 이에 조사자가 손으로 모래집 짓는 시늉을 하면서 모래
집 지을 때 어떤 노래를 불렀냐고 묻자 '헌집 줄게 새집 다오'를 불러 주었다.
이어서 '무궁화 꽃이 피었습니다', '세 세 세', '우리 아기 잘도 잔다', '원숭

이 똥구멍은'을 불렀다. 조사자가 새 소리 흉내 내는 소리를 아느냐고 묻자, 제보자는 웃다가 욕 비슷한 소리를 하는 새가 있다고 하면서 '씹쪽 씹쪽' 소리를 한 후 이 노래를 불렀다. 새 이름은 모른다고 했다.

뒷박 바꿔줘 뒷박 바꿔줘 뒷박 바꿔줘

그렇게 했어요, 예.

별 하나 나 하나 / 단숨에 외는 소리

자료코드 : 03_11_FOS_20110226_KDH_JBS_0005
조사장소 : 강원도 철원군 갈말읍 상사길 39-29 전병순 댁
조사일시 : 2011.2.26
조 사 자 : 강등학, 이영식, 박은영, 이창현
제 보 자 : 전병순, 여, 64세
구연상황 : 2010년 12월 15일 철원 고석정 전적관 강당에서 철원역사문화연구소가 주최한 세미나장에서 전병순을 만났다. 당시에 조사자가 구비문학조사의 취지를 말씀드리고 협조를 요청하자, 연락처를 가르쳐 주며 자신이 '곡소리'를 좀 하니까 집으로 한번 오라고 했다. 그런데 연말부터 구제역이 전국으로 확산되고, 특히 철원군에는 양돈장이 많은 까닭에 조심스러워 조사를 할 수가 없었다. 그러다가 가축이 있는 집을 직접 방문하지 않으면 괜찮다는 말에 2011년 2월 19일부터 본격적으로 조사를 다니기 시작했다. 2월 26일에는 전병순 댁에 전화를 드리니 손님이 와서 바깥에서 식사 중이라고 하여 약속 시간을 정했다. 오후에 상사리 마을 앞에 있는 태봉대교를 들어서니 민간인과 군인이 함께 구제역 방역을 하고 있었다. 제보자 집에 도착하니 남편과 남편의 옛 직장 동료 가족이 함께 밖에서 일을 하고 있었다. 제보자는 쑥스럽다며 집안으로 안내해 주었다. 처음에는 제보자 신상에 대해 묻고 마을 얘기를 간단히 들었다. 이후 처음에는 제보자의 나이를 생각하여 '고무줄 하는 소리'를 청했더니, '무찌르자 오랑캐'를 불렀다고 했다. 노래를 청하니 조금 부르다가 가사를 잊었다며 멈췄다. 이에 조사자가 손으로 모래집 짓는 시늉을 하면서 모래집 지을 때 어떤 노래를 불렀냐고 묻자 '헌집 줄게 새집 다오'를 불러 주었다. 이어서 '무궁화 꽃이 피었습니다', '세 세 세', '우리 아기 잘도 잔다', '원숭

이 똥구멍은', '씹쪽 씹쪽', '뒷박 바꿔줘' 노래를 불렀다. 그리고 제보자는 새와 관계된 이야기가 있다며 '소쩍새가 된 며느리 사연', '밥풀꽃이 된 며느리 사연' 이야기를 했다. 이후 새와 관련된 얘기를 나누다가 별을 헤아리며 부르는 노래를 부탁하자, 제보자는 숨을 안 쉬며 한 번에 외는 거라며 이 노래를 불러 주었다.

별하나 나하나
별둘 나둘
별셋 나세
별네 나네
별다섯 나다섯
별여섯 나여섯
별일곱 나일곱
별여덟 나여덟
별아홉 나아홉
별열 나열

강원도 아리랑 / 가창유희요

자료코드 : 03_11_FOS_20110226_KDH_JBS_0006
조사장소 : 강원도 철원군 갈말읍 상사길 39-29 전병순 댁
조사일시 : 2011.2.26
조 사 자 : 강등학, 이영식, 박은영, 이창현
제 보 자 : 전병순, 여, 64세
구연상황 : 2010년 12월 15일 철원 고석정 전적관 강당에서 철원역사문화연구소가 주최한 세미나장에서 전병순을 만났다. 당시에 조사자가 구비문학조사의 취지를 말씀드리고 협조를 요청하자, 연락처를 가르쳐 주며 자신이 '곡소리'를 좀 하니까 집으로 한번 오라고 했다. 그런데 연말부터 구제역이 전국으로 확산되고, 특히 철원군에는 양돈장이 많은 까닭에 조심스러워 조사를 할 수가 없었

다. 그러다가 가축이 있는 집을 직접 방문하지 않으면 괜찮다는 말에 2011년 2월 19일부터 본격적으로 조사를 다니기 시작했다. 2월 26일에는 전병순 댁에 전화를 드리니 손님이 와서 바깥에서 식사 중이라고 하여 약속 시간을 정했다. 오후에 상사리 마을 앞에 있는 태봉대교를 들어서니 민간인과 군인이 함께 구제역 방역을 하고 있었다. 제보자 집에 도착하니 남편과 남편의 옛 직장 동료 가족이 함께 밖에서 일을 하고 있었다. 제보자는 쑥스럽다며 집안으로 안내해 주었다. 처음에는 제보자 신상에 대해 묻고 마을 얘기를 간단히 들었다. 이후 처음에는 제보자의 나이를 생각하여 '고무줄 하는 소리'를 청했더니, '무찌르자 오랑캐'를 불렀다고 했다. 노래를 청하니 조금 부르다가 가사를 잊었다며 멈췄다. 이에 조사자가 손으로 모래집 짓는 시늉을 하면서 모래집 지을 때 어떤 노래를 불렀냐고 묻자 '헌집 줄게 새집 다오'를 불러 주었다. 이어서 '무궁화 꽃이 피었습니다', '세 세 세', '우리 아기 잘도 잔다', '원숭이 똥구멍은', '씹쪽 씹쪽', '뒷박 바꿔줘' 노래를 불렀다. 그리고 제보자는 새와 관계된 이야기가 있다며 '소쩍새가 된 며느리 사연', '밥풀꽃이 된 며느리 사연' 이야기를 했다. 이후 새와 관련된 얘기를 나누다가 '별 하나 나 하나'를 청해서 듣고 젊었을 때 어떤 유행가를 불렀냐고 묻자 '유정천리', '노란셔츠 입은 사나이', '빨간 마후라' 등을 불렀다고 했다. 이에 '강원도 아리랑'을 청하자 남편이 잘 부른다고 하며 이 노래를 불러 주었다.

아주까리 동백아 열지마라
시골에 큰애기 대난봉난다
아리아리 쓰리쓰리 아라리요
아리아리 고개를 넘어가네

그렇게 불렀던 거 같애.

곡소리

자료코드 : 03_11_FOS_20110226_KDH_JBS_0007
조사장소 : 강원도 철원군 갈말읍 상사길 39-29 전병순 댁
조사일시 : 2011.2.2

조 사 자 : 강등학, 이영식, 박은영, 이창현
제 보 자 : 전병순, 여, 64세
구연상황 : 2010년 12월 15일 철원 고석정 전적관 강당에서 철원역사문화연구소가 주최
한 세미나장에서 전병순을 만났다. 당시에 조사자가 구비문학조사의 취지를
말씀드리고 협조를 요청하자, 연락처를 가르쳐 주며 자신이 '곡소리'를 좀 하
니까 집으로 한번 오라고 했다. 그런데 연말부터 구제역이 전국으로 확산되
고, 특히 철원군에는 양돈장이 많은 까닭에 조심스러워 조사를 할 수가 없었
다. 그러다가 가축이 있는 집을 직접 방문하지 않으면 괜찮다는 말에 2011년
2월 19일부터 본격적으로 조사를 다니기 시작했다. 2월 26일에는 전병순 댁
에 전화를 드리니 손님이 와서 바깥에서 식사 중이라고 하여 약속 시간을 정
했다. 오후에 상사리 마을 앞에 있는 태봉대교를 들어서니 민간인과 군인이
함께 구제역 방역을 하고 있었다. 제보자 집에 도착하니 남편과 남편의 옛 직
장 동료 가족이 함께 밖에서 일을 하고 있었다. 제보자는 쑥스럽다며 집안으
로 안내해 주었다. 처음에는 제보자 신상에 대해 묻고 마을 얘기를 간단히 들
었다. 이후 처음에는 제보자의 나이를 생각하여 '고무줄 하는 소리'를 청했더
니, '무찌르자 오랑캐'를 불렀다고 했다. 노래를 청하니 조금 부르다가 가사
를 잊었다며 멈췄다. 이에 조사자가 손으로 모래집 짓는 시늉을 하면서 모래
집 지을 때 어떤 노래를 불렀냐고 묻자 '헌집 줄게 새집 다오'를 불러 주었다.
이어서 '무궁화 꽃이 피었습니다', '세 세 세', '우리 아기 잘도 잔다', '원숭
이 똥구멍은', '쎱쪽 쎱쪽', '뒷박 바꿔줘' 노래를 불렀다. 그리고 제보자는 새
와 관계된 이야기가 있다며 '소쩍새가 된 며느리 사연', '밥풀꽃이 된 며느리
사연' 이야기를 했다. 이후 새와 관련된 얘기를 나누다가 '별 하나 나 하나'
를 청해서 듣고 젊었을 때 어떤 유행가를 불렀냐고 묻자 '유정천리', '노란셔
츠 입은 사나이', '빨간 마후라' 등을 불렀다고 했다. 이에 '강원도 아리랑'을
청하자 남편이 잘 부른다고 하며 노래를 불러 주었다. 제보자가 아는 노래는
대충 다 불렀다고 해서 옛날 얘기를 부탁하자 어렸을 적 형부와 아버지가 들
려준 얘기라며 '발로 차면 커지는 달걀 귀신', '도깨비로 변하는 빗자루 귀
신', '변덕이 심한 도깨비' 등을 얘기하였다. 조사가 마무리 단계에 이르러 곡
소리를 청하니 그 사연을 들려주었다. 몇 해 전 형부가 돌아가셔서 곡을 했더
니 곡소리가 구슬프다고 조카가 '우리의 소리를 찾아서'에 한번 나가 보라고
권했다고 한다. 소리를 청하니 창피하다며 창문을 닫으며 잠시 감정조절을 하
고 불렀다. 부르고 난 후에는 돌아가신 부모님 생각이 난다고 했다.

아이고 아이고 아이고 아이고

아이고 아이고 아이고 아이고

아이고 아이고 아이고 아이고

아이고 아이고 아이고 아이고

아이고 아이고 아이고

하나 소리 / 모심는 소리

자료코드 : 03_11_FOS_20110326_KDH_JJT_0001_s01
조사장소 : 강원도 철원군 갈말읍 신철원3리 용화동길 36 정진택 댁
조사일시 : 2011.3.26
조 사 자 : 강등학, 이영식, 박은영, 이창현
제 보 자 : 정진택, 남, 75세
구연상황 : 『강원의 설화』에 정리된 자료를 참고하여 제보자에게 여러 번 연락을 취했으나 통화를 못 했다. 나중에 알고 보니 그동안 몸이 불편하여 병원에 있었기 때문이다. 오전에 제보자 집을 방문하였다. 제보자는 집 마당에서 조사자들을 맞이했다. 집에는 부인과 일주일 전에 제대한 손자가 있었으나 각자 방에 있어서 조사에는 동참하지 않았다. 세탁기 돌아가는 소리가 함께 녹음되었다. 몇 년 전에 설화를 제보한 경험이 있었기 때문에 조사에는 별 문제가 없었다. 제보자 및 마을에 대한 정보를 얻고 마을에 내려오는 전설에 대해 들었다. '선녀가 목욕하고 올라간 선녀탕', '궁예가 시름없이 넘은 시르매 고개', '못에 돌을 메우는 기우제', '용화리 마을 개척담'을 청해 들었다. 이어서 농사 얘기가 나와 농사와 관련된 소리를 청했다. 특히 밭갈애비를 했다고 해서 논밭 가는 소리를 청했으나 소리는 취미가 없었다고 하여 듣지 못했다. 그래서 '모심는 소리'를 청하여 들었다.

하나 하나 하나기로 구나

그렇게 해서 그 하 한 포기 심을 때마다.

(조사자 : 고러면 뒤에 사람들은, 나머지는 따라서?)

따라, 또 따라서

하나 하나 하나기로 구나

방아 소리 / 논매는 소리

자료코드 : 03_11_FOS_20110326_KDH_JJT_0001_s02

조사장소 : 강원도 철원군 갈말읍 신철원3리 용화동길 36 정진택 댁

조사일시 : 2011.3.26

조 사 자 : 강등학, 이영식, 박은영, 이창현

제 보 자 : 정진택, 남, 75세

구연상황 : 『강원의 설화』에 정리된 자료를 참고하여 제보자에게 여러 번 연락을 취했으나 통화를 못 했다. 나중에 알고 보니 그동안 몸이 불편하여 병원에 있었기 때문이다. 오전에 제보자 집을 방문하였다. 제보자는 집 마당에서 조사자들을 맞이했다. 집에는 부인과 일주일 전에 제대한 손자가 있었으나 각자 방에 있어서 조사에는 동참하지 않았다. 세탁기 돌아가는 소리가 함께 녹음되었다. 몇 년 전에 설화를 제보한 경험이 있었기 때문에 조사에는 별 문제가 없었다. 제보자 및 마을에 대한 정보를 얻고 마을에 내려오는 전설에 대해 들었다. '선녀가 목욕하고 올라간 선녀탕', '궁예가 시름없이 넘은 시르매 고개', '못에 돌을 메우는 기우제', '용화리 마을 개척담'을 청해 들었다. 이어서 농사 얘기가 나와 농사와 관련된 소리를 청했다. 특히 밭갈애비를 했다고 해서 논밭 가는 소리를 청했으나 소리는 취미가 없었다고 하여 듣지 못했다. 그래서 '모심는 소리'를 청하여 들었다. '모심는 소리'를 듣고 '논매는 소리'를 청했다. 논은 보통 세 벌 맸는데, 애벌은 호미로, 두벌은 손으로, 세벌은 피만 뽑았다고 한다. 그리고 애벌 때는 '덩어리 소리', 두벌 때는 '방아 소리', '상사 소리'를 불렀다고 한다.

에헤리 방아요

그러미, 논 맬 때.

(조사자 : 여기서도 해셨나요?)

네, 여기서도 더러 했어요.

잠자리 꽁꽁 / 잠자리 잡는 소리

자료코드 : 03_11_FOS_20110326_KDH_JJT_0002
조사장소 : 강원도 철원군 갈말읍 신철원3리 용화동길 36 정진택 댁
조사일시 : 2011.3.26
조 사 자 : 강등학, 이영식, 박은영, 이창현
제 보 자 : 정진택, 남, 75세
구연상황 : 『강원의 설화』에 정리된 자료를 참고하여 제보자에게 여러 번 연락을 취했으
나 통화를 못 했다. 나중에 알고 보니 그동안 몸이 불편하여 병원에 있었기
때문이다. 오전에 제보자 집을 방문하였다. 제보자는 집 마당에서 조사자들을
맞이했다. 집에는 부인과 일주일 전에 제대한 손자가 있었으나 각자 방에 있
어서 조사에는 동참하지 않았다. 세탁기 돌아가는 소리가 함께 녹음되었다.
몇 년 전에 설화를 제보한 경험이 있었기 때문에 조사에는 별 문제가 없었다.
제보자 및 마을에 대한 정보를 얻고 마을에 내려오는 전설에 대해 들었다.
'선녀가 목욕하고 올라간 선녀탕', '궁예가 시름없이 넘은 시르매 고개', '못
에 돌을 메우는 기우제', '용화리 마을 개척담'을 청해 들었다. 이어서 농사
얘기가 나와 농사와 관련된 소리를 청했다. 특히 밭갈애비를 했다고 해서 논
밭 가는 소리를 청했으나 소리는 취미가 없었다고 하여 듣지 못했다. 그래서
모심을 때 부르는 '하나 소리', 논맬 때 부르는 '덩어리 소리', '방아 소리',
'상사 소리'를 청했으나 후렴만 불렀다. 그리고 '잠자리 잡는 소리'를 청하니
옛날에 잠자리 많이 잡았다면서 이 노래를 불렀다.

잠자리 꽁꽁 맹꽁꽁
멀리가면 죽고
이리오면 산다

알낳라 꽁꽁 / 잠자리 부리는 소리

자료코드 : 03_11_FOS_20110326_KDH_JJT_0003
조사장소 : 강원도 철원군 갈말읍 신철원3리 용화동길 36 정진택 댁
조사일시 : 2011.3.26
조 사 자 : 강등학, 이영식, 박은영, 이창현

제 보 자 : 정진택, 남, 75세

구연상황 : 『강원의 설화』에 정리된 자료를 참고하여 제보자에게 여러 번 연락을 취했으나 통화를 못 했다. 나중에 알고 보니 그동안 몸이 불편하여 병원에 있었기 때문이다. 오전에 제보자 집을 방문하였다. 제보자는 집 마당에서 조사자들을 맞이했다. 집에는 부인과 일주일 전에 제대한 손자가 있었으나 각자 방에 있어서 조사에는 동참하지 않았다. 세탁기 돌아가는 소리가 함께 녹음되었다. 몇 년 전에 설화를 제보한 경험이 있었기 때문에 조사에는 별 문제가 없었다. 제보자 및 마을에 대한 정보를 얻고 마을에 내려오는 전설에 대해 들었다. '선녀가 목욕하고 올라간 선녀탕', '궁예가 시름없이 넘은 시르매 고개', '못에 돌을 메우는 기우제', '용화리 마을 개척담'을 청해 들었다. 이어서 농사 얘기가 나와 농사와 관련된 소리를 청했다. 특히 밭갈애비를 했다고 해서 논 밭 가는 소리를 청했으나 소리는 취미가 없었다고 하여 듣지 못했다. 그래서 모심을 때 부르는 '하나 소리', 논맬 때 부르는 '덩어리 소리', '방아 소리', '상사 소리'를 청했으나 후럼만 불렀다. 그리고 '잠자리 잡는 소리'를 청하니 옛날에 잠자리 많이 잡았다면서 이 노래를 불렀다. 그리곤 손바닥에 잠자리가 알 낳는 시늉을 하면서 '잠자리 부리는 소리'를 불렀다.

손바닥에 대고,

　　알낳라 꽁꽁
　　알낳라 꽁꽁

하면 진짜 알을 나요, 짬자리가.

메요 메요 소리 / 송아지 부르는 소리

자료코드 : 03_11_FOS_20110326_KDH_JJT_0004

조사장소 : 강원도 철원군 갈말읍 신철원3리 용화동길 36 정진택 댁

조사일시 : 2011.3.26

조 사 자 : 강등학, 이영식, 박은영, 이창현

제 보 자 : 정진택, 남, 75세

구연상황 : 『강원의 설화』에 정리된 자료를 참고하여 제보자에게 여러 번 연락을 취했으

나 통화를 못 했다. 나중에 알고 보니 그동안 몸이 불편하여 병원에 있었기
때문이다. 오전에 제보자 집을 방문하였다. 제보자는 집 마당에서 조사자들을
맞이했다. 집에는 부인과 일주일 전에 제대한 손자가 있었으나 각자 방에 있
어서 조사에는 동참하지 않았다. 세탁기 돌아가는 소리가 함께 녹음되었다.
몇 년 전에 설화를 제보한 경험이 있었기 때문에 조사에는 별 문제가 없었다.
제보자 및 마을에 대한 정보를 얻고 마을에 내려오는 전설에 대해 들었다.
'선녀가 목욕하고 올라간 선녀탕', '궁예가 시름없이 넘은 시르매 고개', '못
에 돌을 메우는 기우제', '용화리 마을 개척담'을 청해 들었다. 이어서 농사
얘기가 나와 농사와 관련된 소리를 청했다. 특히 밭갈애비를 했다고 해서 논
밭 가는 소리를 청했으나 소리는 취미가 없었다고 하여 듣지 못했다. 그래서
모심을 때 부르는 '하나 소리', 논맬 때 부르는 '덩어리 소리', '방아 소리',
'상사 소리'를 청했으나 후렴만 불렀다. 그리고 '잠자리 잡는 소리', '잠자리
부리는 소리'를 청해 들었다. 잠시 다른 얘기를 나누다가 '밤에만 활동하는
임꺽정', '철원지역 돌이 곰보돌이 된 사연', '궁예와 왕정낭의 지명유래', '이
무기와 이심소의 유래' 등의 설화를 들었다. 소 이야기가 나와 '송아지 부르
는 소리'를 아느냐고 했더니 어려서 많이 불렀다고 한다.

머이 머이 머이

(조사자 : 그러면 옵니까?)

예, 오죠, 송아지가.

얕게 날아라 / 벌 모으는 소리

자료코드 : 03_11_FOS_20110326_KDH_JJT_0005
조사장소 : 강원도 철원군 갈말읍 신철원3리 용화동길 36 정진택 댁
조사일시 : 2011.3.26
조 사 자 : 강등학, 이영식, 박은영, 이창현
제 보 자 : 정진택, 남, 75세
구연상황 : 『강원의 설화』에 정리된 자료를 참고하여 제보자에게 여러 번 연락을 취했으
　　　　　 나 통화를 못 했다. 나중에 알고 보니 그동안 몸이 불편하여 병원에 있었기
　　　　　 때문이다. 오전에 제보자 집을 방문하였다. 제보자는 집 마당에서 조사자들을

맞이했다. 집에는 부인과 일주일 전에 제대한 손자가 있었으나 각자 방에 있어서 조사에는 동참하지 않았다. 세탁기 돌아가는 소리가 함께 녹음되었다. 몇 년 전에 설화를 제보한 경험이 있었기 때문에 조사에는 별 문제가 없었다. 제보자 및 마을에 대한 정보를 얻고 마을에 내려오는 전설에 대해 들었다. '선녀가 목욕하고 올라간 선녀탕', '궁예가 시름없이 넘은 시르매 고개', '못에 돌을 메우는 기우제', '용화리 마을 개척담'을 청해 들었다. 이어서 농사 얘기가 나와 농사와 관련된 소리를 청했다. 특히 밭갈애비를 했다고 해서 논밭 가는 소리를 청했으나 소리는 취미가 없었다고 하여 듣지 못했다. 그래서 모심을 때 부르는 '하나 소리', 논맬 때 부르는 '덩어리 소리', '방아 소리', '상사 소리'를 청했으나 후렴만 불렀다. 그리고 '잠자리 잡는 소리', '잠자리 부리는 소리'를 청해 들었다. 잠시 다른 얘기를 나누다가 '밤에만 활동하는 임꺽정', '철원지역 돌이 곰보돌이 된 사연', '궁예와 왕정낭의 지명유래', '이무기와 이심소의 유래' 등의 설화를 들었다. 이어서 '송아지 부르는 소리'를 청해 듣고 '벌 모으는 소리'를 청했다. 벌을 모을 때는 모래를 뿌리면서 소리를 지른다고 한다.

얕게 날아라 얕게 날아
얕이 얕이 얕이 얕이 얕이

이러면, 그러면서

얕이 얕이 얕이 붙어라

그러구

허영차 소리 / 목도하는 소리

자료코드 : 03_11_FOS_20110326_KDH_JJT_0006
조사장소 : 강원도 철원군 갈말읍 신철원3리 용화동길 36 정진택 댁
조사일시 : 2011.3.26
조 사 자 : 강등학, 이영식, 박은영, 이창현
제 보 자 : 정진택, 남, 75세

구연상황 : 『강원의 설화』에 정리된 자료를 참고하여 제보자에게 여러 번 연락을 취했으
나 통화를 못 했다. 나중에 알고 보니 그동안 몸이 불편하여 병원에 있었기 때문이다. 오전에 제보자 집을 방문하였다. 제보자는 집 마당에서 조사자들을 맞이했다. 집에는 부인과 일주일 전에 제대한 손자가 있었으나 각자 방에 있어서 조사에는 동참하지 않았다. 세탁기 돌아가는 소리가 함께 녹음되었다. 몇 년 전에 설화를 제보한 경험이 있었기 때문에 조사에는 별 문제가 없었다. 제보자 및 마을에 대한 정보를 얻고 마을에 내려오는 전설에 대해 들었다. '선녀가 목욕하고 올라간 선녀탕', '궁예가 시름없이 넘은 시르매 고개', '못에 돌을 메우는 기우제', '용화리 마을 개척담'을 청해 들었다. 이어서 농사 얘기가 나와 농사와 관련된 소리를 청했다. 특히 밭갈애비를 했다고 해서 를 청했으나 소리는 취미가 없었다고 하여 듣지 못했다. 그래서 모심을 때 부르는 '하나 소리', 논맬 때 부르는 '덩어리 소리', '방아 소리', '상사 소리'를 청했으나 후렴만 불렀다. 그리고 '잠자리 잡는 소리', '잠자리 부리는 소리'를 청해 들었다. 잠시 다른 얘기를 나누다가 '밤에만 활동하는 임꺽정', '철원지역 돌이 곰보돌이 된 사연', '궁예와 왕정낭의 지명유래담', '이무기와 이심소의 유래' 등의 설화를 들었다. 이어서 '송아지 부르는 소리', '벌 모으는 소리'를 청해 들었다. 그리고 승일교를 세울 때 이곳에서 나무를 가져갔다는 말에 '목도 소리'를 청했다.

허영 허영 허영차
허영 허영 허영차

그러구.

엄마 손이 약손이다 / 배 쓸어주는 소리

자료코드 : 03_11_FOS_20110326_KDH_JJT_0007
조사장소 : 강원도 철원군 갈말읍 신철원3리 용화동길 36 정진택 댁
조사일시 : 2011.3.26
조 사 자 : 강등학, 이영식, 박은영, 이창현
제 보 자 : 정진택, 남, 75세
구연상황 : 『강원의 설화』에 정리된 자료를 참고하여 제보자에게 여러 번 연락을 취했으

나 통화를 못 했다. 나중에 알고 보니 그동안 몸이 불편하여 병원에 있었기 때문이다. 오전에 제보자 집을 방문하였다. 제보자는 집 마당에서 조사자들을 맞이했다. 집에는 부인과 일주일 전에 제대한 손자가 있었으나 각자 방에 있어서 조사에는 동참하지 않았다. 세탁기 돌아가는 소리가 함께 녹음되었다. 몇 년 전에 설화를 제보한 경험이 있었기 때문에 조사에는 별 문제가 없었다. 제보자 및 마을에 대한 정보를 얻고 마을에 내려오는 전설에 대해 들었다. '선녀가 목욕하고 올라간 선녀탕', '궁예가 시름없이 넘은 시르매 고개', '못에 돌을 메우는 기우제', '용화리 마을 개척담'을 청해 들었다. 이어서 농사 얘기가 나와 농사와 관련된 소리를 청했다. 특히 밭갈애비를 했다고 해서 를 청했으나 소리는 취미가 없었다고 하여 듣지 못했다. 그래서 모심을 때 부르는 '하나 소리', 논맬 때 부르는 '덩어리 소리', '방아 소리', '상사 소리'를 청했으나 후렴만 불렀다. 그리고 '잠자리 잡는 소리', '잠자리 부리는 소리'를 청해 들었다. 잠시 다른 얘기를 나누다가 '밤에만 활동하는 임꺽정', '철원지역 돌이 곰보돌이 된 사연', '궁예와 왕정낭의 지명유래담', '이무기와 이심소의 유래' 등의 설화를 들었다. 이어서 '송아지 부르는 소리', '벌 모으는 소리', '목도하는 소리'를 청해 들었다. 그리고 '배 쓸어주는 소리'를 청했더니, 자신의 배를 문지르면서 노래를 불렀다.

쑥쑥 내려가라 쑥쑥 내려가라
뭐 니 배는 똥배구 내 손은 약손이다

이렇게 허면서 저, 이걸

쑥쑥 내려가라 쑥쑥 내려가라
뭐 배꼽으루 내려가라 뭐 똥뿡으루 내려가라

이렇게 자꾸만 그렇게 허믄선 배를 쓰다듬어 주셨어, 할아버지, 아 할머니가.

우리 아기 잘도 잔다 / 아기 재우는 소리

자료코드 : 03_11_FOS_20110326_KDH_JJT_0008

조사장소 : 강원도 철원군 갈말읍 신철원3리 용화동길 36 정진택 댁

조사일시 : 2011.3.26

조 사 자 : 강등학, 이영식, 박은영, 이창현

제 보 자 : 정진택, 남, 75세

구연상황 : 『강원의 설화』에 정리된 자료를 참고하여 제보자에게 여러 번 연락을 취했으나 통화를 못 했다. 나중에 알고 보니 그동안 몸이 불편하여 병원에 있었기 때문이다. 오전에 제보자 집을 방문하였다. 제보자는 집 마당에서 조사자들을 맞이했다. 집에는 부인과 일주일 전에 제대한 손자가 있었으나 각자 방에 있어서 조사에는 동참하지 않았다. 세탁기 돌아가는 소리가 함께 녹음되었다. 몇 년 전에 설화를 제보한 경험이 있었기 때문에 조사에는 별 문제가 없었다. 제보자 및 마을에 대한 정보를 얻고 마을에 내려오는 전설에 대해 들었다. '선녀가 목욕하고 올라간 선녀탕', '궁예가 시름없이 넘은 시르매 고개', '못에 돌을 메우는 기우제', '용화리 마을 개척담'을 청해 들었다. 이어서 농사 얘기가 나와 농사와 관련된 소리를 청했다. 특히 밭갈애비를 했다고 해서 논밭 가는 소리를 청했으나 소리는 취미가 없었다고 하여 듣지 못했다. 그래서 모심을 때 부르는 '하나 소리', 논맬 때 부르는 '덩어리 소리', '방아 소리', '상사 소리'를 청했으나 후렴만 불렀다. 그리고 '잠자리 잡는 소리', '잠자리 부리는 소리'를 청해 들었다. 잠시 다른 얘기를 나누다가 '밤에만 활동하는 임꺽정', '철원지역 돌이 곰보돌이 된 사연', '궁예와 왕정낭의 지명유래담', '이무기와 이심소의 유래' 등의 설화를 들었다. 이어서 '송아지 부르는 소리', '벌 모으는 소리', '목도하는 소리', '배 쓸어주는 소리'를 듣고, '아기 재우는 소리'를 청해서 들었다.

자장 자장

우리아기 잘두잔다

자장 자장

꼬꼬닭아 울지마라

멍멍개야 짖지마라

우리아기 잘도자게

중도 고기를 먹더냐 / 두드러기 없애는 소리

자료코드 : 03_11_FOS_20110326_KDH_JJT_0009
조사장소 : 강원도 철원군 갈말읍 신철원3리 용화동길 36 정진택 댁
조사일시 : 2011.3.26
조 사 자 : 강등학, 이영식, 박은영, 이창현
제 보 자 : 정진택, 남, 75세

구연상황 : 『강원의 설화』에 정리된 자료를 참고하여 제보자에게 여러 번 연락을 취했으나 통화를 못 했다. 나중에 알고 보니 그동안 몸이 불편하여 병원에 있었기 때문이다. 오전에 제보자 집을 방문하였다. 제보자는 집 마당에서 조사자들을 맞이했다. 집에는 부인과 일주일 전에 제대한 손자가 있었으나 각자 방에 있어서 조사에는 동참하지 않았다. 세탁기 돌아가는 소리가 함께 녹음되었다. 몇 년 전에 설화를 제보한 경험이 있었기 때문에 조사에는 별 문제가 없었다. 제보자 및 마을에 대한 정보를 얻고 마을에 내려오는 전설에 대해 들었다. '선녀가 목욕하고 올라간 선녀탕', '궁예가 시름없이 넘은 시르매 고개', '못에 돌을 메우는 기우제', '용화리 마을 개척담'을 청해 들었다. 이어서 농사 얘기가 나와 농사와 관련된 소리를 청했다. 특히 밭갈애비를 했다고 해서 논밭 가는 소리를 청했으나 소리는 취미가 없었다고 하여 듣지 못했다. 그래서 모심을 때 부르는 '하나 소리', 논맬 때 부르는 '덩어리 소리', '방아 소리', '상사 소리'를 청했으나 후렴만 불렀다. 그리고 '잠자리 잡는 소리', '잠자리 부리는 소리'를 청해 들었다. 잠시 다른 얘기를 나누다가 '밤에만 활동하는 임꺽정', '철원지역 돌이 곰보돌이 된 사연', '궁예와 왕정낭의 지명유래담', '이무기와 이심소의 유래' 등의 설화를 들었다. 이어서 '송아지 부르는 소리', '벌 모으는 소리', '목도 하는 소리', '배 쓸어주는 소리', '아기 재우는 소리'를 듣고 '삼눈 잡는 소리'를 청했으나 듣기만 해서 잘 모른다며 '두드러기 없애는 소리'를 불렀다. 두드러기를 없애고자 할 때는, 이 노래를 부르면서 짚 섞은 걸 태워 연기를 피워 빗자루로 그것을 쓸어다가 환자의 옷을 벗기고 몸을 위아래로 쓸어내리는 시늉을 하며, 나중에는 소금으로 문질러 준다고 한다.

중두 고기를 먹드나
석인이 고기를 먹드나
중두 고기를 먹드나

석인이 고기를 먹드나

하믄선.

한알대 두알대 / 다리 뽑기 하는 소리

자료코드 : 03_11_FOS_20110326_KDH_JJT_0010
조사장소 : 강원도 철원군 갈말읍 신철원3리 용화동길 36 정진택 댁
조사일시 : 2011.3.26
조 사 자 : 강등학, 이영식, 박은영, 이창현
제 보 자 : 정진택, 남, 75세
구연상황 : 『강원의 설화』에 정리된 자료를 참고하여 제보자에게 여러 번 연락을 취했으나 통화를 못 했다. 나중에 알고 보니 그동안 몸이 불편하여 병원에 있었기 때문이다. 오전에 제보자 집을 방문하였다. 제보자는 집 마당에서 조사자들을 맞이했다. 집에는 부인과 일주일 전에 제대한 손자가 있었으나 각자 방에 있어서 조사에는 동참하지 않았다. 세탁기 돌아가는 소리가 함께 녹음되었다. 몇 년 전에 설화를 제보한 경험이 있었기 때문에 조사에는 별 문제가 없었다. 제보자 및 마을에 대한 정보를 얻고 마을에 내려오는 전설에 대해 들었다. '선녀가 목욕하고 올라간 선녀탕', '궁예가 시름없이 넘은 시르매 고개', '못에 돌을 메우는 기우제', '용화리 마을 개척담'을 청해 들었다. 이어서 농사 얘기가 나와 농사와 관련된 소리를 청했다. 특히 밭갈애비를 했다고 해서 논밭 가는 소리를 청했으나 소리는 취미가 없었다고 하여 듣지 못했다. 그래서 모심을 때 부르는 '하나소리', 논맬 때 부르는 '덩어리 소리', '방아 소리', '상사 소리'를 청했으나 후렴만 불렀다. 그리고 '잠자리 잡는 소리', '잠자리 부리는 소리'를 청해 들었다. 잠시 다른 얘기를 나누다가 '밤에만 활동하는 임꺽정', '철원지역 돌이 곰보돌이 된 사연', '궁예와 왕정낭의 지명유래담', '이무기와 이심소의 유래' 등의 설화를 들었다. 이어서 '송아지 부르는 소리', '벌 모으는 소리', '목도하는 소리', '배 쓸어주는 소리', '아기 재우는 소리', '두드러기 없애는 소리' 등을 듣고 '다리 뽑기 하는 소리'를 청했다.

[두 다리를 펴서 두드리며]

　　한알대 두알대 삼아중 나알대 영랑 거지 팔대 장군 고두래 뽕

[무릎 하나를 구부리며]

하면 또 하나 이렇게 꼬부리구, 또 그렇게

[두 다리를 펴서 두드리며]

　한알대 두알대 삼아중 나알대 영랑 거지 팔대 장군 고두래 뽕

[무릎 하나를 구부리며]

하면 또 하나 이렇게 꾸부리구.

나무하러 가세 / 말머리 잇는 소리

자료코드 : 03_11_FOS_20110326_KDH_JJT_0011
조사장소 : 강원도 철원군 갈말읍 신철원3리 용화동길 36 정진택 댁
조사일시 : 2011.3.26
조 사 자 : 강등학, 이영식, 박은영, 이창현
제 보 자 : 정진택, 남, 75세
구연상황 : 『강원의 설화』에 정리된 자료를 참고하여 제보자에게 여러 번 연락을 취했으
　　　　　나 통화를 못 했다. 나중에 알고 보니 그동안 몸이 불편하여 병원에 있었기
　　　　　때문이다. 오전에 제보자 집을 방문하였다. 제보자는 집 마당에서 조사자들을
　　　　　맞이했다. 집에는 부인과 일주일 전에 제대한 손자가 있었으나 각자 방에 있
　　　　　어서 조사에는 동참하지 않았다. 세탁기 돌아가는 소리가 함께 녹음되었다.
　　　　　몇 년 전에 설화를 제보한 경험이 있었기 때문에 조사에는 별 문제가 없었다.
　　　　　제보자 및 마을에 대한 정보를 얻고 마을에 내려오는 전설에 대해 들었다.
　　　　　'선녀가 목욕하고 올라간 선녀탕', '궁예가 시름없이 넘은 시르매 고개', '못
　　　　　에 돌을 메우는 기우제', '용화리 마을 개척담'을 청해 들었다. 이어서 농사
　　　　　얘기가 나와 농사와 관련된 소리를 청했다. 특히 밭갈애비를 했다고 해서 논
　　　　　밭 가는 소리를 청했으나 소리는 취미가 없었다고 하여 듣지 못했다. 그래서
　　　　　모심을 때 부르는 '하나 소리', 논맬 때 부르는 '덩어리 소리', '방아 소리',
　　　　　'상사 소리'를 청했으나 후렴만 불렀다. 그리고 '잠자리 잡는 소리', '잠자리
　　　　　부리는 소리'를 청해 들었다. 잠시 다른 얘기를 나누다가 '밤에만 활동하는
　　　　　임꺽정', '철원지역 돌이 곰보돌이 된 사연', '궁예와 왕정낭의 지명유래담',

'이무기와 이심소의 유래' 등의 설화를 들었다. 이어서 '송아지 부르는 소리', '벌 모으는 소리', '목도하는 소리', '배 쓸어주는 소리', '아기 재우는 소리', '두드러기 없애는 소리', '다리 뽑기 하는 소리' 등을 듣고, '말머리 잇는 소리'를 청했다.

아이구 배야 그러믄

무슨 배

자라 배

무슨 자라

웁 자라

무슨 웁

당 웁

이거리 저거리 갓거리 / 다리 뽑기 하는 소리

자료코드 : 03_11_FOS_20110326_KDH_JJT_0012
조사장소 : 강원도 철원군 갈말읍 신철원3리 용화동길 36 정진택 댁
조사일시 : 2011.3.26
조 사 자 : 강등학, 이영식, 박은영, 이창현
제 보 자 : 정진택, 남, 75세
구연상황 : 『강원의 설화』에 정리된 자료를 참고하여 제보자에게 여러 번 연락을 취했으나 통화를 못 했다. 나중에 알고 보니 그동안 몸이 불편하여 병원에 있었기 때문이다. 오전에 제보자 집을 방문하였다. 제보자는 집 마당에서 조사자들을 맞이했다. 집에는 부인과 일주일 전에 제대한 손자가 있었으나 각자 방에 있어서 조사에는 동참하지 않았다. 세탁기 돌아가는 소리가 함께 녹음되었다. 몇 년 전에 설화를 제보한 경험이 있었기 때문에 조사에는 별 문제가 없었다. 제보자 및 마을에 대한 정보를 얻고 마을에 내려오는 전설에 대해 들었다. '선녀가 목욕하고 올라간 선녀탕', '궁예가 시름없이 넘은 시르매 고개', '못에 돌을 메우는 기우제', '용화리 마을 개척담'을 청해 들었다. 이어서 농사 얘기가 나와 농사와 관련된 소리를 청했다. 특히 밭갈애비를 했다고 해서 논

밭 가는 소리를 청했으나 소리는 취미가 없었다고 하여 듣지 못했다. 그래서 모심을 때 부르는 '하나 소리', 논맬 때 부르는 '덩어리 소리', '방아 소리', '상사 소리'를 청했으나 후렴만 불렀다. 그리고 '잠자리 잡는 소리', '잠자리 부리는 소리'를 청해 들었다. 잠시 다른 얘기를 나누다가 '밤에만 활동하는 임꺽정', '철원지역 돌이 곰보돌이 된 사연', '궁예와 왕정낭의 지명유래담', '이무기와 이심소의 유래' 등의 설화를 들었다. 이어서 '송아지 부르는 소리', '벌 모으는 소리', '목도하는 소리', '배 쓸어주는 소리', '아기 재우는 소리', '두드러기 없애는 소리', '다리 뽑기 하는 소리', '말머리 잇는 소리' 등을 들었다. 잠시 쉬다가 제보자가 다리 뽑기도 여러 가지라며 두 노래를 불렀다.

뭐 이거리 저거리 밧거 리

진대 만저 두만 군

짝 발려 하양 군

도리 주머니 사 유

육대 육대 전라 두

뭐 똘똘 말아 제비 콩

그러는 거.

고모네 집에 갔더니 / 다리 뽑기 하는 소리

자료코드 : 03_11_FOS_20110326_KDH_JJT_0013
조사장소 : 강원도 철원군 갈말읍 신철원3리 용화동길 36 정진택 댁
조사일시 : 2011.3.26
조 사 자 : 강등학, 이영식, 박은영, 이창현
제 보 자 : 정진택, 남, 75세
구연상황 : 『강원의 설화』에 정리된 자료를 참고하여 제보자에게 여러 번 연락을 취했으나 통화를 못 했다. 나중에 알고 보니 그동안 몸이 불편하여 병원에 있었기 때문이다. 오전에 제보자 집을 방문하였다. 제보자는 집 마당에서 조사자들을 맞이했다. 집에는 부인과 일주일 전에 제대한 손자가 있었으나 각자 방에 있

어서 조사에는 동참하지 않았다. 세탁기 돌아가는 소리가 함께 녹음되었다. 몇 년 전에 설화를 제보한 경험이 있었기 때문에 조사에는 별 문제가 없었다. 제보자 및 마을에 대한 정보를 얻고 마을에 내려오는 전설에 대해 들었다. '선녀가 목욕하고 올라간 선녀탕', '궁예가 시름없이 넘은 시르매 고개', '못에 돌을 메우는 기우제', '용화리 마을 개척담'을 청해 들었다. 이어서 농사 얘기가 나와 농사와 관련된 소리를 청했다. 특히 밭갈애비를 했다고 해서 논밭 가는 소리를 청했으나 소리는 취미가 없었다고 하여 듣지 못했다. 그래서 모심을 때 부르는 '하나 소리', 논맬 때 부르는 '덩어리 소리', '방아 소리', '상사 소리'를 청했으나 후렴만 불렀다. 그리고 '잠자리 잡는 소리', '잠자리 부리는 소리'를 청해 들었다. 잠시 다른 얘기를 나누다가 '밤에만 활동하는 임걱정', '철원지역 돌이 곰보돌이 된 사연', '궁예와 왕정낭의 지명유래담', '이무기와 이심소의 유래' 등의 설화를 들었다. 이어서 '송아지 부르는 소리', '벌 모으는 소리', '목도하는 소리', '배 쓸어주는 소리', '아기 재우는 소리', '두드러기 없애는 소리', '다리 뽑기 하는 소리', '말머리 잇는 소리' 등을 들었다. 잠시 쉬다가 제보자가 다리 뽑기도 여러 가지라며 두 노래를 불렀다. 하지만 '고모네 집에 갔더니'는 제대로 부르지 못했다.

고모네 집에 갔더 니
뭐 암탉 수탉 잡아 서
나한 숟갈 안주 구
우리 집에 와봐 라
기름 뭐 기름에 튀긴 닭 안 준다 그랬나?

아가리 딱딱 벌려라 / 물고기 꿰는 소리

자료코드 : 03_11_FOS_20110326_KDH_JJT_0014
조사장소 : 강원도 철원군 갈말읍 신철원3리 용화동길 36 정진택 댁
조사일시 : 2011.3.26
조 사 자 : 강등학, 이영식, 박은영, 이창현
제 보 자 : 정진택, 남, 75세
구연상황 : 『강원의 설화』에 정리된 자료를 참고하여 제보자에게 여러 번 연락을 취했으

나 통화를 못 했다. 나중에 알고 보니 그동안 몸이 불편하여 병원에 있었기 때문이다. 오전에 제보자 집을 방문하였다. 제보자는 집 마당에서 조사자들을 맞이했다. 집에는 부인과 일주일 전에 제대한 손자가 있었으나 각자 방에 있어서 조사에는 동참하지 않았다. 세탁기 돌아가는 소리가 함께 녹음되었다. 몇 년 전에 설화를 제보한 경험이 있었기 때문에 조사에는 별 문제가 없었다. 제보자 및 마을에 대한 정보를 얻고 마을에 내려오는 전설에 대해 들었다. '선녀가 목욕하고 올라간 선녀탕', '궁예가 시름없이 넘은 시르매 고개', '못에 돌을 메우는 기우제', '용화리 마을 개척담'을 청해 들었다. 이어서 농사 얘기가 나와 농사와 관련된 소리를 청했다. 특히 밭갈애비를 했다고 해서 논밭 가는 소리를 청했으나 소리는 취미가 없었다고 하여 듣지 못했다. 그래서 모심을 때 부르는 '하나 소리', 논맬 때 부르는 '덩어리 소리', '방아 소리', '상사 소리'를 청했으나 후렴만 불렀다. 그리고 '잠자리 잡는 소리', '잠자리 부리는 소리'를 청해 들었다. 잠시 다른 얘기를 나누다가 '밤에만 활동하는 임꺽정', '철원지역 돌이 곰보돌이 된 사연', '궁예와 왕정낭의 지명유래담', '이무기와 이심소의 유래' 등의 설화를 들었다. 이어서 '송아지 부르는 소리', '벌 모으는 소리', '목도하는 소리', '배 쓸어주는 소리', '아기 재우는 소리', '두드러기 없애는 소리', '다리 뽑기 하는 소리', '말머리 잇는 소리' 등을 들었다. 잠시 쉬다가 제보자가 다리 뽑기도 여러 가지라며 두 노래를 불렀다. 이어서 '물고기 꿰는 소리'를 청해서 들었다.

아가리 딱딱 벌려 라
열무 김치 들어 간다

그런 거 해 했었지.

각시방에 불켜라 / 풀뿌리 문지르는 소리

자료코드 : 03_11_FOS_20110326_KDH_JJT_0015
조사장소 : 강원도 철원군 갈말읍 신철원3리 용화동길 36 정진택 댁
조사일시 : 2011.3.26
조 사 자 : 강등학, 이영식, 박은영, 이창현
제 보 자 : 정진택, 남, 75세

구연상황 :『강원의 설화』에 정리된 자료를 참고하여 제보자에게 여러 번 연락을 취했으나 통화를 못 했다. 나중에 알고 보니 그동안 몸이 불편하여 병원에 있었기 때문이다. 오전에 제보자 집을 방문하였다. 제보자는 집 마당에서 조사자들을 맞이했다. 집에는 부인과 일주일 전에 제대한 손자가 있었으나 각자 방에 있어서 조사에는 동참하지 않았다. 세탁기 돌아가는 소리가 함께 녹음되었다. 몇 년 전에 설화를 제보한 경험이 있었기 때문에 조사에는 별 문제가 없었다. 제보자 및 마을에 대한 정보를 얻고 마을에 내려오는 전설에 대해 들었다. '선녀가 목욕하고 올라간 선녀탕', '궁예가 시름없이 넘은 시르매 고개', '못에 돌을 메우는 기우제', '용화리 마을 개척담'을 청해 들었다. 이어서 농사 얘기가 나와 농사와 관련된 소리를 청했다. 특히 밭갈애비를 했다고 해서 논밭 가는 소리를 청했으나 소리는 취미가 없었다고 하여 듣지 못했다. 그래서 모심을 때 부르는 '하나 소리', 논맬 때 부르는 '덩어리 소리', '방아 소리', '상사 소리'를 청했으나 후렴만 불렀다. 그리고 '잠자리 잡는 소리', '잠자리 부리는 소리'를 청해 들었다. 잠시 다른 얘기를 나누다가 '밤에만 활동하는 임꺽정', '철원지역 돌이 곰보돌이 된 사연', '궁예와 왕정낭의 지명유래담', '이무기와 이심소의 유래' 등의 설화를 들었다. 이어서 '송아지 부르는 소리', '벌 모으는 소리', '목도하는 소리', '배 쓸어주는 소리', '아기 재우는 소리', '두드러기 없애는 소리', '다리 뽑기 하는 소리', '말머리 잇는 소리' 등을 들었다. 잠시 쉬다가 제보자가 다리 뽑기도 여러 가지라며 두 노래를 불렀다. 이어서 '물고기 꿰는 소리'를 청해서 들었다. 이어서 '풀뿌리 문지르는 소리'를 청했더니, 여기서는 그 식물을 달기상주라고 한다며 불렀다.

[볼펜을 잡고 아래로 쓸어내리는 시늉을 하면서] 훑으믄선,

신랑방에 불켜라

뭐 색시방에 불켜라

신랑방에 불켜라

색시방에 불켜라

하면 이게 뿌럭지가(뿌리가) 하얗던 게 빨개져요.

동그랑 땡 / 가창유희요

자료코드 : 03_11_FOS_20110326_KDH_JJT_0016
조사장소 : 강원도 철원군 갈말읍 신철원3리 용화동길 36 정진택 댁
조사일시 : 2011.3.26
조 사 자 : 강등학, 이영식, 박은영, 이창현
제 보 자 : 정진택, 남, 75세

구연상황 : 『강원의 설화』에 정리된 자료를 참고하여 제보자에게 여러 번 연락을 취했으나 통화를 못 했다. 나중에 알고 보니 그동안 몸이 불편하여 병원에 있었기 때문이다. 오전에 제보자 집을 방문하였다. 제보자는 집 마당에서 조사자들을 맞이했다. 집에는 부인과 일주일 전에 제대한 손자가 있었으나 각자 방에 있어서 조사에는 동참하지 않았다. 세탁기 돌아가는 소리가 함께 녹음되었다. 몇 년 전에 설화를 제보한 경험이 있었기 때문에 조사에는 별 문제가 없었다. 제보자 및 마을에 대한 정보를 얻고 마을에 내려오는 전설에 대해 들었다. '선녀가 목욕하고 올라간 선녀탕', '궁예가 시름없이 넘은 시르매 고개', '못에 돌을 메우는 기우제', '용화리 마을 개척담'을 청해 들었다. 이어서 농사 얘기가 나와 농사와 관련된 소리를 청했다. 특히 밭갈애비를 했다고 해서 논밭 가는 소리를 청했으나 소리는 취미가 없었다고 하여 듣지 못했다. 그래서 모심을 때 부르는 '하나 소리', 논맬 때 부르는 '덩어리 소리', '방아 소리', '상사 소리'를 청했으나 후렴만 불렀다. 그리고 '잠자리 잡는 소리', '잠자리 부리는 소리'를 청해 들었다. 잠시 다른 얘기를 나누다가 '밤에만 활동하는 임꺽정', '철원지역 돌이 곰보돌이 된 사연', '궁예와 왕정낭의 지명유래담', '이무기와 이심소의 유래' 등의 설화를 들었다. 이어서 '송아지 부르는 소리', '벌 모으는 소리', '목도하는 소리', '배 쓸어주는 소리', '아기 재우는 소리', '두드러기 없애는 소리', '다리 뽑기 하는 소리', '말머리 잇는 소리' 등을 들었다. 잠시 쉬다가 제보자가 다리 뽑기도 여러 가지라며 두 노래를 불렀다. 이어서 '풀뿌리 문지르는 소리', '물고기 꿰는 소리' 등을 듣고, '동그랑 땡'을 청했다. 마을에 '동그랑 땡'을 잘 부르는 분이 있어서 그 분에게 들었다고 한다.

똥그랑 땡 똥그랑 땡 똥글 똥글 굴려라
까치란 놈은 집을 잘지픈 대목공으로 둘러라

뭐.

앞니 빠진 갈가지 / 이 빠진 아이 놀리는 소리

자료코드 : 03_11_FOS_20110326_KDH_JJT_0017
조사장소 : 강원도 철원군 갈말읍 신철원3리 용화동길 36 정진택 댁
조사일시 : 2011.3.26
조 사 자 : 강등학, 이영식, 박은영, 이창현
제 보 자 : 정진택, 남, 75세
구연상황 : 『강원의 설화』에 정리된 자료를 참고하여 제보자에게 여러 번 연락을 취했으나 통화를 못 했다. 나중에 알고 보니 그동안 몸이 불편하여 병원에 있었기 때문이다. 오전에 제보자 집을 방문하였다. 제보자는 집 마당에서 조사자들을 맞이했다. 집에는 부인과 일주일 전에 제대한 손자가 있었으나 각자 방에 있어서 조사에는 동참하지 않았다. 세탁기 돌아가는 소리가 함께 녹음되었다. 몇 년 전에 설화를 제보한 경험이 있었기 때문에 조사에는 별 문제가 없었다. 제보자 및 마을에 대한 정보를 얻고 마을에 내려오는 전설에 대해 들었다. '선녀가 목욕하고 올라간 선녀탕', '궁예가 시름없이 넘은 시르매 고개', '못에 돌을 메우는 기우제', '용화리 마을 개척담'을 청해 들었다. 이어서 농사 얘기가 나와 농사와 관련된 소리를 청했다. 특히 밭갈애비를 했다고 해서 논밭 가는 소리를 청했으나 소리는 취미가 없었다고 하여 듣지 못했다. 그래서 모심을 때 부르는 '하나 소리', 논맬 때 부르는 '덩어리 소리', '방아 소리', '상사 소리'를 청했으나 후렴만 불렀다. 그리고 '잠자리 잡는 소리', '잠자리 부리는 소리'를 청해 들었다. 잠시 다른 얘기를 나누다가 '밤에만 활동하는 임꺽정', '철원지역 돌이 곰보돌이 된 사연', '궁예와 왕정낭의 지명유래담', '이무기와 이심소의 유래' 등의 설화를 들었다. 이어서 '송아지 부르는 소리', '벌 모으는 소리', '목도하는 소리', '배 쓸어주는 소리', '아기 재우는 소리', '두드러기 없애는 소리', '다리 뽑기 하는 소리', '말머리 잇는 소리', '다리 뽑기 하는 소리', '물고기 꿰는 소리', '풀뿌리 문지르는 소리', '동그랑 땡' 등을 청해 들었다. 장시간의 구연에 힘들어 하시는 거 같아 잠시 마을민속에 대해 이야기를 나누다가, '서낭당을 지나며 침을 뱉는 사연'을 듣고 '이 빠진 아이 놀리는 소리'를 청했다.

앞니 빠진 갈강 새
도랑 건너 뛰지 마라
붕어 새끼 놀래 뛴다

그네여 남배여 / 그네 뛰는 소리

자료코드 : 03_11_FOS_20110319_KDH_CGS_0001
조사장소 : 강원도 철원군 갈말읍 토성길 98 토성리 경로당
조사일시 : 2011.3.19
조 사 자 : 강등학, 이영식, 박은영, 이창현
제 보 자 : 최근수, 남, 77세
구연상황 : 2011년 3월 15일 고의환 댁에 전화를 드려 약속을 했다. 전화상으로는 방문
해도 들려줄 얘기가 없다고 하였으나 조사자가 고집을 부려 약속을 했다. 3월
19일 10시 경에 조사자들이 토성리 경로당에 도착하니 고의환, 최근수 두 분
과 몇 분의 경로당 회원들이 기다리고 계셨다. 전화상으로 드렸던 얘기를 다
시 설명하고 도움을 청하니 예전 강원도민속경연대회에 참여했던 팸플릿을
보여 주셨다. 노래는 지역에 전승하던 것이나 자신들이 노래를 부르며 농사짓
지 않았던 까닭에 지역 선배들에게 조금 배웠다고 한다. 그래도 예전 기억을
되살려서 불러 달라고 청하자 팸플릿에 정리된 노랫말을 보고 불렀다. '덩어
리소리'는 초벌매기 때 부르던 것이고, 두벌 때는 '방아 소리'를 불렀던 걸로
기억하나 부르지는 못한다고 했다. '덩어리 소리'가 끝나고 마을유래를 들으
려 했으나 마을에는 토성과 고인돌이 있을 뿐 딱히 자랑할 게 없다고 했다.
잠시 마을 얘기를 한 다음 모심을 때 부르던 소리를 청하니 처음에는 잘 모
른다고 했다. 이에 조사자가 '덩어리 소리'처럼 팸플릿을 보고 불러 달라고
했으나 팸플릿에는 '모심는 소리' 노랫말이 없었다. 고의환이 기억을 되살려
선소리를 불렀다. '모심는 소리'도 '덩어리 소리'처럼 주고받는 거라고 설명
을 했으나 정작 최근수가 제대로 받질 못했다. 어렵게 '모심는 소리'를 듣고
농악 연습하던 이야기를 나눴다. 농요가 어려울 것 같아 다른 노래를 청했으
나 소득이 없었다. 그래서 6·25가 나기 전에 불렀던 노래 중에 소와 관계된
것을 물어 고의환으로부터 '송아지 부르는 소리'를 들었다. 이 노래가 끝나고
주위에 있던 여성회원이 최근수에게 노래를 청하자 오히려 최근수가 그 회원
에게 한번 불러 보라고 했다. 이에 조사자가 여성 회원에게 그네 뛰는 소리를
청하자 모른다고 했다. 그러자 최근수는 그것도 모르냐며 웃더니 이 노래를
불렀다.

그네 여

남배 여

이거리 저거리 갓거리 / 다리 뽑기 하는 소리

자료코드 : 03_11_FOS_20110226_KDH_HBS_0001
조사장소 : 강원도 철원군 갈말읍 상사길 39-29 전병순 댁
조사일시 : 2011.2.26
조 사 자 : 강등학, 이영식, 박은영, 이창현
제 보 자 : 한병순, 여, 64세
구연상황 : 2010년 12월 15일 철원 고석정 전적관 강당에서 철원역사문화연구소가 주최한 세미나장에서 전병순을 만났다. 당시에 조사자가 구비문학조사의 취지를 말씀드리고 협조를 요청하자, 연락처를 가르쳐 주며 자신이 '곡소리'를 좀 하니까 집으로 한번 오라고 했다. 그런데 연말부터 구제역이 전국으로 확산되고, 특히 철원군에는 양돈장이 많은 까닭에 조심스러워 조사를 할 수가 없었다. 그러다가 가축이 있는 집을 직접 방문하지 않으면 괜찮다는 말에 2011년 2월 19일부터 본격적으로 조사를 다니기 시작했다. 2월 26일에는 전병순 댁에 전화를 드리니 손님이 와서 바깥에서 식사 중이라고 하여 약속 시간을 정했다. 오후에 상사리 마을 앞에 있는 태봉대교를 들어서니 민간인과 군인이 함께 구제역 방역을 하고 있었다. 전병숙 댁에 도착하니 남편과 남편의 옛 직장 동료 가족이 함께 밖에서 일을 하고 있었다. 전병숙으로부터 여러 편의 노래와 이야기를 듣다가 오재미 할 때 부르던 노래를 청했더니 잘 모르겠다며 놀러온 한병순을 불렀다. 집안에 들어온 한병순은 쑥스럽다고 하였으나 이내 손자 손녀와 가끔 불렀던 노래라며 '오재미하는 소리'를 들려주었다. 이어서 '다리 뽑기 하는 소리'를 청했더니 이 노래를 불렀다.

이거리 저거리 갓거 리
노루 짐치 장두 칼
장 단지 엿 단지
스므리 단지 뽀 까 꿍

무궁화 꽃이 피었습니다 / 술래잡기 하는 소리

자료코드 : 03_11_MFS_20110226_KDH_JBS_0001

조사장소 : 강원도 철원군 갈말읍 상사길 39-29 전병순 댁

조사일시 : 2011.2.26

조 사 자 : 강등학, 이영식, 박은영, 이창현

제 보 자 : 전병순, 여, 64세

구연상황 : 2010년 12월 15일 철원 고석정 전적관 강당에서 철원역사문화연구소가 주최
한 세미나장에서 전병순을 만났다. 당시에 조사자가 구비문학조사의 취지를
말씀드리고 협조를 요청하자, 연락처를 가르쳐 주며 자신이 '곡소리'를 좀 하
니까 집으로 한번 오라고 했다. 그런데 연말부터 구제역이 전국으로 확산되
고, 특히 철원군에는 양돈장이 많은 까닭에 조심스러워 조사를 할 수가 없었
다. 그러다가 가축이 있는 집을 직접 방문하지 않으면 괜찮다는 말에 2011년
2월 19일부터 본격적으로 조사를 다니기 시작했다. 2월 26일에는 전병순 댁
에 전화를 드리니 손님이 와서 바깥에서 식사 중이라고 하여 약속 시간을 정
했다. 오후에 상사리 마을 앞에 있는 태봉대교를 들어서니 민간인과 군인이
함께 구제역 방역을 하고 있었다. 제보자 집에 도착하니 남편과 남편의 옛 직
장 동료 가족이 함께 밖에서 일을 하고 있었다. 제보자는 쑥스럽다며 집안으
로 안내해 주었다. 처음에는 제보자 신상에 대해 묻고 마을 얘기를 간단히 들
었다. 이후 제보자의 나이를 생각하여 '고무줄 하는 소리'를 청했더니, '무찌
르자 오랑캐'를 불렀다고 했다. 노래를 청하니 조금 부르다가 가사를 잊었다
며 멈췄다. 이에 조사자가 손으로 모래집 짓는 시늉을 하면서 모래집 지을 때
어떤 노래를 불렀냐고 묻자 '헌집 줄게 새집 다오'를 불러 주었다. 이 노래를
부른 후 무엇을 설명하려고 하다 생각이 안 난다며 답답해했다. 조사자가 어
떤 거냐고 묻자 "왜 가다가 딱 멈추는 거!"라 말을 했다. 이에 조사자가 '무
궁화 꽃이 피었습니다'를 말하자 맞다 했다. 제보자는 이 노래가 시시한 거라
별로 가치가 없는 거 아니냐고 했다. 조사자가 그렇지 않다고 하자 처음에는
한 번만 불렀다. 이에 조사자가 연속해서 두 번 불러 달라고 청하자 노래를
부른 후 설명을 해 주었다.

무궁화 꽃이 피었습니다

무궁화 꽃이 피었습니다

그렇게 해요. 예, 그렇게 해서, 하면은 '무궁화 꽃이 피었습니다' 하고
딱 돌아봤을 제 움직이며는 그 사람이 이제 술래가 돼서 또 인제 거기서
이렇게 해야지 되고.

세 세 세(1) / 손뼉 치기 하는 소리

자료코드 : 03_11_MFS_20110226_KDH_JBS_0002
조사장소 : 강원도 철원군 갈말읍 상사길 39-29 전병순 댁
조사일시 : 2011.2.26
조 사 자 : 강등학, 이영식, 박은영, 이창현
제 보 자 : 전병순, 여, 64세
구연상황 : 2010년 12월 15일 철원 고석정 전적관 강당에서 철원역사문화연구소가 주최
한 세미나장에서 전병순을 만났다. 당시에 조사자가 구비문학조사의 취지를
말씀드리고 협조를 요청하자, 연락처를 가르쳐 주며 자신이 '곡소리'를 좀 하
니까 집으로 한번 오라고 했다. 그런데 연말부터 구제역이 전국으로 확산되
고, 특히 철원군에는 양돈장이 많은 까닭에 조심스러워 조사를 할 수가 없었
다. 그러다가 가축이 있는 집을 직접 방문하지 않으면 괜찮다는 말에 2011년
2월 19일부터 본격적으로 조사를 다니기 시작했다. 2월 26일에는 전병순 댁
에 전화를 드리니 손님이 와서 바깥에서 식사 중이라고 하여 약속 시간을 정
했다. 오후에 상사리 마을 앞에 있는 태봉대교를 들어서니 민간인과 군인이
함께 구제역 방역을 하고 있었다. 제보자 집에 도착하니 남편과 남편의 옛 직
장 동료 가족이 함께 밖에서 일을 하고 있었다. 제보자는 쑥스럽다며 집안으
로 안내해 주었다. 처음에는 제보자 신상에 대해 묻고 마을 얘기를 간단히 들
었다. 이후 처음에는 제보자의 나이를 생각하여 '고무줄 하는 소리'를 청했더
니, '무찌르자 오랑캐'를 불렀다고 했다. 노래를 청하니 조금 부르다가 가사
를 잊었다며 멈췄다. 이에 조사자가 손으로 모래집 짓는 시늉을 하면서 모래
집 지을 때 어떤 노래를 불렀냐고 묻자 '헌집 줄게 새집 다오'를 불러 주었다.
이어서 '무궁화 꽃이 피었습니다'를 부른 후 조사자가 '세 세 세'도 아냐고

묻자, 그것도 오래 전에 한 것이기 때문에 잘 될지 모르겠다며 불렀다. 처음에는 노래 중간에 노랫말을 잊은 까닭에 다시 청해서 들었다. 노래를 부를 때는 노랫말에 맞춰 양 손바닥을 치고, 가슴에 두 손을 포개는 등 동작을 취하면서 불렀다.

아침바람 찬바람에 울고가는 저기러기
우리선생 오실적에 엽서한장 써주세요
구리구리 짱께이 뽀

옛날엔 그렇게 했어요. 가위 바위 보로 안 하고 짱께이 뽀 그렇게 했어요. 옛날 그 그 소리가, 어려서.

원숭이 똥구멍은 / 말꼬리 잇는 소리

자료코드 : 03_11_MFS_20110226_KDH_JBS_0003
조사장소 : 강원도 철원군 갈말읍 상사길 39-29 전병순 댁
조사일시 : 2011.2.26
조 사 자 : 강등학, 이영식, 박은영, 이창현
제 보 자 : 전병순, 여, 64세
구연상황 : 2010년 12월 15일 철원 고석정 전적관 강당에서 철원역사문화연구소가 주최한 세미나장에서 전병순을 만났다. 당시에 조사자가 구비문학조사의 취지를 말씀드리고 협조를 요청하자, 연락처를 가르쳐 주며 자신이 '곡소리'를 좀 하니까 집으로 한번 오라고 했다. 그런데 연말부터 구제역이 전국으로 확산되고, 특히 철원군에는 양돈장이 많은 까닭에 조심스러워 조사를 할 수가 없었다. 그러다가 가축이 있는 집을 직접 방문하지 않으면 괜찮다는 말에 2011년 2월 19일부터 본격적으로 조사를 다니기 시작했다. 2월 26일에는 전병순 댁에 전화를 드리니 손님이 와서 바깥에서 식사 중이라고 하여 약속 시간을 정했다. 오후에 상사리 마을 앞에 있는 태봉대교를 들어서니 민간인과 군인이 함께 구제역 방역을 하고 있었다. 제보자 집에 도착하니 남편과 남편의 옛 직장 동료 가족이 함께 밖에서 일을 하고 있었다. 제보자는 쑥스럽다며 집안으로 안내해 주었다. 처음에는 제보자 신상에 대해 묻고 마을 얘기를 간단히 들

었다. 이후 처음에는 제보자의 나이를 생각하여 '고무줄 하는 소리'를 청했더니, '무찌르자 오랑캐'를 불렀다고 했다. 노래를 청하니 조금 부르다가 가사를 잊었다며 멈췄다. 이에 조사자가 손으로 모래집 짓는 시늉을 하면서 모래집 지을 때 어떤 노래를 불렀냐고 묻자 '헌집 줄게 새집 다오'를 불러 주었다. 이어서 '무궁화 꽃이 피었습니다', '세 세 세', '우리 아기 잘도 잔다'를 불렀다. 이후 잠시 이야기를 나누다가 '원숭이 똥구멍은'을 아느냐고 묻자, 웃으면서 그건 누굴 놀리면서 하던 소리라고 하면서 불러 주었다. 처음에는 마지막 '백두산'을 안 불러서, 조사자가 원래 안 불렀냐고 묻자 빠트렸다며 다시 불렀다.

원숭이 똥구멍은 빨개

빨가면 사과

사과는 맛있어

맛있으믄 빠나나

빠나나는 길어

길으믄 기차

기차는 빨라

빠르믄 비행기

비행기는 높아

높으믄 백두산

세 세 세(2) / 손뼉 치기 하는 소리

자료코드 : 03_11_MFS_20110226_KDH_JBS_0004
조사장소 : 강원도 철원군 갈말읍 상사길 39-29 전병순 댁
조사일시 : 2011.2.26
조 사 자 : 강등학, 이영식, 박은영, 이창현
제보자 1 : 전병순, 여, 64세
제보자 2 : 한병순, 여, 64세

구연상황 : 2010년 12월 15일 철원 고석정 전적관 강당에서 철원역사문화연구소가 주최한 세미나장에서 전병순을 만났다. 당시에 조사자가 구비문학조사의 취지를 말씀드리고 협조를 요청하자, 연락처를 가르쳐 주며 자신이 '곡소리'를 좀 하니까 집으로 한번 오라고 했다. 그런데 연말부터 구제역이 전국으로 확산되고, 특히 철원군에는 양돈장이 많은 까닭에 조심스러워 조사를 할 수가 없었다. 그러다가 가축이 있는 집을 직접 방문하지 않으면 괜찮다는 말에 2011년 2월 19일부터 본격적으로 조사를 다니기 시작했다. 2월 26일에는 전병순 댁에 전화를 드리니 손님이 와서 바깥에서 식사 중이라고 하여 약속 시간을 정했다. 오후에 상사리 마을 앞에 있는 태봉대교를 들어서니 민간인과 군인이 함께 구제역 방역을 하고 있었다. 제보자 집에 도착하니 남편과 남편의 옛 직장 동료 가족이 함께 밖에서 일을 하고 있었다. 제보자는 쑥스럽다며 집안으로 안내해 주었다. 처음에는 제보자 신상에 대해 묻고 마을 얘기를 간단히 들었다. 이후 처음에는 제보자의 나이를 생각하여 '고무줄 하는 소리'를 청했더니, '무찌르자 오랑캐'를 불렀다고 했다. 노래를 청하니 조금 부르다가 가사를 잊었다며 멈췄다. 이에 조사자가 손으로 모래집 짓는 시늉을 하면서 모래집 지을 때 어떤 노래를 불렀냐고 묻자 '헌집 줄게 새집 다오'를 불러 주었다. 이어서 '무궁화 꽃이 피었습니다', '세 세 세', '우리 아기 잘도 잔다', '원숭이 똥구멍은', '씹쪽 씹쪽', '뒷박 바꿔줘' 노래를 불렀다. 그리고 제보자는 새와 관계된 이야기가 있다며 '소쩍새가 된 며느리 사연', '밥풀꽃이 된 며느리 사연' 이야기를 했다. 이후 새와 관련된 얘기를 나누다가 '별 하나 나 하나'를 청해서 듣고 젊었을 때 어떤 유행가를 불렀냐고 묻자 '유정천리', '노란셔츠 입은 사나이', '빨간 마후라' 등을 불렀다고 했다. 이에 '강원도 아리랑'을 청하자 남편이 잘 부른다고 하며 노래를 불러 주었다. 제보자가 아는 노래는 대충 다 불렀다고 해서 옛날 얘기를 부탁하자 어렸을 적 형부와 아버지가 들려준 얘기라며 '발로 차면 커지는 달걀 귀신', '도깨비로 변하는 빗자루 귀신', '변덕이 심한 도깨비' 등을 얘기하였다. 조사가 마무리 단계에 이르러 곡소리를 청하니 그 사연을 들려주었다. 몇 해 전 형부가 돌아가셔서 곡을 했더니 곡소리가 구슬프다고 조카가 '우리의 소리를 찾아서'에 한번 나가보라고 권했다고 한다. 소리를 청하니 창피하다며 창문을 닫으며 잠시 감정조절을 하고 불렀다. 부르고 난 후에는 돌아가신 부모님 생각이 난다고 했다. 이후 '오재미 하는 소리'를 청했더니 기억이 안 난다고 하면서 마당에 있던 한병순을 불러 '오재미 하는 소리'와, '다리 뽑기 하는 소리'를 들은 후 이 노래를 함께 불러 줄 것을 청하자 연습도 없이 그냥 불렀다.

제보자 1, 제보자 2

　　세세세
　　아침바람 찬바람에 울고가는 저기러기
　　우리선생님 계실적에 엽서한장 써주세요
　　구리구리구리 깡께이 셔

제보자 1 : 그래 가지고 이렇게 엎드려서 이긴 사람이, '어떤 거?'

제보자 2 : 요 손!

제보자 1 : '어머나 맞췄어! 이 손으로 찍었어, 내가.'

제보자 1 : 그렇게 했어요. '어느 손?' 그러면 꼭 찍어서 또 하구.

원숭이 똥구멍은 / 말꼬리 잇는 소리

자료코드 : 03_11_MFS_20110326_KDH_JJT_0001
조사장소 : 강원도 철원군 갈말읍 신철원3리 용화동길 36 정진택 댁
조사일시 : 2011.3.26
조 사 자 : 강등학, 이영식, 박은영, 이창현
제 보 자 : 정진택, 남, 75세
구연상황 : 『강원의 설화』에 정리된 자료를 참고하여 제보자에게 여러 번 연락을 취했
　　　　　으나 통화를 못 했다. 나중에 알고 보니 그동안 몸이 불편하여 병원에 있었기
　　　　　때문이다. 오전에 제보자 집을 방문하였다. 제보자는 집 마당에서 조사자들을
　　　　　맞이했다. 집에는 부인과 일주일 전에 제대한 손자가 있었으나 각자 방에 있
　　　　　어서 조사에는 동참하지 않았다. 세탁기 돌아가는 소리가 함께 녹음되었다.
　　　　　몇 년 전에 설화를 제보한 경험이 있었기 때문에 조사에는 별 문제가 없었다.
　　　　　제보자 및 마을에 대한 정보를 얻고 마을에 내려오는 전설에 대해 들었다.
　　　　　'선녀가 목욕하고 올라간 선녀탕', '궁예가 시름없이 넘은 시르매 고개', '못
　　　　　에 돌을 메우는 기우제', '용화리 마을 개척담'을 청해 들었다. 이어서 농사
　　　　　얘기가 나와 농사와 관련된 소리를 청했다. 특히 밭갈애비를 했다고 해서 논
　　　　　밭 가는 소리를 청했으나 소리는 취미가 없었다고 하여 듣지 못했다. 그래서

모심을 때 부르는 '하나 소리', 논맬 때 부르는 '덩어리 소리', '방아 소리', '상사 소리'를 청했으나 후렴만 불렀다. 그리고 '잠자리 잡는 소리', '잠자리 부리는 소리'를 청해 들었다. 잠시 다른 얘기를 나누다가 '밤에만 활동하는 임꺽정', '철원지역 돌이 곰보돌이 된 사연', '궁예와 왕정낭의 지명유래담', '이무기와 이심소의 유래' 등의 설화를 들었다. 이어서 '송아지 부르는 소리', '벌 모으는 소리', '목도하는 소리', '배 쓸어주는 소리', '아기 재우는 소리', '두드러기 없애는 소리', '다리 뽑기 하는 소리', '말머리 잇는 소리', '풀뿌리 문지르는 소리', '동그랑 땡' 등을 청해 들었다. 장시간의 구연에 힘들어 하시는 거 같아 잠시 마을민속에 대해 이야기를 나누다가, '서낭당을 지나며 침을 뱉는 사연'을 듣고 '이 빠진 아이 놀리는 소리'를 청했다. 그리고 '말꼬리 잇는 소리'를 청해 들었다.

원생이 똥꾸녕은 빨개

빨간건 사과

사과는 달아

단거는 빠나나

빠나나는 길어

긴건 기차

기차는 빨라

빠른거는 비행기

비행기는 높아

높은건 백두산

삼천갑자 동방삭 / 오재미 하는 소리

자료코드 : 03_11_MFS_20110226_KDH_HBS_0001
조사장소 : 강원도 철원군 갈말읍 상사길 39-29 전병순 댁
조사일시 : 2011.2.26
조 사 자 : 강등학, 이영식, 박은영, 이창현

제 보 자 : 한병순, 여, 64세

구연상황 : 2010년 12월 15일 철원 고석정 전적관 강당에서 철원역사문화연구소가 주최
한 세미나장에서 전병순을 만났다. 당시에 조사자가 구비문학조사의 취지를
말씀드리고 협조를 요청하자, 연락처를 가르쳐 주며 자신이 '곡소리'를 좀 하
니까 집으로 한번 오라고 했다. 그런데 연말부터 구제역이 전국으로 확산되
고, 특히 철원군에는 양돈장이 많은 까닭에 조심스러워 조사를 할 수가 없었
다. 그러다가 가축이 있는 집을 직접 방문하지 않으면 괜찮다는 말에 2011년
2월 19일부터 본격적으로 조사를 다니기 시작했다. 2월 26일에는 전병순 댁
에 전화를 드리니 손님이 와서 바깥에서 식사 중이라고 하여 약속 시간을 정
했다. 오후에 상사리 마을 앞에 있는 태봉대교를 들어서니 민간인과 군인이
함께 구제역 방역을 하고 있었다. 전병숙 댁에 도착하니 남편과 남편의 옛 직
장 동료 가족이 함께 밖에서 일을 하고 있었다. 전병숙으로부터 여러 편의 노
래와 이야기를 듣다가 오재미 할 때 부르던 노래를 청했더니 잘 모르겠다며
놀러온 한병순을 불렀다. 집안에 들어온 한병순은 쑥스럽다고 하였으나 이내
손자 손녀와 가끔 불렀던 노래라며 들려주었다.

삼천 갑자 동방 석이가

나라에 임금님이 되었 단다

2. 근남면

증편 한국구비문학대계 ● 강원도 철원군

▌조사마을

강원도 철원군 근남면 사곡2리

조사일시 : 2011.4.2
조 사 자 : 강등학, 이영식, 박은영, 이창현

　근남면(近南面)은 김화군 지역으로서 김화읍 남쪽에 위치하므로 남면이라 하여 풍동, 양지, 마현, 추동, 사곡, 육단, 수피, 문수, 잠곡의 9개리를 관할하였다. 1914년 군면 폐합에 따라 김화군과 금성군이 병합되자 금성군에 있는 남면과 이름이 동일하므로 금성의 남면은 원남년으로, 김화군의 남면은 근남면으로 고쳐 풍암(豊巖), 양지(陽地), 마현(馬峴), 사곡(沙谷), 육단(六丹), 잠곡(蠶谷)으로 개편하였다.

　1945년 해방 이후 공산치하에 있다가 1950년 6·25동란 이후 국군 북진에 따라 일부지역이 수복되었으며, 1954년 수복지구 임시행정조치법의 시행에 따라 군정에서 민정으로 이양되었다. 1963년 1월 1일 구 김화군 중 8개면이 철원군에 편입되면서 근남면도 함께 편입되었다.

근남면은 복계산, 복주산, 대성산등 1,000m 내외의 고봉들에 둘러싸여 있는 산간지대이나 사곡리, 풍암리, 마현리 일대에는 비교적 넓은 농경지가 분포되어 있다. 대다수 주민이 농업에 종사하는 전형적인 농업지역이며, 주위에 군부대가 많은 까닭에 비농가도 군인가족이 대부분이다.

근남면은 사곡리, 육단리, 잠곡리, 마현리, 풍암리, 양지리 등 6개 법정리로 구성되어 있으나, 풍암리, 양지리는 미수복지구로 군작전지역이다, 행정리는 10개리이다. 2008년 12월 기준으로 전체면적이 129.34km²인데, 이 중에 논이 9.199km², 밭이 7.739km², 임야가 105.899km²로 밭보다 논이 많다. 총세대수는 969호이고, 인구는 2,287명이다.

사곡리(沙谷里)는 동쪽으로 풍암리, 서쪽으로는 김화읍 와수리, 남쪽으로는 육단리, 북쪽으로는 김화읍 운장리·용양리와 각각 이웃하고 있다. 사곡리는 모래울 또는 사곡이라 하였는데, 1914년 행정구역 폐합에 따라 상사곡, 하사곡, 당현, 안양동, 아사리, 후동, 원동, 봉춘리 등을 병합하여 사곡리라 하였다. 원래 면사무는 사곡리에 있었으나, 6·25가 끝나고 입주할 때 잠시 잠곡리에 두었다가 지금은 육단리에 있다. 사곡리와 논물이 부족한 까닭에 잠곡2리에 와서 봇물을 터트리고 해서 싸움도 많이 했으나 최근에 잠곡3리에 큰 저수지를 만들어 물 부족은 없다.

사곡2리는 영해 박씨 집성촌으로 1970년에 마을에 재 입주하였다. 이후 입주기념으로 제일거류민단과 자매결연 맺었는데, 그 날이 7월 17일이었다. 이 날을 기념하기 위해 매년 7월 17일에는 마을 사람들이 모두 모여 하루를 즐겁게 논다. 예전에는 밭이 많고 논이 적었으나 개간사업과 이앙기 보급으로 논으로 만들었다. 밭이 많을 때는 주로 콩, 팥, 옥수수를 많이 심었으나 특용작물로 노지수박을 심어 높은 수익을 올리기도 했다.

이후 대부분의 밭을 논으로 전환한 후에는 벼농사를 지었으나, 수익이 낮아 하우스 오이를 많이 심다가 요즘은 토마토, 파프리카를 심으면서 많은 논에 하우스가 들어서고 있다.

사곡2리에는 2008년 12월 현재 87세대에 남자 112명, 여자 115명 등 총 227명이 거주하고 있으며, 주민 대부분은 농업에 종사하고 있다.

강원도 철원군 근남면 육단2리

조사일시 : 2011.4.1

조 사 자 : 강등학, 이영식, 박은영, 이창현

육단리에는 원래 사람이 별로 없었으나 면사무소를 잠곡리에서 이곳으로 옮긴 후 사람이 많이 늘었다. 육단리는 논물이 부족한 까닭에 잠곡2리에 와서 봇물을 터트리고 해서 싸움도 많이 했으나 최근에 잠곡3리에 저

수지를 만들어 물 부족은 없다.

육단2리는 6·25가 끝나고 1950년대 말에 입주를 하였는데 당시에는 현재 육단1리에 군인들이 구호주택을 지어서 반 가구 집에 한 가구가 살도록 했다. 이후 육단2리를 개척하여 현재와 같은 마을을 만들었다.

육단2리에는 2008년 12월 현재 141세대에 남자 171명, 여자 155명 등 총 326명이 거주하고 있으며, 농사에 종사하는 분들도 있으나 군부대가 가까이 있어 많은 주민들이 상업에 종사하고 있다.

강원도 철원군 근남면 잠곡2리

조사일시 : 2011.3.27, 2011.4.1
조 사 자 : 강등학, 이영식, 박은영, 이창현

잠곡리(蠶谷里)는 동쪽으로 화천군 상서면 다목리, 서쪽으로는 서면 자

등리, 남쪽으로는 화천군 사내면 광덕리, 북쪽으로는 육단리와 각각 이웃하고 있다. 잠곡리는 본래 김화군 남면 지역으로 마을 입구에 있는 산이 누에처럼 생기었다고 해서 누에울 또는 잠곡이라 하였다. 1914년 행정구역 폐합에 따라 간촌, 도덕동, 방화곡 등을 병합하여 잠곡리라 하였다.

6·25 전에는 근남면 사무소가 사곡리에 있었으나, 6·25가 끝나고 입주할 때는 잠곡리에 있었다. 그러다가 육단리로 면사무소를 옮겼는데 육단리에는 원래 사람이 별로 없었다.

잠곡2리에는 마을에는 김해 김씨가 많다. 1970년대까지 누에는 많이 쳤는데 누에가 많을 때는 사람이 바깥에서 자기도 했다. 매년 음력 9월 9일에 산지당 제사를 지낸다. 예전에는 돼지를 잡아 각을 떠서 진설하였으나 요즘은 통으로 놓는다. 술도 예전엔 지당 옆에 땅을 파서 담갔으나 요즘은 막걸리를 사다가 쓴다. 예전에 아들을 낳으면 잣나무를 잘라 집문 옆에 세워 놓고, 딸을 낳으면 소나무를 잘라 놓았다.

예전에도 논이 많았는데, 비율이 밭이 60%, 논이 40% 정도였다. 현재는 벼농사가 수익성이 낮은 까닭에 많은 집에서 하우스농사를 짓는다. 잠곡2리는 논농사를 지으며 물 걱정을 하지 않았으나, 사곡리와 육단리는 물이 부족해 잠곡2리에 와서 봇물을 터트리고 해서 싸움도 많이 했다. 최근에 잠곡3리에 저수지를 만들어 사곡리와 육단리의 물 부족 걱정은 없다.

잠곡2리에는 2008년 12월 현재 55세대에 남자 56명, 여자 62명 등 총 118명이 거주하고 있으며, 주민 대부분은 농업에 종사하고 있다.

강원도 철원군 근남면 잠곡3리

조사일시 : 2011.2.20
조 사 자 : 강등학, 이영식, 박은영, 이창현

잠곡3리는 산간마을인 까닭에 논보다 밭이 더 많다. 마을에는 사곡리와 육단리의 농업용수를 공급하기 위해 조성한 잠곡저수지가 있다. 예전에는 논밭을 겨리로 갈았으며, 1마지기가 150평이다. 논이 많지 않았기 때문에 두레를 형성하기보다 품앗이 개념으로 몇 집씩 어울려 벼농사를 지었다. 논은 보통 두벌을 매지만 개인에 따라서는 세벌매기를 했는데, 세벌은 벼가 흙탕물을 좋아한다고 해서 물을 휘저으며 피나 뽑는 정도이다.

매년 음력 9월에 날을 받아 산지당 고사를 지내는데, 술은 조라술이라 하여 산지당 옆에다 땅을 파고 담근다. 6·25 전에는 40리 거리에 있는 김화장을 다녔는데, 화천 사창리에서도 김화장을 봤다. 마을에는 하우고개를 넘나드는 분들을 위한 주막이 있었다. 예전에 아들을 낳으면 잣나무를 잘라 집문 옆에 세워 놓고, 딸을 낳으면 소나무를 잘라 놓았다.

잠곡3리에는 2008년 12월 현재 67세대에 남자 79명, 여자 84명 등 총 163명이 거주하고 있으며, 주민 대부분은 농업에 종사하고 있다. 65세 이상 노인이 43명이다.

김금옥, 여, 1939년생

주 소 지 : 강원도 철원군 근남면 잠곡3리
제보일시 : 2011.2.20
조 사 자 : 강등학, 이영식, 박은영, 이창현

철원군 잠곡리에서 태어난 토박이다. 20
세에 결혼을 했다. 마을회관에 먼저 와 있던
안주희, 김찬옥 등이 노래를 잘할 것이라며
김금옥을 추천하여 조사 자리에 함께 하게
되었다. 안주희와 함께 적극적이며 협조적
으로 조사에 응했다. 어릴 적 부르던 동요를
주로 제보해 주었다.

제공 자료 목록
03_11_FOS_20110220_KDH_KKO_0001 세상 달강
03_11_FOS_20110220_KDH_KKO_0002 나무장수야
03_11_FOS_20110220_KDH_KKO_0003 사람 눈에도 삼이 서나
03_11_FOS_20110220_KDH_KKO_0004 새야새야 파랑새야
03_11_MFS_20110220_KDH_KKO_0001 너털 너털 소리
03_11_MFS_20110220_KDH_KKO_0002 책보 끼고 앞에 가는 저 여자

김용수, 남, 1931년생

주 소 지 : 강원도 철원군 근남면 잠곡2리 샛말길 26
제보일시 : 2011.3.27, 2011.4.1
조 사 자 : 강등학, 이영식, 박은영, 이창현

잠곡2리 토박이다. 해방이 되면서부터 마을에서 농사를 지었다. 16세에

결혼하여 19세에 인민군에 끌려갔다가 충주에서 포로가 되어 포로수용소에 있었다. 처음에는 인민군에 안 가려고 낫으로 손을 상하게 하였으나 중공군이 들어온 이후에 그건 상처도 아니라고 해서 끌려갔다. 포로교환 때 남쪽에 남아 다시 국군에 입대하여 HID 켈로 부대(8240부대)에서 근무하였다. 이후 연락이 되어 부인을 수원에서 만났다.

서울에 올라와 생활하다가 마을이 수복되어 부모님이 먼저 입주하고 곧이어 들어와 평생을 농사만 지었다. 1970년대 중반에 마을에 경운기가 들어왔는데, 그때까지 마을에서 겨리소로 논이나 밭을 가는 밭갈애비를 도맡아 했다. 차분하고 조용한 성격이다. 몇 년 전까지만 해도 기억하고 있던 것들이 지금은 생각이 잘 나지 않아 들려주지 못함에 서운해 했다.

제공 자료 목록

03_11_FOT_20110327_KDH_KYS_0001 마을 형상과 잠곡리의 지명유래
03_11_FOT_20110327_KDH_KYS_0002 바위 형상과 중바위의 지명유래
03_11_FOT_20110327_KDH_KYS_0003 부부가 화해한 고개
03_11_FOT_20110327_KDH_KYS_0004 지명으로 엮은 이야기
03_11_FOS_20110327_KDH_KYS_0001 이랴 소리
03_11_FOS_20110327_KDH_KYS_0002 메요 메요 소리
03_11_FOS_20110327_KDH_KYS_0003 어랑 타령
03_11_FOS_20110327_KDH_KYS_0004 본조 아리랑
03_11_FOS_20110401_KDH_KYS_0001 이랴 소리

김용조, 남, 1937년생

주 소 지 : 강원도 철원군 근남면 잠곡2리
제보일시 : 2011.4.1

조 사 자 : 강등학, 이영식, 박은영, 이창현

　잠곡2리 토박이다. 평생 농업에 종사했다. 자신도 힘이 좋지만 돌아가신 그의 아버지는 인근에서 알아주는 장사였다고 한다. 적극적인 성격은 아니지만, 자신이 알고 있는 사항에 대해서는 열심히 설명해 줬다. 말이 빠른 편이며 목소리 또한 컸다.

제공 자료 목록

03_11_FOT_20110401_KDH_KYJ_0001 사흘만에 찾은 논배미
03_11_FOT_20110401_KDH_KYJ_0002 술 한 동이로 내 땅 만들기
03_11_FOT_20110401_KDH_KYJ_0003 황소를 넘어뜨린 노랑장군
03_11_FOS_20110401_KDH_KYJ_0001 덩어리 소리

김중기, 남, 1935년생

주 소 지 : 강원도 철원군 근남면 잠곡2리
제보일시 : 2011.4.1
조 사 자 : 강등학, 이영식, 박은영, 이창현

　잠곡2리 토박이로 고등학교까지 공부를 했다. 졸업을 하고 마을에서 농사를 지었다. 차분한 성격이고 말도 전달이 잘 되었다. 소리는 잘 모르며 마을과 관계된 얘기를 주로 해 주었다.

제공 자료 목록

03_11_FOT_20110401_KDH_KJG_0001 김시습과 매월대의 지명유래
03_11_FOT_20110401_KDH_KJG_0002 싸움 말리는 하오고개
03_11_FOT_20110401_KDH_KJG_0003 텃밭보다 저참밭

03_11_FOT_20110401_KDH_KJG_0004 김매다 마누라 잃어버린 밭
03_11_FOT_20110401_KDH_KJG_0005 천지개벽과 복두산의 지명유래
03_11_FOT_20110401_KDH_KJG_0006 천지개벽과 상해봉의 지명유래
03_11_FOT_20110401_KDH_KJG_0007 6·25와 1단고개, 캐러멜고개의 지명유래
03_11_FOT_20110401_KDH_KJG_0008 누에머리 형국과 잠곡리의 지명유래
03_11_FOT_20110401_KDH_KJG_0009 일본군 장교와 말고개의 지명유래

김찬옥, 여, 1943년생

주 소 지 : 강원도 철원군 근남면 잠곡3리
제보일시 : 2011.2.20
조 사 자 : 강등학, 이영식, 박은영, 이창현

철원군 김화읍 생창리에서 태어났다. 한
국전쟁 당시 의정부로 피난을 와서 그곳에
서 성장했다. 25세에 결혼하여 철원으로 왔
다. 현재 부녀회장을 맡고 있다. 안주희와
김금옥이 구연하는 것을 주로 지켜보는 정
도였으며 많은 자료를 제보해 주지는 못했
다.

제공 자료 목록
03_11_FOS_20110220_KDH_KCO_0001 중중 까까중

박원, 남, 1944년생

주 소 지 : 강원도 철원군 근남면 사곡2리 705-4
제보일시 : 2011.4.2
조 사 자 : 강등학, 이영식, 박은영, 이창현

사곡리 토박이로 영해 박씨이다. 평소에 우리 민속에 관심이 많아 마을

에 전해 오는 여러 사항에 대해 알고 있다. 본인 스스로도 가능한 전통을 이어가려고 한다면서, 집안에 관례로 내려오는 작명법, 즉 2세대마다 이름을 외자로 짓는 원칙을 지켜 손자 이름을 박찬이라고 지었다. 과묵한 성격이나 알고 있는 내용에 대해서는 자세히 알려 주려고 하였다. 기억력이 뛰어나고 목소리도 시원스럽다.

제공 자료 목록

03_11_FOT_20110402_KDH_PWW_0001 지명으로 엮은 이야기
03_11_FOT_20110402_KDH_PWW_0002 일본군 장교와 말고개의 지명유래
03_11_FOT_20110402_KDH_PWW_0003 김시습이 매월대를 떠난 사연
03_11_FOT_20110402_KDH_PWW_0004 김시습이 잡아준 묏자리 봉춘말
03_11_FOS_20110402_KDH_PWW_0001 메요 메요 소리
03_11_FOS_20110402_KDH_PWW_0002 앞니 빠진 갈가지
03_11_FOS_20110402_KDH_PWW_0003 중중 까까중
03_11_FOS_20110402_KDH_PWW_0004 각시방에 불켜라
03_11_FOS_20110402_KDH_PWW_0005 헌집 줄게 새집 다오
03_11_FOS_20110402_KDH_PWW_0006 아가리 딱딱 벌려라
03_11_FOS_20110402_KDH_PWW_0007 엄마손이 약손이다
03_11_FOS_20110402_KDH_PWW_0008 이거리 저거리 갓거리
03_11_FOS_20110402_KDH_PWW_0009 나무하러 가세
03_11_FOS_20110402_KDH_PWW_0010 계집죽고 자식죽고
03_11_MFS_20110402_KDH_PWW_0001 원숭이 똥구멍은
03_11_MFS_20110402_KDH_PWW_0002 일없는 김일성이

신현옥, 남, 1941년생

주 소 지 : 강원도 철원군 근남면 육단2리 대성로 18
제보일시 : 2011.4.1

조 사 자 : 강등학, 이영식, 박은영, 이창현

화천 다목리 태생으로 6·25 때 피난을
갔다가 15세에 육단2리로 이주하였다. 29세
에 결혼하여 농사도 짓고 건설업에 종사하
며 전국을 다녔다. 2년 전부터는 다리가 아
파서 일을 그만두고 집에서 쉬며 마을 게이
트볼 연습장에 다닌다. 말을 부드럽고 조심
스럽게 하는 등 차분하고 꼼꼼한 성격이다.
적극적으로 도와주려고 하였다.

제공 자료 목록

03_11_FOT_20110401_KDH_SHO_0001 엿 파는 할머니와 육단리의 지명유래
03_11_FOS_20110401_KDH_SHO_0001 허영차 소리
03_11_FOS_20110401_KDH_SHO_0002 잠자리 꽁꽁
03_11_FOS_20110401_KDH_SHO_0003 흙탕물은 가라앉고
03_11_FOS_20110401_KDH_SHO_0004 해야 해야 나오너라

안주희, 여, 1943년생

주 소 지 : 강원도 철원군 근남면 잠곡3리
제보일시 : 2011.2.20
조 사 자 : 강등학, 이영식, 박은영, 이창현

현재 북한에 속해 있는 강원도 금북면에
서 태어났다. 한국전쟁 당시 피난을 나와 철
원에서 주로 성장했다고 한다. 17세에 시집
을 갔다. 조사에 적극적이며 협조적이었다.
좋은 음질을 얻기 위해 몇 번에 걸쳐 다시
불러 줄 것을 요청해도 망설이거나 싫은 내

색 없이 요구대로 응해 주었다. 어릴 적 부르던 동요를 여럿 기억하고 있었다.

제공 자료 목록

03_11_FOS_20110220_KDH_AJH_0001 잠자리 꽁꽁
03_11_FOS_20110220_KDH_AJH_0002 흙물은 내려가고
03_11_FOS_20110220_KDH_AJH_0003 하늘천 따지
03_11_FOS_20110220_KDH_AJH_0004 한알대 두알대
03_11_FOS_20110220_KDH_AJH_0005 춘향아 춘향아
03_11_FOS_20110220_KDH_AJH_0006 그네여 남배여
03_11_FOS_20110220_KDH_AJH_0007 계집죽고 자식죽고
03_11_FOS_20110220_KDH_KKO_0001 세상 달강
03_11_FOS_20110220_KDH_KKO_0002 나무장수야

윤희남, 남, 1941년생

주 소 지 : 강원도 철원군 근남면 잠곡3리
제보일시 : 2011.2.20
조 사 자 : 강등학, 이영식, 박은영, 이창현

강원도 평창군에서 태어났으나 주로 철원군 근남면 잠곡리에서 성장했다고 한다. 자신의 성장 과정을 이야기하자면 끝이 없다며 이야기하기를 조금 꺼렸다. 나무에 관해 알고 있는 것이 많은 듯 하며, 그러한 사실에 대해서 나름의 자부심을 가지고 있는 듯 했다.

제공 자료 목록

03_11_FOT_20110220_KDH_YHN_0001 나도 밤나무라고 외쳐서 된 나도밤나무
03_11_FOT_20110220_KDH_YHN_0002 도둑질하다 잡혀서 하오한 하오고개

이희만, 남, 1926년생

주 소 지 : 강원도 철원군 근남면 잠곡2리
제보일시 : 2011.4.1
조 사 자 : 강등학, 이영식, 박은영, 이창현

황해도 장현군 해인면 장산리 태생으로
6 · 25 때 월남하여 잠곡2리에 정착하였다.
자신은 이곳 출신이 아니라면서 다른 사람
이 이야기하고 노래하는 동안 지켜만 봤다.
차분한 성격으로 말이 별로 없었다. 나이 탓
으로 발음이 다소 정확하지 않았다.

제공 자료 목록
03_11_FOS_20110401_KDH_LHM_0001 몽금포 타령

주경자, 여, 1940년생

주 소 지 : 강원도 철원군 근남면 잠곡3리
제보일시 : 2011.2.20
조 사 자 : 강등학, 이영식, 박은영, 이창현

강원도 철원군 잠곡리에서 태어난 토박이
다. 안주희와 김찬옥 등이 구연하는 것을 주
로 구경하며 적극적으로 판에 끼어들지는
않았다. 쪽박새와 관련된 짤막한 설화 한 편
을 구연해 주었다.

제공 자료 목록
03_11_FOT_20110220_KDH_JKJ_0001 쪽박새가 된 며느리

마을 형상과 잠곡리의 지명유래

자료코드 : 03_11_FOT_20110327_KDH_KYS_0001
조사장소 : 강원도 철원군 근남면 잠곡2리 샛말길 26 김용수 댁
조사일시 : 2011.3.27
조 사 자 : 강등학, 이영식, 박은영, 이창현
제 보 자 : 김용수, 남, 80세
구연상황 : 2003년 강원도청에서 발행한 『강원의 설화』에서 제보자의 인적사항을 살펴
보고 2011년 3월 24일에 전화를 드렸더니 나이를 먹은 탓인지 자꾸 잊어버
려서 안 된다고 하였다. 그래도 시간을 내달라고 하니 오후에는 경로당에 가
니 오전에 오라고 하여 27일 일요일 10시 경에 방문하였다. 조사자들을 웃음
으로 맞으며 아는 게 없다는 말만 되풀이 하였다. 이에 조사자가 6·25 때
고생했던 얘기와 농사짓던 얘기 그리고 마을 풍습 등 이것저것에 대해 여쭈
며 분위기를 조성하였다. 농사와 관계된 얘기를 나누다가 마을에서 밭갈애비
를 했다는 말에 '이랴 소리'를 청했다. 제보자는 노래한 지가 오래되어 잘 안
된다며 마다하는 걸 여러 번 부탁한 끝에 들을 수 있었다. '이랴 소리'를 부
른 후 목이 좀 불편하다는 말에 이야기를 부탁하였다. 조사자가 먼저 잠곡리
지명유래에 대해서 물었다.
줄 거 리 : 산봉우리에서부터 마을로 뻗친 산줄기가 꼭 누에처럼 생겼다고 해서 잠곡이
라 한다.

여기매, 그 누에같이 생긴 산봉오로지가 이렇게 산에서 쭉 내려와서 지
금 저지선 막은 데께, 거그매가.

근데 그 질을 닦느라고 이 형을 짤라부려서 거기 그 바우가 이렇게 생
기고 그래 꼭 누에 같이 생겼드랬다고.

그래 누에 잠(蠶)자 잠곡이야 그게.

바위 형상과 중바위의 지명유래

자료코드 : 03_11_FOT_20110327_KDH_KYS_0002
조사장소 : 강원도 철원군 근남면 잠곡2리 샛말길 26 김용수 댁
조사일시 : 2011.3.27
조 사 자 : 강등학, 이영식, 박은영, 이창현
제 보 자 : 김용수, 남, 80세
구연상황 : 2003년 강원도청에서 발행한 『강원의 설화』에서 제보자의 인적사항을 살펴보
고 2011년 3월 24일에 전화를 드렸더니, 나이를 먹은 탓인지 자꾸 잊어버려
서 안 된다고 하였다. 그래도 시간을 내달라고 하니 오후에는 경로당에 가니
오전에 오라고 하여 27일 일요일 10시 경에 방문하였다. 조사자들을 웃음으
로 맞으며 아는 게 없다는 말만 되풀이 하였다. 이에 조사자가 6·25 때 고
생했던 얘기와 농사짓던 얘기 그리고 마을 풍습 등 이것저것에 대해 여쭈며
분위기를 조성하였다. 농사와 관계된 얘기를 나누다가 마을에서 밭갈애비를
했다는 말에 '이랴 소리'를 청했다. 제보자는 노래한 지가 오래되어 잘 안된
다며 마다하는 걸 여러 번 부탁한 끝에 들을 수 있었다. '이랴 소리'를 부른
후 목이 좀 불편하다는 말에 이야기를 부탁하였다. 조사자가 먼저 잠곡리 유
래를 묻자 자신 있게 얘기를 해 주었으며, 이어서 누에머리 아래에 있던 바위
이야기를 했다.
줄 거 리 : 중이 지나가다가 길가에 있던 바위를 들이받아 바위가 오목하게 들어갔다.

그러구 여기매를 저 중에 머리라고 그러는 건.

고 누에머리 지나서 고기 내려가면은, 그 질가리 그 중이 지나가다가
이렇게 확 들이 받았다고 해서 거기에 바우가 이렇게 우묵하게 이렇게 쑥
들어갔는데, 그걸 가지고 중에 머리라고 그랬지.

부부가 화해한 고개

자료코드 : 03_11_FOT_20110327_KDH_KYS_0003
조사장소 : 강원도 철원군 근남면 잠곡2리 샛말길 26 김용수 댁
조사일시 : 2011.3.27

조 사 자 : 강등학, 이영식, 박은영, 이창현

제 보 자 : 김용수, 남, 80세

구연상황 : 2003년 강원도청에서 발행한『강원의 설화』에서 제보자의 인적사항을 살펴보고 2011년 3월 24일에 전화를 드렸더니, 나이를 먹은 탓인지 자꾸 잊어버려서 안 된다고 하였다. 그래도 시간을 내달라고 하니 오후에는 경로당에 가니 오전에 오라고 하여 27일 일요일 10시 경에 방문하였다. 조사자들을 웃음으로 맞으며 아는 게 없다는 말만 되풀이 하였다. 이에 조사자가 6·25 때 고생했던 얘기와 농사짓던 얘기 그리고 마을 풍습 등 이것저것에 대해 여쭈며 분위기를 조성하였다. 농사와 관계된 얘기를 나누다가 마을에서 밭갈애비를 했다는 말에 '이랴 소리'를 청했다. 제보자는 노래한 지가 오래되어 잘 안된다며 마다하는 걸 여러 번 부탁한 끝에 들을 수 있었다. '이랴 소리'를 부른 후 목이 좀 불편하다는 말에 이야기를 부탁하였다. 조사자가 먼저 잠곡리 유래를 묻자 자신 있게 얘기를 해 주었으며, 이어서 누에머리 아래에 있던 중바위 이야기를 했다. 조사자가 하오고개에 대해 묻자 그건 화천사람 얘기라며 해 주었다.

줄 거 리 : 화천 사창리에 살던 부부가 싸움을 했는데, 부인이 하우고개를 넘어 도망가는 걸 뒤따르던 남편이 붙들어 놓고 주막에서 술 한 잔 먹으며 화해했다고 한다. 그래서 이 고개를 하우고개라 부른다.

응, 하오고개는 옛날에 저 사창리 그쪽 사람이 부부간에 싸우고서는 이 여자가 이 도망을 쳐서 일루루다가 그 하오고개를 이렇게 넘어오다가, 이 신작로 이른 데루 댕기지는 못하구는 냇가에 그 버들 버들남구가 가뜩한데 그걸 피해 가지고서는 도망을 가는 거 남편이라는 게 쫓아오다가 발견을 해 가지구서는 붙들어 가지군 이 도덕동에 주막이라고 있었어, 거.

(조사자 : 주막집, 예예예.)

거기매서 붙들어 가지고서는 술 먹구 이루구서는 그 하우했다고 그래서 그게 하우고개라구. 그 그 고개를 넘어가미 하우를 했다구, 거기 앉어서.

(조사자 : 아, 그러니까 화해했단 얘기지?)

응, 거기 앉어서 그 고개를 넘어가다가 같이 이렇게 앉어서 하우했다 해서 하우고개루다가 그게.

지명으로 엮은 이야기

자료코드 : 03_11_FOT_20110327_KDH_KYS_0004
조사장소 : 강원도 철원군 근남면 잠곡2리 샛말길 26 김용수 댁
조사일시 : 2011.3.27
조 사 자 : 강등학, 이영식, 박은영, 이창현
제 보 자 : 김용수, 남, 80세
구연상황 : 2003년 강원도청에서 발행한『강원의 설화』에서 제보자의 인적사항을 살펴보
고 2011년 3월 24일에 전화를 드렸더니, 나이를 먹은 탓인지 자꾸 잊어버려
서 안 된다고 하였다. 그래도 시간을 내달라고 하니 오후에는 경로당에 가니
오전에 오라고 하여 27일 일요일 10시 경에 방문하였다. 조사자들을 웃음으
로 맞으며 아는 게 없다는 말만 되풀이 하였다. 이에 조사자가 6·25 때 고
생했던 얘기와 농사짓던 얘기 그리고 마을 풍습 등 이것저것에 대해 여쭈며
분위기를 조성하였다. 농사와 관계된 얘기를 나누다가 마을에서 밭갈애비를
했다는 말에 '이랴 소리'를 청했다. 제보자는 노래한 지가 오래되어 잘 안된
다며 마다하는 걸 여러 번 부탁한 끝에 들을 수 있었다. '이랴 소리'를 부른
후 목이 좀 불편하다는 말에 이야기를 부탁하였다. 조사자가 먼저 잠곡리 유
래를 묻자 자신 있게 얘기를 해 주었으며, 이어서 누에머리 아래에 있던 중
바위 이야기를 했다. 조사자가 하오고개에 대해 묻자 그건 화천사람 얘기라며
해 주었다. 그리고는 지명과 관계된 얘기도 있다고 하면서 들려주었다.
줄 거 리 : 도덕동에서 훔쳐서 방아동에서 방아를 쩌 샘말에서 씻어 문수동에서 먹었다.

　　도덕동서 도둑질 해 가지구, 방아동 가 방애 찌어 가지구서, 샘말 내려
와 샘물에다 딲아 가지구, 그 문수동 가서 먹었다는 얘기 그런 그런 얘기
를 다하구.

사흘 만에 찾은 논배미

자료코드 : 03_11_FOT_20110401_KDH_KYJ_0001
조사장소 : 강원도 철원군 근남면 잠곡2리 하오재로 1298 잠곡2리 경로당
조사일시 : 2011.4.1
조 사 자 : 강등학, 이영식, 박은영, 이창현

제 보 자 : 김용조, 남, 74세

구연상황 : 2011년 3월 27일 일요일에 김용수 댁을 방문하였다. 그곳에서 농요와 지명유
래 몇 가지 얘기를 들었다. 하지만 혼자서는 기억이 잘 나지 않으니 경로당에
사람이 있을 때 다시 오라는 말에 4월 1일로 약속을 했다. 4월 1일 낮에 김
용수 댁에 들러 김용수 어른과 함께 경로당에 가니 몇 분이 계셨다. 방문 목
적을 말씀드리니 모두들 김용수를 추천했다. 이에 김용수는 혼자서 기억이 잘
안 나서 그러니 함께 하자며 자리를 준비하였다. 처음에 마을민속에 대해 몇
가지 묻고 이후 지명과 관계된 얘기를 들었다. 김중기로부터 '김시습과 매월
대 지명유래'와 '싸움 말리는 하오고개'를 들었다. 이후 논농사와 관계된 이
야기를 나누다가 논배미가 작아서 사흘 동안 찾은 얘기를 김용조가 해 주었
다. 이 이야기는 청중들도 다 알고 있는 얘기라 한다.

줄 거 리 : 논배미가 너무 작아 삿갓으로 가릴 수 있을 정도인데, 삿갓으로 가려진 논배
미를 사흘 만에 찾았다.

아 논배미가 하도 쪼끔해서, 많아서, 비가 오는데 삿갓을 쓰고 가서 삿
갓을 이렇게 뻣어 났는데 논배미를 하나 잊어버려 가지구 그 사흘 만에
찾았대요.

(청중 : 그 전설이야.)

그 논배미 속에 들어가 있으니까 그 모르잖아, 그게? 그 논배미를 속갓
(삿갓) 들어가 사흘 만에 찾았대요, 그걸.

술 한 동이로 내 땅 만들기

자료코드 : 03_11_FOT_20110401_KDH_KYJ_0002

조사장소 : 강원도 철원군 근남면 잠곡2리 하오재로 1298 잠곡2리 경로당

조사일시 : 2011.4.1

조 사 자 : 강등학, 이영식, 박은영, 이창현

제 보 자 : 김용조, 남, 74세

구연상황 : 2011년 3월 27일 일요일에 김용수 댁을 방문하였다. 그곳에서 농요와 지명유
래 몇 가지 얘기를 들었다. 하지만 혼자서는 기억이 잘 나지 않으니 경로당에

사람이 있을 때 다시 오라는 말에 4월 1일로 약속을 했다. 4월 1일 낮에 김용수 댁에 들러 김용수 어른과 함께 경로당에 가니 몇 분이 계셨다. 방문 목적을 말씀드리니 모두들 김용수를 추천했다. 이에 김용수는 혼자서 기억이 잘 안 나서 그러니 함께 하자며 자리를 준비하였다. 처음에 마을민속에 대해 몇 가지 묻고 이후 지명과 관계된 얘기를 들었다. 김중기로부터 '김시습과 매월대 지명유래'와 '싸움 말리는 하오고개'를 들었다. 그리고 논농사와 관계된 이야기를 나누다가 논배미가 작아서 사흘 동안 찾았다는 얘기인 '사흘 만에 찾은 논배미'를 김용조가 해 주었다. 잠시 마을의 화전 얘기를 나누었는데, 이 마을에서도 예전에 화전을 많이 했다고 한다. 화전 얘기를 하다가 김중기가 '텃밭보다 저참밭' 이야기를 들려주었다. 김중기의 얘기가 끝나고, 조사자가 화전은 매매가 되느냐고 묻자 매매는 안 되고 빌려줄 수는 있다면서 김용조는 화전을 자기 땅으로 만드는 방법에 대해 얘기했다.

줄 거 리 : 옛날 자기 산이 없을 때, 자신이 화전하던 곳에다 마을 사람들을 불러 놓고 음식을 먹이며, '어디서 어디까지 우리 무개'라고 하면 마을 분들은 그 사람 땅으로 암묵적으로 동조하여 인정하는 것이 된다.

그 왜정 때에는 그 내 산이라는 게 없어 가지구,

"우리 무개, 그 화전 하던 거" 그러면

"저 무슨 수리박골 그 우리 무개다, 그게."

그 무개에 동네 사람을 불러다 놓고 술을 해 넣구서(놓고서),

"그 그짝 그 그 저 수리박골 저 골짜구니 자리는 다 내꺼다, 우리 무개다!"

이렇게 했다는 얘기는 내가 들었어요.

(청중 : 그러니까 술 한 동이, 술 한 동이 갖다놓고 동네 사람 막걸리 멕이구. 그게 이제 다 된 거야. 내 땅 맨드는 거지.)

그 증거가 그게

"내꺼다!"

그 그 그거지 인제.

황소를 넘어뜨린 노랑장군

자료코드 : 03_11_FOT_20110401_KDH_KYJ_0003
조사장소 : 강원도 철원군 근남면 잠곡2리 하오재로 1298 잠곡2리 경로당
조사일시 : 2011.4.1
조 사 자 : 강등학, 이영식, 박은영, 이창현
제 보 자 : 김용조, 남, 74세
구연상황 : 2011년 3월 27일 일요일에 김용수 댁을 방문하였다. 그곳에서 농요와 지명유
래 몇 가지 얘기를 들었다. 하지만 혼자서는 기억이 잘 나지 않으니 경로당에
사람이 있을 때 다시 오라는 말에 4월 1일로 약속을 했다. 4월 1일 낮에 김
용수 댁에 들러 김용수 어른과 함께 경로당에 가니 몇 분이 계셨다. 방문 목
적을 말씀드리니 모두들 김용수를 추천했다. 이에 김용수는 혼자서 기억이 잘
안 나서 그러니 함께 하자며 자리를 준비하였다. 처음에 마을민속에 대해 몇
가지 묻고 이후 지명과 관계된 얘기를 들었다. 김중기로부터 '김시습과 매월
대 지명유래'와 '싸움 말리는 하오고개'를 들었다. 잠시 마을의 화전 얘기를
나누었는데, 이 마을에서도 예전에 화전을 많이 했다고 한다. 화전 얘기를 하
다가 김용조가 '사흘 만에 찾은 논배미' 이야기를 들려주었다. 김중기의 얘기
가 끝나고, 조사자가 화전은 매매가 되느냐고 묻자, 매매는 안 되고 빌려줄
수는 있다면서 김용조는 '술 한 동이로 내 땅 만들기'를 얘기 해 주었다. 이
어서 김중기는 자신의 집안 땅에서 있었던 얘기라며 '김매다 마누라 잃어버
린 밭'을, 그리고 지명과 관련된 '천지개벽과 복두산의 지명유래', '천지개벽
과 상해봉의 지명유래', '6·25와 1단고개, 캐러멜고개의 지명유래', '누에머
리 형국과 잠곡리의 지명유래' 등을 얘기했다. 이야기가 끝나고 집안 일 때문
에 자리를 비웠던 김용수가 돌아왔다. 김중기로부터 '일본군 장교와 말고개의
지명유래' 얘기를 더 듣고 농요를 청하니, 할 사람이 김용수뿐이라고 하였다.
이에 조사자가 며칠 전 김용수 댁을 방문했던 얘기를 하며 다른 분이 불러
줄 것을 청했으나 소용이 없었다. 할 수 없이 김용수 댁을 방문했을 때 듣지
못했던 달구소리를 청하니 웃으면서 후렴만 불렀다. 이어서 김용수와 김용조
로부터 '덩어리 소리', '밭가는 소리'를 청해 듣고 혹시나 해서 이희만에게 노
래를 청하니 자신은 이곳 노래를 모른다고 했다. 그래 고향 장산곶이니 그곳
노래를 불러 달라고 부탁을 했다. 노래는 계속 이어서 불렀다. 이희만의 노래
를 듣고 지역에 아기장수 얘기를 묻자 그런 거는 없지만 노랑장군이 있다면
서 이야기를 해 주었다. 이 얘기는 주위 사람들도 다 알고 있는 내용이지만
들으면서 웃는 등 즐거워했다.

줄거리 : 예전 마을에 노랑장군이라고 불리는 힘센 분이 있었다. 한번은 철도 침목을 가득 실은 우마차가 구덩이 빠져 움직이지 못하자 노랑장군이 마차 밑에 들어가 어깨로 그 마차를 번쩍 올렸더니 소가 앞으로 고꾸라졌다.

아 옛날에 그 그 노랑장군 되는 그 노인하구, 우리 아버님두 옛날에 뭐 저 여기야 뭐 산골이니까. 그 아버님의 얘기를 들은 건데, 이 왜정 때 그 이 방화동서 산판을 했어요, 산판. 그래 가지고 그 철로목, 철로목을 그 참나무나 박달나무루다가 깎아서 그 사각으루 깎아 가지구 그걸 왜 저 얼리(어디로) 가는지 실어냈다 말이에요.

그래 우리 아버님이 소를 끌구 그 마차를 부리니까, 그거를 한 마차 싣구서 이 금화읍으루 내려가는데, 여기를 금화읍으루 내려갈려면 물 그 개울 그러니까 그 도랑 지금은 뭐 질을 닦아서 다리를 놓고 그래서 아스팔트로 이렇게 내려왔잖아요? 그전에는 그게 없구 이 산골이니까 도랑을 그냥 건너서 또 이 도랑을 건너 굽이굽이 가는데, 요 아래 그러니까 그 거기가 뭔 뭔 소이?

(청중 : 강철소이!)

강철이소이, 강철이소이라고 하는 데를 건너가야 되는데 얼음이, 겨울이니까 어름이 얼은 거예요. 얼음 우에서 그 수레, 수레바꾸가(수레바퀴가) 얼음이 엄청 푹 빠진 거죠. 그러니까 이거 가다가 어떠하우 이걸, 다 부려 내릴 수도 없구 그러니까. 노랑장군님이 금화읍에 장에 보러 가느냐고 이 망태를, 망태, 꼴망태 이거.

(청중 : 올고매이.)

그전에 짚으로 이렇게 만든 꼴망태.

(청중 : 올고매이라고, 올고매이.)

예, 올고, 여기선 올고매이라 그래요, 그걸 가지고. 예. 그걸 가지고 내려가시다가 그러니까 그 분이 우리 아버님하고 한 행렬이야, 두자 돌림에. 그러니까 이 노인네가

"어이 동생, 그 어떠하나 큰일 났네! 이걸 좀 도와야지."

이 꼴망태를 벗어놓구 그 밑에 가서, 수레 빠졌으니깐 그 밑에 가서 어깨를 대고 번쩍 들으니깐 소가 그냥 퍽 엎어지더래요.

그렇게 기운이 신(센) 양반이, 그러니까 노랑장군님이 그렇게 기운이 시었다(세었다) 이거죠.

김시습과 매월대의 지명유래

자료코드 : 03_11_FOT_20110401_KDH_KJG_0001
조사장소 : 강원도 철원군 근남면 잠곡2리 하오재로 1298 잠곡2리 경로당
조사일시 : 2011.4.1
조 사 자 : 강등학, 이영식, 박은영, 이창현
제 보 자 : 김중기, 남, 76세
구연상황 : 2011년 3월 27일 일요일에 김용수 댁을 방문하였다. 그곳에서 농요와 지명유래 몇 가지 얘기를 들었다. 하지만 혼자서는 기억이 잘 나지 않으니 경로당에 사람이 있을 때 다시 오라는 말에 4월 1일로 약속을 했다. 4월 1일 낮에 김용수 댁에 들러 김용수 어른과 함께 경로당에 가니 몇 분이 계셨다. 방문 목적을 말씀드리니 모두들 김용수를 추천했다. 이에 김용수는 혼자서 기억이 잘 안 나서 그러니 함께 하자며 자리를 준비하였다. 처음에 마을민속에 대해 몇 가지 묻고 이후 지명과 관계된 얘기를 들었다. 매월대 얘기가 나오자 제보자는 인민학교 다닐 때 그곳에 돌탑이 있었는데, 미신타파라 해서 선생님과 함께 학생들이 가서 그 탑을 무너트린 일이 있었다고 회상했다. 그리고 예전에는 매월대라는 이름을 사용하지 않았다면서 이 이야기를 했다.
줄 거 리 : 지금 매월대라 부르는 바위는 언제부터인지 몰라도 김시습의 호를 따서 붙인 이름이며, 마을에서는 바위가 서 있다고 해서 선바위라 불렀다. 6·25 때 사용한 군사지도에도 매월동이 나와 있는데, 이곳을 마을에서는 예전부터 문수동이라 불렀다.

매월대는 그 저 생육신 김시습 이제 선생님의 그 호를 매월 선생님이야! 그 분의 이제 호를 따서 이제 매월대라 했는데, 저 아래 가면 우리 이

지역 사람들은 바우가 이렇게 섰다고 해서, 큰 바우가 섰다고 해서 선바우에요 그게. 그리고 그 밑에는 이제 바우가 백인 데 있다, 백인 데 바우맥이라고 그랬단 말이야.

그랬는데, 매월동인지 뭐 매월댄지도 모르고 지났는데, 6·25 나 가지고 군인들이 인제 군사지도상에 지금 매월대 얘기가 나오니까는. 그 매월동도 그전에 문수동이라 그랬는데, 그 군인들이 매월동이라 이름을 지었다구, 그게. 그 저 거기 바우에 김시습 선생이 나와서 이제 정치도 싫고, 해 나가는 게 전부 맞질 않고 그러니까 여기 와서 이제 피난을 온 자리라고요, 그 매월대에 와서.

그 생육신 중의 한 사람이죠, 그 분이. 그 사육신도 있지만, 그 분은 인제 그 때 이제 뭐 하여튼 해 나가는 게 마음에 안 들으니깐 벼슬도 싫고 이 산골에 아주 사람 안 사는 데 와서 거기 와서 묻혀 계셨던 모양이야.

싸움 말리는 하오고개

자료코드 : 03_11_FOT_20110401_KDH_KJG_0002
조사장소 : 강원도 철원군 근남면 잠곡2리 하오재로 1298 잠곡2리 경로당
조사일시 : 2011.4.1
조 사 자 : 강등학, 이영식, 박은영, 이창현
제 보 자 : 김중기, 남, 76세
구연상황 : 2011년 3월 27일 일요일에 김용수 댁을 방문하였다. 그곳에서 농요와 지명유래 몇 가지 얘기를 들었다. 하지만 혼자서는 기억이 잘 나지 않으니 경로당에 사람이 있을 때 다시 오라는 말에 4월 1일로 약속을 했다. 4월 1일 낮에 김용수 댁에 들러 김용수 어른과 함께 경로당에 가니 몇 분이 계셨다. 방문 목적을 말씀드리니 모두들 김용수를 추천했다. 이에 김용수는 혼자서 기억이 잘 안 나서 그러니 함께 하자며 자리를 준비하였다. 처음에 마을민속에 대해 몇 가지 묻고 이후 지명과 관계된 얘기를 들었다. 김중기로부터 '김시습과 매월대 지명유래'를 들은 후에 하오고개 지명 전설에 대해 얘길 들었다.

줄 거 리 : 하오고개는 부부싸움 끝에 이 고개에서 화해를 했다고 해서, 또 이웃이 싸워 소송을 하러 가는 중에 이 고개에서 만나 화해를 했다는 등 두 얘기가 함께 전한다.

하오재 거든요, 고개, 하오고개. 고개 재자를 쓰니까. 그 근데 그것도 뭐 말이 이제 여러 가지예요. 뭐 부부싸움을 하다가 이제 뭐 저 도망가는 걸 가 붙들고 하오재 그 고개에서 숨이 차 쉬면서 하오를 해 하오재다 이런 말두 있구, 또 뭐 저 옛날에 이웃간에 아래 웃동네 싸움을 하다가, 싸움을 해 가지구 뭐이 잘못 돼 싸움을 했는데 소송을 하러가다가 그 고개 마루턱에서 만나가지고선 하오를 하고 소송을 안 하고 도로 내려왔다고 이런 말도 있고, 어느 말이 맞는지 몰라요.

텃밭보다 저참밭

자료코드 : 03_11_FOT_20110401_KDH_KJG_0003
조사장소 : 강원도 철원군 근남면 잠곡2리 하오재로 1298 잠곡2리 경로당
조사일시 : 2011.4.1
조 사 자 : 강등학, 이영식, 박은영, 이창현
제 보 자 : 김중기, 남, 76세
구연상황 : 2011년 3월 27일 일요일에 김용수 댁을 방문하였다. 그곳에서 농요와 지명유래 몇 가지 얘기를 들었다. 하지만 혼자서는 기억이 잘 나지 않으니 경로당에 사람이 있을 때 다시 오라는 말에 4월 1일로 약속을 했다. 4월 1일 낮에 김용수 댁에 들러 김용수 어른과 함께 경로당에 가니 몇 분이 계셨다. 방문 목적을 말씀드리니 모두들 김용수를 추천했다. 이에 김용수는 혼자서 기억이 잘 안 나서 그러니 함께 하자며 자리를 준비하였다. 처음에 마을민속에 대해 몇 가지 묻고 이후 지명과 관계된 얘기를 들었다. 김중기로부터 '김시습과 매월 대 지명유래'와 '싸움 말리는 하오고개'를 들었다. 그리고 논농사와 관계된 이야기를 나누다가 논배미가 작아서 사흘 동안 찾았다는 얘기인 '사흘 만에 찾은 논배미'를 김용조가 해 주었다. 잠시 마을의 화전 얘기를 나누었는데, 이 마을에서도 예전에 화전을 많이 했다고 한다. 화전 얘기를 하다가 김중기

가 그와 관련된 얘기가 있다며 들려주었다.

줄 거 리 : 거름이 귀했던 시절에는 평지의 밭보다 화전을 일궈 한 해만 농사지은 저참
밭이 농사가 잘 되어 더 귀하게 여겼다.

그 옛날 아주 할머니 할아버지 웃는 얘기가 있다구. 시간을, 세간을 내
는데, 아들들이 있으면 이렇게 작은 아들 세간을 내는데, 밭을 이런 저 밭
을 주면은 화전밭보다 곡식이 잘 안 되거든. 그러니까 밭을 하루갈이를
주니까 메누리(며느리)가 하는 얘기가

"아 저기 있는 저참밭이나 주지 이걸 이 밭을 무얼 하느냐"

고 그러드래.

(청중 : 애들 다 굶어죽이자고.)

애들 굶어 죽인다고.

저참밭이래는 것은 화전밭에다 이제 조, 작년에 조 심었다가 올해 또
심는 거거든요. 그럼 그 해 잘 되는 거라고. 그냥 일반 밭보다, 바닥에 있
는 밭보다 조가, 조가 잘 되니까는 우선 먹고살아야 되겠으니깐 그 저참
밭을 하나를 주지 이걸 주느냐고. 이걸 가지고 애들 어떻게 맥애(먹여) 살
리느냐고.

(청중 : 애들 다 굶어 죽이고. 그러니까 비료도 없구 거기에 뭐 뿌릴 게
아무 것도 없잖아요. 그러니까 그 맨날 해 먹던 밭은 거름이 없으니까 곡
식을 심어도 안 된다 이런 얘기야.)

김매다 마누라 잃어버린 밭

자료코드 : 03_11_FOT_20110401_KDH_KJG_0004
조사장소 : 강원도 철원군 근남면 잠곡2리 하오재로 1298 잠곡2리 경로당
조사일시 : 2011.4.1
조 사 자 : 강등학, 이영식, 박은영, 이창현

제 보 자 : 김중기, 남, 76세

구연상황 : 2011년 3월 27일 일요일에 김용수 댁을 방문하였다. 그곳에서 농요와 지명유래 몇 가지 얘기를 들었다. 하지만 혼자서는 기억이 잘 나지 않으니 경로당에 사람이 있을 때 다시 오라는 말에 4월 1일로 약속을 했다. 4월 1일 낮에 김용수 댁에 들러 김용수 어른과 함께 경로당에 가니 몇 분이 계셨다. 방문 목적을 말씀드리니 모두들 김용수를 추천했다. 이에 김용수는 혼자서 기억이 잘 안 나서 그러니 함께 하자며 자리를 준비하였다. 처음에 마을민속에 대해 몇 가지 묻고 이후 지명과 관계된 얘기를 들었다. 김중기로부터 '김시습과 매월대 지명유래'와 '싸움 말리는 하오고개'를 들었다. 그리고 논농사와 관계된 이야기를 나누다가 논배미가 작아서 사흘 동안 찾았다는 얘기인 '사흘 만에 찾은 논배미'를 김용조가 해 주었다. 잠시 마을의 화전 얘기를 나누었는데, 이 마을에서도 예전에 화전을 많이 했다고 한다. 화전 얘기를 하다가 김중기가 '텃밭보다 저참밭' 이야기를 들려주었다. 김중기의 얘기가 끝나고, 조사자가 화전은 매매가 되느냐고 묻자, 매매는 안 되고 빌려줄 수는 있다면서 김용조는 '술 한 동이로 내 땅 만들기'를 해 주었다. 이어서 김중기는 자신의 집안 땅에서 있었던 얘기라며 들려주었다.

줄 거 리 : 잠곡3리에 김 씨 문중 밭이 있는데, 그 밭이 얼마나 길던지 김을 매며 뒤따라오던 할멈을 잃었다.

저기 잠곡3리에 가면 우리 김 씨 문중 밭이 있어요. 이 밭이 어떻게 넓이는 넓지 않은데 무척 길면서 꾸부러졌어, 이렇게. 거기서 애편네를 잊어버렸다는 거야, 그 밭에서.

(청중 : 김매다.)

김매다. 밭이 이렇게 돌아갔어. 이렇게, 이렇게 저 저저 돌아갔는데, 아 영감은 이만큼 나가고 할멈은 저 마누라는 뒤에 김을 매더라니 얼루 갔는지 없지 뭐. 그 잊어버렸지. 그런 밭이 있어요. 밭이 어떻게 기른지.

(조사자 : 아, 너무 길어서.)

길은 데는, 길은 게 이렇게 꾸부러졌어.

(청중 : 전설이지 뭐, 전설이야.)

(청중 : 마누라 잊어버린 밭이야!)

그게 우리 집안 밭이라구.

천지개벽과 복두산의 지명유래

자료코드 : 03_11_FOT_20110401_KDH_KJG_0005
조사장소 : 강원도 철원군 근남면 잠곡2리 하오재로 1298 잠곡2리 경로당
조사일시 : 2011.4.1
조 사 자 : 강등학, 이영식, 박은영, 이창현
제 보 자 : 김중기, 남, 76세
구연상황 : 2011년 3월 27일 일요일에 김용수 댁을 방문하였다. 그곳에서 농요와 지명유래 몇 가지 얘기를 들었다. 하지만 혼자서는 기억이 잘 나지 않으니 경로당에 사람이 있을 때 다시 오라는 말에 4월 1일로 약속을 했다. 4월 1일 낮에 김용수 댁에 들러 김용수 어른과 함께 경로당에 가니 몇 분이 계셨다. 방문 목적을 말씀드리니 모두들 김용수를 추천했다. 이에 김용수는 혼자서 기억이 잘 안 나서 그러니 함께 하자며 자리를 준비하였다. 처음에 마을민속에 대해 몇 가지 묻고 이후 지명과 관계된 얘기를 들었다. 김중기로부터 '김시습과 매월대 지명유래'와 '싸움 말리는 하오고개'를 들었다. 그리고 논농사와 관계된 이야기를 나누다가 논배미가 작아서 사흘 동안 찾았다는 얘기인 '사흘 만에 찾은 논배미'를 김용조가 해 주었다. 잠시 마을의 화전 얘기를 나누었는데, 이 마을에서도 예전에 화전을 많이 했다고 한다. 화전 얘기를 하다가 김중기가 '텃밭보다 저참밭' 이야기를 들려주었다. 김중기의 얘기가 끝나고, 조사자가 화전은 매매가 되느냐고 묻자, 매매는 안 되고 빌려줄 수는 있다면서 김용조는 '술 한 동이로 내 땅 만들기'를 해 주었다. 이어서 김중기는 자신의 집안 땅에서 있었던 얘기라며 '김매다 마누라 잃어버린 밭'을 해 주고, 복두산 지명유래를 해 주었다.
줄 거 리 : 천지개벽 때 복두산 정상이 복주깨 만큼 남기고 모두 물에 잠겨 복두산이라 한다.

그 어른들 말씀은 그 복두산이 왜 복두산이냐 할 거 같으믄, 옛날 그 이 저 지구 그 그러니까 저 뭐야?

(조사자 : 천지개벽이요?)

천지개벽 할 적에 물이 차가지고 복주깨이 만큼 남았다 그랬다. 복주깨이 아시죠?

(조사자 : 네, 복주깨 압니다.)

저 놋주발 복주깨?

(조사자 : 뚜껑이요.)

예, 그렇게, 고렇게 남았었대, 그게.

천지개벽과 상해봉의 지명유래

자료코드 : 03_11_FOT_20110401_KDH_KJG_0006
조사장소 : 강원도 철원군 근남면 잠곡2리 하오재로 1298 잠곡2리 경로당
조사일시 : 2011.4.1
조 사 자 : 강등학, 이영식, 박은영, 이창현
제 보 자 : 김중기, 남, 76세
구연상황 : 2011년 3월 27일 일요일에 김용수 댁을 방문하였다. 그곳에서 농요와 지명유래 몇 가지 얘기를 들었다. 하지만 혼자서는 기억이 잘 나지 않으니 경로당에 사람이 있을 때 다시 오라는 말에 4월 1일로 약속을 했다. 4월 1일 낮에 김용수 댁에 들러 김용수 어른과 함께 경로당에 가니 몇 분이 계셨다. 방문 목적을 말씀드리니 모두들 김용수를 추천했다. 이에 김용수는 혼자서 기억이 잘 안 나서 그러니 함께 하자며 자리를 준비하였다. 처음에 마을민속에 대해 몇 가지 묻고 이후 지명과 관계된 얘기를 들었다. 김중기로부터 '김시습과 매월대 지명유래'와 '싸움 말리는 하오고개'를 들었다. 그리고 논농사와 관계된 이야기를 나누다가 논배미가 작아서 사흘 동안 찾았다는 얘기인 '사흘 만에 찾은 논배미'를 김용조가 해 주었다. 잠시 마을의 화전 얘기를 나누었는데, 이 마을에서도 예전에 화전을 많이 했다고 한다. 화전 얘기를 하다가 김중기가 '텃밭보다 저참밭' 이야기를 들려주었다. 김중기의 얘기가 끝나고, 조사자가 화전은 매매가 되느냐고 묻자, 매매는 안 되고 빌려줄 수는 있다면서 김용조는 '술 한 동이로 내 땅 만들기'를 얘기 해 주었다. 이어서 김중기는 자신의 집안 땅에서 있었던 얘기라며 '김매다 마누라 잃어버린 밭'을, 천지개벽 때 얘기라며 '천지개벽과 복두산의 지명유래'와 상해계곡 얘기를 했다.

줄 거 리 : 사모처럼 생겨서 사모봉이라고도 부르지만, 옛날 어른들은 천지개벽 때 정상
에다 말뚝을 박고 그곳에 배를 맸다고 해서 상해봉이라고도 한다.

그 저 사모봉도 그렇잖아요. 그게 이제 지도상에는 상해계곡이라고 나
왔다고. 상해계곡이라고 그 저 관광들도 거기 등산들도 가고 그랬는데.
이쪽에서 보면 신랑이 그 왜 저 사모관대, 사모관대 같애. 그거 쓴 거 같
애, 이렇게. 그래 사모봉이라 그러구. 근데 옛날 노인네들 말씀은

"그 천지개벽을 할 때 물이 거기 차가지고 거기다 꼭대기다 말뚝을 박
고 거기다 배를 맸었다."

그래서 상해봉, 상해봉이라 그런다, 상해봉이다. 뭐 이런 그 뭐 이런 전
설이겠죠.

6·25와 1단고개, 캐러멜고개의 지명유래

자료코드 : 03_11_FOT_20110401_KDH_KJG_0007
조사장소 : 강원도 철원군 근남면 잠곡2리 하오재로 1298 잠곡2리 경로당
조사일시 : 2011.4.1
조 사 자 : 강등학, 이영식, 박은영, 이창현
제 보 자 : 김중기, 남, 76세
구연상황 : 2011년 3월 27일 일요일에 김용수 댁을 방문하였다. 그곳에서 농요와 지명유
래 몇 가지 얘기를 들었다. 하지만 혼자서는 기억이 잘 나지 않으니 경로당에
사람이 있을 때 다시 오라는 말에 4월 1일로 약속을 했다. 4월 1일 낮에 김
용수 댁에 들러 김용수 어른과 함께 경로당에 가니 몇 분이 계셨다. 방문 목
적을 말씀드리니 모두들 김용수를 추천했다. 이에 김용수는 혼자서 기억이 잘
안 나서 그러니 함께 하자며 자리를 준비하였다. 처음에 마을민속에 대해 몇
가지 묻고 이후 지명과 관계된 얘기를 들었다. 김중기로부터 '김시습과 매월
대 지명유래'와 '싸움 말리는 하오고개'를 들었다. 그리고 논농사와 관계된
이야기를 나누다가 논배미가 작아서 사흘 동안 찾았다는 얘기인 '사흘 만에
찾은 논배미'를 김용조가 해 주었다. 잠시 마을의 화전 얘기를 나누었는데,
이 마을에서도 예전에 화전을 많이 했다고 한다. 화전 얘기를 하다가 김중기

가 '텃밭보다 저참밭' 이야기를 들려주었다. 김중기의 얘기가 끝나고, 조사자가 화전은 매매가 되느냐고 묻자, 매매는 안 되고 빌려줄 수는 있다면서 김용조는 '술 한 동이로 내 땅 만들기'를 얘기 해 주었다. 이어서 김중기는 자신의 집안 땅에서 있었던 얘기라며 '김매다 마누라 잃어버린 밭'을, 천지개벽때 얘기라며 '천지개벽과 복두산의 지명유래'와 상해계곡 얘기를 했다. 그리고는 6·25 전에 철원, 김화, 평강, 화천 4개 군민이 40일간 노력동원 되어 닦았다는 설명과 더불어 일단고개, 캐러멜고개, 백운계곡 등 여러 이름으로 불리는 고개에 얽힌 얘기를 했다.

줄 거 리 : 백운계곡은 고개가 너무 가파르고 꼬불꼬불하여 1단 기어로 변속해야 하고, 졸음운전을 하지 말라고 운전수에게 캐러멜을 줬다고 해서 1단고개, 캐러멜고개라고도 한다.

보급 장교, 저기 6·25 때 보급품 싣고 가는 장교가, 그 보급부대 차가 인제 뭐 한 열 대 정도 이렇게 댕기잖아, 지에무시가? 그런데 운전수가 자꾸 졸아 가지구, 그 고개는 이렇게 고불고불하고 이렇게 가파르구 그래서 1단고개, 1단으로 나야 올라간다 이거야, 1단고개, 1단고개. 그런데 졸고 위험하니까 또 개라멜(캐러멜)을 사서 운전수를 멕였대요, 보급 장교가. 그것도 들은 얘기죠. 그래서 그게 소문이 개러멜고개, 개러멜고개.

(조사자 : 지금은 무슨 고개예요, 이름이?)

지금은 그 백운계곡라 그러죠, 백운계곡.

누에머리 형국과 잠곡리의 지명유래

자료코드 : 03_11_FOT_20110401_KDH_KJG_0008
조사장소 : 강원도 철원군 근남면 잠곡2리 하오재로 1298 잠곡2리 경로당
조사일시 : 2011.4.1
조 사 자 : 강등학, 이영식, 박은영, 이창현
제 보 자 : 김중기, 남, 76세
구연상황 : 2011년 3월 27일 일요일에 김용수 댁을 방문하였다. 그곳에서 농요와 지명유래 몇 가지 얘기를 들었다. 하지만 혼자서는 기억이 잘 나지 않으니 경로당에

사람이 있을 때 다시 오라는 말에 4월 1일로 약속을 했다. 4월 1일 낮에 김용수 댁에 들러 김용수 어른과 함께 경로당에 가니 몇 분이 계셨다. 방문 목적을 말씀드리니 모두들 김용수를 추천했다. 이에 김용수는 혼자서 기억이 잘 안 나서 그러니 함께 하자며 자리를 준비하였다. 처음에 마을민속에 대해 몇 가지 묻고 이후 지명과 관계된 얘기를 들었다. 김중기로부터 '김시습과 매월대 지명유래'와 '싸움 말리는 하오고개'를 들었다. 그리고 논농사와 관계된 이야기를 나누다가 논배미가 작아서 사흘 동안 찾았다는 얘기인 '사흘 만에 찾은 논배미'를 김용조가 해 주었다. 잠시 마을의 화전 얘기를 나누었는데, 이 마을에서도 예전에 화전을 많이 했다고 한다. 화전 얘기를 하다가 김중기가 '텃밭보다 저참밭' 이야기를 들려주었다. 김중기의 얘기가 끝나고, 조사자가 화전은 매매가 되느냐고 묻자, 매매는 안 되고 빌려줄 수는 있다면서 김용조는 '술 한 동이로 내 땅 만들기'를 얘기 해 주었다. 이어서 김중기는 자신의 집안 땅에서 있었던 얘기라며 '김매다 마누라 잃어버린 밭'을, 그리고 지명과 관련된 '천지개벽과 복두산의 지명유래', '천지개벽과 상해봉의 지명유래', '6·25와 1단고개, 캐러멜고개의 지명유래' 등을 얘기했다. 이어서 조사자가 잠곡리에 대한 이야기는 없냐고 묻자 이 얘기를 했다.

줄 거 리 : 마을이 누에머리 형국이라 뉘울이라 불렸는데, 일본인이 들어와서 그것을 한 자로 바꿔 잠곡이라 부르게 되었다.

잠곡은 요 아래, 요 아래 저 누에머리가 있어요.

(조사자 : 누에머리!)

예, 누에머리 형국인데, 산이, 산이 누에, 뉘 같이 똑같이 생겼어요. 그래서 누에머리라고 그래서 이 동네를 뉘울이라 그러거든요.

(조사자 : 뉘울!)

뉘울. 그래서 이제 그 1914년도에 일본 사람들이 들어와서 이제 여기를 샛말, 도덕동, 방화동을 잠곡리라고 누에 잠자, 골 곡자. 그래 원래 인제 뉘울인데, 뉘울인데 잠곡리라고 이름을 지어 가지고 여태까지 잠곡리죠 뭐.

일본군 장교와 말고개의 지명유래

자료코드 : 03_11_FOT_20110401_KDH_KJG_0009
조사장소 : 강원도 철원군 근남면 잠곡2리 하오재로 1298 잠곡2리 경로당
조사일시 : 2011.4.1
조 사 자 : 강등학, 이영식, 박은영, 이창현
제 보 자 : 김중기, 남, 76세
구연상황 : 2011년 3월 27일 일요일에 김용수 댁을 방문하였다. 그곳에서 농요와 지명유
래 몇 가지 얘기를 들었다. 하지만 혼자서는 기억이 잘 나지 않으니 경로당에
사람이 있을 때 다시 오라는 말에 4월 1일로 약속을 했다. 4월 1일 낮에 김
용수 댁에 들러 김용수 어른과 함께 경로당에 가니 몇 분이 계셨다. 방문 목
적을 말씀드리니 모두들 김용수를 추천했다. 이에 김용수는 혼자서 기억이 잘
안 나서 그러니 함께 하자며 자리를 준비하였다. 처음에 마을민속에 대해 몇
가지 묻고 이후 지명과 관계된 얘기를 들었다. 김중기로부터 '김시습과 매월
대 지명유래'와 '싸움 말리는 하오고개'를 들었다. 그리고 논농사와 관계된
이야기를 나누다가 논배미가 작아서 사흘 동안 찾았다는 얘기인 '사흘 만에
찾은 논배미'를 김용조가 해 주었다. 잠시 마을의 화전 얘기를 나누었는데,
이 마을에서도 예전에 화전을 많이 했다고 한다. 화전 얘기를 하다가 김중기
가 '텃밭보다 저참밭' 이야기를 들려주었다. 김중기의 얘기가 끝나고, 조사자
가 화전은 매매가 되느냐고 묻자, 매매는 안 되고 빌려줄 수는 있다면서 김용
조는 '술 한 동이로 내 땅 만들기'를 얘기 해 주었다. 이어서 김중기는 자신
의 집안 땅에서 있었던 얘기라며 '김매다 마누라 잃어버린 밭'을, 그리고 지
명과 관련된 '천지개벽과 복두산의 지명유래', '천지개벽과 상해봉의 지명유
래', '6·25와 1단고개, 캐러멜고개의 지명유래', '누에머리 형국과 잠곡리의
지명유래' 등을 얘기했다. 이야기가 끝나고 집안 일 때문에 자리를 비웠던 김
용수가 돌아왔다. 이어서 조사자가 마현리에 대해 묻자, 그곳은 1969년 '사라
호 태풍' 때 생활 터전을 잃은 당시 강원도에 속했던 울진지역 분들을 이주시
킨 곳이라는 설명과 함께 지명에 얽힌 얘기를 해 주었다.
줄 거 리 : 옛날 일본군 장교가 말을 타고 마현고개를 넘으려고 했다. 마을 사람들은 말
에서 내려 걸어가라고 일렀으나 듣지 않고 말을 타고 그냥 가다가 굴러서 죽
었다.

말 마자, 고개 현자 마현이거든. 그런데 거기매 일본 놈들 그, 일본 사
람들 그 이제 그 군인이 탄 장교가 말을 타고 가는 걸 동네 사람들이 못

가게 했대요.

거기, 거기가 이제 아주 저 유명한 고갠데. 일본, 일본 사람이 말 타구선 건방지게 아주 요렇게 탁 가는 걸 내려서 가라 그랬대요, 내려서, 내려서 걸어가라. 말을 끌구서 그랬더니 그냥 타고가다 굴러서 다 죽었대, 그 일본 사람들이. 그 마현 고개가 그렇게 아주.

(청중 : 그래 말고개다!)

(청중 : 말고개.)

(조사자 : 응, 그러니까 왜 말이, 험해서?)

거길 이제, 그 당시에 그 산을 위하, 위했는데, 그 산을 위했는데, 그래 말을 타고 가니까는 걸어서, 걸어서 가라! 그러니깐 무슨 소리를 하냐 이거지. 말 타고 가다 세 사람이, 말 서이가 그냥 다 굴러 죽었는데, 거기서

지명으로 엮은 이야기

자료코드 : 03_11_FOT_20110402_KDH_PWW_0001
조사장소 : 강원도 철원군 근남면 사곡2리 705-4 박원 댁
조사일시 : 2011.4.2
조 사 자 : 강등학, 이영식, 박은영, 이창현
제 보 자 : 박원, 남, 67세
구연상황 : 4월 1일 근남면 육단2리 신현옥 댁에서 조사를 하다가 조사자들이 원하는 거는 사곡2리의 박원 씨가 잘한다는 얘기를 들었다. 4월 1일 저녁 숙소에서 연락을 취했으나 통화를 못했다. 다음날 아침에 다시 연락하여 10시에 박원 댁을 방문하였다. 집에 도착하니 며느리, 손자와 함께 있었다. 며느리가 준비한 차를 마시며 방문 목적을 말하니, 농사를 지으며 부르는 소리는 배우지 못했으나 어렸을 때 자라면서 불렀던 노래는 알고 있다고 했다. 이에 조사자가 사전에 준비한 질문지를 보면서 청했다. 손자가 아직 어린 탓인지 녹음에 많은 관심을 보여, 할아버지가 노래를 부르면 따라 하거나 몸을 움직여 춤추기도 하였다. 어려서 소를 방목한 경험이 있다는 말에 먼저 '송아지 부르는 소리' 부탁했다. '송아지 부르는 소리'를 듣고 '원숭이 똥구멍'을 아느냐고 묻자, 그

건 놀면서 그냥 부르던 노래라며 들려주었다. 노래가 끝나자 손자가 할아버지인 제보자에게 안겼다. 잠시 아이에 대해 얘기를 나누다가 '이 빠진 아이 놀리는 소리', '까까머리 놀리는 소리', '풀뿌리 문지르는 소리', '모래집 짓는 소리', '물고기 꿰는 소리', '배 쓸어주는 소리', '다리 뽑기 하는 소리', '숫자 풀이 하는 소리', '말머리 잇는 소리', '비둘기 흉내 내는 소리' 등을 차례로 청해 들었다. 비둘기 얘기가 나오자 제보자는 아버님한테 들었다며, 일제 때 마을에 매사냥을 하던 분이 있었다고 한다. 노래가 끝나고 제보자는 마을제의와 지명에 대하여 이야기를 했다. 이야기 중에 엿단리가 나오자, 엿단리는 원래 엿단리라며 이 얘기를 해 주었다.

줄 거 리 : 도덕동에서 도둑질하여 방화동에서 방아를 찧어 엿단리에서 엿을 만들어 사곡에서 팔았다.

　그 옛날부터 그런 소리가 있어요. 저 위에 도덕동이 있거든요, 도덕동. 도덕골, 도덕골이 있구, 그 다음에 방아 방아 방화동, 응 그 다음에 이제 에 에 엿다리가 있구, 사곡이 있구 그런 거예요. 그러니까 응 도덕, 도덕동 가서 도둑질을 해서 방화동 가서 방아를 찧어 가지구 엿달리 와서 엿을 과서 사곡서 사려 그랬다는 거예요.

일본군 장교와 말고개의 지명유래

자료코드 : 03_11_FOT_20110402_KDH_PWW_0002
조사장소 : 강원도 철원군 근남면 사곡2리 705-4 박원 댁
조사일시 : 2011.4.2
조 사 자 : 강등학, 이영식, 박은영, 이창현
제 보 자 : 박원, 남, 67세
구연상황 : 4월 1일 근남면 육단2리 신현옥 댁에서 조사를 하다가 조사자들이 원하는 거는 사곡2리의 박원 씨가 잘한다는 얘기를 들었다. 4월 1일 저녁 숙소에서 연락을 취했으나 통화를 못했다. 다음날 아침에 다시 연락하여 10시에 박원 댁을 방문하였다. 집에 도착하니 며느리, 손자와 함께 있었다. 며느리가 준비한 차를 마시며 방문 목적을 말하니, 농사를 지으며 부르는 소리는 배우지 못했으나 어렸을 때 자라면서 불렀던 노래는 알고 있다고 했다. 이에 조사자가 사

전에 준비한 질문지를 보면서 청했다. 손자가 아직 어린 탓인지 녹음에 많은 관심을 보여, 할아버지가 노래를 부르면 따라 하거나 몸을 움직여 춤추기도 하였다. 어려서 소를 방목한 경험이 있다는 말에 먼저 '송아지 부르는 소리' 부탁했다. '송아지 부르는 소리'를 듣고 '원숭이 똥구멍'을 아느냐고 묻자, 그건 놀면서 그냥 부르던 노래라며 들려주었다. 노래가 끝나자 손자가 할아버지인 제보자에게 안겼다. 잠시 아이에 대해 얘기를 나누다가 '이 빠진 아이 놀리는 소리', '까까머리 놀리는 소리', '풀뿌리 문지르는 소리', '모래집 짓는 소리', '물고기 꿰는 소리', '배 쓸어주는 소리', '다리 뽑기 하는 소리', '숫자 풀이 하는 소리', '말머리 잇는 소리', '비둘기 흉내 내는 소리' 등을 차례로 청해 들었다. 비둘기 얘기가 나오자 제보자는 아버님한테 들었다며, 일제 때 마을에 매사냥을 하던 분이 있었다고 한다. 노래가 끝나고 제보자는 마을제의와 지명에 대하여 이야기를 했다. 이야기 중에 육단리가 나오자, '지명으로 엮은 이야기' 얘기를 해 주었다. 이어서 마현리에 대해 묻자 이 이야기를 했다.

줄 거 리 : 일본군 장교가 말을 타고 마현을 넘어가는데 말이 움직이질 않았다. 화가 난 일본군 장교는 그 말의 목을 치고 다른 말을 타고 그 고개를 넘어갔다.

그 마현리는, 마현이라는 게 말 마(馬)자, 고개 현(峴)자예요. 그래서 말 고개예요, 말고개. 말고개라 그러구 이제 마현, 마현 그랬는데.

그 옛날에 뭐 일본놈 장교가 어 말 타고 넘어가는데, 말이 뭐 발을, 발이 안 떨어지더래, 그 고개 그냥 넘는데. 그래 가지고 칼루 말 목을 쳤더니만은 그런 유래가 전해져 온다고. 그래 가지구 따른 말을 타고 넘어갔다 이거죠.

김시습이 매월대를 떠난 사연

자료코드 : 03_11_FOT_20110402_KDH_PWW_0003
조사장소 : 강원도 철원군 근남면 사곡2리 705-4 박원 댁
조사일시 : 2011.4.2
조 사 자 : 강등학, 이영식, 박은영, 이창현

제 보 자 : 박원, 남, 67세
구연상황 : 4월 1일 근남면 육단2리 신현옥 댁에서 조사를 하다가 조사자들이 원하는 거
　　　　　는 사곡2리의 박원 씨가 잘한다는 얘기를 들었다. 4월 1일 저녁 숙소에서 연
　　　　　락을 취했으나 통화를 못했다. 다음날 아침에 다시 연락하여 10시에 박원 댁
　　　　　을 방문하였다. 집에 도착하니 며느리, 손자와 함께 있었다. 며느리가 준비한
　　　　　차를 마시며 방문 목적을 말하니, 농사를 지으며 부르는 소리는 배우지 못했
　　　　　으나 어렸을 때 자라면서 불렀던 노래는 알고 있다고 했다. 이에 조사자가 사
　　　　　전에 준비한 질문지를 보면서 청했다. 손자가 아직 어린 탓인지 녹음에 많은
　　　　　관심을 보여, 할아버지가 노래를 부르면 따라 하거나 몸을 움직여 춤추기도
　　　　　하였다. 어려서 소를 방목한 경험이 있다는 말에 먼저 '송아지 부르는 소리'
　　　　　부탁했다. '송아지 부르는 소리'를 듣고 '원숭이 똥구멍'을 아느냐고 묻자, 그
　　　　　건 놀면서 그냥 부르던 노래라며 들려주었다. 노래가 끝나자 손자가 할아버지
　　　　　인 제보자에게 안겼다. 잠시 아이에 대해 얘기를 나누다가 '이 빠진 아이 놀
　　　　　리는 소리', '까까머리 놀리는 소리', '풀뿌리 문지르는 소리', '모래집 짓는
　　　　　소리', '물고기 꿰는 소리', '배 쓸어주는 소리', '다리 뽑기 하는 소리', '숫자
　　　　　풀이 하는 소리', '말머리 잇는 소리', '비둘기 흉내 내는 소리' 등을 차례로
　　　　　청해 들었다. 비둘기 얘기가 나오자 제보자는 아버님한테 들었다며, 일제 때
　　　　　마을에 매사냥을 하던 분이 있었다고 한다. 노래가 끝나고 제보자는 마을제의
　　　　　와 지명에 대하여 이야기를 했다. 지명과 관계된 '지명으로 엮은 이야기', '일
　　　　　본군 장교와 말고개의 지명유래' 얘기를 듣고 김시습에 대해 들었다.
줄 거 리 : 김시습 선생이 매월대에 살았었는데, 사육신들이 처형당했다는 소식을 듣고
　　　　　한양으로 가서 사육신의 시신을 수습해 주고 계룡산으로 들어갔다.

　그 사륙신들(사육신들), 사륙신을 노들강변에서 죽였잖아요? 그 소식을,
에 김시습 선생이 저 본가는 잘 못살고 외갓집에서 컸어요, 성장을. 거기
심복이, 자기 김시습 선생을 모시던 그 종이 그 사실을, 처형당한 사실을
여기다 알려주러 왔어요. 그래 그 소리를 듣고는 바로 올라가셨어요.

　그 양반이, 그래 가지구 그 사륙신이 노량진에 있잖아요? 거기 제사를
모신 게 김시습 선생이 다 모신 거예요. 그전에 건들기만 해도 삼족을 멸
하는데, 그 양반이 담 크게 그 종 하구 그 시신을 다 모셔다가 장례를 지
냈다는 거예요. 그래서 여기서 떠났죠. 그러구 어딜 가셨냐 하면은 공주

계룡산으로 가셨죠.

김시습이 잡아준 묏자리 봉춘말

자료코드 : 03_11_FOT_20110402_KDH_PWW_0004
조사장소 : 강원도 철원군 근남면 사곡2리 705-4 박원 댁
조사일시 : 2011.4.2
조 사 자 : 강등학, 이영식, 박은영, 이창현
제 보 자 : 박원, 남, 67세
구연상황 : 4월 1일 근남면 육단2리 신현옥 댁에서 조사를 하다가 조사자들이 원하는 거
       는 사곡2리의 박원 씨가 잘한다는 얘기를 들었다. 4월 1일 저녁 숙소에서 연
       락을 취했으나 통화를 못했다. 다음날 아침에 다시 연락하여 10시에 박원 댁
       을 방문하였다. 집에 도착하니 며느리, 손자와 함께 있었다. 며느리가 준비한
       차를 마시며 방문 목적을 말하니, 농사를 지으며 부르는 소리는 배우지 못했
       으나 어렸을 때 자라면서 불렀던 노래는 알고 있다고 했다. 이에 조사자가 사
       전에 준비한 질문지를 보면서 청했다. 손자가 아직 어린 탓인지 녹음에 많은
       관심을 보여, 할아버지가 노래를 부르면 따라 하거나 몸을 움직여 춤추기도
       하였다. 어려서 소를 방목한 경험이 있다는 말에 먼저 '송아지 부르는 소리'
       부탁했다. '송아지 부르는 소리'를 듣고 '원숭이 똥구멍'을 아느냐고 묻자, 그
       건 놀면서 그냥 부르던 노래라며 들려주었다. 노래가 끝나자 손자가 할아버지
       인 제보자에게 안겼다. 잠시 아이에 대해 얘기를 나누다가 '이 빠진 아이 놀
       리는 소리', '까까머리 놀리는 소리', '풀뿌리 문지르는 소리', '모래집 짓는
       소리', '물고기 꿰는 소리', '배 쓸어주는 소리', '다리 뽑기 하는 소리', '숫자
       풀이 하는 소리', '말머리 잇는 소리', '비둘기 흉내 내는 소리' 등을 차례로
       청해 들었다. 비둘기 얘기가 나오자 제보자는 아버님한테 들었다며, 일제 때
       마을에 매사냥을 하던 분이 있었다고 한다. 노래가 끝나고 제보자는 마을제의
       와 지명에 대하여 이야기를 했다. 지명과 관계된 '지명으로 엮은 이야기', '일
       본군 장교와 말고개의 지명유래' 얘기를 들은 후 '김시습이 매월대를 떠난 사
       연'를 들었다. 이어서 제보자의 조상과 관계된 얘기라며 해 주었다.
줄 거 리 : 마을 앞에 있는 봉춘말에 조상을 모셨더니 후손들이 사방으로 퍼져 번성하였
       다. 이 묏자리는 김시습이 잡아주었다.

그 여기는 음 여기 계시면서 우리 그 아까 그 마현리 계시는 할아버지의 산소를 요기 가면 봉춘말 산이라고 벌판 가운데 산 하나 있죠? 여 보시면 있어요, 나가다 보시면. 그 봉우리에다 장사를 지내드렸어요. 장사를 지냈는데, 그 장, 으 산자리를 김시습 선생이 보시고 으 저 장례를 치러주고 가셨다는 거지. 거기가 봉춘말인데, 벌 명당이에요, 벌.

(조사자 : 봉춘말!)

예, 봉춘말. 봉춘말 산.

(조사자 : 벌 봉(蜂)자 쓰고, 춘자는?)

네, 봄 춘(春)자. 그래 거기 산을 몇 자 몇 치를 파라 그랬는데, 쪼금 더 파니까 벌이 왕 날아 나왔다는 거예요, 땅 밑에서. 땅벌인지 뭔진 몰라도. 전설이 그렇게 해서. 거기가 벌 명당이에요. 우리 집안에서는 벌의 명당이라 그러죠. 그냥 날아, 날라가 버려서 우리 집안네들이 아마 사방에 퍼졌다구 그런 전설이 있어요.

엿 파는 할머니와 육단리의 지명유래

자료코드 : 03_11_FOT_20110401_KDH_SHO_0001
조사장소 : 강원도 철원군 근남면 육단2리 대성로 18 신현옥 댁
조사일시 : 2011.4.1
조 사 자 : 강등학, 이영식, 박은영, 이창현
제 보 자 : 신현옥, 남, 71세
구연상황 : 10여 년 전 강원도민속조사를 위해 신현옥 댁에 방문한 적이 있었으나, 오늘은 옆 마을인 잠곡2리 경로당에서 조사를 마친 후에 사전 약속 없이 신현옥 댁을 방문하였다. 마침 집에 혼자 방에서 쉬고 있었다. 방문 목적을 말씀드리고 10여 년 전에 방문한 일을 상기시키려 하였으나 기억이 안 난다고 하였다. 예전 육단리 이주 초기 때 지역 얘기를 나누다가, 제보자가 마을 제방을 쌓을 때 일을 다녔다는 말에 목도 소리를 부탁하니 많이 불렀다며 들려주었다. 처음에는 오랜만에 부른 탓인지 너무 짧아 다시 부탁하여 들었다. '목도 소리'를

들은 후 마을지명에 대해 묻자 육단리는 어디서 들었다며 얘기했다.

줄 거 리 : 마을에 엿을 만들어 파는 할머니가 있었다고 해서 육단리라 했다.

　저 근너 어디 육단3리 거기서, 외딴 집에서 엿 해서 파는 할머니가 있었드랬대. 그래서 엿, 엿단이라 그랬대.

나도 밤나무라고 외쳐서 된 나도밤나무

자료코드 : 03_11_FOT_20110220_KDH_YHN_0001
조사장소 : 강원도 철원군 근남면 잠곡3리 도덕동길 13 잠곡3리 마을회관
조사일시 : 2011.2.20
조 사 자 : 강등학, 이영식, 박은영, 이창현
제 보 자 : 윤희남, 남, 71세

구연상황 : 나무 이름에 얽힌 이야기를 아느냐는 조사자의 질문에 윤희남은 학자들이 잘못 알고 있는 나무들이 많다고 하며 그에 관한 이야기를 풀어 놓았으나 조사자의 질문 의도와는 상관없는 이야기들이었다. 이에 조사자가 다시 한 번 나무 이름에 얽힌 이야기를 아느냐고 재차 묻자 이 이야기를 해 주었다. 이 또한 학자들이 잘못 알고 있다고 하며 고쳐야 할 것을 강하게 주장했다.

줄 거 리 : 옛날 어떤 사람이 점을 보았는데 오년 뒤에 죽는다는 점괘가 나왔다. 살 길은 밤나무 천 그루를 심는 것이라 하여 이 사람은 밤나무를 천 그루 심었다. 어느 날 한 중이 와서 밤나무 천 그루를 심었는지 확인하는데 한 그루가 모자랐다. 중이 호랑이가 되어 잡아먹으려고 하자 이 사람은 나도 밤나무라고 소리치며 서서 죽었다고 한다. 이 사람이 죽어서 된 나무가 나도밤나무라고 한다.

　한 두어 가지를 인제 그 저 옛날 노인네들한테 옛날 얘기 삼아 인제 들은 얘기가 있는데, 지금 저 책에 나오는 거 보면 '너도밤나무'라는 게 있는데.

　(조사자 : 너도밤나무요. 예, 예. 들어봤습니다.)

　너도밤나무라는 건 옛날 노인네들 얘기하고는 그 이름을 좀 다시 고쳐야 된다고. 그게 나도밤나무라는 건데.

(조사자 : 아, 나도밤나무요?)

나도밤나무라는 건데. 왜 나도밤나무냐? 그 옛날 어떤 사람이 이렇게 댕기면서 그 저 뭐 그 말하자면 점 친다고 인제? 그러면서 어디서 댕기면서 사주를 이렇게 댕기면서 보다보니까 어떤 사람을 사주를 보다 보니까. 오 년만, 오 년만, 오 년 되는 해에 몇 날, 몇 월 며칠 가면 죽을 팔자야. 상을 보니까.

(조사자 : 네.)

근데 죽을 팔자라고 이렇게 얘길해 주니까 그럼 살 길도 알 거 아니냐?

(조사자 : 아 예.)

그러니까 살 길은 당신은 밤나무를 어디다 밭을 맹글어 가지고 밤나무 더도 심지 말고 덜도 심지 말고 딱 천 개만 심어라.

(조사자 : 천주, 예.)

아. 천주만 심으라 그랬는데, 오 년 돼 가지고 죽는 데는 고 전날 어떤 중이 하나 와 가지고선 밤나무를 심었느냐 물어보는 거야. 심었다. 그래 그러니까 똑바로 심었냐? 똑바로 천주를 심었냐? 그럼 심었다. 게 가서 세어 보니까 구백아흔아홉주야.

(조사자 : 음, 하나가 모자르네?)

어. 그래 또 다시 세어 보고, 한 세 번을 돌라 세어 봐도 그게 구백아흔 아홉주지 하나가 모자르는 거야. 그러니까 그 중이 사람이 아니고 호랑이 가 되어 가지고 잡아 먹겠다고 달라붙으니까 나도 밤나무라고 서서 소리 를 질러서 그 사람이 서서 죽으니 그게 밤나무가 됐다고 그네 나도밤나무 가 됐다는 거여. 그런 전설이 있는 거거든 그게.

(조사자 : 사람이?)

그렇지. 나무 심은 사람이 하나를 못 심었으니까 호랑이가 잡아먹을라 그러니까 "나도 밤나무다."라고 소리를 지르니까 그게 나도밤나무가 되어 버렸다는 거야 그게. 그런 전설이 있는 나무여.

도둑질하다 잡혀서 하오한 하오고개

자료코드 : 03_11_FOT_20110220_KDH_YHN_0002
조사장소 : 강원도 철원군 근남면 잠곡3리 도덕동길 13 잠곡3리 마을회관
조사일시 : 2011.2.20
조 사 자 : 강등학, 이영식, 박은영, 이창현
제 보 자 : 윤희남, 남, 71세
구연상황 : 나무 이름에 얽힌 이야기에 관한 조사를 마친 후, 마을 지명 설화에 관한 질
문으로 화제를 돌렸다. '하오고개'가 왜 '하오고개'인지에 관해 묻자, 윤희남
이 옛날 '시준이 아버지', '철운이 증조할머니'에게 들은 이야기라며 구연해
주었다.
줄 거 리 : 옛날 어떤 사람이 도덕골에 와서 도둑질을 해서, 방아골에 가서 방아를 찧어,
엿다리 가서 엿을 고아 가지고 사국에 가서 엿을 팔았다. 엿을 다 팔고서 하
오골로 도망을 치다 잡혀서, 미안한 마음에 하오했다 하여 '하오고개'라 한다.

그러니까 그 이제 하오했다는 얘기는, 여기 동네의 전설을 보면은, 여
기가 도덕동이 아니요?

(조사자 : 예. 도덕동.)

도덕동인데, 도덕동이라는 동네에 와서 인제 도덕골이라고 인자 옛날에
는 동이라고 안 그래고 골이라고 했단 말이야.

(조사자 : 도덕골, 예.)

도덕골 와 도둑질 해 가지고 여기 우리 사는데 방아골이라고 있어. 방
아골 가서 방아를 찧어 가지고. 육다리래는 동네 저 가서, 저 육다리 가서
엿을 과 가지고. 엿다리야. 엿다리야, 옛날 노인네들 얘기가.

(조사자 : 엿다리, 예.)

엿을 과 가지고 사국 가서 "사려~"해 다 팔았대. 사국 가서 "사려"해서
다 팔았다는 거야. 팔아 가지구선 인제 그 저 하오골로 도망을 가다가 이
저 여기 도덕골에서 인제 잊어버린 사람들이 하오 위에 올라가 지키고 있
다가 잡았다는 거여. 그래 가지고 이 사람이 돈 다 털어놓고 인제 그 저
하오했다고 해서 '하오고개'라고 이름이 됐다고 그런.

쪽박새가 된 며느리

자료코드 : 03_11_FOT_20110220_KDH_JKJ_0001
조사장소 : 강원도 철원군 근남면 잠곡3리 도덕동길 13 잠곡3리 마을회관
조사일시 : 2011.2.20
조 사 자 : 강등학, 이영식, 박은영, 이창현
제 보 자 : 주경자, 여, 72세
구연상황 : 새 소리를 흉내내며 부르던 노래가 있었느냐는 조사자의 질문에, 주경자가
        이 이야기를 해 주었다. 이 이야기를 한 후 피난 가서 배고팠던 이야기를 나
        누었다.
줄 거 리 : 옛날 한 시어머니가 며느리가 밥을 할 때 쪽박을 주었다고 한다. 며느리가 죽
        어서 그게 한이 되어 "쪽박 바꿔줘" 하며 우는 쪽박새가 되었다고 한다.

옛날에요 메누리를 얻었는데, 시어머니가 시집살이를 시키면서 메누리
가 밥 할 때는 쪽박을 갖다 놓구요, 딸이 나가서 밥 할 때는 되박을 갖다
놓고 그랬대요. 그래서 그 메누리가 죽어 가지고 그게 원이 돼서 "쪽박
바꿔줘. 쪽박 바꿔줘." 그랬대요.

세상 달강 / 아기 어르는 소리

자료코드 : 03_11_FOS_20110220_KDH_KKO_0001
조사장소 : 강원도 철원군 근남면 잠곡3리 도덕동길 13 잠곡3리 마을회관
조사일시 : 2011.2.20
조 사 자 : 강등학, 이영식, 박은영, 이창현
제보자 1 : 김금옥, 여, 73세
제보자 2 : 안주희, 여, 69세
구연상황 : 조사자들은 김금옥이 많은 노래를 알 것이라며 집에 있던 김금옥을 전화로
불러내었다. 김금옥에게 '논매는 소리'에 관한 질문을 하자 덩어리 소리를 조
금 불러 주었다. '세상 달강'은 정확한 노래를 잘 기억하지 못 하였으나 재차
요청하여, 안주희와 마주앉아 손을 맞잡고 노래를 불러 주었다. 손자를 볼 때
할머니들이 불러 주었다고 한다.

제보자 1, 제보자 2

　　　세장 세장

　　　할머니가 마당 쓸다

　　　밤한톨을 줏어서

　　　가마솥에 달달 볶아서

　　　버물은 할아버지 드리고

　　　알맹이는 손주 주고

　　　세장 세장

　　　빈 껍데기는 내가 먹자

　　　달궁달궁

나무장수야 / 다리 뽑기 하는 소리

자료코드 : 03_11_FOS_20110220_KDH_KKO_0002
조사장소 : 강원도 철원군 근남면 잠곡3리 도덕동길 13 잠곡3리 마을회관
조사일시 : 2011.2.20
조 사 자 : 강등학, 이영식, 박은영, 이창현
제보자 1 : 김금옥, 여, 73세
제보자 2 : 안주희, 여, 69세
구연상황 : 김금옥과 안주희가 마주 앉아 세상 달강을 부른 후, 김금옥이 다른 노래를 알려주겠다며 '다리 뽑기 하는 소리'인 '나무장수야'를 불렀다. 그러나 잘 기억이 나지 않아 머뭇거리자 다른 제보자들이 '한알대 두알대'를 부르라며 재촉했다. 김금옥과 안주희가 다리 뽑기 하는 시늉을 하며 '한알대 두알대'를 부른 후, 조사자가 '나무장수야'를 다시 불러 줄 것을 요청했다. 김금옥과 안주희가 함께 불렀다. 진 사람은 팔뚝맞기나 이마맞기를 했다고 한다.

제보자 1, 제보자 2

　　나무 장사야 나무 팔아라

　　얼마 주겠니 십원 주겠다

　　아이구비싸 못사겠네

　　명랑 그지 고드레

제보자 1 : 팔대 장군

제보자 2 : 팔대 장군이야?

제보자 1, 제보자 2

　　팔대 장군

　　고드레 뽕

사람 눈에도 삼이 서냐 / 삼선 눈 삭히는 소리

자료코드 : 03_11_FOS_20110220_KDH_KKO_0003

조사장소 : 강원도 철원군 근남면 잠곡3리 도덕동길 13 잠곡3리 마을회관

조사일시 : 2011.2.20

조 사 자 : 강등학, 이영식, 박은영, 이창현

제 보 자 : 김금옥, 여, 73세

구연상황 : 눈에 삼이 섰을 때 부르는 소리라고 한다. 해가 뜰 무렵에 그릇에 물을 담아 놓고 종이에 사람 얼굴을 그린 후, 팥을 물에 떨구면서 이 노래를 부른다. 노래를 부른 후에는 바늘을 사람 그림의 눈에 꽂으면 삼이 삭힌다고 한다. 조사자가 성인이 되어 한 달가량을 삼눈을 앓았는데, 어릴 적 어른들이 하던 것을 떠올려 이 같은 행위를 한 후 눈이 나았다고 한다.

팥에나 삼눈이 스지(서지)

사람의 눈에도 삼이 서느냐

새야 새야 파랑새야 / 가창유희요

자료코드 : 03_11_FOS_20110220_KDH_KKO_0004

조사장소 : 강원도 철원군 근남면 잠곡3리 도덕동길 13 잠곡3리 마을회관

조사일시 : 2011.2.20

조 사 자 : 강등학, 이영식, 박은영, 이창현

제 보 자 : 김금옥, 여, 73세

구연상황 : 새 소리를 흉내 내며 부르던 노래를 아느냐는 조사자의 질문에, 김금옥이 이 노래를 불렀다. 어릴 적에 학교에서 친구들과 놀며 부르던 노래라고 했다. 다른 제보자들이 옆에서 따라 불렀다.

새야새야 파랑새야 녹두밭에 앉지마라

녹두꽃이 떨어지면 청포장수 울고간다

이랴 소리 / 밭가는 소리

자료코드 : 03_11_FOS_20110327_KDH_KYS_0001

조사장소 : 강원도 철원군 근남면 잠곡2리 샛말길 26 김용수 댁

조사일시 : 2011.3.27

조 사 자 : 강등학, 이영식, 박은영, 이창현

제 보 자 : 김용수, 남, 80세

구연상황 : 2003년 강원도청에서 발행한 『강원의 설화』에서 제보자의 인적사항을 살펴보
고 2011년 3월 24일에 전화를 드렸더니, 나이를 먹은 탓인지 자꾸 잊어버려
서 안 된다고 하였다. 그래도 시간을 내달라고 하니 오후에는 경로당에 가니
오전에 오라고 하여 27일 일요일 10시 경에 방문하였다. 조사자들을 웃음으
로 맞으며 아는 게 없다는 말만 되풀이 하였다. 이에 조사자가 6·25 때 고
생했던 얘기와 농사짓던 얘기 그리고 마을 풍습 등 이것저것에 대해 여쭈며
분위기를 조성하였다. 농사와 관계된 얘기를 나누다가 마을에서 밭갈애비를
했다는 말에 '이랴 소리'를 청했다. 제보자는 노래한 지가 오래되어 잘 안된
다며 마다하는 걸 여러 번 부탁한 끝에 들을 수 있었다.

이려~

마마마

외나

이려 오 도치

메요 메요 소리 / 송아지 부르는 소리

자료코드 : 03_11_FOS_20110327_KDH_KYS_0002

조사장소 : 강원도 철원군 근남면 잠곡2리 샛말길 26 김용수 댁

조사일시 : 2011.3.27

조 사 자 : 강등학, 이영식, 박은영, 이창현

제 보 자 : 김용수, 남, 80세

구연상황 : 2003년 강원도청에서 발행한 『강원의 설화』에서 제보자의 인적사항을 살펴보
고 2011년 3월 24일에 전화를 드렸더니, 나이를 먹은 탓인지 자꾸 잊어버려
서 안 된다고 하였다. 그래도 시간을 내달라고 하니 오후에는 경로당에 가니
오전에 오라고 하여 27일 일요일 10시 경에 방문하였다. 조사자들을 웃음으
로 맞으며 아는 게 없다는 말만 되풀이 하였다. 이에 조사자가 6·25 때 고

생했던 얘기와 농사짓던 얘기 그리고 마을 풍습 등 이것저것에 대해 여쭈며 분위기를 조성하였다. 농사와 관계된 얘기를 나누다가 마을에서 밭갈애비를 했다는 말에 '이랴 소리'를 청했다. 제보자는 노래한 지가 오래되어 잘 안된 다며 마다하는 걸 여러 번 부탁한 끝에 들을 수 있었다. '이랴 소리'를 부른 후 목이 좀 불편하다는 말에 이야기를 부탁하였다. 이에 제보자는 산줄기가 누에처럼 생긴 마을, 중이 머리로 들이받은 바위, 부부가 화해한 고개, 어느 도둑의 하루 등을 이야기 했다. 이후 논농사와 관계된 얘기를 나누다가 '모심 는 소리', '논매는 소리'를 부탁하자 애벌 맬 때 부르던 '덩이 소리'만 기억이 난다면서 후렴만 불렀다. '덩어리 소리'를 들은 후 조심스럽게 '운상하는 소 리'에 대해 물으니 후렴만 조금 불러 주었다. 나이 많은 제보자가 '운상하는 소리'를 부르는 것이 어색한지 구연 중에 애써 헛웃음을 주었다. '운상하는 소리'를 듣고 분위기를 바꾸느라 어렸을 적에 들이나 산에 방목했던 소를 불 러들이면서 하던 소리를 청하자 이 소리를 했다.

미아 미아
미아 미아

어랑 타령 / 가창유희요

자료코드 : 03_11_FOS_20110327_KDH_KYS_0003
조사장소 : 강원도 철원군 근남면 잠곡2리 샛말길 26 김용수 댁
조사일시 : 2011.3.27
조 사 자 : 강등학, 이영식, 박은영, 이창현
제 보 자 : 김용수, 남, 80세
구연상황 : 2003년 강원도청에서 발행한 『강원의 설화』에서 제보자의 인적사항을 살펴보고 2011년 3월 24일에 전화를 드렸더니, 나이를 먹은 탓인지 자꾸 잊어버려서 안 된다고 하였다. 그래도 시간을 내달라고 하니 오후에는 경로당에 가니 오전에 오라고 하여 27일 일요일 10시 경에 방문하였다. 조사자들을 웃음으로 맞으며 아는 게 없다는 말만 되풀이 하였다. 이에 조사자가 6·25 때 고생했던 얘기와 농사짓던 얘기 그리고 마을 풍습 등 이것저것에 대해 여쭈며 분위기를 조성하였다. 농사와 관계된 얘기를 나누다가 마을에서 밭갈애비를 했다는 말에 '이랴 소리'를 청했다. 제보자는 노래한 지가 오래되어 잘 안된

다며 마다하는 걸 여러 번 부탁한 끝에 들을 수 있었다. '이랴 소리'를 부른 후 목이 좀 불편하다는 말에 이야기를 부탁하였다. 이에 제보자는 산줄기가 누에처럼 생긴 마을, '중이 머리로 들이받은 바위', '부부가 화해한 고개', '어느 도둑의 하루' 등을 이야기 했다. 이후 논농사와 관계된 얘기를 나누다가 '모심는 소리', '논매는 소리'를 부탁하자 애벌 맬 때 부르던 '덩이 소리'만 기억이 난다면서 후렴만 불렀다. '덩어리 소리'를 들은 후 조심스럽게 '운상하는 소리'에 대해 물으니 후렴만 조금 불러 주었다. 나이 많은 제보자가 '운상하는 소리'를 부르는 것이 어색한지 구연 중에 애써 헛웃음을 주었다. '운상하는 소리'를 듣고 분위기를 바꾸느라 어렸을 적에 들이나 산에 방목했던 소를 불러들이면서 하던 소리를 청하자 이 소리를 했다. 힘들어 하시는 거 같아 노래 몇 곡 더 들을 요량으로 '어랑 타령'을 청해서 들었다.

신고산이 우루루루 화물차떠나는 소리에

고무공장 큰애기 밤봇짐만 싸누나

어랑 어랑 어허야 어야 더야 내사랑아

본조 아리랑 / 가창유희요

자료코드 : 03_11_FOS_20110327_KDH_KYS_0004
조사장소 : 강원도 철원군 근남면 잠곡2리 샛말길 26 김용수 댁
조사일시 : 2011.3.27
조 사 자 : 강등학, 이영식, 박은영, 이창현
제 보 자 : 김용수, 남, 80세
구연상황 : 2003년 강원도청에서 발행한『강원의 설화』에서 제보자의 인적사항을 살펴보고 2011년 3월 24일에 전화를 드렸더니, 나이를 먹은 탓인지 자꾸 잊어버려서 안 된다고 하였다. 그래도 시간을 내달라고 하니 오후에는 경로당에 가니 오전에 오라고 하여 27일 일요일 10시 경에 방문하였다. 조사자들을 웃음으로 맞으며 아는 게 없다는 말만 되풀이 하였다. 이에 조사자가 6·25 때 고생했던 얘기와 농사짓던 얘기 그리고 마을 풍습 등 이것저것에 대해 여쭈며 분위기를 조성하였다. 농사와 관계된 얘기를 나누다가 마을에서 밭갈애비를 했다는 말에 '이랴 소리'를 청했다. 제보자는 노래한 지가 오래되어 잘 안된

다며 마다하는 걸 여러 번 부탁한 끝에 들을 수 있었다. '이랴 소리'를 부른 후 목이 좀 불편하다는 말에 이야기를 부탁하였다. 이에 제보자는 산줄기가 누에처럼 생긴 마을, '중이 머리로 들이받은 바위', '부부가 화해한 고개', '어느 도둑의 하루' 등을 이야기 했다. 이후 논농사와 관계된 얘기를 나누다가 '모심는 소리', '논매는 소리'를 부탁하자 애벌 맬 때 부르던 '덩이 소리'만 기억이 난다면서 후렴만 불렀다. '덩어리 소리'를 들은 후 조심스럽게 '운상하는 소리'에 대해 물으니 후렴만 조금 불러 주었다. 나이 많은 제보자가 '운상하는 소리'를 부르는 것이 어색한지 구연 중에 애써 헛웃음을 주었다. '운상하는 소리'를 듣고 분위기를 바꾸느라 어렸을 적에 들이나 산에 방목했던 소를 불러들이면서 하던 소리를 청하자 이 소리를 했다. 힘들어 하시는 거 같아 노래 몇 곡 더 들을 요량으로 '어랑 타령'을 청해서 들었다. '어랑 타령'을 들은 후 '강원도 아리랑'을 청하니, 듣기만 했지 부르지 못한다고 했다. 그리고 여기서는 '아리랑'을 많이 불렀다고 하면서 불러 주었다.

아리랑 아리랑 아라리 요
아리랑 고개로 넘어 간다
나를 버리고 가시는 님은
십리도 못가서 발병 났네

그러는 거지 뭐.

이랴 소리 / 밭가는 소리

자료코드 : 03_11_FOS_20110401_KDH_KYS_0001
조사장소 : 강원도 철원군 근남면 잠곡2리 하오재로 1298 잠곡2리 경로당
조사일시 : 2011.4.1
조 사 자 : 강등학, 이영식, 박은영, 이창현
제 보 자 : 김용수, 남, 80세
구연상황 : 2011년 3월 27일 일요일에 김용수 댁을 방문하였다. 그곳에서 농요와 지명 유래 몇 가지 얘기를 들었다. 하지만 혼자서는 기억이 잘 나지 않으니 경로당에 사람이 있을 때 다시 오라는 말에 4월 1일로 약속을 했다. 4월 1일 낮에

김용수 댁에 들러 김용수 어른과 함께 경로당에 가니 몇 분이 계셨다. 방문 목적을 말씀드리니 모두들 김용수를 추천했다. 이에 김용수는 혼자서 기억이 잘 안 나서 그러니 함께 하자며 자리를 준비하였다. 처음에 마을민속에 대해 몇 가지 묻고 이후 지명과 관계된 얘기를 들었다. 김중기로부터 '선바위가 매월대로 이름이 바뀐 사연'과 '두 가지 얘기가 전하는 하오고개 유래'를 들었다. 그리고 논농사와 관계된 이야기를 나누다가 논배미가 작아서 사흘 동안 찾았다는 얘기인 '사흘 만에 찾은 논배미'를 김용조가 해 주었다. 잠시 마을의 화전 얘기를 나누었는데, 이 마을에서도 예전에 화전을 많이 했다고 한다. 화전 얘기를 하다가 김중기가 '사흘 만에 찾은 논배미' 이야기를 들려주었다. 김중기의 얘기가 끝나고, 조사자가 화전은 매매가 되느냐고 묻자, 매매는 안 되고 빌려줄 수는 있다면서 김용조는 '술 한 동이로 내 땅 만들기'를 얘기 해 주었다. 이어서 김중기는 자신의 집안 땅에서 있었던 얘기라며 '김을 매다 사라진 할멈'을, 그리고 지명과 관련된 '천지개벽 때 복주깨 만큼 남은 복두산', '천지개벽 때 배가 다닌 상해계곡', '1단고개, 캐러멜고개, 백운계곡', '마을이 누에머리 형국이라 잠곡리' 등을 얘기했다. 이야기가 끝나고 집안 일 때문에 자리를 비웠던 김용수가 돌아왔다. 김중기로부터 '일본군이 말 타고 가다 죽은 마현고개' 얘기를 더 듣고 농요를 청하니, 할 사람이 김용수뿐이라고 하였다. 이에 조사자가 며칠 전 김용수 댁을 방문했던 얘기를 하며 다른 분이 불러 줄 것을 청했으나 소용이 없었다. 할 수 없이 김용수 댁을 방문했을 때 듣지 못했던 '달구 소리'를 청하니 웃으면서 후렴만 불렀다. 이어서 김용수와 김용조로부터 '덩어리 소리'를 듣고 '밭가는 소리'를 박용수에게 청했다

외나

마마마마

이랴

오 도치

이렇게 했지.

덩어리 소리 / 논매는 소리

자료코드 : 03_11_FOS_20110401_KDH_KYJ_0001
조사장소 : 강원도 철원군 근남면 잠곡2리 하오재로 1298 잠곡2리 경로당
조사일시 : 2011.4.1
조 사 자 : 강등학, 이영식, 박은영, 이창현
제 보 자 : 김용조, 남, 74세
구연상황 : 2011년 3월 27일 일요일에 김용수 댁을 방문하였다. 그곳에서 농요와 지명
유래 몇 가지 얘기를 들었다. 하지만 혼자서는 기억이 잘 나지 않으니 경로당
에 사람이 있을 때 다시 오라는 말에 4월 1일로 약속을 했다. 4월 1일 낮에
김용수 댁에 들러 김용수 어른과 함께 경로당에 가니 몇 분이 계셨다. 방문
목적을 말씀드리니 모두들 김용수를 추천했다. 이에 김용수는 혼자서 기억이
잘 안 나서 그러니 함께 하자며 자리를 준비하였다. 처음에 마을민속에 대해
몇 가지 묻고 이후 지명과 관계된 얘기를 들었다. 김중기로부터 '선바위가 매
월대로 이름이 바뀐 사연'과 '두 가지 얘기가 전하는 하오고개 유래'를 들었
다. 그리고 논농사와 관계된 이야기를 나누다가 논배미가 작아서 사흘 동안
찾았다는 얘기인 '사흘 만에 찾은 논배미'를 김용조가 해 주었다. 잠시 마을의
화전 얘기를 나누었는데, 이 마을에서도 예전에 화전을 많이 했다고 한다. 화
전 얘기를 하다가 김중기가 '사흘 만에 찾은 논배미' 이야기를 들려주었다. 김
중기의 얘기가 끝나고, 조사자가 화전은 매매가 되느냐고 묻자, 매매는 안 되
고 빌려줄 수는 있다면서 김용조는 '술 한 동이로 내 땅 만들기'를 얘기 해
주었다. 이어서 김중기는 자신의 집안 땅에서 있었던 얘기라며 '김을 매다 사
라진 할멈'을, 그리고 지명과 관련된 '천지개벽 때 복주깨 만큼 남은 복두산',
'천지개벽 때 배가 다닌 상해계곡', '1단고개, 캐러멜고개, 백운계곡', '마을이
누에머리 형국이라 잠곡리' 등을 얘기했다. 이야기가 끝나고 집안 일 때문에
자리를 비웠던 김용수가 돌아왔다. 김중기로부터 '일본군이 말 타고 가다 죽
은 마현고개' 얘기를 더 듣고 농요를 청하니, 할 사람이 김용수뿐이라고 하
였다. 이에 조사자가 며칠 전 김용수 댁을 방문했던 얘기를 하며 다른 분이
불러 줄 것을 청했으나 소용이 없었다. 할 수 없이 김용수 댁을 방문했을 때
듣지 못했던 '달구 소리'를 청하니 웃으면서 후렴만 불렀다. '달구 소리' 후
렴이 지난번에 김용수가 부른 '덩어리 소리'와 다르지 않은 것 같아 다시 한
번 청했다. 김용수가 부른 '덩어리 소리'를 듣던 김용조가 '덩어리 소리'를
더 불렀다.

그 우리는 파민서,

에여라 덩어리요

그러미 파는, 파는 거지 그냥.

중중 까까중 / 까까머리 놀리는 소리

자료코드 : 03_11_FOS_20110220_KDH_KCO_0001
조사장소 : 강원도 철원군 근나면 잠곡3리 도덕동길 13 잠곡3리 마을회관
조사일시 : 2011.2.20
조 사 자 : 강등학, 이영식, 박은영, 이창현
제 보 자 : 김찬옥, 여, 69세
구연상황 : 안주희가 '잠자리 잡는 소리'와 '가재 잡는 소리'를 구연해 준 후 조사자가
'한글풀이 하는 소리'나 '천자풀이 하는 소리'에 관한 질문을 했다. 기억이 나
지 않는다고 했다. 이어서 '까까머리 놀리는 소리'에 관한 질문을 하자 안주
희가 어렴풋하게 기억을 했다. 그때 옆에 있던 김찬옥이 이 노래를 불렀다.
다시 불러 줄 것을 요청했으나 처음 불렀던 것처럼 구연하지는 못 했다.

중 중 까까 중
썩은 절에 깨진 중
새옷 입고 어디 가니

메요 메요 소리 / 송아지 부르는 소리

자료코드 : 03_11_FOS_20110402_KDH_PWW_0001
조사장소 : 강원도 철원군 근남면 사곡2리 705-4 박원 댁
조사일시 : 2011.4.2
조 사 자 : 강등학, 이영식, 박은영, 이창현
제 보 자 : 박원, 남, 67세

구연상황 : 4월 1일 근남면 육단2리 신현옥 댁에서 조사를 하다가 조사자들이 원하는 거는 사곡2리의 박원 씨가 잘한다는 얘기를 들었다. 4월 1일 저녁 숙소에서 연락을 취했으나 통화를 못했다. 다음날 아침에 다시 연락하여 10시에 박원 댁을 방문하였다. 집에 도착하니 며느리, 손자와 함께 있었다. 며느리가 준비한 차를 마시며 방문 목적을 말하니 농사를 지으며 부르는 소리는 배우지 못했으나 어렸을 때 자라면서 불렀던 노래는 알고 있다고 했다. 이에 조사자가 사전에 준비한 질문지를 보면서 청했다. 손자가 아직 어린 탓인지 녹음에 많은 관심을 보여 할아버지가 노래를 부르면 따라 하거나 몸을 움직여 춤추기도 하였다. 어려서 소를 방목한 경험이 있다는 말에 먼저 '송아지 부르는 소리'를 부탁했다.

미야 미야

미야 미야

앞니 빠진 갈가지 / 이 빠진 아이 놀리는 소리

자료코드 : 03_11_FOS_20110402_KDH_PWW_0002

조사장소 : 강원도 철원군 근남면 사곡2리 705-4 박원 댁

조사일시 : 2011.4.2

조 사 자 : 강등학, 이영식, 박은영, 이창현

제 보 자 : 박원, 남, 67세

구연상황 : 4월 1일 근남면 육단2리 신현옥 댁에서 조사를 하다가 조사자들이 원하는 거는 사곡2리의 박원 씨가 잘한다는 얘기를 들었다. 4월 1일 저녁 숙소에서 연락을 취했으나 통화를 못했다. 다음날 아침에 다시 연락하여 10시에 박원 댁을 방문하였다. 집에 도착하니 며느리, 손자와 함께 있었다. 며느리가 준비한 차를 마시며 방문 목적을 말하니 농사를 지으며 부르는 소리는 배우지 못했으나 어렸을 때 자라면서 불렀던 노래는 알고 있다고 했다. 이에 조사자가 사전에 준비한 질문지를 보면서 청했다. 손자가 아직 어린 탓인지 녹음에 많은 관심을 보여 할아버지가 노래를 부르면 따라 하거나 몸을 움직여 춤추기도 하였다. 어려서 소를 방목한 경험이 있다는 말에 먼저 '송아지 부르는 소리'를 부탁했다. '송아지 부르는 소리'를 듣고 '원숭이 똥구멍'을 아느냐고 묻자, 그건 놀면서 그냥 부르던 노래라며 들려주었다. 노래가 끝나자 손자가 할아버지

인 제보자에게 안겼다. 잠시 아이에 대해 얘기를 나누다가 조사자가 '이 빠진 아이 놀리는 소리'를 부탁했다.

앞니빠진 갈가지
어 우물앞에 가지마라
붕어새끼 놀린다

그러죠.

중중 까까중 / 까까머리 놀리는 소리

자료코드 : 03_11_FOS_20110402_KDH_PWW_0003
조사장소 : 강원도 철원군 근남면 사곡2리 705-4 박원 댁
조사일시 : 2011.4.2
조 사 자 : 강등학, 이영식, 박은영, 이창현
제 보 자 : 박원, 남, 67세
구연상황 : 4월 1일 근남면 육단2리 신현옥 댁에서 조사를 하다가 조사자들이 원하는 거는 사곡2리의 박원 씨가 잘한다는 얘기를 들었다. 4월 1일 저녁 숙소에서 연락을 취했으나 통화를 못했다. 다음날 아침에 다시 연락하여 10시에 박원 댁을 방문하였다. 집에 도착하니 며느리, 손자와 함께 있었다. 며느리가 준비한 차를 마시며 방문 목적을 말하니 농사를 지으며 부르는 소리는 배우지 못했으나 어렸을 때 자라면서 불렀던 노래는 알고 있다고 했다. 이에 조사자가 사전에 준비한 질문지를 보면서 청했다. 손자가 아직 어린 탓인지 녹음에 많은 관심을 보여 할아버지가 노래를 부르면 따라 하거나 몸을 움직여 춤추기도 하였다. 어려서 소를 방목한 경험이 있다는 말에 먼저 '송아지 부르는 소리'를 부탁했다. '송아지 부르는 소리'를 듣고 '원숭이 똥구멍'을 아느냐고 묻자, 그건 놀면서 그냥 부르던 노래라며 들려주었다. 노래가 끝나자 손자가 할아버지인 제보자에게 안겼다. 잠시 아이에 대해 얘기를 나누다가 조사자가 '이 빠진 아이 놀리는 소리'를 부탁해서 듣고 이내 '까까머리 놀리는 소리'를 부탁했다.

중중 까까중

중중 까까중

각시방에 불켜라 / 풀뿌리 문지르는 소리

자료코드 : 03_11_FOS_20110402_KDH_PWW_0004

조사장소 : 강원도 철원군 근남면 사곡2리 705-4 박원 댁

조사일시 : 2011.4.2

조 사 자 : 강등학, 이영식, 박은영, 이창현

제 보 자 : 박원, 남, 67세

구연상황 : 4월 1일 근남면 육단2리 신현옥 댁에서 조사를 하다가 조사자들이 원하는 거
는 사곡2리의 박원 씨가 잘한다는 얘기를 들었다. 4월 1일 저녁 숙소에서 연
락을 취했으나 통화를 못했다. 다음날 아침에 다시 연락하여 10시에 박원 댁
을 방문하였다. 집에 도착하니 며느리, 손자와 함께 있었다. 며느리가 준비한
차를 마시며 방문 목적을 말하니 농사를 지으며 부르는 소리는 배우지 못했
으나 어렸을 때 자라면서 불렀던 노래는 알고 있다고 했다. 이에 조사자가 사
전에 준비한 질문지를 보면서 청했다. 손자가 아직 어린 탓인지 녹음에 많은
관심을 보여 할아버지가 노래를 부르면 따라 하거나 몸을 움직여 춤추기도
하였다. 어려서 소를 방목한 경험이 있다는 말에 먼저 '송아지 부르는 소리'를
부탁했다. '송아지 부르는 소리'를 듣고 '원숭이 똥구멍'을 아느냐고 묻자, 그
건 놀면서 그냥 부르던 노래라며 들려주었다. 노래가 끝나자 손자가 할아버
지인 제보자에게 안겼다. 잠시 아이에 대해 얘기를 나누다가 조사자가 '이
빠진 아이 놀리는 소리'를 부탁해서 듣고 이내 '까까머리 놀리는 소리'를 부
탁했다. '까까머리 놀리는 소리'를 들은 후 조사자가 여자들이 주로 하던 것
이라고 설명하며 손으로 쓸어내리는 시늉을 하자 쇠비름 뿌리라 하며 이 노
래를 불렀다.

색시방에 불켜라
신랑방에 불켜라

헌집 줄게 새집 다오 / 모래집 짓는 소리

자료코드 : 03_11_FOS_20110402_KDH_PWW_0005
조사장소 : 강원도 철원군 근남면 사곡2리 705-4 박원 댁
조사일시 : 2011.4.2
조 사 자 : 강등학, 이영식, 박은영, 이창현
제 보 자 : 박원, 남, 67세
구연상황 : 4월 1일 근남면 육단2리 신현옥 댁에서 조사를 하다가 조사자들이 원하는 거
는 사곡2리의 박원 씨가 잘한다는 얘기를 들었다. 4월 1일 저녁 숙소에서 연
락을 취했으나 통화를 못했다. 다음날 아침에 다시 연락하여 10시에 박원 댁
을 방문하였다. 집에 도착하니 며느리, 손자와 함께 있었다. 며느리가 준비한
차를 마시며 방문 목적을 말하니, 농사를 지으며 부르는 소리는 배우지 못했
으나 어렸을 때 자라면서 불렀던 노래는 알고 있다고 했다. 이에 조사자가 사
전에 준비한 질문지를 보면서 청했다. 손자가 아직 어린 탓인지 녹음에 많은
관심을 보여, 할아버지가 노래를 부르면 따라 하거나 몸을 움직여 춤추기도
하였다. 어려서 소를 방목한 경험이 있다는 말에 먼저 '송아지 부르는 소리'
를 부탁했다. '송아지 부르는 소리'를 듣고 '원숭이 똥구멍'을 아느냐고 묻자,
그건 놀면서 그냥 부르던 노래라며 들려주었다. 노래가 끝나자 손자가 할아버
지인 제보자에게 안겼다. 잠시 아이에 대해 얘기를 나누다가 조사자가 '이 빠
진 아이 놀리는 소리'를 부탁해서 듣고 이내 '까까머리 놀리는 소리'를 부탁
했다. '까까머리 놀리는 소리', '풀뿌리 문지르는 소리'를 차례로 청해 들었다.
조사자가 방바닥에 한 손을 놓고 한 손으로는 두드리며 아느냐고 묻자 이 노
래를 불렀다.

두껍아 두껍아
헌집줄게 새집다오

아가리 딱딱 벌려라 / 물고기 꿰는 소리

자료코드 : 03_11_FOS_20110402_KDH_PWW_0006
조사장소 : 강원도 철원군 근남면 사곡2리 705-4 박원 댁
조사일시 : 2011.4.2

조 사 자 : 강등학, 이영식, 박은영, 이창현

제 보 자 : 박원, 남, 67세

구연상황 : 4월 1일 근남면 육단2리 신현옥 댁에서 조사를 하다가 조사자들이 원하는 거
는 사곡2리의 박원 씨가 잘한다는 얘기를 들었다. 4월 1일 저녁 숙소에서 연
락을 취했으나 통화를 못했다. 다음날 아침에 다시 연락하여 10시에 박원 댁
을 방문하였다. 집에 도착하니 며느리, 손자와 함께 있었다. 며느리가 준비한
차를 마시며 방문 목적을 말하니 농사를 지으며 부르는 소리는 배우지 못했
으나 어렸을 때 자라면서 불렀던 노래는 알고 있다고 했다. 이에 조사자가 사
전에 준비한 질문지를 보면서 청했다. 손자가 아직 어린 탓인지 녹음에 많은
관심을 보여 할아버지가 노래를 부르면 따라 하거나 몸을 움직여 춤추기도
하였다. 어려서 소를 방목한 경험이 있다는 말에 먼저 '송아지 부르는 소리'를
부탁했다. '송아지 부르는 소리'를 듣고 '원숭이 똥구멍'을 아느냐고 묻자, 그
건 놀면서 그냥 부르던 노래라며 들려주었다. 노래가 끝나자 손자가 할아버지
인 제보자에게 안겼다. 잠시 아이에 대해 얘기를 나누다가 조사자가 '이 빠진
아이 놀리는 소리'를 부탁해서 듣고 이내 '까까머리 놀리는 소리'를 부탁했다.
'까까머리 놀리는 소리', '풀뿌리 문지르는 소리', '모래집 짓는 소리'를 차례로
청해 들었다. 이어서 조사자가 냇가에서 물고기 잡으면서 부르는 소리가 없느
냐고 묻자 잠시 생각하더니 물고기 아가미를 꿰면서 하는 소리라며 불렀다.

아가리 딱딱 벌려 라
열무 김치 들어 간다

엄마 손이 약속이다 / 배 쓸어주는 소리

자료코드 : 03_11_FOS_20110402_KDH_PWW_0007

조사장소 : 강원도 철원군 근남면 사곡2리 705-4 박원 댁

조사일시 : 2011.4.2

조 사 자 : 강등학, 이영식, 박은영, 이창현

제 보 자 : 박원, 남, 67세

구연상황 : 4월 1일 근남면 육단2리 신현옥 댁에서 조사를 하다가 조사자들이 원하는 거
는 사곡2리의 박원 씨가 잘한다는 얘기를 들었다. 4월 1일 저녁 숙소에서 연
락을 취했으나 통화를 못했다. 다음날 아침에 다시 연락하여 10시에 박원 댁

을 방문하였다. 집에 도착하니 며느리, 손자와 함께 있었다. 며느리가 준비한 차를 마시며 방문 목적을 말하니 농사를 지으며 부르는 소리는 배우지 못했으나 어렸을 때 자라면서 불렀던 노래는 알고 있다고 했다. 이에 조사자가 사전에 준비한 질문지를 보면서 청했다. 손자가 아직 어린 탓인지 녹음에 많은 관심을 보여 할아버지가 노래를 부르면 따라 하거나 몸을 움직여 춤추기도 하였다. 어려서 소를 방목한 경험이 있다는 말에 먼저 '송아지 부르는 소리'를 부탁했다. '송아지 부르는 소리'를 듣고 '원숭이 똥구멍'을 아느냐고 묻자, 그건 놀면서 그냥 부르던 노래라며 들려주었다. 노래가 끝나자 손자가 할아버지인 제보자에게 안겼다. 잠시 아이에 대해 얘기를 나누다가 조사자가 '이 빠진 아이 놀리는 소리'를 부탁해서 듣고 이내 '까까머리 놀리는 소리'를 부탁했다. '까까머리 놀리는 소리', '풀뿌리 문지르는 소리', '모래집 짓는 소리', '물고기 꿰는 소리'를 차례로 청해 들었다. '배 쓸어주는 소리'를 청해서 들었으나, 이왕이면 손자 배를 쓸어주면서 불러 달라고 다시 청했다. 할아버지가 손자 이름을 부르며 배를 쓸면서 노래를 하자 손자는 이상한지 할아버지 손을 벗어나려고 했고 할아버지는 손자를 꼭 잡고 끝까지 불렀다.

찬이배는 자라배 할아버지손은 약손
쑥쑥 내려가라 쑥쑥 내려가라

아휴 이제 다 났다. 어구, 배 아픈 거 다 났지?

이거리 저거리 갓거리 / 다리 뽑기 하는 소리

자료코드 : 03_11_FOS_20110402_KDH_PWW_0008
조사장소 : 강원도 철원군 근남면 사곡2리 705-4 박원 댁
조사일시 : 2011.4.2
조 사 자 : 강등학, 이영식, 박은영, 이창현
제 보 자 : 박원, 남, 67세
구연상황 : 4월 1일 근남면 육단2리 신현옥 댁에서 조사를 하다가 조사자들이 원하는 거는 사곡2리의 박원 씨가 잘한다는 얘기를 들었다. 4월 1일 저녁 숙소에서 연락을 취했으나 통화를 못했다. 다음날 아침에 다시 연락하여 10시에 박원 댁을 방문하였다. 집에 도착하니 며느리, 손자와 함께 있었다. 며느리가 준비한

차를 마시며 방문 목적을 말하니 농사를 지으며 부르는 소리는 배우지 못했
으나 어렸을 때 자라면서 불렀던 노래는 알고 있다고 했다. 이에 조사자가 사
전에 준비한 질문지를 보면서 청했다. 손자가 아직 어린 탓인지 녹음에 많은
관심을 보여 할아버지가 노래를 부르면 따라 하거나 몸을 움직여 춤추기도
하였다. 어려서 소를 방목한 경험이 있다는 말에 먼저 '송아지 부르는 소리'를
부탁했다. '송아지 부르는 소리'를 듣고 '원숭이 똥구멍'을 아느냐고 묻자, 그
건 놀면서 그냥 부르던 노래라며 들려주었다. 노래가 끝나자 손자가 할아버지
인 제보자에게 안겼다. 잠시 아이에 대해 얘기를 나누다가 '이 빠진 아이 놀
리는 소리', '까까머리 놀리는 소리', '풀뿌리 문지르는 소리', '모래집 짓는 소
리', '물고기 꿰는 소리', '배 쓸어주는 소리'를 차례로 청해 들었다. 잠시 쉬면
서 산에 나무하러 다닐 때 어떤 노래를 불렀느냐는 질문에 남진, 나훈아 노래
를 많이 불렀다고 한다. 그리고 작두질은 부부나 아래윗집이 같이 하기 때문
에 소리를 하는 경우는 거의 없다고 한다. 이어서 '다리 뽑기 하는 소리'를 부
탁하자 손으로 다리를 치면서 불렀다.

이거리저거리 각거리
연두만두 두만두
짝발이 혼양군
모기밭에 독수리
칠팔월에 무서리
어르매찍찍 장수깨

나무하러 가세 / 말머리 잇는 소리

자료코드 : 03_11_FOS_20110402_KDH_PWW_0009
조사장소 : 강원도 철원군 근남면 사곡2리 705-4 박원 댁
조사일시 : 2011.4.2
조 사 자 : 강등학, 이영식, 박은영, 이창현
제 보 자 : 박원, 남, 67세
구연상황 : 4월 1일 근남면 육단2리 신현옥 댁에서 조사를 하다가 조사자들이 원하는 거

는 사곡2리의 박원 씨가 잘한다는 얘기를 들었다. 4월 1일 저녁 숙소에서 연락을 취했으나 통화를 못했다. 다음날 아침에 다시 연락하여 10시에 박원 댁을 방문하였다. 집에 도착하니 며느리, 손자와 함께 있었다. 며느리가 준비한 차를 마시며 방문 목적을 말하니 농사를 지으며 부르는 소리는 배우지 못했으나 어렸을 때 자라면서 불렀던 노래는 알고 있다고 했다. 이에 조사자가 사전에 준비한 질문지를 보면서 청했다. 손자가 아직 어린 탓인지 녹음에 많은 관심을 보여 할아버지가 노래를 부르면 따라 하거나 몸을 움직여 춤추기도 하였다. 어려서 소를 방목한 경험이 있다는 말에 먼저 '송아지 부르는 소리'를 부탁했다. '송아지 부르는 소리'를 듣고 '원숭이 똥구멍'을 아느냐고 묻자, 그건 놀면서 그냥 부르던 노래라며 들려주었다. 노래가 끝나자 손자가 할아버지인 제보자에게 안겼다. 잠시 아이에 대해 얘기를 나누다가 '이 빠진 아이 놀리는 소리', '까까머리 놀리는 소리', '풀뿌리 문지르는 소리', '모래집 짓는 소리', '물고기 꿰는 소리', '배 쓸어주는 소리'를 차례로 청해 들었다. 잠시 쉬면서 산에 나무하러 다닐 때 어떤 노래를 불렀느냐는 질문에 남진, 나훈아 노래를 많이 불렀다고 한다. 그리고 작두질은 부부나 아래윗집이 같이 하기 때문에 소리를 하는 경우는 거의 없다고 한다. 이어서 '다리 뽑기 하는 소리'를 부탁하자 손으로 다리를 치면서 불렀다. 이어서 '다리 뽑기 하는 소리'를 부탁하자 손으로 다리를 치면서 불렀다. '다리 뽑기 하는 소리', '숫자풀이 하는 소리'를 들은 후 조사자가 반가워서 이러한 노래가 또 없냐고 하자 제보자가 웃으면서 '나무하러 가세'를 불렀다.

김서방 나무하러가세

배아퍼 못가네

무슨 배

자라 배

무슨 자라

업 자라

무슨 업

탱 업

무슨 탱

비지 탱

무슨 비지

날 비지

무슨 날

지직 날

무슨 지직

참 지직

무슨 참

나그네 밤참

계집죽고 자식죽고 / 비둘기 흉내 내는 소리

자료코드 : 03_11_FOS_20110402_KDH_PWW_0010

조사장소 : 강원도 철원군 근남면 사곡2리 705-4 박원 댁

조사일시 : 2011.4.2

조 사 자 : 강등학, 이영식, 박은영, 이창현

제 보 자 : 박원, 남, 67세

구연상황 : 4월 1일 근남면 육단2리 신현옥 댁에서 조사를 하다가 조사자들이 원하는 거는 사곡2리의 박원 씨가 잘한다는 얘기를 들었다. 4월 1일 저녁 숙소에서 연락을 취했으나 통화를 못했다. 다음날 아침에 다시 연락하여 10시에 박원 댁을 방문하였다. 집에 도착하니 며느리, 손자와 함께 있었다. 며느리가 준비한 차를 마시며 방문 목적을 말하니 농사를 지으며 부르는 소리는 배우지 못했으나 어렸을 때 자라면서 불렀던 노래는 알고 있다고 했다. 이에 조사자가 사전에 준비한 질문지를 보면서 청했다. 손자가 아직 어린 탓인지 녹음에 많은 관심을 보여 할아버지가 노래를 부르면 따라 하거나 몸을 움직여 춤추기도 하였다. 어려서 소를 방목한 경험이 있다는 말에 먼저 '송아지 부르는 소리'를 부탁했다. '송아지 부르는 소리'를 듣고 '원숭이 똥구멍'을 아느냐고 묻자, 그건 놀면서 그냥 부르던 노래라며 들려주었다. 노래가 끝나자 손자가 할아버지인 제보자에게 안겼다. 잠시 아이에 대해 얘기를 나누다가 '이 빠진 아이 놀리는 소리', '까까머리 놀리는 소리', '풀뿌리 문지르는 소리', '모래집 짓는 소

리', '물고기 꿰는 소리', '배 쓸어주는 소리'를 차례로 청해 들었다. 잠시 쉬면서 산에 나무하러 다닐 때 어떤 노래를 불렀느냐는 질문에 남진, 나훈아 노래를 많이 불렀다고 한다. 그리고 작두질은 부부나 아래윗집이 같이 하기 때문에 소리를 하는 경우는 거의 없다고 한다. 이어서 '다리 뽑기 하는 소리'를 부탁하자 손으로 다리를 치면서 불렀다. 이어서 '다리 뽑기 하는 소리'를 부탁하자 손으로 다리를 치면서 불렀다. '다리 뽑기 하는 소리', '숫자풀이 하는 소리'를 들은 후 조사자가 반가워서 이러한 노래가 또 없냐고 하자, 제보자가 웃으면서 '나무하러 가세'를 불렀다. '나무하러 가세'를 들은 후에 동물소리 흉내 내는 소리를 부탁하자 아는 게 하나 있다면서 이 노래를 불렀다.

기집 죽고 자식 죽고
헌누 데기 목에 걸고
비둑 비둑 비둑 비둑

허영차 소리 / 목도하는 소리

자료코드 : 03_11_FOS_20110401_KDH_SHO_0001
조사장소 : 강원도 철원군 근남면 육단2리 대성로 18 신현옥 댁
조사일시 : 2011.4.1
조 사 자 : 강등학, 이영식, 박은영, 이창현
제 보 자 : 신현옥, 남, 71세
구연상황 : 10여 년 전 강원도민속조사를 위해 신현옥 댁에 방문한 적이 있었으나, 오늘은 옆 마을인 잠곡2리 경로당에서 조사를 마친 후에 사전 약속 없이 신현옥 댁을 방문하였다. 마침 집에 혼자 방에서 쉬고 있었다. 방문 목적을 말씀드리고 10여 년 전에 방문한 일을 상기시키려 하였으나 기억이 안 난다고 하였다. 예전 육단리 이주 초기 때 지역 얘기를 나누다가 제보자가 마을 제방을 쌓을 때 일을 다녔다는 말에 목도 소리를 부탁하니 많이 불렀다며 들려주었다. 하지만 오랜만에 소리를 한 탓인지 사설이 너무 짧아 다시 부탁해서 들었다.

허여치기 허여
올라간다 올라간다

한발한발 조심허고

그 다음에

허여치기 허여차 놓고

그러면 인제 둘이 힘을 합쳐 이렇게 놓는 거죠.

잠자리 꽁꽁 / 잠자리 잡는 소리

자료코드 : 03_11_FOS_20110401_KDH_SHO_0002
조사장소 : 강원도 철원군 근남면 육단2리 대성로 18 신현옥 댁
조사일시 : 2011.4.1
조 사 자 : 강등학, 이영식, 박은영, 이창현
제 보 자 : 신현옥, 남, 71세
구연상황 : 10여 년 전 강원도민속조사를 위해 신현옥 댁에 방문한 적이 있었으나, 오늘
은 옆 마을인 잠곡2리 경로당에서 조사를 마친 후에 사전 약속 없이 신현옥
댁을 방문하였다. 마침 집에 혼자 방에서 쉬고 있었다. 방문 목적을 말씀드리
고 10여 년 전에 방문한 일을 상기시키려 하였으나 기억이 안 난다고 하였다.
예전 육단리 이주 초기 때 지역 얘기를 나누다가, 제보자가 마을 제방을 쌓을
때 일을 다녔다는 말에 목도 소리를 부탁하니 많이 불렀다며 들려주었다. 목
도 소리와 육단리 지명유래를 들은 후에 '밭가는 소리'를 청했으나, 제보자는
호리로만 논밭을 갈았기 때문에 겨리로 가는 소리는 배우지 못했다고 한다.
그래 어렸을 때 부른 잠자리 잡던 소리를 청했다.

잠자리 꽁꽁
잠자리 꽁꽁

그랬죠 뭐.
요기 앉으라고[손가락 끝을 가리키며] 애들 때.

흙탕물은 가라앉고 / 물 맑게 하는 소리

자료코드 : 03_11_FOS_20110401_KDH_SHO_0003
조사장소 : 강원도 철원군 근남면 육단2리 대성로 18 신현옥 댁
조사일시 : 2011.4.1
조 사 자 : 강등학, 이영식, 박은영, 이창현
제 보 자 : 신현옥, 남, 71세
구연상황 : 10여 년 전 강원도민속조사를 위해 신현옥 댁에 방문한 적이 있었으나, 오늘은 옆 마을인 잠곡2리 경로당에서 조사를 마친 후에 사전 약속 없이 신현옥 댁을 방문하였다. 마침 집에 혼자 방에서 쉬고 있었다. 방문 목적을 말씀드리고 10여 년 전에 방문한 일을 상기시키려 하였으나 기억이 안 난다고 하였다. 예전 육단리 이주 초기 때 지역 얘기를 나누다가, 제보자가 마을 제방을 쌓을 때 일을 다녔다는 말에 목도 소리를 부탁하니 많이 불렀다며 들려주었다. 목도 소리와 육단리 지명유래를 들은 후에 밭가는 소리를 청했으나, 제보자는 호리로만 논밭을 갈았기 때문에 겨리로 가는 소리는 배우지 못했다고 한다. 그래 어렸을 때 부른 잠자리 잡던 소리를 청했다. '잠자리 잡는 소리'를 듣고 가재를 잡을 때 흙탕물이 되면 어떻게 하냐고 묻자 그 물을 맑게 하는 거라며 이 노래를 불렀다.

물을, 저 돌을 들추면 흙탕물이 나오잖아요?

그러면 침을 탁 뱉고,

　　흙탕물은 가라앉고
　　찬물만 떠라

그랬죠, 맑안(맑은) 물만.

해야 해야 나오너라 / 몸 말리는 소리

자료코드 : 03_11_FOS_20110401_KDH_SHO_0004
조사장소 : 강원도 철원군 근남면 육단2리 대성로 18 신현옥 댁
조사일시 : 2011.4.1

조 사 자 : 강등학, 이영식, 박은영, 이창현
제 보 자 : 신현옥, 남, 71세
구연상황 : 10여 년 전 강원도민속조사를 위해 신현옥 댁에 방문한 적이 있었으나, 오늘
은 옆 마을인 잠곡2리 경로당에서 조사를 마친 후에 사전 약속 없이 신현옥
댁을 방문하였다. 마침 집에 혼자 방에서 쉬고 있었다. 방문 목적을 말씀드리
고 10여 년 전에 방문한 일을 상기시키려 하였으나 기억이 안 난다고 하였다.
예전 육단리 이주 초기 때 지역 얘기를 나누다가 제보자가 마을 제방을 쌓을
때 일을 다녔다는 말에 목도 소리를 부탁하니 많이 불렀다며 들려주었다. 목
도 소리와 육단리 지명유래를 들은 후에 밭가는 소리를 청했으나 제보자는
호리로만 논밭을 갈았기 때문에 겨리로 가는 소리는 배우지 못했다고 한다.
이에 어렸을 때 불렀다는 잠자리 잡는 소리와 물 맑게 하는 소리를 들은 후,
멱 감고 해가 빨리 나오기를 바라며 부르던 소리를 부탁하자 이 노래를 들려
주었다.

해야해야 나와라
빨리빨리 나와라
장구치구 북치구
빨리빨리 나와라

그랬죠.

잠자리 꽁꽁 / 잠자리 잡는 소리

자료코드 : 03_11_FOS_20110220_KDH_AJH_0001
조사장소 : 강원도 철원군 근남면 잠곡3리 도덕동길 13 잠곡3리 마을회관
조사일시 : 2011.2.20
조 사 자 : 강등학, 이영식, 박은영, 이창현
제 보 자 : 안주희, 여, 69세
구연상황 : 모심는 소리, 논매는 소리와 같은 논농사요에 관한 질문을 하였으나 부르지
않아 잘 모르겠다고들 했다. 제보자들 중 안주희가 논맬 때 "어허 넘차 덩어
리야"와 같이 부르는 것을 들었다고는 했으나 잘 부르지 못한다며 적극적으

로 구연해 주기를 꺼렸다. 안주희의 성장 환경에 관한 질문을 하자 피난살이 하던 이야기를 길게 해 주었다. 분위기를 바꾸어 잠자리를 잡으며 불렀던 노래를 기억하느냐고 묻자 이 노래를 불러 주었다.

잠자리 꽁꽁
앉을자리 앉아라
잠자리 꽁꽁
앉을자리 앉아라

흙물은 내려가고 / 물 맑게 하는 소리

자료코드 : 03_11_FOS_20110220_KDH_AJH_0002
조사장소 : 강원도 철원군 근남면 잠곡3리 도덕동길 13 잠곡3리 마을회관
조사일시 : 2011.2.20
조 사 자 : 강등학, 이영식, 박은영, 이창현
제 보 자 : 안주희, 여, 69세
구연상황 : '잠자리 잡는 소리'에 관한 제보를 해 준 후, 이어서 조사자가 가재를 잡으면서 부르던 노래가 있지 않느냐는 질문을 했다. 있긴 하는데 잘 기억이 나지 않는다고 했으나 약간의 힌트를 주자 곧 기억해 내었다. 가재를 잡느라 물이 흐려지면, 빨리 물이 맑아지기를 바라면서 이 노래를 불렀다고 한다.

뒈뒈 뒈!

흙물은 내려가고
맑은물은 들어와라
흙물은 내려가고
맑은물은 들어와라
흙물은 내려가고
맑은물은 들어와라

하늘천 따지 / 천자풀이 하는 소리

자료코드 : 03_11_FOS_20110220_KDH_AJH_0003
조사장소 : 강원도 철원군 근남면 잠곡3리 도덕동길 13 잠곡3리 마을회관
조사일시 : 2011.2.20
조 사 자 : 강등학, 이영식, 박은영, 이창현
제 보 자 : 안주희, 여, 69세
구연상황 : '천자풀이 하는 소리'에 관한 질문을 하자 여러 제보자들이 조금씩 기억을
해내었다. 가장 적극적인 안주희에게 노래를 불러 줄 것을 청하였으나 안주희
는 뒷부분이 잘 기억나지 않는다고 했다. 안주희의 기억을 되살리기 위해 몇
가지 힌트를 주자 끝까지 부를 수 있게 되었다. 완성도 있는 음원을 얻기 위
해 여러 번 반복해서 다시 불러 줄 것을 청하였으나, 안주희는 싫은 내색 없
이 조사자의 요청에 응해 주었다.

하늘천 따따지
가마솥에 누룽지
박박 긁어서
훈장님은 한그릇
나는 두그릇

한알대 두알대 / 다리 뽑기 하는 소리

자료코드 : 03_11_FOS_20110220_KDH_AJH_0004
조사장소 : 강원도 철원군 근남면 잠곡3리 도덕동길 13 잠곡3리 마을회관
조사일시 : 2011.2.20
조 사 자 : 강등학, 이영식, 박은영, 이창현
제 보 자 : 안주희, 여, 69세
구연상황 : 김금옥과 안주희가 마주 앉아 세상 달강을 부른 후, 김금옥이 다른 노래를 알
려주겠다며 '다리 뽑기 하는 소리'인 '나무장수야'를 불렀다. 그러나 잘 기억
이 나지 않아 머뭇거리자 다른 제보자들이 '한알대 두알대'를 부르라며 재촉
했다. 김금옥과 안주희가 다리 뽑기 하며 노래를 함께 불렀다.

한알대 두알대

명랑 그지

발때 장군

고드레 뽕

춘향아 춘향아 / 춤추게 하는 소리

자료코드 : 03_11_FOS_20110220_KDH_AJH_0005

조사장소 : 강원도 철원군 근남면 잠곡3리 도덕동길 13 잠곡3리 마을회관

조사일시 : 2011.2.20

조 사 자 : 강등학, 이영식, 박은영, 이창현

제 보 자 : 안주희, 여, 69세

구연상황 : '다리 뽑기 하는 소리'에 관한 조사를 마친 후, '춘향아 춘향아' 소리를 아느
냐는 질문에 안주희가 초등학교 3~4학년 무렵에 친구들과 불렀다며 구연해
주었다. 그러나 기억이 잘 나지는 않는다고 했다. 아이들이 한 아이를 중심으
로 여럿이 둘러앉아 이 노래를 반복적으로 부르면 그 아이에게 신이 내려서
춤을 추고, 노래를 계속해서 불러주지 않으면 심지어 우는 아이들도 있었다고
했다.

춘향아 춘향아

나이는 십팔세요

생일은 사월초파일

그네여 남배여 / 그네 뛰는 소리

자료코드 : 03_11_FOS_20110220_KDH_AJH_0006

조사장소 : 강원도 철원군 근남면 잠곡3리 도덕동길 13 잠곡3리 마을회관

조사일시 : 2011.2.20

조 사 자 : 강등학, 이영식, 박은영, 이창현

제 보 자 : 안주희, 여, 69세
구연상황 : 그네 타면서 부르던 노래가 있었느냐는 질문에 안주희가 이 노래를 불렀다. 반복해서 다시 불러 줄 것을 청하자, 일어서서 그네 타는 흉내를 내며 불렀다. 옆에 있던 김금옥이 이 노래를 부른 후 "취떡 먹고 배지(배) 채켜라(차여라)~"라고 한다는 말을 덧붙여 주었다. 그네는 단오 때 타기 때문에, 취떡을 먹는다는 말이 나온다고 했다. 어릴 적에는 그만큼 개구쟁이였다며 다들 즐거워했다.

그네여 남배여
그네여 남배여
그네여 남배여

계집죽고 자식죽고 / 비둘기 흉내 내는 소리

자료코드 : 03_11_FOS_20110220_KDH_AJH_0007
조사장소 : 강원도 철원군 근남면 잠곡3리 도덕동길 13 잠곡3리 마을회관
조사일시 : 2011.2.20
조 사 자 : 강등학, 이영식, 박은영, 이창현
제 보 자 : 안주희, 여, 69세
구연상황 : 새 소리를 흉내내며 부르던 노래가 있었느냐는 조사자의 질문에, 안주희가 '비둘기 흉내 내는 소리'를 떠올렸다. 기억이 완전하지 않아 몇 번의 연습을 한 후 부를 수 있었다.

기집 죽고 새끼 죽고
헌누 데기 몸에 걸고
비둑 비둑 비둑 비둑

몽금포 타령 / 가창유희요

자료코드 : 03_11_FOS_20110401_KDH_LHM_0001
조사장소 : 강원도 철원군 근남면 잠곡2리 하오재로 1298 잠곡2리 경로당
조사일시 : 2011.4.1
조 사 자 : 강등학, 이영식, 박은영, 이창현
제 보 자 : 이희만, 남, 85세
구연상황 : 2011년 3월 27일 일요일에 김용수 댁을 방문하였다. 그곳에서 농요와 지명 유래 몇 가지 얘기를 들었다. 하지만 혼자서는 기억이 잘 나지 않으니 경로당에 사람이 있을 때 다시 오라는 말에 4월 1일로 약속을 했다. 4월 1일 낮에 김용수 댁에 들러 김용수 어른과 함께 경로당에 가니 몇 분이 계셨다. 방문 목적을 말씀드리니 모두들 김용수를 추천했다. 이에 김용수는 혼자서 기억이 잘 안 나서 그러니 함께 하자며 자리를 준비하였다. 처음에 마을민속에 대해 몇 가지 묻고 이후 지명과 관계된 얘기를 들었다. 김중기로부터 '선바위가 매월대로 이름이 바뀐 사연'과 '두 가지 얘기가 전하는 하오고개 유래'를 들었다. 그리고 논농사와 관계된 이야기를 나누다가 논배미가 작아서 사흘 동안 찾았다는 얘기인 '사흘 만에 찾은 논배미'를 김용조가 해 주었다. 잠시 마을의 화전 얘기를 나누었는데, 이 마을에서도 예전에 화전을 많이 했다고 한다. 화전 얘기를 하다가 김중기가 '사흘 만에 찾은 논배미' 이야기를 들려주었다. 김중기의 얘기가 끝나고, 조사자가 화전은 매매가 되느냐고 묻자, 매매는 안 되고 빌려줄 수는 있다면서 김용조는 '술 한 동이로 내 땅 만들기'를 얘기 해 주었다. 이어서 김중기는 자신의 집안 땅에서 있었던 얘기라며 '김을 매다 사라진 할멈'을, 그리고 지명과 관련된 '천지개벽 때 복주깨 만큼 남은 복두산', '천지개벽 때 배가 다닌 상해계곡', '1단고개, 캐러멜고개, 백운계곡', '마을이 누에머리 형국이라 잠곡리' 등을 얘기했다. 이야기가 끝나고 집안 일 때문에 자리를 비웠던 김용수가 돌아왔다. 김중기로부터 '일본군이 말 타고 가다 죽은 마현고개' 얘기를 더 듣고 농요를 청하니, 할 사람이 김용수뿐이라고 하였다. 이에 조사자가 며칠 전 김용수 댁을 방문했던 얘기를 하며 다른 분이 불러 줄 것을 청했으나 소용이 없었다. 할 수 없이 김용수 댁을 방문했을 때 듣지 못했던 '달구 소리'를 청하니 웃으면서 후렴만 불렀다. 이어서 김용수와 김용조로부터 '덩어리 소리', '밭가는 소리'를 청해 듣고 혹시나 해서 이희만에게 노래를 청하니 자신은 이곳 노래를 모른다고 했다. 그래 고향 장산곶이니 그곳 노래를 불러 달라고 부탁을 했다. 노래는 계속 이어서 불렀다.

장산곶 마루에 북소리 나더니
금일도 상봉에 임만나 보잔다

갈길은 멀고요 늦바람 불라고
서낭님 조르네
에헤야 데헤야 임만나 보잔다

초도나 앞밤에 뜬배는 바람시 좋다고
박동지 말고서 몽금이 기암포 둘렀다 가라네
에헤야 데헤야 임만나 보잔다

장산에 바구니 살기만 좋았지
돈동냥 설워서 나못살겠더라

너털 너털 소리 / 오재미 하는 소리

자료코드 : 03_11_MFS_20110220_KDH_KKO_0001
조사장소 : 강원도 철원군 근남면 잠곡3리 도덕동길 13 잠곡3리 마을회관
조사일시 : 2011.2.20
조 사 자 : 강등학, 이영식, 박은영, 이창현
제 보 자 : 김금옥, 여, 73세
구연상황 : 콩주머니 던지는 놀이를 하며 부르던 노래가 있었느냐는 질문에 제보자들은
일본말로 부르던 노래가 있었다고 했다. 다들 앞부분을 조금씩 부르기는 했지
만 끝까지 기억하는 사람은 없었다. 무슨 뜻인지 아느냐고 묻자 알지 못한다
고 대답했다. 그때 김금옥이 갑자기 이 노래를 불렀다. 일제강점기 때인 아주
어릴 적에 부르던 노래라고 한다.

시바까리 너떨너떨

짚세기를 삼아서

장에갖다 팔았더니

십전밖에 안줘요

오전은 떡사먹고

오전은 짚사고

데요 운나 니나니요

진 띠다로

후~

이랬어요.

책보 끼고 앞에 가는 저 여자 / 가창유희요

자료코드 : 03_11_MFS_20110220_KDH_KKO_0002
조사장소 : 강원도 철원군 근남면 잠곡3리 도덕동길 13 잠곡3리 마을회관
조사일시 : 2011.2.20
조 사 자 : 강등학, 이영식, 박은영, 이창현
제 보 자 : 김금옥, 여, 73세
구연상황 : 콩주머니 던지며 부르던 노래를 불러 준 후, 김금옥이 그 노래와는 상관없
지만 떠오르는 노래가 있다면서 이 노래를 불러 주었다. 어릴 적, 친정어머니가
바느질을 하면서 한심스러운 목소리로 이 노래를 불렀다고 한다. 친정어머니
가 지금 살아 계신다면 104세 정도가 되었을 것이라고 한다.

　　책보끼고 앞에가는 저기저 여자

　　어찌하면 본체만체 거저 가느냐

　　나도 역시 마음은 간절하지만

　　부모님의 엄령이 무서워서요 할수없어요

원숭이 똥구멍은 / 말꼬리 잇는 소리

자료코드 : 03_11_MFS_20110402_KDH_PWW_0001
조사장소 : 강원도 철원군 근남면 사곡2리 705-4 박원 댁
조사일시 : 2011.4.2
조 사 자 : 강등학, 이영식, 박은영, 이창현
제 보 자 : 박원, 남, 67세
구연상황 : 4월 1일 근남면 육단2리 신현옥 댁에서 조사를 하다가 조사자들이 원하는 거
는 사곡2리의 박원 씨가 잘한다는 얘기를 들었다. 4월 1일 저녁 숙소에서 연
락을 취했으나 통화를 못했다. 다음날 아침에 다시 연락하여 10시에 박원 댁
을 방문하였다. 집에 도착하니 며느리, 손자와 함께 있었다. 며느리가 준비한
차를 마시며 방문 목적을 말하니 농사를 지으며 부르는 소리는 배우지 못했
으나 어렸을 때 자라면서 불렀던 노래는 알고 있다고 했다. 이에 조사자가 사
전에 준비한 질문지를 보면서 청했다. 손자가 아직 어린 탓인지 녹음에 많은

관심을 보여 할아버지가 노래를 부르면 따라 하거나 몸을 움직여 춤추기도
하였다. 어려서 소를 방목한 경험이 있다는 말에 먼저 '송아지 부르는 소리'를
부탁했다. 이어서 '원숭이 똥구멍'을 아느냐고 묻자, 그건 놀면서 그냥 부르던
노래라며 들려주었다.

원숭이 똥구멍은 빨개

빨개면 사과

사과는 맛있어

맛있으면 빠나나

빠나나는 길어

길으면 기차

기차는 빨라

빨르면 비행기

비행기는 높아

높으면 백두산

일없는 김일성이 / 숫자풀이 하는 소리

자료코드 : 03_11_MFS_20110402_KDH_PWW_0002
조사장소 : 강원도 철원군 근남면 사곡2리 705-4 박원 댁
조사일시 : 2011.4.2
조 사 자 : 강등학, 이영식, 박은영, 이창현
제 보 자 : 박원, 남, 67세
구연상황 : 4월 1일 근남면 육단2리 신현옥 댁에서 조사를 하다가 조사자들이 원하는 거
는 사곡2리의 박원 씨가 잘한다는 얘기를 들었다. 4월 1일 저녁 숙소에서 연
락을 취했으나 통화를 못했다. 다음날 아침에 다시 연락하여 10시에 박원 댁
을 방문하였다. 집에 도착하니 며느리, 손자와 함께 있었다. 며느리가 준비한
차를 마시며 방문 목적을 말하니, 농사를 지으며 부르는 소리는 배우지 못했
으나 어렸을 때 자라면서 불렀던 노래는 알고 있다고 했다. 이에 조사자가 사

전에 준비한 질문지를 보면서 청했다. 손자가 아직 어린 탓인지 녹음에 많은 관심을 보여, 할아버지가 노래를 부르면 따라 하거나 몸을 움직여 춤추기도 하였다. 어려서 소를 방목한 경험이 있다는 말에 먼저 '송아지 부르는 소리'를 부탁했다. '송아지 부르는 소리'를 듣고 '원숭이 똥구멍'을 아느냐고 묻자, 그건 놀면서 그냥 부르던 노래라며 들려주었다. 노래가 끝나자 손자가 할아버지인 제보자에게 안겼다. 잠시 아이에 대해 얘기를 나누다가 '이 빠진 아이 놀리는 소리', '까까머리 놀리는 소리', '풀뿌리 문지르는 소리', '모래집 짓는 소리', '물고기 꿰는 소리', '배 쓸어주는 소리'를 청해서 차례로 들었다. 잠시 쉬면서 산에 나무하러 다닐 때 어떤 노래를 불렀느냐는 질문에 남진, 나훈아 노래를 많이 불렀다고 한다. 그리고 작두질은 부부나 아래윗집이 같이 하기 때문에 소리를 하는 경우는 거의 없다고 한다. 이어서 '다리 뽑기 하는 소리'를 부탁하자 손으로 다리를 치면서 불렀다. '다리 뽑기 하는 소리'를 들은 후 일이삼사에 맞춰 부르는 노래를 부탁하자 이 소리를 했다.

일없는 김김일성이
이세상에 태어나
삼천만 동포를
사리처럼 죽이고
오늘에 와서는
육이오를 이르켰다

3. 김화읍

증편 한국구비문학대계 ● 강원도 철원군

▌조사마을

강원도 철원군 김화읍 도창리

조사일시 : 2011.3.19
조 사 자 : 강등학, 이영식, 박은영, 이창현

김화읍(金化邑)은 김화현(金化縣) 지역으로서 현(縣)내에 위치하여 현내면(縣內面)이라 하였다. 1895년 5월 26일 칙령 제98호로 전국에 도를 없애고 23부(府)로 구획할 때 춘천부(春川府) 김화군(金化郡) 군내면(郡內面)이 되어 상리, 중리, 장동, 성주, 천동, 운흥, 장흥, 노상, 노하, 내동, 신흥, 장암, 냉정, 학포, 사막, 용암, 양동, 신촌, 부암 등의 19개리를 관할하였다. 이듬해인 1896년 8월 4일 칙령 제36호에 의거 13도(道)로 구획할 때 강원도에 편입되었다.

1908년에 김화군이 금성군(金城郡)에 통합되었다가 1914년 3월 1일 부·군·면을 폐합할 때 금성군을 흡수하여 다시 김화군으로 개명하며 김화면이 되었다. 초북면(初北面)의 이현, 찰청동의 2개리와 초동면(初東面)의 망소, 봉미, 감령의 3개리를 병합하여 읍내, 운장, 생창, 암정, 학사, 용양, 감봉 등의 7개리를 관할하다가 1944년 10월 1일 읍으로 승격되었다.

1945년 8월 15일 해방과 동시에 북위 38° 이북이 되어 공산치하에 예속되었으며, 1952년 12월 북한의 행정구역 개편에 따라 김화군을 없애고 창도군(昌道郡)에 흡수·통합시켰다. 6·25전쟁 이후 국군의 북진에 의하여 북위 38도의 경계가 없어지고 1953년 7월 27일 휴전협정으로 새롭게 휴전선이 형성되면서 일부지역이 수복되어 군정이 실시되었다.

1954년 수복지구 임시 행정조치법 시행으로 그 해 11월 15일 군정으로부터 김화군의 행정권을 인수하여 관할하여 오다가, 1963년 1월 1일 수복지구와 동인접지구의 행정구역에 관한 임시조치법이 시행되어 철원군에 편입되었다. 1973년 7월 1일 시·군·구·읍·면의 관할구역 변경에 관한 규정이 시행되어 서면(西面)의 청양리와 도창리가 김화읍에 편입되었고, 1973년 7월 20일 근북면(近北面) 유곡리에 주민이 입주를 하여 김화읍에서 행정을 관할하고 있다.

현재 김화읍 법정리는 읍내(邑內), 운장(雲長), 생창(生昌), 암정(巖井), 학사(鶴沙), 용양(龍楊), 감봉(甘鳳), 도창(道昌), 청양(淸陽) 등 9개리이며, 근북면은 유곡(楡谷), 율목(栗木), 백덕(百德), 금곡(金谷) 등 4개리이며, 행정리는 14개리이다. 읍내, 암정, 운정, 용양, 감봉 등 5개리는 미수복지구이다.

김화읍은 철원군 중심부에 위치하여 동쪽은 서면 서쪽은 갈말읍과 접하고 있으며 서울과는 국도 43호선으로 연결된다. 1944년 읍으로 승격되는 등 해방 전에는 크게 번창하였으나 인구는 군관할 읍면 중에서 근남면을 제외하고 가장 적은 편이다. 김화읍은 2008년 12월 기준으로 전체면적이 87.82km²인데, 이중에 논이 11.203km², 밭이 10.478km², 임야가 57.679km²로 논이 밭보다 더 많다. 총세대수는 1,383호이고, 인구는 3,474명이다.

도창리(道昌里)는 동쪽으로 읍내리·김화읍 와수리, 서쪽으로는 갈말읍 토성리, 남쪽으로는 청양리, 북쪽으로는 유곡리와 각각 이웃하고 있다. 본래 김화군 초북면 지역으로 도창이라 하였다. 1914년 행정구역 폐합에 따라 우구동, 험석리와 김화군 서면의 서업리를 병합하여 김화군 서면에 편입되었다. 1945년 38°선 이북 지역이었다가 1954년 수복되고, 1963년 철원군에 편입되었다. 1973년 철원군 서면 청양리와 도창리가 철원군 김화읍으로 편입되었다.

도창리에서는 논밭을 겨리로 갈았고, 써레질도 겨리로 했다. 그러다가 입주 후 얼마 있다가 호리로 논밭을 갈았다. 예전엔 밭이 논보다 더 많았으며, 밭에는 조, 콩, 옥수수를 많이 심었다. 감자 농사는 잘 안 된다. 모를 심을 때는 남녀가 같이 심었으며, 노래는 일이 바쁘므로 부를 시간적 여유가 없었다. 논매기는 두벌을 맸는데, 애벌은 논의 물을 적당히 뺀 다음 호미로 맸고, 두 벌은 손으로 흙덩이를 흩어 놓았다.

아들을 낳으면 잣나무를 산에서 찍어다 대문에 걸었고, 딸을 낳으면 소나무를 걸었다. 후에 아들은 왼새끼에 고추를, 딸은 숯을 끼었다. 만약에 숯이 없을 때는 솔가지를 끼었다. 잘라온 잣나무 크기를 보고 부모의 기쁨 정도를 알 수 있었다.

도창리에는 2008년 12월 현재 176세대에 남자 237명, 여자 235명 등 총 472명이 거주하고 있으며, 주민 대부분은 농업에 종사하고 있다. 마을에 초등학교가 있으며, 현재 16명이 다니고 있다.

강원도 철원군 김화읍 학사5리

조사일시 : 2011.4.2

조 사 자 : 강등학, 이영식, 박은영, 이창현

　학사리(鶴沙里)는 동쪽으로 김화읍 와수리, 서쪽으로는 청양리, 남쪽으로는 청양리, 북쪽으로는 도창리와 각각 이웃하고 있다. 학사리는 본래 김화군 군내면 지역인데, 1914년 행정구역 폐합에 따라 학포리(鶴浦里)와 사기막리(沙器幕里)를 병합하여 학사리라 하였다. 학사리는 5개의 행정리로 구성되어 있으며, 현재 김화읍사무소가 자리하고 있다.

　학사5리는 주변에 관공서, 학교, 상가 등이 밀집해 있는 관계로 농사보다는 상업 또는 서비스업에 종사는 분들이 많다. 2008년 12월 현재 78세대에 남자 115명, 여자 103명 등 총 218명이 거주하고 있다.

제보자

박재연, 남, 1924년생

주 소 지 : 강원도 철원군 김화읍 학사5리
제보일시 : 2011.4.2
조 사 자 : 강등학, 이영식, 박은영, 이창현

박재연은 근남면 사곡2리 태생으로 청양
국민학교를 나와 통신중학을 마쳤다. 일정
때인 18세에 면서기를 하다가 큰 문제가 없
어 인공 때도 면서기를 했다. 하지만 나중에
민주당에 가입했다는 이유로 쫓겨났다. 당
시에 근남면에는 공산당, 신민당, 민주당,
청우당이 있었는데, 후에 공산당과 신민당
이 합당해서 노동당이 됐다. 시국이 불안해
서 월남하였는데 걸어서 서울 고척동까지 갔다. 1947년 수도경찰학교에
지원하여 경찰이 되었다. 경찰은 경제적으로 어려움이 많아 미군부대 운
전병으로 취직하였다. 1953년 군에 입대하였다가 제대한 후에 고향에 와
서 1961년부터 정미소를 운영하였다. 1969~1973년 근남면장을 했다. 이
후에 철원군노인회장을 역임했다. 고향인 사곡2리에서 살다가 큰아들이
사망하여 현재는 학사리의 작은 아들집에서 생활하고 있다. 나이에 비해
건강하고 발음도 좋다.

제공 자료 목록
03_11_FOT_20110402_KDH_PJY_0001 홍명구와 충렬사의 유래
03_11_FOT_20110402_KDH_PJY_0002 묏자리를 잡아준 명정
03_11_FOT_20110402_KDH_PJY_0003 귀신이 춤추는 정일

정연배, 남, 1926년생

주 소 지 : 강원도 철원군 김화읍 도창리
제보일시 : 2011.3.19
조 사 자 : 강등학, 이영식, 박은영, 이창현

정연배는 김화군 근동면 하소리 태생으로
김화고등학교 1학년 때 해방되었다. 고등학
교는 전차로 통학했다. 인공 때 인민군에 입
대하라고 권하는 까닭에 월남해서 군에 입
대하였다. 부친이 소 장사를 하여 경제적으
로 여유가 있었던 까닭에 해방 전에는 농사
를 지어 보지 않았고, 토요일과 일요일에 꼴
만 베었다. 이야기나 소리에 취미가 없었다.
기억력이 상당히 뛰어나 군에서 겪었던 일은 숫자까지 정확히 기억하여
말해 주었다. 군에서 근무할 때 훈장을 2개 받았다. 휴전 후 제대하여 월
남한 부모님과 함께 고모님이 계신 도창리에 입주가 되던 1961년 7월 28
일에 정착했다. 고향이 가까이 있기 때문에 통일되면 빨리 가려고 이곳
도창리에 정착한 것이다. 고향인 근동면 하소리는 도창리에서 도보로 1시
간 30분 걸린다. 나이에 비해 많이 젊어 보이고 목소리도 상당히 크다.
성격이 밝고 말도 달변으로 논리 정연하다. 현재 도창리 노인회 회장이다.

제공 자료 목록

03_11_FOT_20110319_KDH_JYB_0001 서낭당에 돌을 던지는 이유
03_11_FOS_20110319_KDH_JYB_0001_s01 이랴 소리 / 논 가는 소리
03_11_FOS_20110319_KDH_JYB_0001_s02 이랴 소리 / 논 삶는 소리
03_11_FOS_20110319_KDH_JYB_0001_s03_01 덩어리 소리 / 논매는 소리
03_11_FOS_20110319_KDH_JYB_0001_s03_02 덩어리 소리 / 논매는 소리
03_11_FOS_20110319_KDH_JYB_0002 메요 메요 소리 / 송아지 부르는 소리

홍명구와 충렬사의 유래

자료코드 : 03_11_FOT_20110402_KDH_PJY_0001
조사장소 : 강원도 철원군 김화읍 학사5리 김화로 640-1 학사5리 경로당
조사일시 : 2011.4.2
조 사 자 : 강등학, 이영식, 박은영, 이창현
제 보 자 : 박재연, 남, 87세
구연상황 : 철원군문화원에서 적극 추천하는 분이라 연락을 여러 번 취했으나 건강이 좋
지 않아 몇 번을 미루다가 경로당에서 만났다. 경로당에는 많은 분들이 화투
를 즐기고 있는 까닭에 매우 혼잡하였다. 제보자가 조용한 곳으로 가자고 하
여 서면 와수리에 있는 다방에서 이야기를 나눴다. 마침 다방에는 손님 없이
주인 혼자 있어서 조사하기에 좋았다. 처음에는 인공 때 지역 분위기와 제보
자가 살아오신 이야기를 한참 들었다. 그리고 농사와 관계된 이야기를 나눴으
나 소리는 기억이 안 난다고 하여 이야기를 청했다. 먼저 한때 제보자가 관여
하고 있던 충렬사에 대하여 들었다.
줄 거 리 : 충렬공 홍명구가 평안도에서 인조를 구하러 가는 길에 이곳 철원에서 청나라
군과 싸우다 전사했다.

그, 그 충렬사는 언제 생겼냐 하면은 이 저 중국허구 어 전쟁을 할 제,
인조 때,

(조사자 : 인조 때, 인조 때?)

어 인조 때에 그 전쟁이 났는데 그때에 충렬공이라고 하는 양반이 홍,
어 홍명구 인데 목숨 명(命) 아, 이 저 생각 고(考) 밑에 입구 언('○') 늙
은이 구(耈)자 응 홍명구.

그 이 양반이 이제 그 피안도(평안도) 감사로 있다가, 에 그때 중국의
내 급작이(갑자기) 얘기하니깐, 홍 중국에 그저 뭐야 그 왕이, 중국 왕이
우리나라를 점령을 하면서 이 피안도나 함경도 여기 감사들 하고 싸움을

하면 안 되겠다 이 말이야. 그래서 우회도로 해 가지고서는 서울 와서 인조 바로 공격을 해 버렸어. 그래니까 인조가 어떻게 했느냐하면 말이야 남한산성으로 도망을 갔거든. 그거 아실 거야? 남한산성으로 도망갔는데, 에 홍명구 선생은

"이거 안 되겠다! 우리가 왕을 구해야 되겠다."

그래구선 여 쫓아오는 거지. 에 쫓아오다가 어 유, 유림 장군이라고 그 사람이 병산데, 유림 장군하고 쫓아오다가, 에 유림 장군이

"아 이렇게, 우리만 이렇게 뭐 3천인가 밖에 안 되는데, 우리만 해가지 곤 안 되니까는 어 주위의 그 병력들을 모아 가지고서 가자!"

그 평안도에서 황해도로 해서 바로 올라가야 되는데 이쪽으로 왔거든. 어 이쪽으로 와서 여기서 그만 그 온대는 얘기를 듣구서는 중공군이 여기 쫓아와서 싸워 가지곤 여기서 홍명구가 전사했단 말이야.

그 그런 양반이 있기에 우리나라가 있지 그렇지 않으면 우리나라가 없 다구. 그, 그 결국은 거 가서 싸우지도 못하고 여기에서 싸우다가 그만 전 사를 했거든. 그 저 뭐야 인조가 충렬공으로 시호를 내려 가지고 어

"사당을 짓구서 여기서 제사를 지내라!"

그래서 충렬사가 생긴 거예요.

묏자리를 잡아준 명정

자료코드 : 03_11_FOT_20110402_KDH_PJY_0002

조사장소 : 강원도 철원군 김화읍 학사5리 김화로 640-1 학사5리 경로당

조사일시 : 2011.4.2

조 사 자 : 강등학, 이영식, 박은영, 이창현

제 보 자 : 박재연, 남, 87세

구연상황 : 철원군문화원에서 적극 추천하는 분이라 연락을 여러 번 취했으나 건강이 좋
지 않아 몇 번을 미루다가 경로당에서 만났다. 경로당에는 많은 분들이 화투

를 즐기고 있는 까닭에 매우 혼잡하였다. 조사자가 조용한 곳으로 가자고 하여 서면 와수리에 있는 다방에서 이야기를 나눴다. 마침 다방에는 손님 없이 주인 혼자 있어서 조사하기에 좋았다. 처음에는 인공 때 지역 분위기와 제보자가 살아오신 이야기를 한참 들었다. 그리고 농사와 관계된 이야기를 나눴으나 소리는 기억이 안 난다고 하여 이야기를 청했다. 먼저 한때 제보자가 관여하고 있던 충렬사에 대하여 들었다. 이어서 집안 얘기라며 명정이 떨어진 자리에 조상을 모신 사연을 얘기했다.

줄 거 리 : 제보자의 조상인 박창영은 대목으로 함경도에서 조선 태조 영정을 모신 준원전을 건축하였다. 후에 평양 서윤으로 근무하다 사망하였다. 시신을 고향인 영해로 운구하던 중에 마현에서 머물렀다 떠나려고 하자 상여가 움직이지 않았다. 이때 갑자기 바람이 불어 명정이 날아갔다. 그 자리가 명당으로 생각하고 그 자리에 모시자는 의견이 나오자 비로소 상여가 움직였다. 이에 명정이 떨어진 자리에 모셨다.

우리 창자 영자, 영해 박씨 창자 영자 할아버지가 내게 17대 할아버진데, 이 양반이 그 뭐야 목수도 잘하고 건축에 조예가 있어. 그래 가지고 이 양반이 에 세조 때에 저기 함경도 문천에 가가지고서는 사당을 지었어. 준원전이라고. 그러니까 이조 선조 할아버지들 제사를 지내는 사당을 지었단 말이야. 그 사당을 질 적에 그 우리 창자 영자 할아버지가 아 목순데, 그 목수 그게 있어요. 그 대목기가.

(조사자 : 대목이셨나 보죠?)

응, 대목인데, 그 준원전을 질 적에 이, 집이 망가지면 안 돼. 그러니까 집을 튼튼하게 지어야 하는데, 뭐 때문에 집이 망가지느냐, 밑에 두더지, 쥐 이게 댕기면서 밑에 주춧돌을 뭐야 쑤시면 이게 주추가 내려오니깐 이게 무너진다. 그래 가지고 거 가게 되면 유황돌이 있대요. 유황돌, 그걸 갖다가 주추를 다 했단 말이야. 그러니까 그걸 잘 지었지. 그래 준원전을 잘 지었는데, 그 잘 짓고.

또 이 양반이 저기 군부에 저기 있어, 그래서 피양(평양) 서윤으로 보냈잖아. 피양 서윤으로 보내졌는데, 이 양반이 거기서 이제 돌아갔어. 돌아갔는데 중앙에서 살다가 그걸 갔으니까는 큰 아들은 병조 정랑이라고 있어요. 병조 정랑으로 있다가 아버지가 험지에 가 있으니까,

"내가 여기에서, 중앙에서 있으면 안 되겠다. 아버지를 가서 모셔야 되겠다."

그래 가지곤 아버지 가서 모고 있다 거기서 급작이 아버지가 돌아가시는 바람에 운구를 해가지군 영해에, 그 할아버지의 그 윗대가 다 영해에 있으니까. 시신을 가지고 영해로 갔단 말이야. 그러니까 평양서, 그게 맞어. 왜 그러냐 하면 영해로 갈라면 이리로 해서 안동으로 가야 되거든. 저기 서울로 가는 것보다 이쪽으로 해서 가는 게 낫단 말이지. 그래서 그 시신을 모시고 이리로 가다가, 마현 거기 가서 그 상여를 내려놓구서는 아 출발해 가자구 하는데 이놈의 상여가 안 떨어지더래요.

근데 그 명전이라고 있지? 그 상여.

(조사자 : 예, 명정.)

어, 그게 이제 바람에 날려서 떨어졌단 말이야. 거 가서 바람에 날려.

그 가서 그걸 주서가지고 와서는 하니까 영 떨어지지를 않더래. 그래 지금은 비서라 그러지만은 그때는 따를 종(從)자 머리 두(頭)자 종두라고 있어.

(조사자 : 예, 종두.)

어, 종두가

"대감께서 평양으로 가실 적에, '참 여기 장소가 좋은 데가 있다!' 그런 말씀을 하시는데 거기가 아니겠느냐?"

그러니까, 그럼 뭐 어디 가보자고. 그 사, 그러니까 명정 떨어진 데 거길 갔다가,

"아 여기 모시자! 장소가 좋다"

그러더니까 이게 떨어지더래요. 그래서 거기다 모셨잖아.

(조사자 : 아, 마현에다?)

그렇지, 마현리다.

그래 마현리다 모시고 처음에는 여기 무내미, 우리 할아버지들이 무내미 와서 살면서 있다가 사곡으로다가 이사 갔단 말이야. 왜 그러냐하면 "이건 처다만 보면 안 되겠다. 내려다 봐야 하겠다."

그래 우리 할아버지들이 무내미 살다가 개울 건네서 살고 신사곡 가서 장소를 잡고 사는 거지.

귀신이 춤추는 정일

자료코드 : 03_11_FOT_20110402_KDH_PJY_0003
조사장소 : 강원도 철원군 김화읍 학사5리 김화로 640-1 학사5리 경로당
조사일시 : 2011.4.2
조 사 자 : 강등학, 이영식, 박은영, 이창현
제 보 자 : 박재연, 남, 87세
구연상황 : 철원군문화원에서 적극 추천하는 분이라 연락을 여러 번 취했으나 건강이 좋지 않아 몇 번을 미루다가 경로당에서 만났다. 경로당에는 많은 분들이 화투를 즐기고 있는 까닭에 매우 혼잡하였다. 조사자가 조용한 곳으로 가자고 하여 서면 와수리에 있는 다방에서 이야기를 나눴다. 마침 다방에는 손님 없이 주인 혼자 있어서 조사하기에 좋았다. 처음에는 인공 때 지역 분위기와 제보자가 살아오신 이야기를 한참 들었다. 그리고 농사와 관계된 이야기를 나눴으나 소리는 기억이 안 난다고 하여 이야기를 청했다. 먼저 지역에 있는 충렬공 사당에 얽힌 '홍명구와 충렬사의 유래'를 듣고, 제보자의 집안 얘기인 '묏자리를 잡아준 명정'을 들었다. 이어서 민속 얘기를 나누다가 정일(丁日)에 대해 설명했다.
줄 거 리 : 정일은 좋은 날이라 귀신이 춤을 춘다. 그래서 해가 없는 날이다.

내가 알기로는 그래요.

옛날 어른들이 이 정일에, 곰배 정(丁)자 정일은 귀신이 춤을 춘대. 뭐나 세상 좋다고. 그래 그날을 지낸다, 이렇게.

서낭당에 돌을 던지는 이유

자료코드 : 03_11_FOT_20110319_KDH_JYB_0001

조사장소 : 강원도 철원군 김화읍 도창리 도창로 378-1 도창리 경로당

조사일시 : 2011.3.19

조 사 자 : 강등학, 이영식, 박은영, 이창현

제 보 자 : 정연배, 남, 85세

구연상황 : 오전에 전화로 연락을 취했으나 출타 중이라 오후 3시에 만나기로 약속을 하였다. 그 사이에 다른 볼일을 보고 약속 시간에 맞춰 경로당에 도착하니 정연배는 와 있었다. 처음에 마을 이야기를 나누다가 제보자가 자신의 고향 및 군에 다녀온 일을 한참 동안 이야기 했다. 논농사 이야기를 하다가 '논가는 소리'를 부탁했다. 사설을 넣어 '논가는 소리'를 더 길게 해 달라고 청해서 다시 들었으나 앞에 불렀던 소리와 별반 다르지 않았다. 이어서 '써레질 하는 소리'를 부탁하여 '논 삶는 소리'를 듣고 '모심는 소리'를 청했다. 모는 남녀가 심었으나 노래는 별반 없었던 걸로 기억하며 '하나 소리'는 안 불렀다고 한다. 이에 '논매는 소리'를 청했더니 두벌을 맸는데, 애벌 때 호미로 매면서 부르는 소리라며 '덩어리 소리'를 불러 주었다. 처음에는 후렴만 부르기에 사설을 넣어 다시 불러 줄 것을 부탁하여 들었다. 두벌은 손으로 맸다고 한다. 제보자 부친께서 소 장수였던 까닭에 소를 많이 키웠다는 얘기를 듣고 '송아지 부르는 소리'를 부탁했다. '송아지 부르는 소리'를 크게 외친 탓에 옆방에 있던 할머니들이 다들 구경하며 웃었다. 노래를 듣다가 마을 민속에 대해 이야기를 나눴다. 특히 마을제의와 관련하여 산지당과 서낭당 애기를 하다가 서낭당에 돌 던지는 이유에 대해 설명했다.

줄 거 리 : 서낭당에 돌을 던지는 이유는 발에 잡귀가 붙지 말라는 뜻에서 하는 것이다.

돌을 던지는 거는 지나가는, 발, 다리, 다리 위에 잡귀가 번지지 말라 하는 뜻입니다.

이랴 소리 / 논가는 소리

자료코드 : 03_11_FOS_20110319_KDH_JYB_0001_s01
조사장소 : 강원도 철원군 김화읍 도창리 도창로 378-1 도창리 경로당
조사일시 : 2011.3.19
조 사 자 : 강등학, 이영식, 박은영, 이창현
제 보 자 : 정연배, 남, 85세
구연상황 : 오전에 전화로 연락을 취했으나 출타 중이라 오후 3시에 만나기로 약속을 하
　　　　　였다. 그 사이에 다른 볼일을 보고 약속 시간에 맞춰 경로당에 도착하니 정연
　　　　　배 씨가 와 있었다. 처음에 마을 이야기를 나누다가 제보자가 자신의 고향 및
　　　　　군에 다녀온 일을 한참 동안 이야기 했다. 논농사 이야기를 하다가 '논가는
　　　　　소리'를 부탁했다. 사설을 넣어 '논가는 소리'를 더 길게 해 달라고 청해서
　　　　　다시 들었으나 앞에 불렀던 소리와 별반 다르지 않았다. 예전에는 고향인 근
　　　　　동면이나 이곳 도창리 모두 거리로 했다고 한다.

　　이러어~ 어서가자 외나외나~

이렇게 노래를 하면서 이렇게 하는 거 그래요.

이랴 소리 / 논 삶는 소리

자료코드 : 03_11_FOS_20110319_KDH_JYB_0001_s02
조사장소 : 강원도 철원군 김화읍 도창리 도창로 378-1 도창리 경로당
조사일시 : 2011.3.19
조 사 자 : 강등학, 이영식, 박은영, 이창현
제 보 자 : 정연배, 남, 85세
구연상황 : 오전에 전화로 연락을 취했으나 출타 중이라 오후 3시에 만나기로 약속을 하
　　　　　였다. 그 사이에 다른 볼일을 보고 약속 시간에 맞춰 경로당에 도착하니 정연

배 씨가 와 있었다. 처음에 마을 이야기를 나누다가 제보자가 자신의 고향 및
군에 다녀온 일을 한참 동안 이야기 했다. 논농사 이야기를 하다가 '논가는
소리'를 부탁했다. 사설을 넣어 '논가는 소리'를 더 길게 해 달라고 청해서
다시 들었으나 앞에 불렀던 소리와 별반 다르지 않았다. 이어서 '써레질 하는
소리'를 부탁하자 이 노래를 불렀다. 예전에는 고향인 근동면이나 이곳 도창
리 모두 겨리로 했으며, 논이 지금처럼 많지 않았다고 한다. 일제강점기 때에
는 봄이면 전라도지역에서 품을 팔러 오는 사람들이 많았다고 한다.

이러 어서가자
저쪽엔 이쪽이 너무 흙이 많으니 저쪽으를 돌아 외나외나
이러 어서가자 외나

덩어리 소리 / 논매는 소리

자료코드 : 03_11_FOS_20110319_KDH_JYB_0001_s03-01
조사장소 : 강원도 철원군 김화읍 도창리 도창로 378-1 도창리 경로당
조사일시 : 2011.3.19
조 사 자 : 강등학, 이영식, 박은영, 이창현
제 보 자 : 정연배, 남, 85세
구연상황 : 오전에 전화로 연락을 취했으나 출타 중이라 오후 3시에 만나기로 약속을 하
였다. 그 사이에 다른 볼일을 보고 약속 시간에 맞춰 경로당에 도착하니 정연
배 씨가 와 있었다. 처음에 마을 이야기를 나누다가 제보자가 자신의 고향 및
군에 다녀온 일을 한참 동안 이야기 했다. 논농사 이야기를 하다가 '논가는
소리'를 부탁했다. 사설을 넣어 '논가는 소리'를 더 길게 해 달라고 청해서
다시 들었으나 앞에 불렀던 소리와 별반 다르지 않았다. 이어서 '써레질 하는
소리'를 부탁하여 '논 삶는 소리'를 듣고 '모심는 소리'를 청했다. 모는 남녀
가 심었으나 노래는 별반 없었던 걸로 기억하며 '하나소리'는 안 불렀다고 한
다. 이에 '논매는 소리'를 청했더니 두벌을 맸는데, 애벌 때 호미로 매면서 부
르는 소리라며 '덩어리 소리'를 불러 주었다. 두 벌은 손으로 맸다고 한다. 예
전에는 고향인 근동면이나 이곳 도창리 모두 겨리로 했으며, 논이 지금처럼
많지 않았다고 한다. 일제강점기 때에는 봄이면 전라도지역에서 품을 팔러 오

는 사람들이 많았다고 한다.

에헤라 항아리요
에헤라 덩어리요

이렇게 하면서.

덩어리 소리 / 논매는 소리

자료코드 : 03_11_FOS_20110319_KDH_JYB_0001_s03-02
조사장소 : 강원도 철원군 김화읍 도창리 도창로 378-1 도창리 경로당
조사일시 : 2011.3.19
조 사 자 : 강등학, 이영식, 박은영, 이창현
제 보 자 : 정연배, 남, 85세
구연상황 : 오전에 전화로 연락을 취했으나 출타 중이라 오후 3시에 만나기로 약속을 하
        였다. 그 사이에 다른 볼일을 보고 약속 시간에 맞춰 경로당에 도착하니 정연
        배 씨가 와 있었다. 처음에 마을 이야기를 나누다가 제보자가 자신의 고향 및
        군에 다녀온 일을 한참 동안 이야기 했다. 논농사 이야기를 하다가 '논가는
        소리'를 부탁했다. 사설을 넣어 '논가는 소리'를 더 길게 해 달라고 청해서
        다시 들었으나 앞에 불렀던 소리와 별반 다르지 않았다. 이어서 '써레질 하는
        소리'를 부탁하여 '논 삶는 소리'를 듣고 '모심는 소리'를 청했다. 모는 남녀
        가 심었으나 노래는 별반 없었던 걸로 기억하며 '하나 소리'는 안 불렀다고
        한다. 이에 '논매는 소리'를 청했더니 두벌을 맸는데, 애벌 때 호미로 매면서
        부르는 소리라며 '덩어리 소리'를 불러 주었다. 처음에는 후렴만 부르기에 사
        설을 넣어 다시 불러 줄 것을 부탁하여 들었다. 두벌은 손으로 맸다고 한다.
        예전에는 고향인 근동면이나 이곳 도창리 모두 겨리로 했으며, 논이 지금처럼
        많지 않았다고 한다. 일제강점기 때에는 봄이면 전라도지역에서 품을 팔러오
        는 사람들이 많았다고 한다.

자 우리 계원님들, 내 소리를 잘 받고 넘깁시다.

에 허리 덩어리요

얼싸얼싸 합심해서

에엘씨어 금술이냐

저리가도 한배미요

저리가도 두배미라

한데심(힘)을 합치어서

힘안들게 넘게찍어

얼싸좋네 덩어리요

메요 메요 소리 / 송아지 부르는 소리

자료코드 : 03_11_FOS_20110319_KDH_JYB_0002

조사장소 : 강원도 철원군 김화읍 도창리 도창로 378-1 도창리 경로당

조사일시 : 2011.3.19

조 사 자 : 강등학, 이영식, 박은영, 이창현

제 보 자 : 정연배, 남, 85세

구연상황 : 오전에 전화로 연락을 취했으나 출타 중이라 오후 3시에 만나기로 약속을 하였다. 그 사이에 다른 볼일을 보고 약속 시간에 맞춰 경로당에 도착하니 정연배 씨가 와 있었다. 처음에 마을 이야기를 나누다가 제보자가 자신의 고향 및 군에 다녀온 일을 한참 동안 이야기 했다. 논농사 이야기를 하다가 '논가는 소리'를 부탁했다. 사설을 넣어 '논가는 소리'를 더 길게 해 달라고 청해서 다시 들었으나 앞에 불렀던 소리와 별반 다르지 않았다. 이어서 '써레질 하는 소리'를 부탁하여 '논 삶는 소리'를 듣고 '모심는 소리'를 청했다. 모는 남녀가 심었으나 노래는 별반 없었던 걸로 기억하며 '하나 소리'는 안 불렀다고 한다. 이에 논매는 소리를 청했더니 두벌을 맸는데, 애벌 때 호미로 매면서 부르는 소리라며 '덩어리 소리'를 불러 주었다. 처음에는 후렴만 부르기에 사설을 넣어 다시 불러 줄 것을 부탁하여 들었다. 두벌은 손으로 맸다고 한다. 제보자 부친께서 소 장수였던 까닭에 소를 많이 키웠다는 얘기를 듣고 '송아지 부르는 소리'를 부탁했다. '송아지 부르는 소리'를 크게 외친 탓에 옆방에 있던 할머니들이 다들 구경하며 웃었다.

엄메

엄메

엄메

엄메야

그러구.

4. 동송읍

증편 한국구비문학대계 ● 강원도 철원군

▌조사마을

강원도 철원군 동송읍 상노2리

조사일시 : 2011.2.19, 2011.7.27
조 사 자 : 강등학, 이영식, 박은영, 이창현

　동송읍(東松邑)은 철원군의 1읍 9면 중의 한 면으로, 본래 철원읍의 동쪽 지역에 위치해 있으므로 동변면(東邊面)이라 하였다. 1914년 군·면·동의 통폐합에 따라 동변면의 감물소, 관음동, 대위. 외가덕, 오리, 장흥산 등 6개리와 송내면(松內面)의 장평, 이장족, 오야산, 초지동, 상중, 사대로 등 6개리 그리고 어운동면(於雲洞面) 또는 어은동면(漁隱洞面)의 하강청리의 일부지역을 병합하여 동변면과 송내면의 글자를 따서 동송면이라 하고 관우(觀雨), 대위(大位), 오덕(五德), 장흥(長興), 이평(二坪), 오지(梧池),

상로(上路) 등 7개리로 개편하였다.

1945년 해방과 동시에 38°선을 경계로 남북으로 분단되어 공산치하에 들어갔다가 6·25 동란 이후 국군 북진에 의해 1954년 6월 일부지역이 수복되었다. 1954년 10월 21일 수복지구 임시 행정조치법에 따라 11월 15일 군정으로부터 행정권을 인수하였다. 1963년 어운면(於雲面)의 양지리(陽地里), 이길리(二吉里), 강산리(江山里), 중강리(中江里), 하갈리(下葛里)가 동송면에 편입되었다. 1973년에 양지리는 입주 정착하였고, 이길리는 1979년에 갈말읍 정연리(亭淵里)로부터 분리되어 입주 정착하였다. 1980년 동송면이 동송읍으로 승격되었다. 현재 동송읍은 이평, 오덕, 대위, 장흥, 오지, 상로, 양지, 이길, 관우, 하갈, 강산, 중강 등 12개의 법정리 구성되어 있으나, 하가, 강산, 중강 등 3개리는 군 작전지역이다. 행정리는 36개리이다.

동송읍은 철원군의 상가중심지를 이루고 있는데, 서쪽은 철원읍과 동쪽은 남북으로 길게 흐르는 한탄강을 경계로 갈말읍과 경계를 이루고 남쪽은 포천군 관인면과 접해있다. 서울과는 국도 43호선으로 연결되며 군청 소재지인 갈말읍과는 지방도 463호선으로 연결된다.

동송읍은 철원평야의 주를 이루는 곡창지대인 만큼 토교저수지, 학저수지, 금연저수지, 동송저수지 등 대형 인공 저수지가 많아 농사에 수원으로 사용하고 있다. 2008년 12월 기준으로 전체면적이 128.2km²인데, 이 중에 논이 49.853km², 밭이 13.601km², 임야가 36.868km²로 밭보다 논이 훨씬 많다. 총세대수는 6,112가구이고, 인구는 15,673명이다.

상노리(上路里)는 동쪽으로 포천군 관인면 탄동리, 서쪽으로는 관인면 중리, 남쪽으로는 관인면 삼율이·초과리, 북쪽으로는 오지리와 각각 이웃하고 있다. 상노리는 본래 철원군 송내면 지역으로, 1914년 행정구역 폐합에 따라 상중리(上中里), 초대로(初大路), 이대로(二大路), 삼대로(三大路), 사대로(四大路), 상길성(上吉城), 하길성(下吉城), 하동(下洞), 신흥동(新

興洞) 등을 병합하여 상중리의 상(上)자와 사대로의 로(路)자를 따서 상로리라 하였다.

상노2리는 전형적인 농촌마을이다. 포천군과 인접한 관계로 그곳 주민들과 품앗이 농사를 짓기도 했다. 예전에는 철원장을 주로 다녔다. 10여 년 전까지도 벼농사가 중심이었으나 요즘은 목축업을 병행한다. 특히 젊은 사람들은 목축업을 전업으로 하는 경우가 많다.

상노2리에는 2008년 12월 현재 130세대에 남자 166명, 여자 152명 등 총 318명이 거주하고 있으며, 65세 이상 노인이 68명이다.

강원도 철원군 동송읍 이평10리

조사일시 : 2011.2.19
조 사 자 : 강등학, 이영식, 박은영, 이창현

이평리(二坪里)는 동쪽으로 장흥리, 서쪽으로는 연천군 신서면, 남쪽으로는 오지리, 북쪽으로는 철원읍 화지리와 각각 이웃하고 있다. 이평리는 본래 철원군 송내면 지역으로, 1914년 행정구역 폐합에 따라 장평리(長坪里), 이장족리(二長足里), 초장족리(初長足里), 장포리(長浦里)를 병합하여 이장족과 장평리의 두 자를 다서 이평리라 하였다. 이평리에 동송읍사무소가 소재하고 있으며, 현재 이평리는 14개의 행정리로 분리되어 있다.

이평10리는 아파트가 이웃하고 있는 도시 속의 농촌 마을이다. 마을 앞에는 금학산이 병풍처럼 서 있고, 마을 뒤편으로는 넓은 논이 펼쳐 있다. 지역의 나이 드신 토박이들은 농업에 종사하고 있으나, 대부분의 젊은 사람들은 직장에 다니거나 서비스업에 종사한다. 마을에서는 이평1리 마을과 함께 매년 2월에 날을 받아 금학산에 있는 산지당에서 고사를 지낸다. 논은 1마지기에 200평이다.

이평10리에는 2008년 12월 현재 105세대에 남자 144명, 여자 139명 등 총 283명이 거주하고 있으며, 65세 이상 노인이 50명이다.

강원도 철원군 동송읍 장흥3리

조사일시 : 2011.2.27
조 사 자 : 강등학, 이영식, 박은영, 이창현

장흥리(長興里)는 동쪽으로 갈말읍 상사리·내대리, 서쪽으로는 이평리, 남쪽으로는 오지리, 북쪽으로는 오덕리와 각각 이웃하고 있다. 장흥리는 본래 철원군 동변면 지역으로, 1914년 행정구역 폐합에 따라 장방산(長防山), 부흥동(富興洞), 구수동, 새마을을 병합하여 장방산과 부흥동에서 이름을 따서 장흥리라 개칭하여 동송면에 편입되었다. 현재 장흥리는 5개 행정리로 분리되어 있다.

장흥3리에는 일제강점기에 불이농장(不二農場)이 있었던 까닭에 대부분의 사람들은 소작 일을 하였다. 당시에는 평안도와 경상도에서 많은 사람들이 이주하였다. 1980년대에 농지정리가 되어 현재와 같은 모습을 갖췄다. 논매기는 보통 세벌을 맸으나 보통은 두벌로 끝낸다. 애벌은 호미로 매고, 두벌은 애벌 때 호미로 엎어놓은 흙덩이를 손으로 흩어 놓기만 한다. 세벌은 피사리나 한다. 1마지기는 200평이다. 장흥1리에는 농악이 있었으나 6·25 때 없어졌다.

장흥3리에는 2008년 12월 현재 132세대에 남자 159명, 여자 169명 등 총 328명이 거주하고 있으며, 65세 이상 노인이 72명이다. 주민 대부분은 농업에 종사하며 목축업을 병행하는 분들도 있다.

고태직, 남, 1942년생

주 소 지 : 강원도 철원군 철원읍 화지6리 26-31
제보일시 : 2011.7.27
조 사 자 : 강등학, 이영식, 박은영, 이창현

평강 태생으로 9세에 피난 나왔다가 철원
읍 화지리에 정착하였다. 현재 철원읍 화지
6리에 거주하고 있다. 풍채가 좋고 목소리
도 크다. 술을 좋아한다. 자신의 소리는 다
른 분들 소리보다 더 빠르다고 했다. 전쟁
후 여러 지역 사람들이 모인 까닭에 소리
또한 사람마다 조금씩 다르다고 한다.

제공 자료 목록
03_11_FOS_20110727_KDH_KTJ_0001 달구 소리

박상호, 남, 1932년생

주 소 지 : 강원도 철원군 동송읍 장흥3리
제보일시 : 2011.2.27
조 사 자 : 강등학, 이영식, 박은영, 이창현

부친의 고향은 경상북도 영천이나 박상호
는 동송읍 장흥리에서 태어났다. 철원고등
학교 2학년 때 인민군으로 징집되어 전쟁을
치르다가 도망 후 포로로 잡혔다고 한다. 설
화나 민요에 관한 다양한 질문을 던졌으나

잘 모른다고 하였다. 조사 자체에 소극적이라기보다는 그에 대한 잘 알지 못하는 것으로 보였다.

제공 자료 목록
03_11_FOS_20110227_KDH_PSH_0001 하나 소리

손대순, 남, 1942년생

주 소 지 : 강원도 철원군 철원읍 화지6리 28-28
제보일시 : 2011.7.27
조 사 자 : 강등학, 이영식, 박은영, 이창현

　홍천 태생으로 21세에 철원으로 군에 왔다가 제대 후에 정착했다. 현재 철원읍 화지6리에 거주하고 있다. 보통 키에 말이 없는 편이다. 상여 소리는 고향 홍천에서 산에 나무하러 다닐 때 선배들과 지게를 상여를 만들어 놀았는데, 그때 배웠다고 한다.

제공 자료 목록
03_11_FOS_20110727_KDH_SDS_0001 달구 소리

안승덕, 남, 1926년생

주 소 지 : 강원도 철원군 동송읍 상노2리
제보일시 : 2011.2.19, 2011.7.27
조 사 자 : 강등학, 이영식, 박은영, 이창현

　12대째 상노리에서 살고 있는 토박이다. 15세에 농사를 시작하여 서른 살 무렵부터 선소리를 메기기 시작하였다. 그는 특히 사설을 즉흥적으로 엮어내는 능력이 뛰어났는데 이 같은 사설은 주로 고담책에서 인용하였

다. 안승덕은 1996년 제14회 강원도 민속예술경연대회 때에 출연한 철원군의 <상노리 지경다지기놀이>에서 특별개인상을 수상하였다. 또 1999년 전국민속예술축제에서 <상노리 지경다지기놀이>가 대통령상을 차지하여 유명인사가 되었다. 현재 안승덕은 강원도무형문화재 9호인 <상노리 지경다지기놀이>의 예능보유자로 지정되었으며, 철원

향교의 전교로 활동하였다. 술과 담배를 하지 않는다는 안승덕은 그가 메기는 사설에서 유흥적 성격의 사설을 찾아보기는 힘들며 교훈적이거나 유교적 성향이 강하다. 조사에도 상당히 적극적이었으며, 이미 여러 차례 이 같은 조사를 받아본 까닭에 조사방법에 대한 이해도도 높았다. 또한 조사자에게 상당히 깍듯한 태도를 유지하였다.

제공 자료 목록

03_11_FOT_20110219_KDH_ASD_0001 용마를 두 번 얻은 남이장군

03_11_FOT_20110219_KDH_ASD_0002 동물 뼈로 울타리를 만든 삼형제

03_11_FOT_20110219_KDH_ASD_0003 산돼지로 나타난 미륵

03_11_FOT_20110219_KDH_ASD_0004 꺽지로 변하는 임꺽정

03_11_FOT_20110219_KDH_ASD_0005 부처를 떨어뜨린 선창역

03_11_FOS_20110219_KDH_ASD_0001 이랴 소리

03_11_FOS_20110219_KDH_ASD_0002_s01 하나 소리

03_11_FOS_20110219_KDH_ASD_0002_s02_01 덩어리 소리

03_11_FOS_20110219_KDH_ASD_0002_s02_02 방아 소리

03_11_FOS_20110219_KDH_ASD_0003 둥개 소리

03_11_FOS_20110219_KDH_ASD_0004 명산대천 찾아가세

03_11_FOS_20110219_KDH_ASD_0005_s01 어차 소리

03_11_FOS_20110219_KDH_ASD_0005_s02 지경 소리

03_11_FOS_20110219_KDH_ASD_0006_s01_01 어허넘차 소리

03_11_FOS_20110219_KDH_ASD_0006_s01_02 어허 소리

03_11_FOS_20110219_KDH_ASD_0006_s02 달구 소리
03_11_FOS_20110727_KDH_ASD_0001 하나 소리
03_11_FOS_20110727_KDH_ASD_0002 방아 소리
03_11_FOS_20110727_KDH_ASD_0003_s01 어허넘차 소리
03_11_FOS_20110727_KDH_ASD_0004_s02 달구 소리

안창원, 남, 1931년생

주 소 지 : 강원도 철원군 동송읍 이평10리
제보일시 : 2011.2.19
조 사 자 : 강등학, 이영식, 박은영, 이창현

  강원도 철원군 동송읍 이평리에서 태어난
토박이이다. 17~8세부터 농사를 짓기 시작
하여 평생 농사를 짓고 살아 왔다고 한다.

제공 자료 목록
03_11_FOT_20110219_KDH_ACW_0001
고남산을 남산으로 삼아 일찍 망한 궁예
03_11_FOS_20110219_KDH_ACW_0001 하나 소리
03_11_FOS_20110219_KDH_ACW_0002 건선명 소리

지승재, 남, 1959년생

주 소 지 : 강원도 철원군 동송읍 이평10리
제보일시 : 2011.2.19
조 사 자 : 강등학, 이영식, 박은영, 이창현

  강원도 철원군 이평10리에서 태어난 토
박이다. 현재 이평10리의 이장 일을 맡고
있다. 조사에 적극적이기는 하나 알고 있는
설화나 민요가 많지 않았다.

최효순, 남, 1943년생

주 소 지 : 강원도 철원군 동송읍 이평10리
제보일시 : 2011.2.19
조 사 자 : 강등학, 이영식, 박은영, 이창현

  강원도 고성군에서 태어났다. 해방이 되
면서 재산을 몰수당하고 네 살 즈음 이평리
로 옮겨 왔다. 현재 노인회장을 맡고 있다.
조사 자체에 소극적이지는 않았으나 알고
있는 이야기나 노래가 많지 않았다.

하근용, 남, 1931년생

주 소 지 : 강원도 철원군 동송읍 오덕2리 683-8
제보일시 : 2011.7.27
조 사 자 : 강등학, 이영식, 박은영, 이창현

  경기도 가평 태생으로 1963년에 오덕리
로 이주했다. 현재 동송읍 오덕2리에 거주
하고 있다. 연세에 비해 건강하고 발음도 좋
다. 성격이 밝고 주위와 잘 어울린다. 달구
소리를 처음 부른 것은 고향 가평에 있을

때 팔촌형수가 돌아가실 때라 한다.

제공 자료 목록
03_11_FOS_20110727_KDH_HGY_0001_s02 달구 소리
03_11_FOS_20110727_KDH_HGY_0002_s01_1 어허넘차 소리
03_11_FOS_20110727_KDH_HGY_0003_s01_2 어허 소리
03_11_FOS_20110727_KDH_HGY_0004 방아 소리

용마를 두 번 얻은 남이장군

자료코드 : 03_11_FOT_20110219_KDH_ASD_0001
조사장소 : 강원도 철원군 동송읍 상노2리 하길성길 18 상노2리 노인회관
조사일시 : 2011.2.19
조 사 자 : 강등학, 이영식, 박은영, 이창현
제 보 자 : 안승덕, 남, 86세
구연상황 : 일전에 안승덕이 제보한 자료를 바탕으로 질문을 해 나갔다. 남이 장군에 관한 이야기를 해 달라고 요청하자, 제보자는 망설임 없이 이야기를 시작했다.
줄 거 리 : 남이장군이 용정산에 올라가서 백일기도를 드려 용마를 얻었다. 남이장군이 용마의 실력을 시험하여 용마가 그 뜻대로 행하였으나, 상황을 오해한 남이장군이 용마의 목을 베었다. 다시 흑룡산에 들어가 백일기도를 드린 남이장군은 또 용마를 얻게 되었다. 남이장군은 말 위에서 활을 쏘며 활촉이 떨어진 곳까지가 우리나라 땅이라고 하였다. 그것을 기리기 위해 비를 세웠다고 한다.

그게 우물이 바닥도 그렇고 여갈이도 그렇고 산꼭대기니까는 동멩이(돌멩이)가, 동멩이로 함이 져 있습니다.

(조사자 : 함이요?)

네. 이렇게 동멩, 둥그렇게 다 동멩이죠, 바닥도 다 동멩이고. 그런데 거게서 이렇게 물이 나오는데. 그게 뭐 참 사람이 많이 드나들면서 하면은 그 물이 뭐 속은 깨끗하지만은 좋겠는데, 사람이 별로 안 드나드니까는 낙엽이 떨어 가지구서 우물에 전부 쟁기는 거예요. 그래 인제 이따금씩 제가 인제 올라가면은 낫으로다가 긁어내고 이렇거구 좀 맑아지면은 물을 먹고 인제 거기서 그렇거는데. 그래서 참 물맛이 거기 가서 물 먹어보면은 제가 변덕인지는 모르겠는데 여기서 물 먹는 것과 달라요 아주. 네 아주 정말 참 좋습니다. 네 그러는 우물이 있는데. 그 남이장군이라고

하시는 분이 그 우물이 있는데 그 위로는 그 용정산이지마는 아주 평지는 아니고 이렇게 비스듬하게 무척 넓습니다. 바닥이. 그렇게 넓은데. 거기에서 백일기도를 드렸다고 합니다. 백일기도를 드려서 용마를 참 신령님께서 용마를 내주셔서 인제 용마를 받았는데. 그래 그 남이장군이 말 우에 올라앉아서 말더러,

"나는 하늘이 점지해서났고 너는 사해용왕이 너를 냈으니깐 너와 나와 겨뤄봐야 되겠다. 그래서 만일 승리를 해야지 네가 내 뜻대로 승리를 못한대면은 너는 목숨이 오늘 마자되는 날이다. 내가 활을 쏠 테니까는 활촉 떨어지는데 네가 가서 있어야 된다."

이렇게 하고서 활을 쐈답니다. 활을 쐈는데, 활을 쏴구선 말이 이리니깐 날았는지 어떻했는지 갔는데, 북면에 말무데미라고 있습니다. 이북 땅인데 거기 가서 말이 딱 섰는데 활촉이 없는 거예요. 그리니깐 그 남이장군께서

"남아대장이 일구이언을 하면 안 돼. 너는 약속을 못 지켰으니깐 너와는 성공을 못 헐 테니 너 죽는 거를 서러워 말어라."

그러곤 말 모가지를 때린 거예요. 그래 말 모, 모가지가 떨어졌는데 그때 와서 인제 활촉이 말 궁둥이에 와 떨어졌다 이거에요.

(조사자 : 궁뎅이에.)

그래 남이장군이,

"내가 증말 실수를 했구나. 내가 정말 너무 경솔했다."

통곡을 하구서 말을 거기다 묻어서 거기가 말무데미입니다. 이름이 말무데미. 게 거기서 그렇허구는 어떻게 했냐믄 평강에 들어가서, 강원도 평강입니다. 평강에 들어가서 흑룡산이라고 하는데 거기 올라가서 또 백일기도를 드려 가지고 거기서 역시 또 용마를 얻어서 말이 활을 쐈는데 "내 활촉이 가 떨어지는데는 우리 조선 한국땅이다."

이렇게 했는데 말은 뭐 삼일을 활촉이 가서 떨어졌다는 말도 있고 그

런데. 그래 인제 활촉이 얼마나 멀리 갔던지 가 떨어져 있는데 인제 우리 고려, 고려 시대지. 고구려, 고구려 시대. 그 때에 그 때에 헌 일인지 뭐 그 후에 헌 일인지 그건 몰르겠습니다. 활촉이 가 떨어졌는데 게 여기까지는 우리 한국땅이다. 그래 가지구 거기다가 남이 장군이 비를 해 세웠답니다. 비를 해 세웠는데 그 6 · 25 때 중국 사람들이 그리는데 우리 아버님이 인제 연세 많으시니까는 중국 사람들이, 그 중공군이 우리 안방에 장교들은 있었고 사병들은 인제 딴 데 가 있었는데. 게 아버님이 서로 말씀들 나누시다가 그런 얘기를 하시니까 남이 장군의 비가 있는데 그걸 쓰러뜨리면 도루 일어난답니다. 자고 일어나면. 게 묻으, 없앨라고 묻으며는 도루 일어난대요. 새끼가 올라온대요. 이렇게 증말 참 뭐 영금하다고 할까 그런 예가 있었다고 그런 얘기를 들었는데 그게 뭐 한 반은 바람이 들었겠지요 뭐.

동물 뼈로 울타리를 만든 삼형제

자료코드 : 03_11_FOT_20110219_KDH_ASD_0002
조사장소 : 강원도 철원군 동송읍 상노2리 하길성길 18 상노2리 노인회관
조사일시 : 2011.2.19
조 사 자 : 강등학, 이영식, 박은영, 이창현
제 보 자 : 안승덕, 남, 86세
구연상황 : 안승덕이 기존에 제보한 자료를 참고하여 당시 제보해준 자료에 대해 다시 질문을 하였다. 남이 장군에 얽힌 이야기를 제보해 준 후, 단대계곡에 관한 이야기를 이어서 묻자 조사에 퍽 협조적인 안승덕은 망설임 없이 이야기를 해 주었다.
줄 거 리 : 옛날 신라시대에 삼형제가 산속에서 산짐승을 잡아서 생활을 했다. 산짐승을 잡아먹고 남은 뼈로 울타리를 삼았는데 그것이 계기가 되어 단대계곡이라고 이름을 붙였다.

그 단대계곡이 여기 내려오시다 보면은 이정표에두 단대계곡, 한문으로는 단대계곡이고 담터계곡이라고 그 인제 그렇게 돼 있는데. 그 단대계곡이 왜 단대계곡이냐.

신라 때에 이 산이 아주 그렇게 크지는 않아도 첩첩산중인데. 삼형제가 정말 농사도 별루, 있었는지 없었는진 모르겠지마는, 생활을 하는 게 산짐승을 잡아서 팔기두 하고 먹기두 하는 게 그걸로 생활을 했답니다. 그래 가지고 산짐승을 잡아먹은 뼈를 갖다가 그걸루다 식생활을 하니까는 하나하나 집주변에다가 가루막아 놓은 게 그게 그 집의 울타리가 됐답니다. 그래서 그걸 단대계곡이라고, 담터라고.

산돼지로 나타난 미륵

자료코드 : 03_11_FOT_20110219_KDH_ASD_0003
조사장소 : 강원도 철원군 동송읍 상노2리 하길성길 18 상노2리 노인회관
조사일시 : 2011.2.19
조 사 자 : 강등학, 이영식, 박은영, 이창현
제 보 자 : 안승덕, 남, 86세
청   중 : 권영희 외 7명
구연상황 : 단대계곡에 얽힌 이야기와 연관이 있는 이야기이다. 제보자가 단대계곡에 관한 이야기를 한 후, 조사자가 심원사라는 절에 얽힌 이야기를 묻자 제보자가 이야기를 이어갔다. 단대계곡의 등장인물이 석대암의 등장인물과 동일하다.
줄 거 리 : 동물을 잡아서 살던 삼형제 앞에 하루는 산돼지 한 마리가 나타났다. 활을 맞고 도망가는 산돼지를 쫓아갔더니 산돼지는 오간 데 없고 활촉이 박혀 있는 미륵을 발견하게 된다. 삼형제는 미륵을 모셔 놓고 절을 지었는데 그 절이 석대암이다.

정말 그 심원사라고 하는 것이 신라 때에 거기 인제 절이 있었고. 그 절 생긴 것이 석대암이라고 하는 데가 그 심원사에 속해 있는 절인데. 왜 석대암이냐. 그 산짐승을 참 활을 잘 쏘기 때문에 잡아서 생활을 하면서

돌아다니다보니까는 돼지가 지나간단 말씀이예요. 산돼지가. 산돼지가 지나가는 거를 활루다가 쐈는데 산돼지가 피를 흘리면서 자꾸 인제 쫓겨갔는데. 그래 그걸 따라가니까는 산돼지는 간 곳이 없고 뭐야 미륵이 딱 서 있는데 활촉이 백혀있더라 이거예요. 그래 인제 산돼지로다가 그러니까는 뭐라 그러나. 우리 인간으로서는 산돼지로 봤는데 그것이 말하자면은 미륵이라고 그러시더군요. 그래서 거기다가 인제 석대암을 앉혔다 인제 그런 전설을 제가 들은 적이 있습니다.

꺽지로 변하는 임꺽정

자료코드 : 03_11_FOT_20110219_KDH_ASD_0004
조사장소 : 강원도 철원군 동송읍 상노2리 하길성길 18 상노2리 노인회관
조사일시 : 2011.2.19
조 사 자 : 강등학, 이영식, 박은영, 이창현
제 보 자 : 안승덕, 남, 86세
구연상황 : 일전에 안승덕 제보한 자료를 바탕으로 질문을 해 나갔다. 적극적인 제보자
            인 안승덕 조사자의 요청에 망설임 없이 구연을 해 주었다. 조사 당시 한창
            문제가 되고 있었던 구제역에 관한 이야기를 나누다가 조사자가 임꺽정이 왜
            임꺽정인지에 관한 이야기도 아는 바가 있으면 이야기해 달라고 요청했다. 제
            보자는 다 아는 이야기라고 하면서도 망설이지 않고 구연해 주었다.
줄 거 리 : 임꺽정은 관군이 자신을 잡으러 오면 평소 바둑을 두며 놀던 고석정에서 물
            로 몸을 숨겨 꺽지로 변신을 했다.

게 임꺽정이래는 분이 말하자면은 한편 쪽으로는 서민을 위해서 좋은 일을 하셨고, 또 국가적으로 볼 적에는 국가에다가 좀 피해를 비췄으니까는 인제 하나의 말하자면 역신이 아니냐 그런 논설들이 있는데 그게 무슨 뜻이냐하면은. 이 함경도에서부텀 그 나라에다가 조공 바치는 게 있지 않습니까? 그 조공 바치는 게 있는데 그거를 해 가지고 오면은 임꺽정이래

는 분이 뺏어서는 서민들에게다가 돌려주고. 그래 인제 이렇게 소문이 퍼지니까는 서민들한테는 참 좋은 일을 했는데 국가적으로는 아주 나쁜 일이죠. 그래서 이걸 그냥 둬서는 안 되겠다. 그래 인제 임꺽정이를 정말 체포를 할려고 가서 보면은 간 곳이 읎고 그 고석정이래는 이렇게 그 바위가 이렇게 외딴 바위가 이렇게 서있는데. 그 위에 이렇게 고개를 숙여서 요만한 데를 건너가면은 그 임꺽정이가 앉아 놀든, 바둑 뒤고 놀던 데예요. 그게 있는데. 잡으러 가면 거기서 있다가 물에 떨어져 가지구 변신을 해서 꺽지로 변신을 한답니다. 그래서 임꺽정, 임꺽정 하는 게 인제 그런 전설이 있더군요.

부처를 떨어뜨린 선창역

자료코드 : 03_11_FOT_20110219_KDH_ASD_0005
조사장소 : 강원도 철원군 동송읍 상노2리 하길성길 18 상노2리 노인회관
조사일시 : 2011.2.19
조 사 자 : 강등학, 이영식, 박은영, 이창현
제 보 자 : 안승덕, 남, 86세
구연상황 : 제보자가 매월대에 얽힌 이야기를 해 주었다. 설화적 성격은 약한 이야기였다. 조사자가 기존에 제보자가 제보한 자료 중 '부처를 빠트린 이야기'에 관한 질문을 하자 제보자는 망설임 없이 이야기를 풀어 주었다.
줄 거 리 : 담터계곡에 들어가면 백 여길 이상 되는 벼랑이 있다. 아주 오랜 옛날 천지개벽하기 전에 배를 타고 가다가 부처를 그 곳에 떨어뜨렸다고 한다. 또한 그 옛날에는 그곳까지 배가 갔던 까닭에 선창역이라고 이름 한다.

네 바다에 빠트렸다는 거는, 바단지는 모릅니다마는 여기 담터계곡에 들어가면은. 여기에서 거기까지가 아마 한 3Km 잘 될 겁니다, 거리가. 3Km 잘 되는데. 큰 바위 벽선이 정말 뭐 길로 따지면은 뭐 백 여길 이상 돼야 된다고 봐야 되겠죠. 이렇게 고개를 이렇게 처들어야 꼭대기가 뵈니

까요. 그런데 옛날에 아마 천지개벽하기 전에 배를 타고 가다가, 배를 타고 가다가 그 부처를 거기다 집어넣었다 그런 전설이 있습니다. 그래 인제 이 철원읍에 구철원읍에 선창역이라고 있는데. 선창역이 여기에서 거리로 따지면 20Km가 넘습니다. 이 대마리 그러니까 의정부서 연천으로 해서 올러오면은 철원허고 합수가 돼 있는 곳인데. 거기를 선창역이라고 하는데 천지개벽하기 전엔 배가 아마 거기까지 갔던 모냥이야요. 그래서 선창역, 선창역하는 것이 그것입니다.

고남산을 남산으로 삼아 일찍 망한 궁예

자료코드 : 03_11_FOT_20110219_KDH_ACW_0001
조사장소 : 강원도 철원군 동송읍 이평10리 금학로 116번길 이평10리 마을회관
조사일시 : 2011.2.19
조 사 자 : 강등학, 이영식, 박은영, 이창현
제 보 자 : 안창원, 남, 80세
구연상황 : 모심는 소리나 논매는 소리와 같은 논농사요에 관한 정보를 얻고자 했으나 제보자들은 어떠한 노래를 불렀다라는 기억만 할 뿐 부르지는 못한다며 구연해 주기를 꺼리었다. 분위기를 바꾸어 마을 지명과 관련된 내려오는 이야기를 알 수 있느냐고 물었으나 그에 관한 좋은 정보를 얻기도 어려웠다. 궁예에 관한 전설이 있느냐고 묻자 제보자가 이 이야기를 해 주었다.
줄 거 리 : 어떤 대사가 궁예에게 금학산을 남산으로 삼으면 300년 번성할 수 있고, 고남산을 남산으로 삼으면 30년 간 나라가 존재할 수 있다고 했다. 그러나 궁예는 고남산을 남산으로 삼아서 나라가 일찍 망했다.

금학산이래는 인제 궁예가 도읍을 하민서, 거기 어떤 대산가 거기 뭐 대사가 터를 잡으면서 금학산에 남산 금학산을 남산으로 삼으면은 300년 도읍이구 또 저 고남산이라구 지끔 거기를 남산으로 삼으면 30년 도읍이라구 인제 그런 말을 해서 금학산이 하두 억울허구 남산, 곤암 남산은 이름을 뺏겨가 지고서는 3년 동안 잎이 피지 않았다구 인제 그런 구전으로

내려오는 말이 있어요. 그래서 저 쪽에 인제 사당 뒤가 고남산이라고 그래요. 그게 궁예 적에 그게 인제 그 산을 남산으로 삼은 거예요. 그래서 금학산을 남산으로 삼으면은 더 오래 인제 왕, 왕 인제 저거를 갖다가 연장이 되고, 좀 오래 할 건데 그거를 해서 인제 망가졌다 그런 전설이 있어요.

달구 소리 / 묘 다지는 소리

자료코드 : 03_11_FOS_20110727_KDH_KTJ_0001
조사장소 : 강원도 철원군 동송읍 상노2리 상노로 227-19 상노민속전수회관
조사일시 : 2011.7.27
조 사 자 : 강등학, 이영식, 박은영, 이창현
제 보 자 : 고태직, 남, 69세
구연상황 : 동송읍 상노2리 모임은 안승덕 어르신이 자리를 마련한 것으로 지역에서 '운상 하는 소리'와 '묘 다지는 소리'를 잘 부르는 분들을 초청한 것이다. 그리하여 노래판이 이루어진 전수관에는 초대받은 10여 명과 마을 분들을 합쳐서 20여 명이 있었다. 후렴은 모두들 따라 했다. 더운 까닭에 대형 선풍기 2대를 틀어 놨는데, 선풍기 소리에 녹음이 깨끗하지 못했다. 선소리하시는 분들이 술을 찾았으나 안승덕 어르신은 점심 때 먹자면서 뒤로 미뤘다. 하근용의 '달구 소리'가 끝나고 고태직과 손대순이 서로 권하다가 손대순이 먼저 부르고 이어서 고태직이 불렀다.

여보시오 군방님들   예

[처음부터 받는 거 아니라며 서로들 얘기하느라 혼잡함]

여보시오 군방님들   예

다음에 받어!

여보시오 군방님들   예

(청중 : 저기 노루가 날아가요.)
한 번 더 해야겠네.

여보시오 군방님들   예

옳다됐구나 잡혔구나	에혜리 달공
달구질 하는뱁이(법이)	에혜리 달공
좌로빙빙 돌아를가며	에혜리 달공
왼발부터 다져를주게	에혜리 달공
달구질 하는뱁이(법이)	에혜리 달공
남의발등을 밟지를말고	에혜리 달공
잡담이랑 하지를말며	에혜리 달공
낮은데는 높이딛고	에혜리 달공
높은데는 낮이딛어	에혜리 달공
아주쾅쾅 다져를주게	에혜리 달공
좌향을 살펴보니	에혜리 달공
좌청룡 우백호에	에혜리 달공
노적봉을 앞에두고	에혜리 달공
젖줄같은 한탄강이	에혜리 달공
줄기차게 흘러간다	에혜리 달공
여보시오 군방님네	에혜리 달공
살아생전 태어날때	에혜리 달공
부모은공을 잊지말며	에혜리 달공
이웃간에 화목하며	에혜리 달공
애지수지 돌아가며	에혜리 달공
서로돕고 살아가세	에혜리 달공

여기서 저 잘 생각이 안 나네요, 실지 덜구 소리 안하니까!
(조사자 : 맨 마지막에?)
마지막에는 이제,

새가새가 날아든다	에헤리 달공
온갖잡새가 날아들어	에헤리 달공
아래서몰면 우로날며	에헤리 달공
우에서몰면은 아래루날아	에헤리 달공
나혼자는 못몰겠네	에헤리 달공
여러분들 같이모세	에헤리 달공
에 헤 훨 훨 그러면	휘이 다 날라 갔어

하나 소리 / 모심는 소리

자료코드 : 03_11_FOS_20110227_KDH_PSH_0001
조사장소 : 강원도 철원군 동송읍 장흥3리 670번지 박상호 댁
조사일시 : 2011.2.27
조 사 자 : 강등학, 이영식, 박은영, 이창현
제 보 자 : 박상호, 남, 79세
구연상황 : 지명유래나 설화에 관한 질문을 다각적으로 하였으나 모른다고 했다. '논매는
소리'로는 무엇을 불렀느냐고 묻자 '방아 소리'를 했다고 답했다. 취미가 없
어서 부르지는 못한다고 했다. '모심는 소리'에 관한 질문을 하자 이렇게 하
더라며 후렴 부분만 불러 주었다.

하나 하나 하나로 구나

달구 소리 / 묘 다지는 소리

자료코드 : 03_11_FOS_20110727_KDH_SDS_0001
조사장소 : 강원도 철원군 동송읍 상노2리 상노로 227-19 상노민속전수회관
조사일시 : 2011.7.27
조 사 자 : 강등학, 이영식, 박은영, 이창현

제 보 자 : 손대순, 남, 69세

구연상황 : 동송읍 상노2리 모임은 안승덕 어르신이 자리를 마련한 것으로 지역에서 '운
상하는 소리'와 '묘 다지는 소리'를 잘 부르는 분들을 초청한 것임. 그리하여
노래판이 이루어진 전수관에는 초대받은 10여 명과 마을 분들을 합쳐서 20여
명이 있었다. 후렴은 모두들 따라 했다. 더운 까닭에 대형 선풍기 2대를 틀어
놨는데, 선풍기 소리에 녹음이 깨끗하지 못했다. 선소리하시는 분들이 술을
찾았으나 안승덕 어르신은 점심 때 먹자면서 뒤로 미뤘다. 하근용의 '달구 소
리'가 끝나고 고태직과 손대순이 서로 권하다가 손대순이 먼저 불렀다.

(청중 : 에이허리 덜공)

(청중 : 거기서 받아주셔야 돼요.)

여보시오 군방님네	에헤리 덜공
옳다됐다 받는구나	에헤리 덜공
에허리 덜공	에헤리 덜공
이집을짓고 삼년만에	에헤리 덜공
아들을나면은 효자를낳고	에헤리 덜공
딸을나면은 열녀를낳는다	에헤리 덜공
에허리 달공	에헤리 덜공
어제저녁 성튼몸이	에헤리 덜공
간밤에 병이들어	에헤리 덜공
삼신산에 약을지어	에헤리 덜공
약탕이 끓기전에	에헤리 덜공
이세상을 가는구나	에헤리 덜공
부르나니 어머니요	에헤리 덜공
찾느나니 냉수로다	에헤리 덜공
여보시오 동포님네	에헤리 덜공
너는세상 태어날 때	에헤리 덜공
아버님전 뼈를빌어	에헤리 덜공

아버님전에 살을빌어	에헤리 덜공
세상천지 태어나서	에헤리 덜공
한세상을 살다가서	에헤리 덜공
오늘날에 가는구나	에헤리 덜공
에허리 달공	에헤리 덜공
이번쾌는 그만하고	에헤리 덜공
다음쾌로 넘어가요	에헤리 덜공
호호 쉬	위

이랴 소리 / 밭가는 소리

자료코드 : 03_11_FOS_20110219_KDH_ASD_0001
조사장소 : 강원도 철원군 동송읍 상노2리 하길성길 18 상노2리 노인회관
조사일시 : 2011.2.19
조 사 자 : 강등학, 이영식, 박은영, 이창현
제 보 자 : 안승덕, 남, 86세
구연상황 : 설화에 대한 조사가 마무리 되어갈 즈음, '상여 소리'의 후렴을 받기 위해 다른 제보자가 도착했다. 조사자는 본격적인 '상여 소리'를 하기에 앞서 농사를 지으면서 부르던 소리를 해 달라고 요청했다. 논이나 밭을 갈며 부르던 소리가 있었느냐는 질문에 제보자는 밭을 많이 갈았기 때문에 잘 알고 있다며 선뜻 답을 해 주었다. 상노리에서는 논은 소 한 마리로, 밭은 소 두 마리로 갈았다고 하며, 이를 '쌍겨리질'이라고 한다. 왼편의 소는 안소라고 하며 힘이 좋은 소를 썼으며, 오른편의 소는 마라소라고 하여 힘이 약한 소를 썼다고 한다. 안소가 잘 못 가면 "왼아 왼아"라고 하였으며, 마라소가 잘 못 가면 "마라 마라"라고 했다고 한다. "도차"라는 말은 "돌아가자"라는 뜻이라고 한다.

이러 이 소야
어서 어서 잡아당기여라
저 앞에

작은 돌은

넘겨 디디면서 잡아당기여라

왼아 ~

어~ 도차~

어~ 도차~

왼아소는 한걸음 내려딛고

마라소는 왼아소를 따라서 돌아서서 가자

마라 마~

이러 이 소야

어서 어서 굼실굼실 잡아당기여라

저 앞에

큰 돌이 있는데

그 돌 옆으로 비켜서 가세

어디 어디~

왼아~

왼아 도차~

어서 어서

왼아 소를 따라서

돌아서서 잡아댕기여라

마라 마~

오늘 할 일은 너머두 많은데

가대지 말구서 어서 어서 잡아댕기여라

왼아 왼아~

오늘 할 일을

못 다 허면은

내일 할 일이 너머두 많아지니

어서 어서 잡아댕기여라

어디 어디~

하나 소리 / 모심는 소리

자료코드 : 03_11_FOS_20110219_KDH_ASD_0002_s01
조사장소 : 강원도 철원군 동송읍 상노2리 하길성길 18 상노2리 노인회관
조사일시 : 2011.2.19
조 사 자 : 강등학, 이영식, 박은영, 이창현
제 보 자 : 안승덕, 남, 86세
구연상황 : 논농사를 짓는 순서에 따라 상노리에서 행해 온 농사법에 관한 질문으로 조
사를 진행했다. '모심는 소리'를 불러줄 수 있느냐는 조사자의 질문에 제보자
는 '하나리 타령'이 있다고 하며 망설임 없이 소리를 해 주었다. 뒷소리는 권
영희 외 7명이 받아주었다.

하나 하나 하나기로구나

하나 하나 하나기로구나

옳다 인제 일 잘 돼가네

하나 하나 하나기로구나

오늘두 하나 내일두 하나

하나 하나 하나기로구나

여기저기 심어두 사방줄모루 심으시오

하나 하나 하나기로구나

여기저기 심어두 마늘모 되게 심으시오

하나 하나 하나기로구나

모를 심으실 때 정성을 들여서 심읍시다

하나 하나 하나기로구나

한 대 두 대는 쓰지 못하지만 한포기에 네 대 다섯 대

하나 하나 하나기로구나

모포고지를 너무 짚이 심지마쇼

하나 하나 하나기로구나

모포고질 짚게 심으면 활착이 잘 안 되니

하나 하나 하나기로구나

너무 얕이도 심지를 마시요

하나 하나 하나기로구나

너무 얕게 심으면 모포기가 떠나가니

하나 하나 하나기로구나

한포고지를 심어도 모두 다 잘들 심세

하나 하나 하나기로구나

우리 모두 날마당 심으니 심도 많이 들터니

하나 하나 하나기로구나

저기를 바라보니 주인댁 마넴이

하나 하나 하나기로구나

여러분 드시라고 진수성찬을 가주 오시네

하나 하나 하나기로구나

어서 어서 이 배밀 심고 진수성찬들 들구 허세

하나 하나 하나기로구나

자 이 배밀 다 심었으니 잠시 쉴 동안에 주인댁에서 이렇게 진수성찬
을 해 내오셨는데 이것들 드시고 또들 심으십시다.

덩어리 소리 / 논매는 소리

자료코드 : 03_11_FOS_20110219_KDH_ASD_0002_s02_01

조사장소 : 강원도 철원군 동송읍 상노2리 하길성길 18 상노2리 노인회관

조사일시 : 2011.2.19

조 사 자 : 강등학, 이영식, 박은영, 이창현

제 보 자 : 안승덕, 남, 86세

구연상황 : '모심는 소리'의 구연을 마친 후, 조사자가 '논매는 소리'에 관한 질문을 했다. 상노리에서는 세 번 논을 맨다고 한다. 모내기하고 20일 후에 아이논을 매는데, 그때 부르는 소리가 '데이 소리' 또는 '흙데이 소리'라고 한다. 아이논을 맬 때의 '데이 소리'는 후렴이 없으며 선창자 혼자 부르거나 또는 노래를 아는 사람은 함께 부른다고 했다. 두벌논을 맬 때 후렴이 붙는다고 한다.

넘어가는구나

넘어가네

이건 흙뎅이가 넘어간다는 소리입니다.

넘어가네 또넘어가네

멍석말이를 잘두넘어가네

제구녕치기 아니허면

풀이많이 겉으로나오니

제구녕치기 허세~

그리면 에~ 그리민서 같이 인제 넘어간다고 인제 그렇게 데이소리는 그렇게 인제.

방아 소리 / 논매는 소리

자료코드 : 03_11_FOS_20110219_KDH_ASD_0002_s02_02

조사장소 : 강원도 철원군 동송읍 상노2리 하길성길 18 상노2리 노인회관

조사일시 : 2011.2.19

조 사 자 : 강등학, 이영식, 박은영, 이창현

제 보 자 : 안승덕, 남, 86세

구연상황 : '모심는 소리'의 구연을 마친 후, 조사자가 '논매는 소리'에 관한 질문을 했다. 상노리에서는 모내기하고 20일 후에 아이논을 매는데, 그때 부르는 소리가 '데이 소리'라고 한다. '데이 소리'는 후렴이 없으며, 두벌논을 맬 때 부르는 '방아 소리'는 후렴이 붙는다고 한다.

에이얼싸 방아요
에이얼싸 방아요
여보시오 여러분
에이얼싸 방아요
방아타령 허시는데
에이얼싸 방아요
이방아는 뉘방안가
에이얼싸 방아요
강태공의 조석방아
에이얼싸 방아요
방아꾼은 몇 명이요
에이얼싸 방아요
사사십육 열여섯명
에이얼싸 방아요
이팔의십육도 열여섯명이지
에이얼싸 방아요
방아꽤는 무슨나무
에이얼싸 방아요
낙락장송 소나무로
에이얼싸 방아요
방아괘를 헤여놓고

에이얼싸 방아요

방아채는 무신나무

에이얼싸 방아요

오백년묵은 박달나무

에이얼싸 방아요

박달나무루 방아챌 맨들구

에이얼싸 방아요

방아굴대는 무신나무

에이얼싸 방아요

천년묵은 전나무지

에이얼싸 방아요

방아설가진 무신낭구

에이얼싸 방아요

대추나무 쌍살가지

에이얼싸 방아요

방아확은 무신돌이요

에이얼싸 방아요

화강나무로 방아확삼고

에이얼싸 방아요

방아를 놓았으니

에이얼싸 방아요

이방아를 잘찧어서

에이얼싸 방아요

입쌀은 어떻게허나

에이얼싸 방아요

임금님전에 진상미로

에이얼싸 방아요

임금님께 바치구요

에이얼싸 방아요

남은쌀은 어찌허나

에이얼싸 방아요

부모님과 웃어른에게

에이얼싸 방아요

봉양미로 드리구요

에이얼싸 방아요

서속쌀은 어찌허나

에이얼싸 방아요

서속쌀은 우리가먹고

에이얼싸 방아요

남는 쌀은 어찌허나

에이얼싸 방아요

이웃에게 구제동포

에이얼싸 방아요

다같이 노나먹으니

에이얼싸 방아요

우리의 미풍양속

에이얼싸 방아요

선조님께서 베푸신은혜

에이얼싸 방아요

우리들두 잊지말고

에이얼싸 방아요

미풍양속을 잊지마세

에이얼싸 방아요

자 수고들 하셨습니다.

둥개 소리 / 가창유희요

자료코드 : 03_11_FOS_20110219_KDH_ASD_0003
조사장소 : 강원도 철원군 동송읍 상노2리 하길성길 18 상노2리 노인회관
조사일시 : 2011.2.19
조 사 자 : 강등학, 이영식, 박은영, 이창현
제 보 자 : 안승덕, 남, 86세
구연상황 : '지경 소리'를 불러 달라는 조사자의 요청에, 제보자는 민속경연대회에서 공연한 노래를 불렀다. 시간 관계상 끝까지 부르지는 않겠다고 했다. 운동장 한가운데로 들어가면서 부르던 노래라고 한다. 뒷소리는 권영희 외 7명이 받았다.

둥개야 둥개야 우러리소리에 둥개야
둥개야 둥개야 우러리소리에 둥개야
둥개야 둥개야 우러리소리에 둥개야
둥개야 둥개야 우러리소리에 둥개야
정월이라 대보름은 달구경하면서 둥개야
둥개야 둥개야 우러리소리에 둥개야
이월이라 한식절은 북망산천에 둥개야
둥개야 둥개야 우러리소리에 둥개야
삼월이라 삼질날은 제비가떠서 둥개야
둥개야 둥개야 우러리소리에 둥개야
사월이라 초파일은 석가모니에 둥개야
둥개야 둥개야 우러리소리에 둥개야
둥개야 둥개야 우러리소리에 둥개야

둥개야 둥개야 우러리소리에 둥개야

오월에는 단오일엔 그네를 뛰면서 둥개야

둥개야 둥개야 우러리소리에 둥개야

유월이라 십오일은 유두에명절 둥개야

둥개야 둥개야 우러리소리에 둥개야

명산대천 찾아가세 / 가창유희요

자료코드 : 03_11_FOS_20110219_KDH_ASD_0004
조사장소 : 강원도 철원군 동송읍 상노2리 하길성길 18 상노2리 노인회관
조사일시 : 2011.2.19
조 사 자 : 강등학, 이영식, 박은영, 이창현
제 보 자 : 안승덕, 남, 86세
구연상황 : '지경 소리'를 불러달라는 조사자의 요청에, 제보자는 민속경연대회에 참가
했을 당시 입장을 하며 부르던 '둥개 소리'를 불러 주었다. '둥개 소리'를 부르
며 입장한 후 이어서 불렀던 노래를 해 보자며 주변인들에게 청하여 이 노래
를 연달아 불러 주었다. 뒷소리는 권영희 외 7명이 받았다.

(청중 : 풍수님 풍수님.)

네 누가 이렇게 찾아오셨어요?

(청중 : 저 아래 싸리골에 사는 김생원이라고 하옵니다. 풍수님이, 풍수
님을 뵙자 이렇게 찾아왔습니다.)

네, 가찹지도 않은 먼 거리에서 왜 이렇게 무슨 일이 있으신데 찾아 오
셨나요?

(청중 : 네, 제가 반 팔십이 넘도록 슬하에 자손이 없어서 풍수님이 용
하시다는 말씀을 듣고 이렇게 찾아 뵈었습니다.)

네, 사유를 듣고 보니 증말 인간으로서 차마 못할 일입니다. 누구나 인
간은 대를 이어야 되는데 아직까지 반 팔십이 되도록 일점의 혈육을 못

두었대니 얼마나 슬픈 일입니까? 단원 여러분, 우리 다 같이 김공 댁에
소원을 이루게 하기 위해서 명산대천에 들어가서 좋은 터를 찾아 가지고
집을 짓고, 김공댁에서 사시도록끔 우리 다 같이 명산대천에를 찾아 갑
시다.

가세가세 다같이가세 명산대천 찾아가세
가세가세 다같이가세 명산대천 찾아가세
명산대천 찾을랴면 세계의 명산이 제일이지
가세가세 다같이가세 명산대천 찾아가세
동해기붕 솟은산이 일만이천 봉우리가
가세가세 다같이가세 명산대천 찾아가세
구름과같이 솟아있으니 금강산이 분명허오
가세가세 다같이가세 명산대천 찾아가세
장안사를 구경을허고 명경대에서 다리를쉬어
가세가세 다같이가세 명산대천 찾아가세
망군대에 올라가니 마의태자는 간곳없고
가세가세 다같이가세 명산대천 찾아가세
종소리와 염불소리는 바람결에 들려오고
가세가세 다같이가세 명산대천 찾아가세
옥루금루 열두담은 굽이굽이에 서서있고
가세가세 다같이가세 명산대천 찾아가세
극락인듯 선경인듯 만물상이 더욱좋네
가세가세 다같이 세 명산대천 찾아가세
기암괴석 절경 속에서는 금강수가 샘솟고
가세가세 다같이가세 명산대천 찾아가세
그물주를 따라서 세사다리를 밟으면서

가세가세 다같이가세 명산대천 찾아가세

벼랑우에를 올라가니 만학천봉 부용들은

가세가세 다같이가세 명산대천 찾아가세

머리를숙이구 반겨주니 이아니 좋을손가

가세가세 다같이가세 명산대천 찾아가세

구만장천에 걸린폭포수는 은하수를 기울인듯

가세가세 다같이가세 명산대천 찾아가세

비류직하에 삼천척은 옛말로만 들었더니

가세가세 다같이가세 명산대천 찾아가세

과연허니 아니니 이아니 좋을시고

가세가세 다같이가세 명산대천 찾아가세

어차 소리 / 가래질하는 소리

자료코드 : 03_11_FOS_20110219_KDH_ASD_0005_s01

조사장소 : 강원도 철원군 동송읍 상노2리 하길성길 18 상노2리 노인회관

조사일시 : 2011.2.19

조 사 자 : 강등학, 이영식, 박은영, 이창현

제 보 자 : 안승덕, 남, 86세

구연상황 : 민속경연대회에 참가했을 당시 공연한 순서대로 구연을 해 주었다. 먼저, 입
장하면서 부르던 '둥개 소리'를 부른 후, 이어서 좋은 집터를 찾기 위한 노래
인 '명산대천 찾아가세'를 불렀다. 집터를 정한 뒤 토지지신에게 간단히 고했
다. 고하기를 마친 후 집터를 다지기 위해 가래질을 해 보자고 하며 노래를
불렀다. 뒷소리는 권영희 외 7명이 받았다.

어차 어차

어차 어차

어차 어차

어차 어차

가래질 허세 가래질 허세

어차 어차

우리 모두 가래질 허세

어차 어차

왼편으로 한걸음씩

어차 어차

주춤주춤 나가면서

어차 어차

높은데는 파내가고

어차 어차

깊은데는 메워가면서

어차 어차

던진가래질 해보세

어차 어차

던진가래질 할려며는

어차 어차

흙들적에는 허리를굽히고

어차 어차

흙나갈적에는 허리를젖히며

어차 어차

가래줄을 높이들어

어차 어차

흙이멀리 나가도록

어차 어차

잠시허리 폈다 허세

네

어차 어차

어차 어차

가래질허세 가래질허세

어차 어차

앞으로 한걸음씩

어차 어차

주춤주춤 나가면서

어차 어차

저기높은데 있으니

어차 어차

높은데를 어서파내세

어차 어차

심들다고 장난말고

어차 어차

가래판이 빗나가면

어차 어차

흙이제대로 안나가니

어차 어차

다같이 흥겹게허세

어차 어차

우리모두 흥겹게허면

어차 어차

먼데서는 듣기가좋고

어차 어차

가차운데서는 보기가좋으니

어차 어차

다같이 흥겨운맘으로

어차 어차

가래질허세 가래질허세

어차 어차

우리모두 가래질허세

어차 어차

가래질을 빨리해야

어차 어차

집터가 돋아지면

어차 어차

지경다지기 할테이니

어차 어차

자 다같이 수고들 많이 했네

네~

지경 소리 / 땅 다지는 소리

자료코드 : 03_11_FOS_20110219_KDH_ASD_0005_s02
조사장소 : 강원도 철원군 동송읍 상노2리 하길성길 18 상노2리 노인회관
조사일시 : 2011.2.19
조 사 자 : 강등학, 이영식, 박은영, 이창현
제 보 자 : 안승덕, 남, 86세
구연상황 : '지경소리'를 불러 달라는 조사자의 요청에 안승덕은 민속경연대회에 참가했
을 당시 공연한 순서대로 구연을 해 주었다. '둥개 소리', '명산대천 찾아가
세'를 부른 후 토지지신에게 간단히 고했다. 그 후 '가래질 하는 소리'인 '어
차 소리'의 순서대로 부른 후, 집터의 기반을 튼튼히 하기 위해서 '지경 다지

기'를 해 보자며 이 노래를 불렀다. 시간 관계상 중도에서 멈추었다. 뒷소리는 권영희 외 7명이 받았다.

에이얼싸 지경이요
에이얼싸 지경이요
에이얼싸 지경이요
에이얼싸 지경이요
여보시오 여러분
에이얼싸 지경이요
이내말씀 들어보소
에이얼싸 지경이요
이땅은 어디멘고
에이얼싸 지경이요
우주안에 대한민국
에이얼싸 지경이요
강원도에 철원이요
에이얼싸 지경이요
철원에 역사보면
에이얼싸 지경이요
신라국 말기시에
에이얼싸 지경이요
궁예왕의 도읍지고
에이얼싸 지경이요
국호는 태봉국이요
에이얼싸 지경이요
철원에 지역보면

에이얼싸 지경이요
금학산이 명산이고
에이얼싸 지경이요
금학산에 정기받아
에이얼싸 지경이요
고석정과 칠만암은
에이얼싸 지경이요
철원에 자랑일세
에이얼싸 지경이요
칠만암도 철원에
에이얼싸 지경이요
자랑에 빼놓수없고
에이얼싸 지경이요
넓은들 황금파도
에이얼싸 지경이요
옥토를 이루요
에이얼싸 지경이요
유유한 한탄강물
에이얼싸 지경이요
굽이굽이 치는곳
에이얼싸 지경이요
기름진 이들판에
에이얼싸 지경이요
곡창을 이루었네
에이얼싸 지경이요
아름다운 철원땅에

에이얼싸 지경이요

풍천김씨 가문에서

에이얼싸 지경이요

난데종손 살잘랴고

에이얼싸 지경이요

대대손손이 잘살랴고

에이얼싸 지경이요

풍수님을 모셔다가

에이얼싸 지경이요

좌향을 살펴보니

에이얼싸 지경이요

좌청룡 우백호는

에이얼싸 지경이요

화가가 그린듯이

에이얼싸 지경이요

자연으로 감돌아있고

에이얼싸 지경이요

뭐 시간 때문에 안 돼, 안 되지.

어허넘차 소리 / 운상하는 소리

자료코드 : 03_11_FOS_20110219_KDH_ASD_0006_s01_01
조사장소 : 강원도 철원군 동송읍 상노2리 하길성길 18 상노2리 노인회관
조사일시 : 2011.2.19
조 사 자 : 강등학, 이영식, 박은영, 이창현
제 보 자 : 안승덕, 남, 86세

구연상황 : 상노리의 장례문화에 관한 질문을 한 후 '운상하는 소리'를 불러 줄 것을 청했다. 제보자는 직접 요령을 흔들며 소리를 해 주었다. 소싯적부터 이야기책을 좋아했던 제보자는 '초한가', '답산가' 등에서 마음에 드는 부분들을 취해서 사설을 구성했다고 한다. 뒷소리는 권영희 외 7명이 받았다.

허하 허하 허허넘차 허하

어하 어하 어허넘차 허하

허하 허하 허허넘차 허하

어허 어허 어어넘차 허어

후사당에 하직허고 신사당에 도배허네

어허 어허 어어넘차 어허

대문밖에 썩나서니 적삼내여 얹어놓고

어허 어허 어어넘차 어허

혼백불러 초혼허니 없던곡성 낭자허다

어허 어허 어어넘차 어허

읊든곡성이 낭자하니 이아니 슬플소냐

어허 어허 어어넘차 어허

혼백불러 초혼했으니 이혼령이 어디로가시나

어허 어허 어어넘차 어허

일루가나 절루가나 산지사방 돌아보니

어허 어허 어어넘차 어허

한걸음한걸음 나가다보니 차마진정 슬프구나

어허 어허 어어넘차 어허

깊은데는 높어지고 낮은데는 높아지니

어허 어허 어어넘차 어허

눈물이흘러 앞을가려서 차마진정 못가겠네

어허 어허 어어넘차 어허

옛노인의 말씀들으니 저승길이 멀다했네

어허 어허 어어넘차 어허

저승길이 얼마나멀길래 한번가시면 못오시나

어허 어허 어어넘차 어허

인간이별 행사중에 마지막길이 웬말이요

어허 어허 어어넘차 어허

한번가서 못오는길이 이아니 슬플쏜가

어허 어허 어어넘차 어허

물이깊어서 못오시나 산이높아서 못오시나

어허 어허 어어넘차 어허

산이높아서 못오시면 쉬엄쉬엄 오르시죠

어허 어허 어어넘차 어허

물이깊어 못오시면 배를타구서 오시지요

어허 어허 어어넘차 어허

배를 타자허니 무슨배를 타야허나

어허 어허 어어넘차 어허

돌배를 타자허니 가라앉을까봐 못타겠네

어허 어허 어어넘차 어허

무쇠배를 타자허니 지남철무서 못타겠네

어허 어허 어어넘차 어허

흙배를 타자허니 풀어져나갈까봐 못타겠네

어허 어허 어어넘차 어허

나무배를 타자허니 풍파가두려워 못타겠네

어허 어허 어어넘차 어허

풍파는 두렵지않으니 안심하고 타십시요

어허 어허 어어넘차 어허

풍파를 막아실려면 어느누가 막아주나
어허 어허 어어넘차 어허
갑자년 갑자월 갑자 일에
어허 어허 어어넘차 어허
남경산에 올라가서 동남풍을 빌게하신
어허 어허 어어넘차 어허
제갈공명이 계신데에 풍파가 쓸데있나
어허 어허 어어넘차 어허
제갈공명이 계신년은 어느누가 모셔오나
어허 어허 어어넘차 어허
이리저리 돌아봐야 무서울사람 하나두없네
어허 어허 어어넘차 어허
무서울사람 없으니 인명은 재천이라
어허 어허 어어넘차 어허
이길을 떠나갈적에 차마진정 슬퍼서
어허 어허 어어넘차 어허
걸음마당 한숨나오고 걸음마당 눈물흘러
어허 어허 어어넘차 어허
옛노인의 말씀들으니 장생불사는 없습디다
어허 어허 어어넘차 어허
알천장사 한태조도 장생불사 못허셨고
어허 어허 어어넘차 어허
이군불사 제강초도 장생불사 못허셨고
어허 어허 어어넘차 어허
삼국사명 조자룡도 장생불사 못하셨고
어허 어허 어어넘차 어허

사명촉돌 초패왕도 장생불사 못허셨고
어허 어허 어어넘차 어허
오관천장 관운장도 장생불사 못허셨고
어허 어허 어어넘차 어허
육국후낙 진시황도 장생불사 못허셨고
어허 어허 어어넘차 어허
칠년대한 성황터도 장생불사 못허셨고
어허 어허 어어넘차 어허
팔대의상 김현감도 장생불사 못허셨고
어허 어허 어어넘차 어허
무쇠동거 잠공에도 장생불사 못허셨고
어허 어허 어어넘차 어허
십년지졸 탐소무도 장생불사 못허셨고
어허 어허 어어넘차 어허
백제안과 갑자리도 장생불사 못허셨고
어허 어허 어어넘차 어허
천일비수 김도량도 장생불사 못허셨고
어허 어허 어어넘차 어허
만세삼공 공부자도 장생불사 못허셨고
어허 어허 어어넘차 어허
억조관대 택무시도 장생불사 못허셨네
어허 어허 어어넘차 어허
인명은 재천인데 하늘의명을 따러가지
어허 어허 어어넘차 어허

잠시 잠깐 쉬었다 허요.

어허 소리 / 운상하는 소리

자료코드 : 03_11_FOS_20110219_KDH_ASD_0006_s01_02
조사장소 : 강원도 철원군 동송읍 상노2리 하길성길 18 상노2리 노인회관
조사일시 : 2011.2.19
조 사 자 : 강등학, 이영식, 박은영, 이창현
제 보 자 : 안승덕, 남, 86세
구연상황 : 제보자가 구연한 '어허넘차 소리'의 사설에 관한 질문을 한 후, 상여를 메고
비탈진 곳을 갈 때는 어떠한 소리를 했느냐는 질문에 제보자는 '어허넘차 소
리'를 빨리 부르면 된다고 했다. 장지에 도착해야할 시간이 얼마 남지 않았을
때도 마찬가지로 빨리 부른다고 했다. 뒷소리는 권영희 외 7명이 받았다.

허화

허화

어화

어화

어화

어화

어화

허화

어화

어서가세

어화

바삐가세

어화

하관시간

어화

당도하니

어화

어서어서

어화

빨리가야

어화

내일에

어화

좋은시간에

어화

하관을할테이니

어화

허화

어화

허화

어화

달구 소리 / 묘 다지는 소리

자료코드 : 03_11_FOS_20110219_KDH_ASD_0006_s02

조사장소 : 강원도 철원군 동송읍 상노2리 하길성길 18 상노2리 노인회관

조사일시 : 2011.2.19

조 사 자 : 강등학, 이영식, 박은영, 이창현

제 보 자 : 안승덕, 남, 86세

구연상황 : '어허넘차 소리', '어화 소리'처럼 운상할 때 부르는 소리를 구연한 후 묘를 다질 때 부르는 소리를 이어서 해 주었다. 사설이 길어 상당히 많은 시간을 요했지만, 안승덕은 물론 뒷소리를 받아준 제보자들도 적극적으로 구연에 임해 주었다. 권영희 외 7명이 뒷소리를 받아 주었다.

좌우 군방들

좌우 군방네
여보세요 좌우군방님
네~

　군방님네 여러분을 목이 터져라하고 찾아서 이 자리에 모신 거는 초록
겉은 우리 인생 이 세상을 하직허고 북망산으로 오셨는데 북망산에 오신
고인의 만년집을 잘 지어 드릴려고 여러분을 찾아 모셨습니다. 여러분은
누구보다도 회다지를 잘 하기 때문에 이 자리에 모셨으니 말년집을 잘 지
어주시기 바랍니다.

에헤이리 달공
에헤이리 달공
에헤이리 달공
에헤이리 달공
여보시오 여러분
에헤이리 달공
이내말씀 들어보소
에헤이리 달공
초록과같은 우리인생
에헤이리 달공
이세상에 오셨다가
에헤이리 달공
만단풍산 다적고(겪고)
에헤이리 달공
알뜰살뜰 모아가며
에헤이리 달공

빈배주려 모은재물
에헤이리 달공
저기다 버려두고
에헤이리 달공
고려거각 좋은집도
에헤이리 달공
저기다 버려두고
에헤이리 달공
북망산이 웬말이요
에헤이리 달공
북망산에 오르보니
에헤이리 달공
어느누구 벗이있나
에헤이리 달공
침침헌 밤중에도
에헤이리 달공
어느누가 불켜주나
에헤이리 달공
삼태성으로 불밝히고
에헤이리 달공
두견새로 친구삼고
에헤이리 달공
꿈도꾸어 있게되니
에헤이리 달공
이아니 원통헌가
에헤이리 달공

알뜰살뜰 모았던재물

에헤이리 달공

먹구가나 쓰고가나

에헤이리 달공

쓰지못허구 가니

에헤이리 달공

선심공덕이나 허구가세

에헤이리 달공

선심공덕 할려니

에헤이리 달공

배고픈사람에겐 밥을주고

에헤이리 달공

아사구제 허시구요

에헤이리 달공

목마른사람에겐 물을주어

에헤이리 달공

음수공덕 허시구요

에헤이리 달공

옷없는사람에겐 옷을주어

에헤이리 달공

누란공덕 허시구요

에헤이리 달공

아픈사람에겐 약을주어

에헤이리 달공

누란공덕 허시구요

에헤이리 달공

아픈사람에 법당짓고

에헤이리 달공

삼불지성 모셔 놓고

에헤이리 달공

염불공덕 허시구요

에헤이리 달공

그동안에 모은재물

에헤이리 달공

저기다 두구갈래니

에헤이리 달공

구제동포두 하고가세

에헤이리 달공

저승길이 얼마나멀길래

에헤이리 달공

천리든가 만리든가

에헤이리 달공

한번가면 못오시니

에헤이리 달공

움도안나고 싹도안나

에헤이리 달공

차마진정 원통헐소냐

에헤이리 달공

여보시오 여러분

에헤이리 달공

이내말씀 들어보소

에헤이리 달공

옛노인의 말들으니
에헤이리 달공
구사당에 하직허고
에헤이리 달공
신사당에 허배허고
에헤이리 달공
대문밖에 나가보니
에헤이리 달공
어디로 가야허나
에헤이리 달공
옛노인의 말들으니
에헤이리 달공
나두어젠 청춘의몸이
에헤이리 달공
오늘백발 한심허오
에헤이리 달공
웬수로다 웬수로다
에헤이리 달공
백발소리가 웬수로다
에헤이리 달공
백발이올줄 알았더면
에헤이리 달공
십리밖에 썩나가서
에헤이리 달공
가시성이라도 높이싸서
에헤이리 달공

오는백발을 막았더라면
에헤이리 달공

우리는백발이 아니될걸
에헤이리 달공

오는백발을 못막아서
에헤이리 달공

너두나두 백발되니
에헤이리 달공

이아니 슬플쏜가
에헤이리 달공

월미봉에 살구나무도
에헤이리 달공

고목이덜커덕 되고보면
에헤이리 달공

보던새 오던나비
에헤이리 달공

되돌아 간답디다
에헤이리 달공

우리인생 남은여생
에헤이리 달공

더늙고 병들기전에
에헤이리 달공

건강하게 삽시다
에헤이리 달공

여보시오 군방님네
에헤이리 달공

옛노인의 말들으니
에헤이리 달공
무당의굿도 세번이고
에헤이리 달공
소나기도 삼석이에요
에헤이리 달공
우리굿도 세번이니
에헤이리 달공
잠시잠깐 들러날까
에헤이리 달공
에이허라 달공
에이허라 달공
에이허라 달공
에이허라 달공
새가새가 날아든다
에이허라 달공
새이름은 다부르자면
에이허라 달공
시간없어서 못부르겠고
에이허라 달공
그중에서 무서운새
에이허라 달공
주둥아리는 뭉툭하고
에이허라 달공
두다리는 성큼한새
에이허라 달공

여기저기서 막날아오니

에이허라 달공

나혼자는 못몰겠고

에이허라 달공

여기오신 여러분이

에이허라 달공

다같이 힘을모아

에이허라 달공

온갖잡새 몰아내세

에이허라 달공

우여 우여~

하나 소리 / 모심는 소리

자료코드 : 03_11_FOS_20110727_KDH_ASD_0001
조사장소 : 강원도 철원군 동송읍 상노2리 상노로 227-19 상노민속전수회관
조사일시 : 2011.7.27
조 사 자 : 강등학, 이영식, 박은영, 이창현
제 보 자 : 안승덕, 남, 86세
구연상황 : 동송읍 상노2리 모임은 안승덕 어르신이 자리를 마련한 것으로 지역에서 '운
           상하는 소리'와 '묘 다지는 소리'를 잘 부르는 분들을 초청한 것이다. 그리하
           여 노래판이 이루어진 전수관에는 초대받은 10여 명과 마을 분들을 합쳐서
           20여 명이 있었다. 후렴은 모두들 따라 했다. 더운 까닭에 대형 선풍기 2대를
           틀어 놨는데 선풍기 소리에 녹음이 깨끗하지 못했다.

하나 하나 하나기로 구나	하나 하나 하나기로 구나
하나 하나 하나기로 구나	하나 하나 하나기로 구나
옳다 인제 일잘되는 구나	하나 하나 하나기로 구나

여기저기 심어두 사방줄모루 심으시오 하나 하나 하나기로 구나
여기저기 심어두 마늘모되게 심으시오 하나 하나 하나기로 구나
한포고지에 못대는 이내   하나 하나 하나기로 구나
너무 깊이 싶으면 활착이 안돼요   하나 하나 하나기로 구나
활착이 안되면 농사가 잘 안돼요   하나 하나 하나기로 구나
너무 깊이 심으면 활착두 안돼죠   하나 하나 하나기로 구나
모포 고지가 떠나가지 않도록   하나 하나 하나기로 구나
다같이 열심히 심어야 농사가 잘돼요 하나 하나 하나기로 구나
하나 하나 하나기로구나   하나 하나 하나기로 구나
이논배미를 무신베(무슨베)를 심으시오 하나 하나 하나기로 구나
혼자서 먹기 때문에 이른베 'ㅇㅇㅇㅇㅇ'
                      하나 하나 하나기로 구나
혼자서 먹기 때문에 돼지베두 심어보고
                      하나 하나 하나기로 구나
나이가 많이 먹어 노인베는 흰베요   하나 하나 하나기로 구나
가지를 많이 치는 은강종으로 심어보고
                      하나 하나 하나기로 구나
키두크고 이삭도 껌은 대판쪽을 심어보고
                      하나 하나 하나기로 구나
이베저베 심다보니 찰베도 심어야지   하나 하나 하나기로 구나
베이삭이 껌해서 돼지찰베도 심어보고 하나 하나 하나기로 구나
밑이 반반허니 양푼찰도 심어보고   하나 하나 하나기로 구나
알룩달룩 깨투리찰도(까투리찰벼도) 심어보세
                      하나 하나 하나기로 구나

방아 소리 / 논매는 소리

자료코드 : 03_11_FOS_20110727_KDH_ASD_0002
조사장소 : 강원도 철원군 동송읍 상노2리 상노로 227-19 상노민속전수회관
조사일시 : 2011.7.27
조 사 자 : 강등학, 이영식, 박은영, 이창현
제 보 자 : 안승덕, 남, 86세
구연상황 : 동송읍 상노2리 모임은 안승덕 어르신이 자리를 마련한 것으로 지역에서 '운상하는 소리'와 '묘 다지는 소리'를 잘 부르는 분들을 초청한 것이다. 그리하여 노래판이 이루어진 전수관에는 초대받은 10여 명과 마을 분들을 합쳐서 20여 명이 있었다. 후렴은 모두들 따라 했다. 더운 까닭에 대형 선풍기 2대를 틀어 놨는데 선풍기 소리에 녹음이 깨끗하지 못했다. 하근용이 '방아 소리'를 부른 후 안승덕도 이 소리를 불렀다. 두벌 맬 때 부르는 소리라고 한다.

에이얼싸 방아요	에이얼싸 방아요
옳다이제 김들매네	에이얼싸 방아요
이방아는 뉘방안가	에이얼싸 방아요
강태공의 조석방아	에이얼싸 방아요
방아꾼은 몇인가요	에이얼싸 방아요
이팔이십육 옐예섯명	에이얼싸 방아요
이팔이십육만 옐예섯인가	에이얼싸 방아요
사사십육도 옐예섯이지	에이얼싸 방아요
방아굴대는 무슨나무	에이얼싸 방아요
천년묵은 전나무요	에이얼싸 방아요
방아채는 무슨나무	에이얼싸 방아요
박달나무로 방아채모구	에이얼싸 방아요
방아대는 무슨나무	에이얼싸 방아요
낙락장송 소나무요	에이얼싸 방아요
방아살가진 무슨나무	에이얼싸 방아요

대추나무 쌍살가지에	에이얼싸 방아요
'○'성이찧면 발방아고	에이얼싸 방아요
물레를 돌리면 물방안데	에이얼싸 방아요
이방아를 찧어다가	에이얼싸 방아요
햇님은 부모님공양	에이얼싸 방아요
스슥쌀은 우리가먹고	에이얼싸 방아요
남는쌀은 무엇을허나	에이얼싸 방아요
동포구제도 해야지	에이얼싸 방아요

어허넘차 소리 / 운상하는 소리

자료코드 : 03_11_FOS_20110727_KDH_ASD_0003_s01
조사장소 : 강원도 철원군 동송읍 상노2리 상노로 227-19 상노민속전수회관
조사일시 : 2011.7.27
조 사 자 : 강등학, 이영식, 박은영, 이창현
제 보 자 : 안승덕, 남, 86세
구연상황 : 동송읍 상노2리 모임은 안승덕 어르신이 자리를 마련한 것으로 지역에서 '운
상하는 소리'와 '묘 다지는 소리'를 잘 부르는 분들을 초청한 것이다. 그리하
여 노래판이 이루어진 전수관에는 초대받은 10여 명과 마을 분들을 합쳐서
20여 명이 있었다. 후렴은 모두들 따라 했다. 더운 까닭에 대형 선풍기 2대를
틀어 놓았는데 선풍기 소리에 녹음이 깨끗하지 못했다.

어하 어하 어넘으차 어하

　　　　　어허 어허 어거리넘차 어하

어하 어하 어넘으차 어하

　　　　　어허 어허 어거리넘차 어하

구사당에 하직하고 신사당에 허배하고

　　　　　어허 어허 어거리넘차 어하

대문밖에 썩나서니 적삼을 펼치고서

                    어허 어허 어거리넘차 어하
혼백불러 초혼하니 여러자손 다모여서

                    어허 어허 어거리넘차 어하
세성한 곡소리가 너무도 처량하다

                    어허 어허 어거리넘차 어하
이세상에 오셨다가 만단고생 많이허고

                    어허 어허 어거리넘차 어하
살뜰살뜰 모은재물 먹구가나 쓰고가나

                    어허 어허 어거리넘차 어하
저기다 버려두고 이아니 원통한가

                    어허 어허 어거리넘차 어하
고려교각 좋은집을 저기다가 버려두고

                    어허 어허 어거리넘차 어하
홀로서 가자하니 눈물이나와 앞을가려

                    어허 어허 어거리넘차 어하
북망산이 얼마나멀기에 한번가시면 못오시나

                    어허 어허 어거리넘차 어하
천리든가 만리든가 이아니 먼길을

                    어허 어허 어거리넘차 어하
한번가면 못오니 이아니 원통한가

                    어허 어허 어거리넘차 어하
이왕지사 가시는길에 오시는날이나 알려주오

                    어허 어허 어거리넘차 어하
백두산 높은봉이 평지되면 오시나요

                    어허 어허 어거리넘차 어하

동해바다 깊은물이 육지가되면 오시나요
　　　　　　　　어허 어허 어거리넘차 어하
조그마한 조약돌이 광석이되면 오시나요
　　　　　　　　어허 어허 어거리넘차 어하
살궁안에 삶은팥이 싹이트면 오시나요
　　　　　　　　어허 어허 어거리넘차 어하
가마솥에 삶은개가 컹컹울면 오시나요
　　　　　　　　어허 어허 어거리넘차 어하
평풍안에 그린닭이 쌀을먹으면 비치겠오
　　　　　　　　어허 어허 어거리넘차 어하
두홰를 꽝꽝치면서 꼬끼오울면은 오시나요
　　　　　　　　어허 어허 어거리넘차 어하
기왕지사 가시는길 알뜰살뜰 모아둔재물
　　　　　　　　어허 어허 어거리넘차 어하
선심공덕 허시고 선심공덕 허십시다
　　　　　　　　어허 어허 어거리넘차 어하
배고푼사람 밥을주어 아사구제 하시구요
　　　　　　　　어허 어허 어거리넘차 어하
목마른사람 물을주어 금수공덕 허시구요
　　　　　　　　어허 어허 어거리넘차 어하
옷없는사람에게 옷을주어 구난공덕 허시구요
　　　　　　　　어허 어허 어거리넘차 어하
병든사람에겐 약을주어 활인공덕 허시구요
　　　　　　　　어허 어허 어거리넘차 어하
깊은물엔 다리를놓아 월천공덕을 하시구요
　　　　　　　　어허 어허 어거리넘차 어하

허허 허하 어넘으차 허하
                    어허 어허 어거리넘차 어하
높은산에 법당을짓고 염불공덕을 허시구요
                    어허 어허 어거리넘차 어하
공덕은 그만허구 옛노인의 말씀들으니
                    어허 어허 어거리넘차 어하
장생불사는 없다니 이것이 웬말이요
                    어허 어허 어거리넘차 어하
알찬장사 한태조도 장생불사 못허셨고
                    어허 어허 어거리넘차 어하
이군불사 제황초도 장생불사 못허셨고
                    어허 어허 어거리넘차 어하
삼군사면 조자룡도 장생불사 못허셨고
                    어허 어허 어거리넘차 어하
사면축돌 초패왕도 장생불사 못허셨고
                    어허 어허 어거리넘차 어하
오관참장 관운장도 장생불사 못허셨고
                    어허 어허 어거리넘차 어하
육군운합 진시황도 장생불사 못허셨고
                    어허 어허 어거리넘차 어하
칠년대한 응성탕도 장생불사 못허셨고
                    어허 어허 어거리넘차 어하
팔세위명 김도람도 장생불사 못허셨고
                    어허 어허 어거리넘차 어하
구세동거 장공예도 장생불사 못허셨고
                    어허 어허 어거리넘차 어하

십년지줄 한소무도 장생불사 못허셨고

　　　　　　　　　어허 어허 어거리넘차 어하

백세안과 각자리도 장생불사 못허셨고

　　　　　　　　　어허 어허 어거리넘차 어하

천일비수 김도람도 장생불사 못허셨고

　　　　　　　　　어허 어허 어거리넘차 어하

만세전공 공부장님도 장생불사 못허셨고

　　　　　　　　　어허 어허 어거리넘차 어하

억조원대 댕요시도 장생불사 못허셨고

　　　　　　　　　어허 어허 어거리넘차 어하

달구 소리 / 묘 다지는 소리

자료코드 : 03_11_FOS_20110727_KDH_ASD_0004_s02
조사장소 : 강원도 철원군 동송읍 상노2리 상노로 227-19 상노민속전수회관
조사일시 : 2011.7.27
조 사 자 : 강등학, 이영식, 박은영, 이창현
제 보 자 : 안승덕, 남, 86세
구연상황 : 동송읍 상노2리 모임은 안승덕 어르신이 자리를 마련한 것으로 지역에서 '운
　　　　　상하는 소리'와 '묘 다지는 소리'를 잘 부르는 분들을 초청하였다. 그리하여
　　　　　노래판이 이루어진 전수관에는 초대받은 10여 명과 마을 분들을 합쳐서 20여
　　　　　명이 있었다. 후렴은 모두들 따라 했다. 더운 까닭에 대형 선풍기 2대를 틀어
　　　　　놨는데 선풍기 소리에 녹음이 깨끗하지 못했다.

좌우에 있는 군방네

예

첫 마디엔 대답을 안 하는 건데.

주변 : 급하니까.[점심때가 훨씬 지나 빨리 끝내고 밥을 먹으려는 마음

에]

좌우 군방들

예

주변 : 술 안 줘서 안 해요!

자 좌우에 계신 군방님네

예

네 님자를 너면은 좋아서 입이 떡 벌어져 가지고 그렇습니다.

네 군방들을 목이 터져라하고 이 자리에 모신 것은, 이 세상을 하직하
고 북망산에 오신 고인의 말년집을 지어 드리려고 여러분을 모셨습니다.
여러분은 말년집 짓는데 하기 때문에 회다지를 잘들 하시기 때문에 이 자
리에 모셨으니 말년집이 잘 보조되게끔 회다지 잘 해 주시길 바랍니다.

에헤이리 달공	에헤리 달공
에헤이리 달공	에헤리 달공
여보시오 군방님네	에헤리 달공
만년집을 지을라면	에헤리 달공
회닷말과 황토닷말	에헤리 달공
시세닷말 물닷말과	에헤리 달공
사오이십 시무말로(스무말로)	에헤리 달공
광중안에 기초놓고	에헤리 달공
하관을 한다음에	에헤리 달공
온대를 덮어놓고	에헤리 달공
영정을 드리구오	에헤리 달공
예단두 보이구오	에헤리 달공
한줌한줌 흙을모아	에헤리 달공
봉분을 맨들적에	에헤리 달공

회다지 허는법은	에헤리 달공
한발두뼘 달굿대를	에헤리 달공
두손으로 덤썩잡고	에헤리 달공
영상을 번쩍들고	에헤리 달공
옆의사람을 눈치보며	에헤리 달공
삼동허리를 굼실면서	에헤리 달공
한번은 배맞치고	에헤리 달공
한번은 등맞치고	에헤리 달공
삼동허리를 굼실면서	에헤리 달공
아주쾅쾅 잘다지세	에헤리 달공
회다지 할랴면은	에헤리 달공
무신(무슨)소리를 해야되나	에헤리 달공
답산가를 해야되나	에헤리 달공
초한가를 해야되나	에헤리 달공
삼가별조를 해야되나	에헤리 달공
천지현황 생긴후에	에헤리 달공
일월영천이 밝았구랴	에헤리 달공
천지는 남녀가되고	에헤리 달공
일월은 음영되어	에헤리 달공
시시를 분담허구	에헤리 달공
무배방 하였도다	에헤리 달공
강산은 신고가되고	에헤리 달공
수판은 개용되어	에헤리 달공
인간이 생긴후에	에헤리 달공
삼강오륜이 달랐도다	에헤리 달공
구문이심청 남자의마음	에헤리 달공

여자도 알건마음	에헤리 달공
그중에서 모시는분은	에헤리 달공
부모님밖에 또있는가	에헤리 달공
태평지원 뭔말인고	에헤리 달공
만목지원 모르갔네	에헤리 달공
부창부수 떳떳한법을	에헤리 달공
나는왜어이 못허는고	에헤리 달공
정월보름 망월시에	에헤리 달공
풍년잠깐 점처보고	에헤리 달공
부모님소향 하온끝에	에헤리 달공
부부유별을 생각허니	에헤리 달공
창해와같이 맑은심정	에헤리 달공
하해같이 깊은심정	에헤리 달공
수이볼려고 하였더니	에헤리 달공
두명이 적막하여	에헤리 달공
소식조차 돈절하오	에헤리 달공
그달그믐 다보내고	에헤리 달공
이월이라 한식날	에헤리 달공
북망산천에 올라가서	에헤리 달공
부모님성묘 앞에서	에헤리 달공
대성통곡을 아무리해도	에헤리 달공
왔느냐소리 전혀없네	에헤리 달공
이아니 원통한가	에헤리 달공
초록과같은 우리인생	에헤리 달공
한번가시면 못오시니	에헤리 달공
이아니 원통한가	에헤리 달공

만첩청산에 나무들은　　　에헤리 달공
중등을 견행지며　　　　　에헤리 달공
움도나구 싹두나는데　　　에헤리 달공
우리인생은 왜못나요　　　에헤리 달공
생각할수록 원통허니　　　에헤리 달공
그달그믐 다보내고　　　　에헤리 달공
삼월이라 초삼일날은　　　에헤리 달공
제비오는걸 잠깐보고　　　에헤리 달공
부모님효향 하온끝에　　　에헤리 달공
꽃은피어서 화산이되고　　에헤리 달공
잎은피어 청산이되도　　　에헤리 달공
우리부모님 안오시네　　　에헤리 달공
그달그믐 다보내고　　　　에헤리 달공
사월이라 초파일날은　　　에헤리 달공
석가모니의 탄일이라　　　에헤리 달공
한강수에서 거북이나고　　에헤리 달공
목멱산에서 부엉이울어　　에헤리 달공
문묘사창 빈방안에　　　　에헤리 달공
너의부모님 장탄식을　　　에헤리 달공
어느누가 대답하나　　　　에헤리 달공
여보시오 군방님네　　　　에헤리 달공
한노래로 진밤세나　　　　에헤리 달공
옛노인 하신말씀　　　　　에헤리 달공
소나기도 삼석이고　　　　에헤리 달공
무당의굿도 세벌이고　　　에헤리 달공
우리굿도 세번이니　　　　에헤리 달공

새나한번 몰아내세	에헤리 달공
새가새가 날아든다	에헤리 달공
온갖잡새 다날아들어	에헤리 달공
나혼자는 못몰겠고	에헤리 달공
그중에서 무서운새	에헤리 달공
주둥아리는 뭉툭허고	에헤리 달공
두다리는 성큼한새	에헤리 달공
여기저기서 막날아오니	에헤리 달공
나혼자는 못몰테니	에헤리 달공
군방님네 여러분과	에헤리 달공
여기오신 여러분	에헤리 달공
온갖잡새 몰아내세	에헤리 달공
우여 위	우여

하나 소리 / 모심는 소리

자료코드 : 03_11_FOS_20110219_KDH_ACW_0001
조사장소 : 강원도 철원군 동송읍 이평10리 금학로 116번길 이평10리 마을회관
조사일시 : 2011.2.19
조 사 자 : 강등학, 이영식, 박은영, 이창현
제 보 자 : 안창원, 남, 80세
구연상황 : 이평10리의 논농사에 관한 질문으로 판의 분위기를 열어 갔다. 모 심을 때는
여자들도 함께 심었으며 '하나 소리'를 했다고 한다. 논김을 맬 때에는 '방아
타령'을 불렀다고 한다. 구연해 줄 것을 청하자 잘 못 한다며 서로에게 미루었
다. 다른 제보자들이 안창원에게 소리할 것을 권하자 안창원이 소리를 했다.

여기도 하나

저기도 하나

여기저기 꽂아도

증조식만 되네

건선명 소리 / 삼선 눈 삭히는 소리

자료코드 : 03_11_FOS_20110219_KDH_ACW_0002
조사장소 : 강원도 철원군 동송읍 이평10리 금학로 116번길 이평10리 마을회관
조사일시 : 2011.2.19
조 사 자 : 강등학, 이영식, 박은영, 이창현
제 보 자 : 안창원, 남, 80세
구연상황 : 눈에 삼이 섰을 때 부르던 노래를 아느냐는 질문에 제보자들은 ○○○를 가
리키며 이 사람이 전문가라고 했다. 제보자는 주문과 그림을 직접 그려서 보
여 주었다. 해가 뜰 무렵에 부르는데, 종이에 사람 얼굴을 그리고 이 노래를
세 번 부른 후 바늘로 삼이 선 쪽의 눈 그림을 찌른다고 했다. 그리고 이 주
문과 그림이 그려진 종이를 해가 비치는 바깥 기둥에 눈이 나을 때까지 붙여
둔다고 한다. 형님이 하는 것을 보고 베껴서 배웠다고 한다. 남자는 '건', 여자
는 '곤'을 쓴다고 한다.

건선명 삼심오세

금년신수 불행하야

좌목좌목 얼삼석삼

금일 즉일기

천상천하 태평춘

사방 우일사

건선명 삼십오세

금년신수 불행하야

좌목에 얼삼적삼

금일 즉일기

천상천하 태평춘

사방 우일사

건선명 삼십오세

금년신수 불행하야

좌목에 얼삼석삼

금일 즉일기

천상천하 태평춘

사방 우일사

이 시각에 너 물러나지 않으면 이 바늘로 안 뽑알터니 당장 물러나
거라

알 낳라 딸 낳라 / 잠자리 부리는 소리

자료코드 : 03_11_FOS_20110219_KDH_JSJ_0001
조사장소 : 강원도 철원군 동송읍 이평10리 금학로 116번길 이평10리 마을회관
조사일시 : 2011.2.19
조 사 자 : 강등학, 이영식, 박은영, 이창현
제 보 자 : 지승재, 남, 56세
구연상황 : 잠자리 잡을 때 부르던 소리를 조사한 후, '알 낳라 딸 낳라'는 어떻게 했느
　　　　　나고 질문하자 최효순이 '꿰꿰 알낳라'를 불렀다. 옆에 있던 지승재가 우리는
　　　　　그렇게 부르지 않았다며 이 노래를 불러 주었다.

알낳라 꽁꽁

알낳라 꽁꽁

알낳라 꽁꽁

옮겨 붙게 소리 / 벌 잡는 소리

자료코드 : 03_11_FOS_20110219_KDH_JSJ_0002
조사장소 : 강원도 철원군 동송읍 이평10리 금학로 116번길 이평10리 마을회관
조사일시 : 2011.2.19
조 사 자 : 강등학, 이영식, 박은영, 이창현
제 보 자 : 지승재, 남, 56세
구연상황 : '가재 잡는 소리'와 '몸 말리는 소리'를 조사하기 위해 질문을 하였으나 부분
적으로 기억할 뿐 정확한 구연을 하지 못했다. 그에 관련된 이야기를 나누다
벌을 잡으면서 부르던 소리를 아느냐는 질문을 하자 지승재가 이 소리를 했다.
벌떼를 잡기 위해 바가지 안에 꿀을 발라 유인하며 이 소리를 했다고 한다.

옮겨 붙게

옮겨 붙게

옮겨 붙게

잠자리 꽁꽁 / 잠자리 잡는 소리

자료코드 : 03_11_FOS_20110219_KDH_CHS_0001
조사장소 : 강원도 철원군 동송읍 이평10리 금학로 116번길 이평10리 마을회관
조사일시 : 2011.2.19
조 사 자 : 강등학, 이영식, 박은영, 이창현
제 보 자 : 최효순, 남, 69세
구연상황 : 마을 지명유래에 관한 조사에서 시원스러운 답변들을 얻지 못했다. 분위기를
바꾸어 어릴 적 부르던 노래에 관한 조사를 하기로 했다. 잠자리를 이 마을에
서는 무엇이라고 불렀느냐는 질문에 '잠자리'라고 했다고 한다. 잠자리를 잡
으며 부르던 노래에 관한 질문을 하자 최효순이 이 노래를 불러 주었다. 잠자
리가 앉으면 이 노래를 부르며 잠자리의 뒤로 살금살금 다가가서 잡았다고
한다.

잠자리 꽁꽁

앉은자리 꽁꽁

잠자리 꽁꽁

앉은자리 꽁꽁

알 낳라 딸 낳라 / 잠자리 부리는 소리

자료코드 : 03_11_FOS_20110219_KDH_CHS_0002
조사장소 : 강원도 철원군 동송읍 이평10리 금학로 116번길 이평10리 마을회관
조사일시 : 2011.2.19
조 사 자 : 강등학, 이영식, 박은영, 이창현
제 보 자 : 최효순, 남, 69세
구연상황 : 잠자리 잡을 때 부르던 소리를 조사한 후 '알 낳라 딸 낳라'는 어떻게 했느
냐고 질문하자 최효순이 노래를 불렀다. 잠자리를 잡아서 꽁지를 흔들며 이
노래를 반복해서 부르면 간혹 잠자리가 노란 알을 낳았다고 한다.

꿰꿰 알낳라

꿰꿰 알낳라

달구 소리 / 묘 다지는 소리

자료코드 : 03_11_FOS_20110727_KDH_HGY_0001_s02
조사장소 : 강원도 철원군 동송읍 상노2리 상노로 227-19 상노민속전수회관
조사일시 : 2011.7.27
조 사 자 : 강등학, 이영식, 박은영, 이창현
제 보 자 : 하근용, 남, 81세
구연상황 : 동송읍 상노2리 모임은 안승덕 어르신이 자리를 마련한 것으로 지역에서 '운
상하는 소리'와 '묘 다지는 소리'를 잘 부르는 분들을 초청하였다. 그리하여
노래판이 이루어진 전수관에는 초대받은 10여 명과 마을 분들을 합쳐서 20여
명이 있었다. 후렴은 모두들 따라 했다. 더운 까닭에 대형 선풍기 2대를 틀어
놨는데 선풍기 소리에 녹음이 깨끗하지 못했다. 선소리하시는 분들이 술을 찾
았으나 안승덕 어른은 점심 때 먹자면서 뒤로 미뤘다.

자 좌우 군방님들!

(청중 : 예 하고 대답을 해야지, 처음에.)
예.
첫 마디에 대답하면 안 돼, 세 마디 끌구 해야지.
새법 내지 말고 옛날 예법 그대루 달구질 한번 해 봅시다.
에헤리 덜궁
[주위 분들이 후렴을 안 받음]

여보시오 군방님네	에헤리 달공
옳다이제 일돼가네	에헤리 달공
여봅소 군방님네	에헤리 달공
이내말이 가는대로	에헤리 달공
잘한다 먼저말고	에헤리 달공
못한다고 나중말고	에헤리 달공
일치나받고 일시다오	에헤리 달공
이번쾌가 첫쾌로서	에헤리 달공
이번첫쾌를 잘다지면	에헤리 달공
약주술이 잔뜩이나	에헤리 달공
이번첫쾌를 잘못하면	에헤리 달공
냉수삼잔 벌이나니	에헤리 달공
여러군방 일심협력	에헤리 달공
있는힘을 다하셔서	에헤리 달공
덜구나꽝꽝 다져주오	에헤리 달공
금영금영 하더니와	에헤리 달공
무슨가사를 풀어볼까	에헤리 달공

태평가를 풀어볼까   에헤리 달공
유산가를 풀어볼까   에헤리 달공
회심가를 풀어볼까   에헤리 달공
국문뒤풀이 풀어볼까   에헤리 달공
이거저거 고만두고   에헤리 달공
국문뒤풀일 풀어보자   에헤리 달공
가나다라 마바사   에헤리 달공
아차잠깐 잊었구나   에헤리 달공
기억니은 디귿리을에   에헤리 달공
기억자로 집을짓구   에헤리 달공
지긋자긋이 살쟀더니   에헤리 달공
인연이중치를 못하구나   에헤리 달공
가갸 거겨로다   에헤리 달공
가이없는 이내몸이   에헤리 달공
그치없이 되었구나   에헤리 달공
고교 구규로다   에헤리 달공
고생하던 우리낭군   에헤리 달공
구관하기가 늦어간다   에헤리 달공
나냐 너녀로다   에헤리 달공
나귀등에 솔질하여   에헤리 달공
팔도강산을 유랑갈까   에헤리 달공
노뇨 누뉴로다   에헤리 달공
노세노세 젊어노세   에헤리 달공
늙어지면은 못노나니   에헤리 달공
다댜 더뎌로다   에헤리 달공
자주자주 붙은정이   에헤리 달공

임자없이 떨어졌네　　　에헤리 달공

도죠 두쥬로다　　　에헤리 달공

도장안에 매인몸이　　　에헤리 달공

갱생하기가 어려워라　　　에헤리 달공

라랴 러려로다　　　에헤리 달공

날아가는 원앙새야　　　에헤리 달공

너와나와 짝을짓자　　　에헤리 달공

로료 루류로다　　　에헤리 달공

노류장화 인개유지　　　에헤리 달공

처처마다 있건마는　　　에헤리 달공

마먀 머며로다　　　에헤리 달공

마쟀더니 마쟀더니　　　에헤리 달공

임의생각이 다시난다　　　에헤리 달공

모묘 무뮤로다　　　에헤리 달공

모지도다 모지도다　　　에헤리 달공

한양낭군 모지도다　　　에헤리 달공

바뱌 버벼하니　　　에헤리 달공

밥을먹다도 님의생각　　　에헤리 달공

목이미어서 못먹겠네　　　에헤리 달공

보뵤 부뷰로다　　　에헤리 달공

보고지구 보고지구　　　에헤리 달공

한양낭군 보고지구　　　에헤리 달공

사샤 서셔허니　　　에헤리 달공

사신행차 바쁜길에　　　에헤리 달공

중간참이 늦었구나　　　에헤리 달공

수슈 수슈하니　　　에헤리 달공

서슬단풍 찬바람에	에혜리 달공
울구가는 저기러기	에혜리 달공
고향산천을 지내걸랑	에혜리 달공
편지일장을 전해주럼	에혜리 달공
에허리 달공	에혜리 달공
여보소 군방님네	에혜리 달공
놀기좋다고 마냥놀까	에혜리 달공
이번쾌는 이것으로	에혜리 달공
다음쾌에 계속하구	에혜리 달공
이만저만 마쳐보세	에혜리 달공
우	우여 우여

어허넘차 소리 / 운상하는 소리

자료코드 : 03_11_FOS_20110727_KDH_HGY_0002_s01_1

조사장소 : 강원도 철원군 동송읍 상노2리 상노로 227-19 상노민속전수회관

조사일시 : 2011.7.27

조 사 자 : 강등학, 이영식, 박은영, 이창현

제 보 자 : 하근용, 남, 81세

구연상황 : 동송읍 상노2리 모임은 안승덕 어르신이 자리를 마련한 것으로 지역에서 '운 상하는 소리'와 '묘 다지는 소리'를 잘 부르는 분들을 초청하였다. 그리하여 노래판이 이루어진 전수관에는 초대받은 10여 명과 마을 분들을 합쳐서 20여 명이 있었다. 후렴은 모두들 따라 했다. 더운 까닭에 대형 선풍기 2대를 틀어 놨는데 선풍기 소리에 녹음이 깨끗하지 못했다. 선소리하시는 분들이 술을 찾 았으나 안승덕 어른은 점심 때 먹자면서 뒤로 미뤘다. 하근용, 손대순, 고태직 의 순으로 '묘 다지는 소리'인 '달구 소리'를 부른 후, 하근용이 '운상하는 소 리'를 불러 주었다.

어이 군방님들! 자 이번 길이 마지막 길이니 잘들 모셔 봅시다.

어허 어허 어거리넘차 어하

어허 어허 어거리넘차 어하

이제가면은 언제오나 오시는날짜나 일러주게

어허 어허 어거리넘차 어하

저승길이 멀다더니 대문밖이 저승일세

어허 어허 어거리넘차 어하

북망산천이 멀다더니 북망산천이 금방일세

어허 어허 어거리넘차 어하

명사십리 해당하야 꽃진다고 설월마라

어허 어허 어거리넘차 어하

명년삼월 봄이되면 너는다시 피련마는

어허 어허 어거리넘차 어하

우리인생은 한번가면 다시오기가 만무로다

어허 어허 어거리넘차 어하

여보시오 군방님네 발을맞춰서 모셔주게

어허 어허 어거리넘차 어하

눈물이 앞을가려 차마진정 못하겠네

어허 어허 어거리넘차 어하

한걸음에 눈물이구 두걸음에 한숨이네

어허 어허 어거리넘차 어하

마지막 가는길에 집이나인사를 하구가자

어허 어허 어거리넘차 어하

어허 어허 어거리넘차 어하

어허 어허 어거리넘차 어하

상주들 인사해요, 인사 받아요.

어허 소리 / 운상하는 소리

자료코드 : 03_11_FOS_20110727_KDH_HGY_0003_s01_2
조사장소 : 강원도 철원군 동송읍 상노2리 상노로 227-19 상노민속전수회관
조사일시 : 2011.7.27
조 사 자 : 강등학, 이영식, 박은영, 이창현
제 보 자 : 하근용, 남, 81세

구연상황 : 동송읍 상노2리 모임은 안승덕 어르신이 자리를 마련한 것으로 지역에서 '운
상하는 소리'와 '묘 다지는 소리'를 잘 부르는 분들을 초청하였다. 그리하여
노래판이 이루어진 전수관에는 초대받은 10여 명과 마을 분들을 합쳐서 20여
명이 있었다. 후렴은 모두들 따라 했다. 더운 까닭에 대형 선풍기 2대를 틀어
놨는데 선풍기 소리에 녹음이 깨끗하지 못했다. 선소리하시는 분들이 술을 찾
았으나 안승덕 어른은 점심 때 먹자면서 뒤로 미뤘다. 하근용, 손대순, 고태직
의 순으로 '묘 다지는 소리'인 '달구 소리'를 부른 후, 하근용이 '운상하는 소
리'를 불러 주었다. 이 소리는 평지에서 빨리 갈 때 부르는 소리라고 한다.

어호	어호
빨리가세	어호
시간없어	어호
어호	어호
고이고이	어호
모셔주게	어호
어호	어호
어호	어호
다리도 아프고	어호
기진허니	어호
잠시잠깐	어호
쉬어가세	어호
어호	어호
어어호오~	

방아 소리 / 논매는 소리

자료코드 : 03_11_FOS_20110727_KDH_HGY_0004
조사장소 : 강원도 철원군 동송읍 상노2리 상노로 227-19 상노민속전수회관
조사일시 : 2011.7.27
조 사 자 : 강등학, 이영식, 박은영, 이창현
제 보 자 : 하근용, 남, 81세
구연상황 : 동송읍 상노2리 모임은 안승덕 어르신이 자리를 마련한 것으로 지역에서 '운상하는 소리'와 '묘 다지는 소리'를 잘 부르는 분들을 초청한 것이다. 그리하여 노래판이 이루어진 전수관에는 초대받은 10여 명과 마을 분들을 합쳐서 20여 명이 있었다. 후렴은 모두들 따라 했다. 더운 까닭에 대형 선풍기 2대를 틀어 놓는데 선풍기 소리에 녹음이 깨끗하지 못했다. 선소리하시는 분들이 술을 찾았으나 안승덕 어른은 점심 때 먹자면서 뒤로 미뤘다. 두 번 논맬 때 부르는 소리라고 한다.

에여라 방아요

같이 여럿이	에여라 방아요
사람은많은데 소리가적다	에여라 방아요
방아방아 무신(무슨)방아	에여리 방아요
에여라 방아요인데	
발로찧는 발방아	에여라 방아요
물루찧는 물레방아	에여라 방아요
에여라 방아요	에여라 방아요
방아소리가 너무적다	에여라 방아요

5. 서면

▌조사마을

강원도 철원군 서면 와수1리

조사일시 : 2011.2.20
조 사 자 : 강등학, 이영식, 박은영, 이창현

서면(西面)은 본래 김화군의 지역으로, 김화읍에서 서쪽에 위치해 있으므로 서면이라 하였다. 수유, 밀계, 와수, 무금, 곤좌, 송동, 석현, 축전, 조막, 자등, 초전, 청하, 연동, 수무정, 지경점, 장림, 원우, 서업 등 18개리를 관할하다가 1914년 군면 폐합에 따라 초북면의 험석, 도창, 우구 등 3개리를 편입하여 와수(瓦水), 자등(自等), 청양(淸陽), 도창(道昌)으로 개편하였다.

1945년 해방과 동시에 38°선 이북지역인 공산치하에 있다가 1954년 수복되고, 1963년 철원군에 편입되었다. 1973년 청양리와 도창리가 김화읍에 편입되어, 현재 서면은 와수리와 자등리 등 2개의 법정리로 구성되어 있으며, 행정리는 13개리이다.

서면은 철원군 유일의 휴전선을 접하지 않는 면으로 북쪽은 갈말읍, 동쪽은 근남면, 남쪽은 경기도 포천군 이동면과 접하고 있으며, 서울과는 국도 47호선으로 연결되어 있다. 3사단 사령부가 소재하고 있고 주변에 군부대가 많다. 이러한 까닭에 지역 구성원은 대부분 상업과 관련하여 이주한 분들이 많고, 지척에 고향을 두고 통일을 기다리며 정착한 분, 그리고 군 제대 후 정착 분들도 많다. 2008년 12월 기준으로 전체면적이 74.29km²인데, 이중에 논이 3.95km², 밭이 5.32km², 임야가 59.09km²로 전답이 많지 않다. 총세대수는 2,727가구이고, 인구는 6,590명이다.

와수리(瓦水里)는 동쪽으로 근남면 육단리, 서쪽으로는 김화읍 학사리·청양리, 남쪽으로는 자등리, 북쪽으로는 근남면 사곡리와 각각 이웃하고 있다. 와수리는 본래 김화군 서면의 지역으로 와수라 하였는데, 1914년 행정구역 폐합에 따라 수유리, 밀례, 무금동, 곤좌를 병합하여 와수리라 하였다. 전설에 와수리에는 기와 공장이 있어 마을 대부분 기와집이었다고 한다. 이를 김화에 부임하는 원이 산마루에 올라 마을을 살피니 석양에 비치는 지붕들이 마치 바다 물결치는 듯이 보인다 하여 와수리라 하였다고 한다. 상가와 주택이 밀집해 있고, 교육기관으로는 초등학교 1개교, 중학교 2개교, 고등학교 2개교가 있다.

와수1리에는 2008년 12월 현재 355세대에 남자 456명, 여자 417명 등 총 873명이 거주하고 있으며, 65세 이상 노인이 143명이다.

강원도 철원군 서면 와수2리

조사일시 : 2011.3.20
조 사 자 : 강등학, 이영식, 박은영, 이창현

　와수리(瓦水里)는 동쪽으로 근남면 육단리, 서쪽으로는 김화읍 학사리·청양리, 남쪽으로는 자등리, 북쪽으로는 근남면 사곡리와 각각 이웃하고 있다. 와수리는 본래 김화군 서면의 지역으로 와수라 하였는데, 1914년 행정구역 폐합에 따라 수유리, 밀례, 무금동, 곤좌를 병합하여 와수리라 하였다. 전설에 와수리에는 기와 공장이 있어 마을 대부분 기와집이었다고 한다. 이를 김화에 부임하는 원이 산마루에 올라 마을을 살피니 석양에 비치는 지붕들이 마치 바다 물결치는 듯이 보인다 하여 와수리라하였다고 한다. 상가와 주택이 밀집해 있고, 교육기관으로는 초등학교 1개교, 중학교 2개교, 고등학교 2개교가 있다.

　와수2리는 와수시장 뒤쪽에 있는 마을로, 2008년 12월 현재 356세대에 남자 460명, 여자 467명 등 총 927명이 거주하고 있으며, 65세 이상 노인이 131명이다.

강원도 철원군 서면 와수5리

조사일시 : 2011.2.20
조 사 자 : 강등학, 이영식, 박은영, 이창현

　와수리(瓦水里)는 동쪽으로 근남면 육단리, 서쪽으로는 김화읍 학사리·청양리, 남쪽으로는 자등리, 북쪽으로는 근남면 사곡리와 각각 이웃하고 있다. 와수리는 본래 김화군 서면의 지역으로 와수라 하였는데, 1914년 행정구역 폐합에 따라 수유리, 밀례, 무금동, 곤좌를 병합하여 와수리라 하였다. 전설에 와수리에는 기와 공장이 있어 마을 대부분 기와집이었다고 한다. 이를 김화에 부임하는 원이 산마루에 올라 마을을 살피니 석양에 비치는 지붕들이 마치 바다 물결치는 듯이 보인다 하여 와수리라 하였다고 한다. 상가와 주택이 밀집해 있고, 교육기관으로는 초등학교 1개교, 중학교 2개교, 고등학교 2개교가 있다.

와수5리는 무네미라고도 하는데, 2008년 12월 현재 102세대에 남자 120명, 여자 138명 등 총 258명이 거주하고 있으며, 65세 이상 노인이 62명이다.

강원도 철원군 서면 와수7리

조사일시 : 2011.3.20

조 사 자 : 강등학, 이영식, 박은영, 이창현

와수리(瓦水里)는 동쪽으로 근남면 육단리, 서쪽으로는 김화읍 학사리·청양리, 남쪽으로는 자등리, 북쪽으로는 근남면 사곡리와 각각 이웃하고 있다. 와수리는 본래 김화군 서면의 지역으로 와수라 하였는데, 1914년 행정구역 폐합에 따라 수유리, 밀례, 무금동, 곤좌를 병합하여 와수리라 하였다. 전설에 와수리에는 기와 공장이 있어 마을 대부분 기와집이었다고 한다. 이를 김화에 부임하는 원이 산마루에 올라 마을을 살펴니 석양에 비치는 지붕들이 마치 바다 물결치는 듯이 보인다 하여 와수리라 하였다고 한다. 상가와 주택이 밀집해 있고, 교육기관으로는 초등학교 1개교, 중학교 2개교, 고등학교 2개교가 있다.

와수7리는 아파트 3동으로 이루어진 마을로 2008년 12월 현재 141세대에 남자 283명, 여자 231명 등 총 469명이 거주하고 있으며, 65세 이상 노인이 27명이다.

강원도 철원군 서면 자등4리

조사일시 : 2011.3.6
조 사 자 : 강등학, 이영식, 박은영, 이창현

자등리(自等里)는 동쪽으로 근남면 잠곡리, 서쪽으로는 갈말읍 신철원

리·문혜리, 남쪽으로는 포천군 이동면 도평리, 북쪽으로는 와수리와 각
각 이웃하고 있다. 자등리는 본래 김화군 서면지역으로 자등골이라 하였
다. 1914년 행정구역 폐합에 따라 송동, 석현, 축전, 조막동을 병합하여
자등리라 하였다. 면사무소 소재지이며, 초등학교 1개교가 있다.

자등4리는 군부대의 주둔과 더불어 성장한 마을이다. 이러한 까닭에 주
변에는 상가가 많다. 주변에 논이 없는 것은 아니나 원래 밭농사 중심지
였다. 예전에 논밭은 거리로 갈았고, 밭에는 주로 콩, 기장, 수수 등을 심
었다. 1980년대 초까지 손모를 냈으며, 1마지기는 150평이다. 예전에 장
은 30리 거리에 있는 김화장을 다녔다.

자등4리는 신술이라고도 하는데, 2008년 12월 현재 305세대에 남자
385명, 여자 317명 등 총 702명이 거주하고 있으며, 65세 이상 노인이
102명이다.

강원도 철원군 서면 자등6리

조사일시 : 2011.3.5, 2011.3.18
조 사 자 : 강등학, 이영식, 박은영, 이창현

자등리(自等里)는 동쪽으로 근남면 잠곡리, 서쪽으로는 갈말읍 신철원
리·문혜리, 남쪽으로는 포천군 이동면 도평리, 북쪽으로는 와수리와 각
각 이웃하고 있다. 자등리는 본래 김화군 서면지역으로 자등골이라 하였
다. 1914년 행정구역 폐합에 따라 송동, 석현, 축전, 조막동을 병합하여
자등리라 하였다. 면사무소 소재지이며, 초등학교 1개교가 있다.

자등6리는 산간마을이나 비교적 논이 많은 편이다. 마을이 국도 47번
양쪽으로 형성되었다. 마을에는 소규모의 부대가 있으나 상가가 형성되지
않았다. 이러한 까닭에 이곳 주민들은 와수리로 장을 보러 간다. 논밭은
거리로 갈았으며, 1마지기는 150평이다.

자등6리에는 2008년 12월 현재 130세대에 남자 123명, 여자 115명 등 총 238명이 거주하고 있으며, 65세 이상 노인이 73명이다.

김동환, 남, 1929년생

주 소 지 : 강원도 철원군 서면 와수1리 아리랑로 45
제보일시 : 2011.2.20
조 사 자 : 강등학, 이영식, 박은영, 이창현

철원군 금봉리 유곡에서 태어났다. 한국
전쟁 당시 와수리로 피난을 와서 정착하게
되었다. 본관은 삼척이라고 한다. 민요나 설
화에 관한 것은 알지 못 했으며, 강원도지를
꺼내 와서 보여 주며 자신들의 문중인 삼척
김씨에 관한 이야기를 장황하게 설명해 주
었다.

제공 자료 목록
03_11_FOT_20110220_KDH_KDH_0001 기와집 때문에 와수리 된 사연

김응모, 남, 1919년생

주 소 지 : 강원도 철원군 서면 와수5리 와수로 367번길
제보일시 : 2011.2.20
조 사 자 : 강등학, 이영식, 박은영, 이창현

황해도 황주에서 태어났다. 와수리는 한국전쟁 당시 피난을 나와 정착
하게 되었다고 한다. 그 때 그의 나이는 32세였다고 한다. 부모를 일찍
여의어서 14세부터 농사를 짓기 시작했다. 소리에 취미가 있어서 고향에
서부터 소리를 많이 했다. 소학교 시절 학교에서 배운 창가를 여기저기
불려 다닐 정도로 어릴 적부터 소리에 재능을 보였다고 한다. 민속경연대

회에 5~6번 나갈 정도로 근방에서는 이름
난 소리꾼이다. 4년 전까지만 해도 소리를
하지 못해 안달이었으나 지금은 기력이 쇠
하여 그렇게 부르지 못한다고 한다. 나이에
비해 소리에 힘이 있고 청이 좋았다. 나이가
들면서 청이 전과 같지 않다고 구연해 주기
를 꺼려했지만, 그는 천성적으로 소리하기
를 즐거워하는 듯했다.

제공 자료 목록

03_11_FOS_20110220_KDH_KEM_0001 산염불

03_11_FOS_20110220_KDH_KEM_0002 골골 타령

03_11_FOS_20110220_KDH_KEM_0003 쇠뿔 같은 괭이를 들고

03_11_FOS_20110220_KDH_KEM_0004 메나리

03_11_FOS_20110220_KDH_KEM_0005 이랴 소리

03_11_FOS_20110220_KDH_KEM_0006 콩씨 소리

03_11_FOS_20110220_KDH_KEM_0007 강원도 아리랑

03_11_FOS_20110220_KDH_KEM_0008 어랑 타령

03_11_FOS_20110220_KDH_KEM_0009 노랫가락

03_11_FOS_20110220_KDH_KEM_0010 수심가

03_11_FOS_20110220_KDH_KEM_0011 엮음 수심가

03_11_FOS_20110220_KDH_KEM_0012 창부 타령

03_11_FOS_20110220_KDH_KEM_0013 산염불

신윤자, 여, 1944년생

주 소 지 : 강원도 철원군 서면 와수2리 와수로 216번길

제보일시 : 2011.3.20

조 사 자 : 강등학, 이영식, 박은영, 이창현

    철원군 근북면 백동리에서 태어났다. 한국전쟁 당시 피난 나갔다가 와

수리에 정착했다. 21세에 이웃에 살던 장원
집과 결혼했다. 장원집을 대상으로 조사를
하다가 이렇다 할 자료가 나오지 않아 신윤
자로 대상을 바꾸어 질문했다. 민요에 관한
질문을 여럿 던졌으나 기억 못 하거나 없다
고 대답했다.

제공 자료 목록

03_11_FOS_20110320_KDH_SYJ_0001 잠자리 꽁꽁

오영자, 여, 1941년생

주 소 지 : 강원도 철원군 서면 자등6리
제보일시 : 2011.3.5, 2011.3.18
조 사 자 : 강등학, 이영식, 박은영, 이창현

경기도 평택에서 태어났다. 19세에 결혼
후 50여 년 전에 자등리로 이주했다. 주홍
집의 부인이다. 교회의 권사일 만큼 신앙심
이 돈독했다. 늦은 시간 최명하의 집을 찾아
갔음에도 조사를 나왔다는 최명하의 연락을
받고 불편한 다리로도 부리나케 달려올 만
큼 조사에 적극적이었다. 많은 자료를 구연
해 준 것은 아니나 판을 형성하고 조사가
진행될 수 있도록 여러모로 도움을 주었다.

제공 자료 목록

03_11_FOT_20110305_KDH_OYJ_0001 소가 이랴 하면 가는 까닭
03_11_FOS_20110318_KDH_OYJ_0001 고모네 집에 갔더니

임애준, 여, 1930년생

주 소 지 : 강원도 철원군 서면 와수1리 아리랑로 45
제보일시 : 2011.2.20
조 사 자 : 강등학, 이영식, 박은영, 이창현

19세에 김동환과 결혼했다. 아버지가 일찍 돌아가시고 어머니가 엄해서 야학도 다니지 못 했다고 한다. 전화는 걸 줄 아나 달력은 볼 줄 모른다고 한다. 남편 김동환이 한학에 관심이 있는 것을 상당히 자랑스럽게 생각하고 있는 듯 했다. 김동환에게 질문을 하면 옆에서 끊임없이 끼어들었다.

제공 자료 목록
03_11_FOS_20110220_KDH_LAJ_0001 잠자리 꽁꽁
03_11_FOS_20110220_KDH_LAJ_0002 내 손이 약손이다

임해수, 남, 1935년생

주 소 지 : 강원도 철원군 서면 자등4리
제보일시 : 2011.3.6
조 사 자 : 강등학, 이영식, 박은영, 이창현

자등4리에서 태어난 토박이다. 9살부터 학교 다니면서 농사를 짓기 시작하여 평생 농사를 지었다고 한다. 조사에 적극적으로 임하였으며 기억하고 있는 노래의 종류도

다양했으나 발음이 부정확하고 노래에 대한 이해도가 낮아서 완성도 높은 자료를 얻기는 어려웠다. 풍속과 관련된 질문에서는 미신이라는 말을 많이 하였다.

제공 자료 목록
03_11_FOS_20110306_KDH_LHS_0001 덩어리 소리
03_11_FOS_20110306_KDH_LHS_0002 상사 소리
03_11_FOS_20110306_KDH_LHS_0003 모여라 소리
03_11_FOS_20110306_KDH_LHS_0004 잠자리 꽁꽁
03_11_FOS_20110306_KDH_LHS_0005 꾸정물은 나가고
03_11_FOS_20110306_KDH_LHS_0006 허영차 소리
03_11_FOS_20110306_KDH_LHS_0007 어랑 타령
03_11_FOS_20110306_KDH_LHS_0008 고도리 소리
03_11_FOS_20110306_KDH_LHS_0009 메요 메요 소리
03_11_FOS_20110306_KDH_LHS_0010 다람쥐 동동
03_11_FOS_20110306_KDH_LHS_0011 신랑방에 불켜라
03_11_FOS_20110306_KDH_LHS_0012 일자나 한자 들고 보니
03_11_FOS_20110306_KDH_LHS_0013 정월 송학에

장우춘, 남, 1932년생

주 소 지 : 강원도 철원군 서면 와수7리 신원아파트
제보일시 : 2011.3.20
조 사 자 : 강등학, 이영식, 박은영, 이창현

강원도 철원군 근북면 유봉리에서 태어났다. 원산전문학교 재학 시절 한국전쟁이 발발하면서 피난을 와서 현재의 철원군 서면 와수리에 정착하게 되었다고 한다. 와수리로 온 후 장사도 하고 농사도 지었다. 조카인 장원집의 소개로 찾아갔으나 장씨 문중

과 관련된 이야기 두 편 외에는 기록할만한 자료를 얻을 수가 없었다. 오랜 세월이 지나 잊은 것도 있었지만 나이에 비해 잘 모르고 있는 것이 많았다.

제공 자료 목록
03_11_FOT_20110320_KDH_JUC_0001 행전이 날아가 떨어진 곳에 쓴 묘
03_11_FOT_20110320_KDH_JUC_0002 다른 고개 보가 생긴 내력

조옥희, 여, 1935년생

주 소 지 : 강원도 철원군 서면 자등6리
제보일시 : 2011.3.18
조 사 자 : 강등학, 이영식, 박은영, 이창현

철원군 동성읍 이평리에서 태어났다. 한국전쟁 당시 여주로 피난을 나가 살다가 자등리로 들어온 지는 44년이 되었다고 한다. 주변 사람들이 말하기를 한학을 한 친정아버지의 영향으로 조용히 책을 읽으며 지내는 것을 좋아한다고 한다. 조사 자체에는 상당히 적극적으로 응해 주었다. 그러나 스스로가 노래는 손방이라 잘 못한다며 노래 부르기를 꺼려했다. 하여, 선율이 강조되지 않는 노래의 경우는 불러 주었으나 그렇지 않은 노래는 사설만 읊어 주고 직접 노래하지는 않았다. 그에 비해 설화는 적극적으로 구연해 주었으며 기억력 또한 좋아서 다양한 이야기를 들려주었다.

제공 자료 목록
03_11_FOT_20110318_KDH_JOH_0001 의좋은 형제

03_11_FOT_20110318_KDH_JOH_0002 아내의 말을 무시해서 삼 년 만에 망한 궁예
03_11_FOT_20110318_KDH_JOH_0003 도깨비가 만들어 준 만년보
03_11_FOT_20110318_KDH_JOH_0004 방귀쟁이 며느리
03_11_FOT_20110318_KDH_JOH_0005 떡함지로 호랑이를 이긴 엄마
03_11_FOT_20110318_KDH_JOH_0006 수숫대가 붉은 이유
03_11_FOS_20110318_KDH_JOH_0001 꿩아 꿩아 어디 가니
03_11_FOS_20110318_KDH_JOH_0002 춘향아 춘향아
03_11_FOS_20110318_KDH_JOH_0003 곰보딱지 개딱지
03_11_FOS_20110318_KDH_JOH_0004 앞니 빠진 갈가지
03_11_FOS_20110318_KDH_JOH_0005 모여라 소리
03_11_FOS_20110318_KDH_JOH_0006 내 손이 약손이다
03_11_FOS_20110318_KDH_JOH_0007 알 낳라 딸 낳라
03_11_FOS_20110318_KDH_JOH_0008 별 하나 나 하나

주홍집, 남, 1936년생

주 소 지 : 강원도 철원군 서면 자등6리 1779번지
제보일시 : 2011.3.18
조 사 자 : 강등학, 이영식, 박은영, 이창현

철원군 관전리에서 태어났다. 한국전쟁 당시 피난 나갔다가 1962년에 자등리로 들어왔다. 오영자의 남편이기도 하다. 평생 농사를 지었으나 농사와 관련된 노동요에 관해서는 잘 알지 못 했다. 많은 자료를 제공해 준 것은 아니나, 조사가 잘 이뤄질 수 있도록 여러모로 배려해 주는 등 조사에 상당히 협조적이었다.

제공 자료 목록
03_11_FOS_20110318_KDH_JHJ_0001 메요 메요 소리

최명하, 여, 1936년생

주 소 지 : 강원도 철원군 서면 자등6리
제보일시 : 2011.3.5, 2011.3.18
조 사 자 : 강등학, 이영식, 박은영, 이창현

북한의 평안도에서 태어났다. 한국전쟁이
발발한 15세에 수원으로 피난을 왔다. 자등
리로 이주한 지는 50년이 넘었다고 한다.
20여 년 전 사망한 남편이 마을의 상쇠로서
민속놀이에도 나갔으며 여러 지방으로 공연
을 다닐 정도로 그 분야에 조예가 깊었다고
한다. 그런 남편을 둔 까닭에 소리라면 고개
를 절레절레 흔들 정도로 넌더리가 난다라
고 말은 했지만, 최명하 또한 기억력이 탁월하여 상당히 많은 민요를 기
억하고 있었으며, 조사자의 의도를 쉽게 이해하고 그것에 맞추어 구연할
줄 아는 감각을 지니고 있었다. 마을의 식당 주인과 다방 주인의 소개로
최명하를 처음 찾아가게 되었는데, 첫날은 너무 늦은 시간이라 많은 조사
를 할 수 없었던 까닭에 날짜를 잡아 다시 찾아가게 되었다. 조사에 상당
히 협조적이며 적극적이었다.

제공 자료 목록
03_11_FOT_20110318_KDH_CMH_0001 한 발 두 발 삼백 발
03_11_FOS_20110305_KDH_CMH_0001 잠자라 잠자라
03_11_FOS_20110305_KDH_CMH_0002 가재야 가재야
03_11_FOS_20110318_KDH_CMH_0001 덩어리 소리
03_11_FOS_20110318_KDH_CMH_0002 한알대 두알대
03_11_FOS_20110318_KDH_CMH_0003 골났네 성났네
03_11_FOS_20110318_KDH_CMH_0004 중중 까까중
03_11_FOS_20110318_KDH_CMH_0005 어랑 타령

03_11_FOS_20110318_KDH_CMH_0006 방구 타령
03_11_FOS_20110318_KDH_CMH_0007 강원도 아리랑(1)
03_11_FOS_20110318_KDH_CMH_0008 강원도 아리랑(2)
03_11_FOS_20110318_KDH_CMH_0009 헌물은 나가고
03_11_FOS_20110318_KDH_CMH_0010 성님 성님 사촌 성님
03_11_FOS_20110318_KDH_CMH_0011 베틀소리
03_11_FOS_20110318_KDH_CMH_0012 베틀가
03_11_FOS_20110318_KDH_CMH_0013 춘향아 춘향아
03_11_FOS_20110318_KDH_CMH_0014 나무하러 가세
03_11_FOS_20110318_KDH_CMH_0015 엄마 손이 약손이다
03_11_FOS_20110318_KDH_CMH_0016 불아 불아
03_11_FOS_20110318_KDH_CMH_0017 둥개 소리
03_11_FOS_20110318_KDH_CMH_0018 삼 잡자 소리
03_11_FOS_20110318_KDH_CMH_0019 다람쥐 동동
03_11_FOS_20110318_KDH_CMH_0020 돌아간다 돌아간다
03_11_FOS_20110318_KDH_CMH_0021 올라간다 소리
03_11_FOS_20110318_KDH_CMH_0022 는다 소리
03_11_FOS_20110318_KDH_CMH_0023 별 하나 나 하나
03_11_FOS_20110318_KDH_CMH_0024 각시방에 불켜라
03_11_FOS_20110318_KDH_CMH_0025 헌집 줄게 새집 다오
03_11_MFS_20110318_KDH_CMH_0001 피난민 대가리는

기와집 때문에 와수리 된 사연

자료코드 : 03_11_FOT_20110220_KDH_KDH_0001
조사장소 : 강원도 철원군 서면 와수1리 아리랑로 45
조사일시 : 2011.2.20
조 사 자 : 강등학, 이영식, 박은영, 이창현
제 보 자 : 김동환, 남, 83세
구연상황 : 김동환을 찾아오게 된 동기를 이야기하고 마을에 전해 오는 옛날이야기를
들려줄 것을 청했다. 김동환은 자신의 본관이 삼척이라고 하며 집안과 관련된
이야기를 한참 들려주었다. 조사자가 삼척이 아닌 철원의 이야기를 들려줄 것
을 조심스럽게 청하며, 와수리가 왜 와수리라는 이름을 얻게 되었는지를 묻자
이 이야기를 들려주었다.
줄 거 리 : 어떤 원이 하인과 길을 가다가 기와집이 달빛을 받아 반짝이는 것을 보고 이
마을 이름을 와수리라고 했다고 한다.

　와수리라 핸 거는 왜 와수리라 했는고 하니. 어떤 원이 그 때 걸어 댕
길 적에, 원이 어디 산옆파리 그리니까는 저 짝에서 봤는지 여 짝에서 봤
는지 그 밑에 사람과 같이 지나가다가. 이 와수리가 왜 와수리가 됐는고
하니, 아이 저 이상하게도 말이야 불빛이 말이야 아무래도 저거 저거한다
고 그리니까. 아이 그러면 거기 좀 갔다 오라고 그러니까. 게와집(기와집)
있더래요. 저 짝. 게와집이 있어 가지고 불빛 모양으로 반짝반짝 해서 와
수리가 된 거지.

소가 이랴 하면 가는 까닭

자료코드 : 03_11_FOT_20110305_KDH_OYJ_0001

조사장소 : 강원도 철원군 서면 자등6리 최명하 댁
조사일시 : 2011.3.5
조 사 자 : 강등학, 이영식, 박은영, 이창현
제 보 자 : 오영자, 여, 71세
구연상황 : 조사를 온 이유 등을 설명하고 옛날이야기를 해 달라고 청하자 오영자가 적
　　　　　 극적으로 이 이야기를 꺼냈다. 시아버지로부터 들은 이야기라고 한다.
줄 거 리 : 옛날 어느 부잣집이 힘이 장사인 며느리가 있었다. 힘이 세다는 소문이 퍼져
　　　　　 관에서 며느리를 잡으러 온다는 소문이 돌자 시아버지가 삼 년 먹을 양식을
　　　　　 소에다 실려서 산골로 보냈다. 짐이 너무 무거운 나머지 소가 쓰러지자 며느
　　　　　 리는 소와 양식을 머리에 이고 걷다가 내려놓았다. 힘에 부친 소가 가다가
　　　　　 멈추자, 며느리가 "이랴?" 하고 물었다. 그러자 며느리의 머리에 이켜서 가고
　　　　　 싶지 않았던 소가 다시 걷기 시작했다. 그때부터 소는 "이랴~"라는 말에 간
　　　　　 다고 한다.

　부잣집이 아주 옛날에 부잣집이 며느리가 들어왔는데. 아주 곳간에다가
쌀, 머슴이니까 인제 이게 뭐 쌀, 땅 남췄다가 들이면 그냥 곡식 많이 들
여오는 거 있잖아 인제 그 이 인제 땅을 줘서? 그랬는데 머슴을 많이 뒀
는데 그 인제 쌀가마를 다 들여놔야 하는데 머슴들이 기운이 없어 가지구
한 가마 갖고 찔찔 매드래. 그래서 그 집 며느리가,

　"에유, 다 저리 가라."고.

　그래서 그 며느리가 인제 관공서에 다 소문이 났대 그게. 그래서 그거
를 며느리가 쌀가마를 그냥 척척척척 들여 쌓대, 광에다가. 그랬드니 그
게 소문이 나니까 시아버지가, 잡으러 온다고 소문이 나니까. 그냥 그 삼
년이래나 뭐 몇 년 먹을 거를 소에다가 잔뜩 실려 가지구 아주 산골로 보
냈대요 인제.

　(청중 : 살릴라고 그랬나 보지.)

　살릴라구. 붙잡아 간다고 그러니까. 그래서 인제 며느리를 기냥 소에다
가 몇 년 먹을 걸 잔뜩 실려서 산골로 보냈는데. 가다가 이 소가 힘이 들
어서 벌떡 자빠지더래. 그 소가, 소가

"이려" 그러잖아요?

"이랴"

　그러면 가고 또 안 가면

"이랴"

그러면 가고 그러잖아? 그러니까. 인제 그 소를 인제 가다가 인제 머리가 배기니까 까꾸로 엎어서 짐 채 소 채 그 기운 장사 며느리가 이고 가다가 내려놨대, 힘들어서. 그랬더니 인제 또 또 소가 인제 또 안 가면은 또 "이랴?" 하면 또 가고. 또 안 가면 "이랴?" 하면 가고 그래서.

(청중 : 소는 이랴 그래야 돼.)

그래서 이랴 그러는 거래요.

행전이 날아가 떨어진 곳에 쓴 묘

자료코드 : 03_11_FOT_20110320_KDH_JUC_0001
조사장소 : 강원도 철원군 서면 와수7리 신원아파트 장우춘 댁
조사일시 : 2011.3.20
조 사 자 : 강등학, 이영식, 박은영, 이창현
제 보 자 : 장우춘, 남, 80세
구연상황 : 와수2리 장원집의 집에서 조사를 하던 중 장원집의 조상인 중기공의 묏자리에 관한 이야기를 듣게 되었다. 장원집이 자신의 삼촌인 장우춘이 그에 관한 이야기를 더 잘 알고 있을 것이라고 소개하여 장우춘의 집을 찾았다. 중기공은 장우춘의 17대 선조라고 했다.
줄 거 리 : 향교를 짓기 위해 중기공 산소를 이전하라는 나라의 지시가 있어 묏자리를 팠더니 중기공의 시신이 용이 되어 하늘로 올라가다 행전이 발톱에 끼어 올라가지 못했다. 그 행전이 날아가서 떨어진 자리를 현재의 묏자리로 삼았다.

중기공 산소가 원래는 금하 향교자리 거기 있었는데 나라에서 뭐 향꼴 짓는다고 이걸 파내라고 그런 모양이에요. 그래서 이걸 파낼라고 그러는데 꿈에 대고 선몽을 해서 메칠만 참아 달라고 며칠만 참아 달라고 그래

서. 대구 미루어서 인제 나중엔 더 미룰 수가 없어서 인제 팠는데, 파자마 자 긴제 그걸 시체가 용이 돼 가지구 날라 올라가는데, 명주 행전이 발톱 에 걸려서 못 올라가구 이 행전이 날라가서 이 생창리 반달산이래는데 와 떨어졌어요. 그래서 거기다 갖다가 쓴 것이 우리 중기공 할아버지 그 산 소예요.

다른 고개 보가 생긴 내력

자료코드 : 03_11_FOT_20110320_KDH_JUC_0002
조사장소 : 강원도 철원군 서면 와수7리 신원아파트 장우춘 댁
조사일시 : 2011.3.20
조 사 자 : 강등학, 이영식, 박은영, 이창현
제 보 자 : 장우춘, 남, 80세
구연상황 : 와수2리 장원집의 집에서 조사를 하던 중 장원집의 조상인 중기공의 묏자리
　　　　　 에 관한 이야기를 듣게 되었다. 장원집이 자신의 삼촌인 장우춘이 그에 관한
　　　　　 이야기를 더 잘 알고 있을 것이라고 소개하여 장우춘의 집을 찾았다. 중기공
　　　　　 은 장우춘의 17대 선조라고 했다.
줄 거 리 : 철원에서 장씨 가문이 번성해서 사병을 키우고 있는데 하루는 암행어사가 내
　　　　　 려와 무엇을 하고 있는 것인지를 물었다. 사병들은 보를 만들기 위해 사람들
　　　　　 이 모인 것이라며 둘러대어 당시 만든 보가 다른고개라 한다.

　십진벌은 거기서 장씨네가 인제 한창 번성해 가지구 군사훈련을 한 모 냥이에요, 거기서. 그런데 나라에서 인제 그 암행어사가 내려왔는지 내려 와 가지구,

　"뭘 허는 사람들이 이렇게 많이 맸느냐?" 하니깐.

　"우리는 보를 내려 왔습니다." 하구선,

　흙을 한 줌씩 이렇게 파서 던진 것이 다른고개라는 보가 있어요. 그리 물줄길 터서 보가 됐대는 거지.

의좋은 형제

자료코드 : 03_11_FOT_20110318_KDH_JOH_0001
조사장소 : 강원도 철원군 서면 자등6리 1779번지 주홍집 댁
조사일시 : 2011.3.18
조 사 자 : 강등학, 이영식, 박은영, 이창현
제 보 자 : 조옥희, 여, 77세
구연상황 : 조옥희의 언니로부터 '의좋은 형제'에 관한 이야기를 조사할 수 있었다. 하
여, 조옥희에게도 '의좋은 형제'에 관한 이야기를 아느냐는 질문을 던지게 되
었다. 조사자의 질문에 조옥희는 망설임 없이 이 이야기를 해 주었다.
줄 거 리 : 옛날 의좋은 형제가 살았다. 형은 결혼한 동생을 위해 밤마다 벼를 몰래 동
생의 논에 가져다 놓았다. 동생은 형의 처지를 이해하여 밤마다 형의 논에
벼를 가져다 놓았다. 하루는 그 둘이 마주쳐 서로의 형제애를 확인할 수 있
었다.

그게는 뭐 옛날에 형제가 살았, 철원에서 형제가 살았는데 동생을 살림
을 냈는데 형이 인제 마누라가 인제 논을 이렇게 노나 줬는데, 그 동생이
새로 살림 났으니까 어려우니까 형이 인제 베(벼)를 밤에 인제 몇 단 져다
가 동생의 논에다 갖다가 부어 주니까는, 또 동생은 형이 더 잘 살아야지
그러면서 또 밤에 나와서 또 동생은 되려 형의 논에다 갖다가 저의 논 베
를 인제 갖다가 져다가 거기다 이렇게. 서로 그래다가 인제 밤에 서로 전
할려다가 만났대. 만나 가지고서는,

"아 너는 왜 베를 전하느냐"

"형은 왜 벼를 져날라?"

"너 새로 살림 나서 어려와서 조금 더 보태 줄라고 그런다."

그러니까 동생은 또,

"아이 형은 식구두 많고 부모님 모시고 어려운데 형을 더 줘야지 그래
서 그런다고." 그래서

"야 그럼 우리가 형제냐."

이랬, 그래 안고 그랬다 그런 얘기를 하더라구요.

(조사자 : 철원에서?)

네.

아내의 말을 무시해서 삼 년 만에 망한 궁예

자료코드 : 03_11_FOT_20110318_KDH_JOH_0002
조사장소 : 강원도 철원군 서면 자등6리 1779번지 주홍집 댁
조사일시 : 2011.3.18
조 사 자 : 강등학, 이영식, 박은영, 이창현
제 보 자 : 조옥희, 여, 77세
구연상황 : 민요와 설화조사의 의의에 대한 이야기를 나누던 중, 조옥희가 궁예 이야기를 아느냐며 자발적으로 구연을 해 주었다. 철원은 궁예 이야기가 유명하다고 했다.
줄 거 리 : 궁예가 도읍을 정할 때, 그의 아내가 금학산에 터를 잡으면 삼천년을 갈 수 있으나 구암산에 터를 잡으면 삼 년밖에 못 간다는 조언을 했다. 그러나 아내의 말을 무시한 궁예는 구암산에 터를 잡았으며 결국 삼 년 만에 나라가 망했다.

궁예가 이제 들어와 가지고는 금학산, 금학산에다가 저기 자리를 잡으는데 왕터를 짓는데 그 부인이 더 되려 앞일을 더 잘 내다보더래요. 부인이 해는 말이,

"장군님 그 금학산에를 안대를 하면은 삼천년지기구 구암산에다 안대를 허면 삼 년빠이 못 헌다"고 그랬대요.

그래서 아닌 게 아니라 남 남자가 해는 말이,

"여자가 무슨 그런 큰일에 그거를 그렇게 나서서 아내가 그런 얘길 하느냐."고

무 무시고. 그래 가지고는 인제 삼 년 만에 망했잖아요. 그래서 그 우리 친정은 시방 동원동이라고 그러는데 거기를 궁예가 들러왔다고 드른

이라고 그러더라구요. 그러고서는 인제 그게 삼 년만에 궁예가 망해가민서 울음산에서 울구 운천에 늪이 있잖아요? 늪에서 느끼고 그래 김 그 김성으로 들어갔다 그런 얘길 허드라구요.

도깨비가 만들어 준 만년보

자료코드 : 03_11_FOT_20110318_KDH_JOH_0003
조사장소 : 강원도 철원군 서면 자등6리 1779번지 주홍집 댁
조사일시 : 2011.3.18
조 사 자 : 강등학, 이영식, 박은영, 이창현
제 보 자 : 조옥희, 여, 77세
구연상황 : 저녁 식사를 함께한 후 다시 판을 벌였다. 도깨비 이야기를 아느냐는 질문에 조옥희가 자신의 남편으로부터 들은 이야기라며 구연을 시작했다. 남편이 수백 번도 더 이야기한 까닭에 잘 알고 있다고 했다. 기마웁 정현리의 노동당사 앞 쪽에 그 보가 있다고 한다.
줄 거 리 : 옛날 어떤 사람이 논에 물을 대다가 개를 잡아 주면 만년보를 만들어 주겠노라는 도깨비들이 하는 이야기를 들었다. 집으로 돌아온 그 사람은 자신의 아버지와 이웃 아저씨에게 그 이야기를 전했으나 쓸 데 없는 소리라며 퇴짜를 맞았다. 마지막으로 이웃집 할아버지를 찾아가 그 이야기를 전하며 함께 개를 삶아 바치기로 했다. 개를 삶아 바친 뒤 어느 비 오고 난 다음 날 아침 논에 나가 보았더니 돌로 막아 놓은 튼튼한 보가 만들어져 있었다. 그 보의 이름이 만년보이다.

거기는 도깨비보가 있는데 옛날에 인제 그 우리 영감이 얘기하는데. 이제 보루가 이렇게 내려오는데 보를 막으면 장마가 지면은 인제 그냥 없어지잖아. 만날 논에 물이 들어가야 하는데 인제 개울에 인제 장마만 지면 없어지니깐, 없어지니깐. 개 인제 밤에 물 댈라구 농촌에서는 물을 대면은 밤에도 나가들 대요. 내 논에 물 대기 위해서 밤에 나가, 달밤에 나가 물을 대는데. 달밤에 나가서 그 이웃집 아저씨가 하나 가서 물을 대는데,

아 수풀 속에서 왕장왕장 그러고 떠들더니만.

"어이구 바보같은 새끼들. 저 새끼들은 머리가 바보야. 저 놈의 새끼들은."

"왜 바보니?"

저희끼리 하는 말이더래요.

"왜 바보니?"

"아니 우리한테다 개만 한 마리 잡아 주면 그까짓 것 내가 만년 구찌로 다가 보를 막아 주지. 만날 아 느이 비만 오면 만날 떠내려가 고생을 하냐 이 바보 같은 놈의 새끼들."

이러커드래요. 그래 그게 도깨비가 한 말이야요, 그게.

그래서 인제 그 소리를 들어 가지고는 진짜 진짜 인제 와 가지고는 그 그 아저씨가 듣고 와 가지고는 아버지한테 와서 그러더래요.

"아버지, 아버지!"

"왜 그래?"

"우리요, 개 한 마리 동네서 큰 개 한 마리만 잡아 가지구요 저기 도깨비를 삶어서 주며는요, 저기 보를 백 년 보를 보를 막아준대는데 그게 뭐이 어려워요, 아버지? 그럽시다."

"얘라 이 도깨비에 홀린 놈, 미친놈아." 이러더래요.

그 아들을 보고 하는 말이. 얘라 미친놈 도깨비에 홀린 놈이라고. 그 말이 맞지요. 엉뚱한 소리를 하니까는. 그러니까는 인제 그 아들의 말이 그러니까는 그거를 아들이 우리 아버지는 안 믿으니까는 또 옆에 집에 가 또 그 얘기를 했대요. 또 자꾸만 얘기를 하는 거예요. 또 옆에 집에,

"아저씨, 아저씨!"

"왜 그래?" 이러니까.

"아저씨 저기 개 한 마리만 잡아 가지구 저 저기 뭐야 삶어서 내믄 만년 구찌 보를 막아 준대는데 맨날 장마만 지면 고생을 한다구 그래구 저기서 떠들던대요? 그게 뭐이 어려워요?" 그랬더니,

"애라이 이 미친 놈아 너도 도깨비 놈이로구나."

이렇게 또 그러더래요. 그래니 고만 두 군데나 퇴짜를 맞은 거야. 안되겠어. 또 갔대요. 또 옆에 집에 또. 또 가 가지구 세 집 째 그 진주 할아버지한테 가서,

"할아버지, 할아버지!"

"왜 그러니?" 그러니까.

"할아버지 내 말만 꼭 들으믄요 백년 보를 막을 수 있대요."

"넌 또 무슨 엉뚱한 뚱딴지같은 소리를 허냐?"

그 할아버지는 그렇게 말씀을 하시더래요.

"아니에요 할아버지. 나는 진전한 소리를 들은 소리인데 왜 뚱딴지야요. 뚱딴지는 저 전깃대에 걸린 게 뚱딴지죠."

이러더래는 거야, 할아버지 말씀이. 그 말이 맞어요. 걔 인제 그 얘길 또 그렇게 하니깐.

"그래? 그렇대믄야 그까짓 것 뭐 네 말이 증말 그렇대믄 해 볼만 하다. 그러자야."

"사람 많이 알리면요 안 돼요. 그러면 할아버지하구요, 나하구, 우리 아버지하고 그 내가 얘기헌 사람을 빼놓으면은 그게 탄로가 나면 안 되니깐. 내가 세 군데 가 얘길 했는데 세 사람만 모여 가지구 우리 개 한 마리를 해서 그럭하죠."

"그러자야. 그까짓 겁나냐? 백 년 보를 막는데 그게 대수냐?"

이러더래요, 그 할아버지 말씀. 그래 그 셋이 가서는 깜깜한 밤에 가서는 갯장에다가, 가마 있잖아요? 솥을 걸구서는 장작을 지구 나가 가지구 개를 끌고 나가 끄실러 가지고 거기다 과 가지구는, 갱변에다 이렇게 놔두구서는 가마를 가지구 집으로 들어와서. 아니 그 이튿날 저녁에 나가니깐 안 막았대.

"애라 이놈들, 너 개만 먹고 느이 거짓부렁 하냐? 이 놈 미친놈들. 진짜

도깨비로구나.”

 개 세 마디를 했더니 도깨비 소리 듣기 저, 그짓말 했다는 소리 듣기 싫으니까 우리 진짜 막아주자 그러면서. 어느 날 아주 비가 오고, 왜 비 오면 안개 끼잖아요? 그래 안개 끼니까 그런데. 아 나가서 인제 나가 보니까 안 막았길래 그짓부렁 했다고 그러면서 그래 안개 낀 날 나가 보니까, 거기서 뭐 중중중중중 하더래요. 그래 증말 중중중 하길래 가 보진 않고 집에 들어와서 아침에 날 새 나가 보니깐. 그 돌로다가 다 이렇게 산비탈 비탈인데 연연연연 이렇게 해서 싹 막아 놨더래요. 그래 만년보야요, 그게. 그게 만년보야 진짜.

 (조사자 : 보 이름이?)

 네. 보 이름이 만년보야.

방귀쟁이 며느리

자료코드 : 03_11_FOT_20110318_KDH_JOH_0004
조사장소 : 강원도 철원군 서면 자등6리 1779번지 주홍집 댁
조사일시 : 2011.3.18
조 사 자 : 강등학, 이영식, 박은영, 이창현
제 보 자 : 조옥희, 여, 77세
구연상황 : 저녁 식사를 함께한 후 다시 판을 벌였다. 옛날이야기를 해 달라는 요청에 조옥희가 도깨비 이야기를 해 주었다. 도깨비 이야기 외에 방귀쟁이 며느리 같은 재미있는 옛날이야기를 알면 해줄 것을 청하자 조옥희가 이 이야기를 했다. 이야기를 마친 후 다 뻥이라고 하며 웃었다. 듣고 있던 최명하와 오영자 모두 이 이야기를 알고 있었으며 즐거워했다. 어릴 적 이야기를 하며 배꼽을 잡고 웃었다고 했다.
줄 거 리 : 옛날 한 며느리가 방귀를 뀌지 못해 노랑병이 들었다. 시어머니가 그 이유를 묻고 바람을 뀌어 보라고 하자 며느리는 시아버지에게는 기둥을 붙잡고 서 있고, 시어머니에게는 무쇠솥을 쓰고 있으라고 했다. 며느리의 방귀가 어찌나 센지 무쇠 솥이 깨져 버렸다고 한다.

메누리를 하나 얻었는데요. 메누리가 꼬치꼬치 노랑병이 들어 말르드래요. 그래서 시어머이가,

"너 왜 이렇게 노랑병이 들어 이렇게 말르니?" 이러니까,

"아으 내 인저 내가 바람을 저거를 뀌지 못 해서 그런다고."

"바람을 어떻게 뀌냐?" 그러니까,

"그런 게 있어요."

그러더래요. 그래서 그러면,

"넌 뀌어 봐라." 그러니까는,

"에으 씨 저기 시어머니는 무쇠솥을 뒤집어 쓰고 있고 시아버지는 기둥을 붙잡고 있어야 하는대요?" 그러더래.

"걔 뭔 소리냐?" 이러니까.

"아 글쎄 그렇게 해야 바람을 뀌어요."

그러더래. 그래서 아닌게 아니라 시아버이는 기둥을 붙잡고 있고 시어머이는 가마솥을 뒤집어 쓰고 있는데 얼마나 뀌었는지 가마솥이 탁 터졌대. 그래 그런 얘기들도 하더라고.

떡함지로 호랑이를 이긴 엄마

자료코드 : 03_11_FOT_20110318_KDH_JOH_0005
조사장소 : 강원도 철원군 서면 자등6리 1779번지 주홍집 댁
조사일시 : 2011.3.18
조 사 자 : 강등학, 이영식, 박은영, 이창현
제 보 자 : 조옥희, 여, 77세
구연상황 : 옛날이야기를 해 달라는 조사자의 요청에 조옥희가 도깨비 이야기와 방귀쟁이 며느리 이야기를 해 주었다. '떡 하나 주면 안 잡아먹지'와 같은 이야기를 아느냐고 묻자 이 이야기를 해 주었다. 호랑이 이마에 임금 왕자가 새겨진 것이 떡함지에 머리가 깨져 생긴 것이라는 이야기를 뒤에 덧붙였다.

줄 거 리 : 옛날 떡을 팔아 혼자서 남매를 키우는 아주머니가 있었다. 시장에 가기 위해 떡함지를 이고 고개를 넘다 보면 호랑이 한 마리가 나타난 떡을 뺏어 먹고는 하였다. 견디다 못한 이 아주머니가 하루는 호랑이를 떡함지로 후려쳐 죽여 버렸다.

혼자 사는 할머, 아주머니가 인제 홀로 과부가 됐는데. 떡장사를 날마다 해야만 살았, 아들 하나 있는 거 딸 하나 있는 거를 멕여 살리니까. 개고개 넘어 가는데, 고개를 넘어 가서 시장을 가야 하는데 고개를 넘어 갈래니까는 만날 떡을 해 뒤잡어 이고 인제 아마 갔었나 봐요, 고개를 넘어 갔었나 봐요. 그래 가믄 거기서 호랭이가 나와 가지구는 만날 으르릉 으르릉 그러더래요.

"떡 하나 주께 안 잡어 먹으께. 떡 하나 주께 너 안 잡아 먹으께."

해 달라고 그러. 그래서 그거를 떡을 주구 주구 하니까 이 눔의 호랭이가 재미가 나서 만날 갈 적마다 나오더래는 거예요. 그 호랭이가. 그러 그 다음에는 그냥,

"그 호랭이를 너 이 눔을 내가 읎애 버려야지 떡, 떡장사를 해야겠지 네가 있으믄 내가 떡장사도, 우리 자식 굶어 죽이겠다"고.

호랑이하고 씨름을 해 가지구 호랑이를 그냥 떡함지로다가 그냥 후려 쳤더니마는 떡함지가 인저 쩍 벌어지면서 호랭이두 대가리가 벌어졌다 그런 전설도 있더라구요.

수숫대가 붉은 이유

자료코드 : 03_11_FOT_20110318_KDH_JOH_0006
조사장소 : 강원도 철원군 서면 자등6리 1779번지 주홍집 댁
조사일시 : 2011.3.18
조 사 자 : 강등학, 이영식, 박은영, 이창현
제 보 자 : 조옥희, 여, 77세

구연상황 : 떡함지로 호랑이를 때려서 이긴 엄마의 이야기를 마친 후, 조사자가 '수숫대에 가 붉은 이유'에 대한 이야기를 아느냐고 묻자 최명하가 그것은 도깨비 피라고 했다. 그러자 조옥희가 호랑이 피라며 이 이야기를 해 주었다. 어릴 적물레질 하는 할머니를 졸라 들었던 이야기라고 했다.

줄 거 리 : 옛날 부모를 잃은 오누이가 큰집에 얹혀서 살았다. 늘 배가 고파 달을 보며한탄을 했는데, 하루는 하늘에서 새 동아줄과 썩은 동아줄 두 개가 내려와오누이는 새 동아줄을 타고 하늘로 올라갔다. 그것을 지켜본 호랑이가 썩은동아줄을 타고 따라 올라가다 수숫대 위로 떨어졌다. 수숫대에 호랑이 피가묻어서 빨갛게 되었다고 한다.

두 형제가 인제 오누이가 인제 누나하고 머슴애하고 인제 둘이 살았는데, 엄마 아버지가 다 인제 옛날에 열병 있잖아? 게서 돌아가셨대요.

(조사자 : 아, 예, 열병으로.)

네. 열병을 해 돌아가시고서는 인제 저기 저 큰집에 가서 그 두 형제가사는데. 만날 인제 큰집이두 어려우니까 배 고플 거 아니에요? 그래서 달밤에 나가서 만날 그냥 아이 뭐 뭐야,

"배 고픈데 내가 배 고픈 걸 언제나 면하느냐?"

그러고 달님 보고 맨날 그렇게 한탄을 했대요. 그랬더니마는 그 저 하늘에서 줄이 내려오더래요. 줄이 두 줄이 내려오는데 하나는 썩은 동아줄이고 한 동아줄은 안 썩은 동아줄이더래요. 그래서 저기 그 하늘에서 줄이 두 개가 내려오더니,

"야 너네들 살려면 산 동아줄을 타고 죽을래면 썩은 썩은 저 동아줄을타라." 그러더래요.

하늘에서 인제 공중에서 그런 얘기가 나왔겠죠. 그래서 그냥 저기 산동아줄을 썩지 않은 동아줄을 개네들은 타고 둘이 올라갈 거 아니에요?그니 올라가니까 호랭이가 나오더니, 아함 그러면서,

"야 느이 잡아먹을라고 그랬더니 느이들이 동아줄 타고 올라가는구나."그랬더니,

"느네들은, 너는 그럼 썩은 동아줄 타고 올라 오거라." 그러더래요.

썩은 동아줄을 그래 인제 호랭이는 타고 올라가다가 그 썩은 동아줄이니까 뚝 끊겨졌죠. 게 수수깡을 이렇게 비면은 뽀족하게 되는데 거기메 인제 궁뎅이가 찔러 가주구 그게 수수깡 피래요.

한 발 두 발 삼백 발

자료코드 : 03_11_FOT_20110318_KDH_CMH_0001
조사장소 : 강원도 철원군 서면 자등6리 1779번지 주홍집 댁
조사일시 : 2011.3.18
조 사 자 : 강등학, 이영식, 박은영, 이창현
제 보 자 : 최명하, 여, 76세
구연상황 : 민요에 대한 조사를 마친 후 제보자들과 저녁 식사를 함께 했다. 저녁을 먹은 후에는 설화에 대한 조사로 판을 벌였다. 조옥희가 여러 편의 설화를 구연해 주었다. 민요 구연 시 주도적인 역할을 하던 최명하는 내내 조옥희의 이야기를 주로 듣기만 했다. 그러다 자신도 들은 이야기라며 이 이야기를 구연해 주었다. 이야기를 다 듣고 난 뒤 조옥희가 사또가 낸 질문에 관한 이야기를 덧붙였다. 사또가 "연못에 물이 몇 잔이냐?"라고 묻자 바보 아들이 "단잔이요"라고 대답했다고 한다. "왜 단잔이냐?"라고 묻자, "그럼 당신이 되 보았소?"라고 되물어 맞추었다고 한다. 또 "저 건너 산에 소나무가 몇 만 주냐?"라고 묻자, 바보 아들이 "만 주냐"라고 답했다고 한다. "왜 만 주냐?"고 묻자, "그럼 당신은 세어 보았느냐?"라고 하여 문제를 맞추었다. 마지막으로 "너 머리의 머리카락이 모두 몇 댓냥이냐?"라고 묻자, 바보 아들이 "댓냥이다."라고 하며 "당신은 머리 깎아 달아봤소?" 하여 사또가 낸 세 가지 문제를 모두 맞추었다고 한다.
줄 거 리 : 옛날 어떤 바보 같은 아들이 있었다. 게으름을 피우며 지내던 중 새끼 서 발만 들고 집에서 쫓겨나게 되었다. 아들은 그 새끼를 물동이 하나와 바꾸고, 물동이를 삼베자루와 쌀 한 말과 바꾸었다. 삼베자루와 쌀 한 말을 죽은 말과 바꾸고 죽은 말을 다시 산 말과 바꾸게 된다. 산 말을 죽은 처녀와 바꾸고 죽은 처녀를 산 처녀와 바꾸어 결혼까지 하게 된다. 고을 사또와 내기를 하여 이긴 아들은 논 열다섯 마지기까지 얻게 되어 예쁜 색시와 함께 금의환향

하게 된다.

　그 전에 두 내우가 사는데요. 아주 무척 어렵게 살았대요. 근데 아들을 하나 낳어요. 근데 이 눔의 아들이 기냥 열 살이 먹어도 아랫목에서 밥 먹구 웃목에 가 똥 싸고 아랫목에서 밥 먹구 웃목에 가 똥 싸고 그러는 거야. 그러니까 엄마가 방아품을 팔어서. 방아라고 아시죠? 발방아. 그 품을 팔으면은 인제 그걸 갖다가 밥두 해구 죽두 쑤어서 주는데, 맨날 이 눔의 새끼가 그러커는 거야. 그 맘 때면 나가서 뭐라도 해 와야 하잖아. 낭구라도 해 와야 하잖아요? 그러니깐 엄마가,

　"네가 그렇게 살려거든 일찌감치 죽어라. 난 너 벌어 먹이기가 힘들다."

　그렇게 살다가 아부지는 저 세상을 뜨고 엄마 혼자서 과부 엄마 혼자가 길르는데. 하루는 비가 죽죽이 오는데 그러더래.

　"엄마 나 이짚 한 단만 얻어 달라." 그러더래.

　짚, 이짚 아시죠? 이짚 한 단만 은어다 달라 그러더래. 그래서 아이구 그게 무척 대견하고 기특하더래. 똥만 싸던 게. 게서 이짚을 한 단 갖다 주니까, 방아품을 팔아 가지구 인제 저녁을 할라구 오니깐 새끼 서 발을 꽈 놓구서는 그걸 실 지 몰라 가지구,

　"한 발 두 발 삼백 발. 한 발 두 발 삼백 발."

　그래서 이 눔이 새끼를 엄청 많이 꽜나 보다 그랬대. 게 들여다 보니깐 새끼 서 발을 꽈 놓고 실 지 몰라 가지구, 그저 한 발 두 발 삼백 발 그거 밖에 모르더래. 그래서 화가 나 가지고,

　"이 놈의 새끼. 너 이거 가지고 밥 은어 처먹으러 나가라."고 내쫓은 거야.

　그런다고 나가랜다고 나갔어 얘가. 새끼 서 발을 꿍쳐 가지고 인저 가면서 신세 한탄을 한 거야.

"내가 우리 엄마 뱃속에서 바보가 돼서 나와 가지구 난, 난 쫓겨나서 인제 쫓겨가는데 어드루 가나."

하고 가다 보니까, 고개를 넘어 가다 보니까. 그 전에 걸어 다녔잖아요? 옹기 장사가 옹기를 한 짐 지고 넘어 오드래요. 근데 짐이 말따나 이게 새끼가 썩었는지 어쨌는지 이게 뭐 옹기가 붙잡아 매야 되는데 끄나풀이 모자라는 거야, 지게 꼬리가. 그래 이렇게 뒷짐을 짚고서 넘어 가는데.

"너 그게 가진 게 뭐냐?"

"새꾸락지예요."

"그럼 내가 동이 하나를 줄 테니까 그 새끼 서 발을 나를 줄래?"

그러니까, 컸잖아 벌써. 새끼 서 발이 동이 하나가 됐으니까 큰 거에요. 게서 인제,

"아 그러시라."고.

게 인제 동이 하나를 가지구 어디쯤 가다 보니까 동네가 큰 잔치가 났는데, 거기 가서 물을 좀 읃어 먹어야 되는데 이 바보같은 게, 저도 바본 줄 알았나봐. 근데 아주 이쁜 아가씨가 물동일 이고 나오더래요. 그 전에 이거 바가지로 펐잖아요? 기 물을 이렇게 긷다가 길어 가주구 어떻게 하다가 물동일 탈싹 깬 거야. 시집살이가 여간 심했수, 그 전엔? 아이 큰일 나서 쭐쭐 울고 앉았는 거야. 동이는 옆에다 이렇게 갖다 감치고, 풀수풍에다. 그르니까는,

"왜 그렇게 아가씨는 울어요?" 그러니까.

"아유 난 집에 들어가면 오늘 쫓겨난다구. 물동이를 깨뜨렸으니까 시집살이가 얼마나 심허겠냐구 그래서 난 큰 걱정이다."

그러니까, 그러면,

"나한테 동이가 있다." 그러니까,

그러면 자기한테 팔라 그러더래, 새닥이. 그래서,

"얼마나 줄 거냐?"

그러니깐, 삼베 자루 하나에다가 쌀 한 말 준다 그러더래. 그러면 동이 하나가 삼베 자루가 하나지 쌀이 한 말이면 얼마나 뿔었냐구 그지? 게서 그 놈의 걸 해서 걸머지고는 인제 어디쯤을 가는데. 아 이 놈의 거 말이 죽었다고 기냥 말을 갖다가 묻어야 한대요, 지금 소 묻듯이. 그러니까 이게 또,

"여보 여보 뭘 그렇게 끌고 가우?" 그러니까.

"아 죽은 말을 끌어다 묻으려는데 왜 참견허냐."

고 야단치더래. 그래서,

"그 죽은 말을 날을 주세요. 내가 쌀 한 말에 이거 자루까지 끼어서 줄 테니까 달라."

고 그러니까 얼른 주더래요. 게서 이놈의 죽은 말을 해서 걸머지고는 가다 보니깐 저물어서 어두웠어. 그러니까 말들이 많이 매 논 집이 있잖아요, 그 전에는? 게서 말은 서서 잔대네 꼭. 그건 알아들었나 봐. 그래서 말을 갖다가 인제, 죽은 말을 갖다가 뻐팅겨서 인제 거기다 넣구서는, 말 길르는 데다가 마굿간에다 매구선 쥔장을 찾아 갖고,

"하룻저녁 자고 가자."고 그러니깐.

"잘 데 없다." 그러니깐.

"마굿간에서 좀 자고 가자고 말허구 같이 자면 어떠냐."고 그러니깐,

"미친 놈 다 보겠네. 그럼 거기서 잘람 자고 맘대로 해라."

꼬라지가 바보 같으니까 그랬나 봐. 그러자 이 놈으 거기서 자는 체 하다가 지 죽은 말을 기냥 거다가 펼쳐 놓은 거야. 아 이게 바보 같은 게 아침에 일어나더니 말이 받아서 우리 이 말을 죽였으니까 산 말을 내놓으래는 거야. 그래 갖구선 떼를 막 써 가지구서는 가지 않구 아주 그냥 떼를 쓰니 어떻허우? 그래서 산 말을 하나 줬대요. 게서 인제 마기 노릇을 하면서 산 말을 끌구서 가는 거야. 어디쯤 또 갔어. 어디쯤 가다 보니깐 아주 기냥 뭐 잔치를 허구 뭐 난리가 났더래. 게서,

'에이 내가 인제 이왕 인제 내가 인제 이렇게 거리로 나서게 된 거니까 내 이거 이 눔의 거 내 산 말을 가지구서네 저길 한 번 가봐야 되겠다.'

게 가는데 아주 뭐 또 색시가 죽었다고 난리가 났더래. 결혼식을 인제 해야 되는데, 결혼식할 색시가 죽었다고 그러더래요. 게서,

'아 조걸 어떻게 죽은 색시허고 저 산 말학 어떻게 바꾸나?' 인제 그렇게 생각은 헌 거야. 근데 이제 그 옛날에는요 기냥 이렇게 하면은 쥔은 몰르고 처녀가 이렇게 하면은 그냥 그 막 갖다 묻는 사람들 보고 뭐라 그래요? 하인들 마냥 그 사람들이 갖다 묻잖아요? 게 쫓아가 가지구,

"여보 여보 그거 파묻지 말구 나 그 죽은 색시를 나를 주기요. 내가 이 산 말을 줄 테니까."

"쥔이 알으면 어떻게 하나?"니까,

"아 주인이 왜 아느냐."고 "외딴 데서 이카는데 날 달라구."

그러니까 얼른 주지, 그 사람들 파묻기두 싫은데. 산 말하고 죽은 색시하고 바꾼 거예요. 게서 인제 죽은 색시를 게 또 어떻게 뭣에다 말아 가지구 걸머지구 어디쯤 가드래긴, 잔치를 헌다고 난리가 났더래. 게서 저 놈의 산 색시를 하나 바꿔야 되는데 죽은 색시허구 산 색시허구 하나 바꿔야 되는데, 어떻게 바꾸나 인제 생각을 했어. 근데 이렇게 우물에 바가지로 물을 푸는 데다가 갖다가 엎어 논 거예요, 거기다가. 물 먹는 식으루. 그러니까는 하 그날 잔치 허느라구 물동이 이구 여간 나와? 그니깐,

"아 이게 어떤 년이 물 퍼먹든지 허지 이게 어디다 엎드려서 물을 먹는다."

구 발길로 확 차니까 뻣뻣하니까 물속으로 쑥 빠진 거야. 바가지 우물인데. 그러니까 이 눔이 그냥 거기 가 가지구 산 색시 내놓으라고, 내 멀쩡헌 색시 죽였으니까 내놓라 그러구 바본 체허구 띠굴띠굴 구르며 사흘을 안 가니 그걸 어떻게 허우? 그래서 그냥 딸이 뭐 넷인가 되는 데서 하나 줬대요, 헐 수 없이. 그러니까 장가를 아주 잘 간 거야. 그러니까 읎는

그지 놈 같으니까 거기서 잔치를 해서 준 거예요. 그러니까 저는 죽은 색시에다 인저 아주 장개를 잘 갔어. 가 가지구 어디 가 잘 데나 있어? 방앗간 있잖아요, 발방앗간? 거 가서 인저 인저 대가리에 이는 많고 그러니까 머리에 이는 많고 그러니까 색시 보구선, 그래두 친정이 단단하니까 밥 끓여 먹을 건 줬나봐. 이를 잡고 앉았는데. 그 사또 있잖아요? 왜 이렇게 지내댕기는 그 뭐 텔레비에 나오는 사또. 동네 이게 뭐 어떻게 돌아가나,

(조사자 : 암행어사?)

네, 암행어산지 뭔지. 지나가다 보니깐 야 저 놈이 저거 참 이쁜 색시 헌테다가 이렇게 무릎을 베키고 이를 잽히거덩?

'저런 놈도 그래 방앗간에서 이쁜 색시헌테 저렇게 사랑을 허구 머리에 이를 잡으라 그러고 그러는데 이거 나는 뭐 만날 이런 짓이나 하러 댕기나.' 허구.

'내 저 놈을 한 번 가서 말을 건너 봐야 되겠다.'

그러구 인자 방앗간을 찾아 들어가니깐요, 색시는 똑똑하고 그러니깐 막 정신이 번쩍 나는 거예요. 그럼서,

"어떻게 여길 오셨나?" 그러니깐,

"아 나 지내가다가 이렇게 들렀는데 내 좀 뭐 물어 볼 게 있다."고

그러니까 신랑이 일어나더래. 대가리는 똑 깨주저리 해 가지고 일어나더래. 게서,

"당신은 꼭 생긴 걸 보니까 별루 저건데 어떻게 저렇게 이쁜 색시허구 장개를 갔수?" 허니까,

"하이구 나도 그것두 재주지. 내가 장개를 잘 간 게." 이러더래요.

게서 내기를 했대요.

"내가, 내가 허는 내기를 당신이 몰르면은"

그지니까 남짝 내다본 거예요.

"내가 허는 걸 몰르면은 저기 재산을 준다." 그랬어 인제.

그 뭐 암행어산지 뭐 사뚠지. 그러구선 그러면, 내가 허는 거를 몰르면 색시를 내놓으래는 거야, 지가. 그러니까 그런다 그러더래요, 서슴없이. 걱정 말라고 그러더래. 그니깐,

"그러면 사또가 먼저 허시우."

"아유 그 체면상에 내가 먼저 허겠냐. 네가 먼저 해라."

그러더래. 그래서 지가 먼저 했대.

"내가 헌다구."

그러니까 이 놈은 지가 엮, 지가 젂은 내려온 얘기를 다 허는 거여. 뭐 몇 살 먹두룩 뭐 아랫묵에서 밥 먹구 웃목에 가서 똥 싸구 짚 한 도매에 새끼 서 발 꽈 가지구 나오다가 물동이 하나에다가, 동이 하나에다가 베주머니 하나에 쌀 한 말. 또 그거 가주구 인저 뭐 뭐라 그랬어? 색시. 죽은 색시 하나에다 산 색시 하나. 그건 말로 바꾼 거잖아 그지? 말루다가 인제 그 얘길 헌거여. 뭐 말을 하나 죽은 거 갖다 묻는데다가 베자루 하나에다가 쌀 한 말을 이렇게 바꿔 가주고 산 말 하나에다, 죽은 말 하나에다 산 말 하나에. 그렇게 지가 살아온 얘기를 다 헌 거야. 하나도 안 빼먹고. 아 이 놈의 사또가 알 수가 있어야지. 죽은 색시에 산 색시에 뭐 그걸 으뜷게 아냐고. 그래 가지구 꼼짝 못 하구선 논 뭐 열다섯 마지기를 그냥 뺏겼대요.

(조사자 : 음, 열다섯 마지기를.)

네. 지가 그 젂은 내려온 걸 다 얘기하더래. 그래 갖구 그 바보같애두 업신여기지 말라 그랬어요. 그래 가지구 장개를 잘 들어 가지구 엄마한텔 갔대. 찾아서 가니까, 아주 뭐 진짜 장개 잘 들었지, 부자 됐지 이래 갖고 들어가니까 엄마는 하두 눈물 콧물을 흘려 가지구, 눈물 콧물이 흘러 가지구 눈물하고 코하고 합질러 돼 가지구 지팽이를 짚고 댕기더래. 코, 코 흘린 걸루다.

산염불 / 가창유희요

자료코드 : 03_11_FOS_20110220_KDH_KEM_0001
조사장소 : 강원도 철원군 서면 와수5리 와수로 367번길 김응모 댁
조사일시 : 2011.2.20
조 사 자 : 강등학, 이영식, 박은영, 이창현
제 보 자 : 김응모, 남, 93세
구연상황 : 김응모가 황해도 황주 태생이라는 말을 듣고 조사자가 고향에서 부르던 노
　　　　　래를 기억하는 바가 있으면 불러 줄 것을 청했다. 숨이 차서 부르기 힘들다고
　　　　　하며 산염불을 불러 주겠노라고 했다. 이 노래는 황해도 사람이면 누구나 부
　　　　　를 줄 아는 노래로서 원래 긴 춤을 출 때 부르던 노래이나 일할 때도 많이 부
　　　　　른다고 했다. 일하다가 쉴 때 호미 들고 춤을 추며 부르곤 했다고 한다.

　　아~ 산도 섧구 물도 설은데
　　어느뉘기 바라고 내가 여기왔나
　　에헤~ 헤~옳다 에헤야 염불이라~

골골 타령 / 가창유희요

자료코드 : 03_11_FOS_20110220_KDH_KEM_0002
조사장소 : 강원도 철원군 서면 와수5리 와수로 367번길 김응모 댁
조사일시 : 2011.2.20
조 사 자 : 강등학, 이영식, 박은영, 이창현
제 보 자 : 김응모, 남, 93세
구연상황 : 황해도에서는 모심거나 논매면서 부르던 소리가 따로 있지 않았으나 철원에
　　　　　왔더니 소리가 따로 있어 배우려고 했으나 음보가 맞지 않아 배울 수가 없었
　　　　　다고 한다. 배우기 위해 기록까지 해 놓았다며 그것을 조사자에게 보여 주기
　　　　　도 했다. 이 노래는 어떤 사람이 달구지를 끌고 가며 '골골 타령'이라고 부르

는 것을 듣고 받아 적었다가 김응모가 사설을 더 길게 넣어 만든 노래라고 한다. 강원도 고을의 지명이 들어간 노래라 '골골 타령'이라고 하며 그 중 일부만 구연해 주었다.

남천서천 건너달아
이리오니 이천이요
건봉산이 불고하니
이골저골 안엽이라
군막산이 첩첩하니
차원비원에 철원이요
양양묵묵 장승하니
태평성세 평강이라

쇠뿔 같은 괭이를 들고 / 밭 일구는 소리

자료코드 : 03_11_FOS_20110220_KDH_KEM_0003
조사장소 : 강원도 철원군 서면 와수5리 와수로 367번길 김응모 댁
조사일시 : 2011.2.20
조 사 자 : 강등학, 이영식, 박은영, 이창현
제 보 자 : 김응모, 남, 93세
구연상황 : 김응모가 황해도 황주에서 와수리로 피난을 왔을 때 대부분의 사람들은 화전 밭을 일구어 농사를 지었다고 한다. 조사자가 화전밭을 일구면서 부르던 노래가 있지 않았느냐고 묻자 당시 괭이질을 하면서 부르던 노래라며 이 노래를 불러 주었다. 후렴은 조사자가 받았다. 후렴이 특이하여 이 당시 와수리 사람들이 기존에 부르던 노래였는지를 질문하자 김응모는 자신이 만든 노래라고 했다.

쇠뿔같은 괭이를들고
쇠뿔같은 괭이를들고

화전밭을 파올적에

쇠뿔같은 괭이를들고

오늘은 여기서파고

쇠뿔같은 괭이를들고

내일은 저기서파고

쇠뿔같은 괭이를들고

올려파고 내려팔때

쇠뿔같은 괭이를들고

이골짜기도 다파놓고

쇠뿔같은 괭이를들고

저골짜기도 다팔적에

쇠뿔같은 괭이를들고

이렇게 죽 나가는 거지.

메나리 / 밭 매는 소리

자료코드 : 03_11_FOS_20110220_KDH_KEM_0004
조사장소 : 강원도 철원군 서면 와수5리 와수로 367번길 김응모 댁
조사일시 : 2011.2.20
조 사 자 : 강등학, 이영식, 박은영, 이창현
제 보 자 : 김응모, 남, 93세
구연상황 : 김응모가 메나리를 제보한 기록을 보고 메나리를 불러 줄 것을 청하자 사설
을 기록해 놓은 자료를 보여 주었다. 남성과 여성이 번갈아 가며 부르던 형
식이었음을 알려 주며 소리를 해 주었다. 밭을 슬슬 매면서 부르던 노래라고
한다.

메나리는 간다마는 밭을친구가 전혀없네

이제 그러면,

받기는 내가받을테니 연습조로만 메겨주게

이랴 소리 / 밭가는 소리

자료코드 : 03_11_FOS_20110220_KDH_KEM_0005
조사장소 : 강원도 철원군 서면 와수5리 와수로 367번길 김응모 댁
조사일시 : 2011.2.20
조 사 자 : 강등학, 이영식, 박은영, 이창현
제 보 자 : 김응모, 남, 93세
구연상황 : 밭을 갈면서 부르던 소리를 해 달라는 조사자의 요청에 김응모는 자신은 밭
을 갈지 않아 잘 모른다고 했다. 재차 불러 줄 것을 청하자 소리를 해 주었다.

이라 어데로 가느냐
앞을 보고 잘 가거라
저게 등글이(등걸) 있다 등글이구두 채울라
앞을 보고 잘 가거라
이라 이 놈의 소들 어디로 가 이리로 가지
마라 마라 마라
외나 외나

콩씨 소리 / 콩 심는 소리

자료코드 : 03_11_FOS_20110220_KDH_KEM_0006
조사장소 : 강원도 철원군 서면 와수5리 와수로 367번길 김응모 댁
조사일시 : 2011.2.20
조 사 자 : 강등학, 이영식, 박은영, 이창현

제 보 자 : 김응모, 남, 93세

구연상황 : '하나 소리'나 '덩어리 소리'를 불러 줄 것을 청했으나 김응모는 잘 모른다고 구연해 줄 것을 꺼렸다. 김응모가 기존에 제보했던 자료를 바탕으로 질문을 했으나 잘 기억이 나지 않는다고 했다. 콩 심으며 부르던 소리를 제보한 기록이 있어 다시 불러 줄 것을 청하자 기억이 잘 나지 않는다며 일부분만 구연해 주었다. 콩을 심으면서 부르던 노래였냐고 재차 질문을 하자 실제 했는지는 잘 모르겠으며 민속경연대회에서 부른 노래라고 했다.

어떤콩씨를 심었더냐

울깃불깃 대추콩이요

알룩달룩 가치콩이요

뭐 이렇게.

강원도 이리랑 / 가창유희요

자료코드 : 03_11_FOS_20110220_KDH_KEM_0007

조사장소 : 강원도 철원군 서면 와수5리 와수로 367번길 김응모 댁

조사일시 : 2011.2.20

조 사 자 : 강등학, 이영식, 박은영, 이창현

제 보 자 : 김응모, 남, 93세

구연상황 : '강원도 아리랑'을 불러 달라고 청하자 그 노래 못 하는 사람이 어디 있겠느냐며 불러 줄 것을 꺼렸다. 다시 여러 번 청하자 청이 좋지 않다며 망설이다 불러 주었다.

아리 아리랑 아라리 요

아리랑 고개고개로 나를넘겨 주소

아지까리 동백은 무엇하러 열리나

산골의 숫처녀들 화장품으로 열리네

열리는 콩팥은 왜나 열리고

아지까리 동백은 왜열 리나

어랑 타령 / 가창유희요

자료코드 : 03_11_FOS_20110220_KDH_KEM_0008
조사장소 : 강원도 철원군 서면 와수5리 와수로 367번길 김응모 댁
조사일시 : 2011.2.20
조 사 자 : 강등학, 이영식, 박은영, 이창현
제 보 자 : 김응모, 남, 93세
구연상황 : '어랑 타령'을 불러 줄 것을 청하자 그 소리는 막소리, 쌍소리라고 하며 부를
　　　　　 것을 꺼렸다. 또한 목소리가 갈려서 듣기 좋지 않다며 마다하는 것을 여러 번
　　　　　 청하자 불러 주었다.

　　신고산이 우르르 함흥차기차 가는소리

　　고무공장 큰애기 변또밥만 싸누나

　　어랑어랑 어허야 어야란다디야라 몽땅내 사랑아

노랫가락 / 가창유희요

자료코드 : 03_11_FOS_20110220_KDH_KEM_0009
조사장소 : 강원도 철원군 서면 와수5리 와수로 367번길 김응모 댁
조사일시 : 2011.2.20
조 사 자 : 강등학, 이영식, 박은영, 이창현
제 보 자 : 김응모, 남, 93세
구연상황 : '어랑 타령'을 한 수 부른 후, 사설을 바꾸어 다시 불러 줄 것을 청하자 부르
　　　　　 지 않았다. 다른 노래를 하겠다며 노랫가락을 불렀다. '어랑 타령'은 함경도
　　　　　 쪽에서 많이 불렀다고 하며 황해도에서는 노랫가락을 많이 했다고 한다.

노세 젊어서만놀아 늙어지며는 못노나니

화무는 십일홍이요 달도차며는 기우나니

인생일장 춘몽중이요 아니노지는 못하리라

수심가 / 가창유희요

자료코드 : 03_11_FOS_20110220_KDH_KEM_0010

조사장소 : 강원도 철원군 서면 와수5리 와수로 367번길 김응모 댁

조사일시 : 2011.2.20

조 사 자 : 강등학, 이영식, 박은영, 이창현

제 보 자 : 김응모, 남, 93세

구연상황 : 황해도에서 '수심가'도 많이 부르지 않았느냐는 조사자의 질문에 많이 불렀
다고 했다. 철원에서는 서도소리를 쳐주지 않아서 철원에 온 이후로는 수심가
를 부른 적이 없다고 했다. 길게 빼기 때문에 부르기 힘든 노래라고 했다.

놉시다 노자를 저리젊어서 노자

늙어 백발되며는 다시젊지 못하누나

생각을하니 세월가고오는거 설우어서나는 정못사리라

엮음 수심가 / 가창유희요

자료코드 : 03_11_FOS_20110220_KDH_KEM_0011

조사장소 : 강원도 철원군 서면 와수5리 와수로 367번길 김응모 댁

조사일시 : 2011.2.20

조 사 자 : 강등학, 이영식, 박은영, 이창현

제 보 자 : 김응모, 남, 93세

구연상황 : '수심가'를 부른 후 조사자가 '엮음 수심가'도 불러 줄 것을 청했다. 김응모는
다른 소리를 할 때와는 달리 별 망설임 없이 '엮음 수심가'를 불러 주었다. 고
향인 황해도에서 부르던 노래인데 지금까지 잊어버리지 않고 기억하고 있다

고 한다. 김응모는 수심가가 참으로 좋은 노래라고 했다.

올려다보니 모란봉이요

내려다보니 능라도다

춘추는 만사택하니

물이깊이서 못왔느냐

하우는야 다기봉이라

봉이높아서 못왔느냐

명사십리 해당화야

꽃진다고 서러를마라

명년봄이 돌아오면

네꽃은 다시피련마는

우리인생이야 한번가며는

어느세월에 돌아오느냐

생각을하니 세월가는것이

　그렇게 서럽다고 죽 나가는데.

창부 타령 / 가창유희요

자료코드 : 03_11_FOS_20110220_KDH_KEM_0012

조사장소 : 강원도 철원군 서면 외수5리 외수로 367번길 김응모 댁

조사일시 : 2011.2.20

조 사 자 : 강등학, 이영식, 박은영, 이창현

제 보 자 : 김응모, 남, 93세

구연상황 : '한글 뒤풀이'나 '천자 뒤풀이'에 관한 질문을 하였으나 좋은 답변을 얻지 못
했다. '창부 타령'을 아느냐는 질문에 그 노래 모르는 사람이 있겠느냐며 몇
번 망설이다가 불러 주었다.

아니~ 아니노지는 못하리라

백구야꺼껑충 나지를마라 너를잡을 내아니다

승상이 불렸으니 너를쫓아 내여왔네

나물을먹고 물을마시고 팔을베고 누웠으니

대장부에 살림살이가 여만하며는 만족일세

일구월심 먹은마음 부모님생각 뿐이로다

얼씨구좋구나 지화자좋네 아니노지는 못하리로다

산염불 / 가창유희요

자료코드 : 03_11_FOS_20110220_KDH_KEM_0013
조사장소 : 강원도 철원군 서면 외수5리 외수로 367번길 김응모 댁
조사일시 : 2011.2.20
조 사 자 : 강등학, 이영식, 박은영, 이창현
제 보 자 : 김응모, 남, 93세
구연상황 : 조사를 시작하면서 김응모가 가장 먼저 불러 주었던 산염불을 마지막으로
다시 한 번 불러 줄 것을 청했다. 김응모는 처음 불렀을 때보다 좀 더 힘 있
게 노래를 불러 주었다.

아~ 일락서산에 해는뚝떨어지고 월출동령에 달이솟아났는데

우리님은 어데를가고 달맞이할줄을 왜모르나

에헤에~ 에~헤~ 얼~ 다~ 에헤야 염불이라

명사십리 해당화야 꽃진다잎진다고 네서러를마라

명년봄이 돌아를오면 네꽃은다시 피련마는

우리님은 한번간뒤 어느시절에 돌아오나

에헤~에~ 에~헤이여미~다~ 에헤야 염불이라

잠자리 꽁꽁 / 잠자리 잡는 소리

자료코드 : 03_11_FOS_20110320_KDH_SYJ_0001
조사장소 : 강원도 철원군 서면 와수2리 와수로 216번길 장원집 댁
조사일시 : 2011.3.20
조 사 자 : 강등학, 이영식, 박은영, 이창현
제 보 자 : 신윤자, 여, 68세
구연상황 : 신윤자의 남편인 장원집을 대상으로 논농사요와 관련된 질문을 하였으나 이
렇다 할 답을 얻어낼 수 없었다. 장원집이 농사를 지을 때만해도 기계화가 진
행되면서 논농사요가 많이 소실된 상태였기 때문이다. 방향을 바꾸어 동요에
관한 조사를 진행하기로 했다. 잠자리를 잡으면서 부르던 노래가 있었느냐는
질문에 옆에서 듣고 있던 신윤자가 이 같은 노래를 불렀다며 구연해 주었다.

잠자리 꽁꽁
앉은자리 앉아라
먼데가면 죽는다

고모네 집에 갔더니 / 다리 뽑기 하는 소리

자료코드 : 03_11_FOS_20110318_KDH_OYJ_0001
조사장소 : 강원도 철원군 서면 자등6리 1779번지 주홍집 댁
조사일시 : 2011.3.18
조 사 자 : 강등학, 이영식, 박은영, 이창현
제 보 자 : 오영자, 여, 71세
구연상황 : 최명하가 '다리 뽑기 하는 소리'인 '한알대 두알대'를 구연한 후, 오영자에게
'고모네 집에 갔더니'와 같은 노래를 알지 못 하느냐고 물었다. 오영자는 알
고 있다면서 망설임 없이 구연해 주었다.

고모네집에 갔더니
암탉수탉 잡아서
지네끼리 먹더라

우리집에 와봐라

수수팥떡 안준다

아침바람 찬바람에 / 손뼉치기 하는 소리

자료코드 : 03_11_FOS_20110318_KDH_OYJ_0002

조사장소 : 강원도 철원군 서면 자등6리 1779번지 주홍집 댁

조사일시 : 2011.3.18

조 사 자 : 강등학, 이영식, 박은영, 이창현

제 보 자 : 오영자, 여, 71세

구연상황 : 손뼉치기 하며 부르던 노래를 아느냐는 조사자의 질문에 오영자가 이 노래
를 불렀다. 다시 불러 줄 것을 청하자 쑥스러워하며 구연해 주었다.

아침 바람 찬 바람에

울고 가는 저 기러기

엽서 한 장 써주세요

구리 구리 구리

짱 껨 쇼

잠자리 꽁꽁 / 잠자리 잡는 소리

자료코드 : 03_11_FOS_20110220_KDH_LAJ_0001

조사장소 : 강원도 철원군 서면 와수1리 아리랑로 45 김동환 댁

조사일시 : 2011.2.20

조 사 자 : 강등학, 이영식, 박은영, 이창현

제 보 자 : 임애준, 여, 82세

구연상황 : 김동환에게 마을 지명유래와 관련된 질문을 하였으나 흡족한 답을 얻을 수
는 없었다. 분위기를 바꾸어 김동환의 아내인 임애준에게 잠자리를 잡으며 부
르던 노래를 아느냐고 묻자 이 노래를 불러 주었다. 설명 붙이지 말고 소리만

해 줄 것을 요청했으나 임애준은 그 의도를 잘 이해하지 못했다.

짬자라 꽁꽁
글루가면 살고
일리오면 죽는다

내 손이 약손이다 / 배 쓸어주는 소리

자료코드 : 03_11_FOS_20110220_KDH_LAJ_0002
조사장소 : 강원도 철원군 서면 와수1리 아리랑로 45 김동환 댁
조사일시 : 2011.2.20
조 사 자 : 강등학, 이영식, 박은영, 이창현
제 보 자 : 임애준, 여, 82세
구연상황 : 가재를 잡을 때 부르던 노래, 그네를 타면서 부르던 노래, 종지돌리기하며 부르던 노래 등 다양한 질문을 하였으나 임애준으로부터 소리를 끌어내기가 쉽지 않았다. 기억을 하고는 있으나 파편적이었으며, 설명을 빼고 불러 줄 것을 청했으나 소리를 하기를 꺼렸다. 아이가 배 아플 때 문질러 주며 부르던 노래가 있지 않았느냐는 질문에 이 소리를 해 주었다.

내손이 약손이다
쑥쑥 내려가거라

덩어리 소리 / 논매는 소리

자료코드 : 03_11_FOS_20110306_KDH_LHS_0001
조사장소 : 강원도 철원군 서면 자등4리 신술1길 23 노인회관
조사일시 : 2011.3.6
조 사 자 : 강등학, 이영식, 박은영, 이창현
제 보 자 : 임해수, 남, 77세
구연상황 : 논농사에 관한 질문을 하면서 그와 관련된 소리로 화제를 옮겨 갔다. 자등4

리에서는 논김을 맬 때 '덩어리 소리'와 '상사 소리'를 주로 했으며, '방아 소리'는 하지 않았다고 했다. 대개 '덩어리 소리'는 애벌 맬 때 주로 했으며, '상사 소리'는 두벌 맬 때 많이 했다고 한다. 그러나 두벌 맬 때 '덩어리 소리'를 함께 하기도 했다.

에이 얼싸 덩어리요

이렇게 하는 거지.

상사 소리 / 논매는 소리

자료코드 : 03_11_FOS_20110306_KDH_LHS_0002
조사장소 : 강원도 철원군 서면 자등4리 신술1길 23 노인회관
조사일시 : 2011.3.6
조 사 자 : 강등학, 이영식, 박은영, 이창현
제 보 자 : 임해수, 남, 77세
구연상황 : 논농사에 관한 질문을 하면서 그와 관련된 소리로 화제를 옮겨 갔다. 자등4리에서는 논김을 맬 때 '덩어리 소리'와 '상사 소리'를 주로 했으며, '방아 소리'는 하지 않았다고 했다. 대개 '덩어리 소리'는 애벌 맬 때 주로 했으며, '상사 소리'는 두벌 맬 때 많이 했다고 한다. 그러나 두벌 맬 때 '덩어리 소리'를 함께 하기도 했다. '덩어리 소리'의 후렴에 이어 '상사 소리'의 후렴을 불러 달라고 청하자 별 망설임 없이 불러 주었다. 1980년대 초반까지도 '논매는 소리'를 불렀다고 한다.

에~ 에에 상사뒤요

모여라 소리 / 벌 모으는 소리

자료코드 : 03_11_FOS_20110306_KDH_LHS_0003
조사장소 : 강원도 철원군 서면 자등4리 신술1길 23 노인회관
조사일시 : 2011.3.6

조 사 자 : 강등학, 이영식, 박은영, 이창현
제 보 자 : 임해수, 남, 77세
구연상황 : 논농사에 관한 질문을 하면서 그와 관련된 소리로 화제를 옮겨 갔다. '상사소
　　　　　리'인 '논매는 소리'를 청해 듣고, '벌 모으는 소리'를 아냐고 물으니 예전에
　　　　　벌을 키울 때 흙을 뿌리면서 했다며 흙 뿌리는 시늉을 해 주면서 불렀다.

　　　모리라 모리라

　한다 이렇게 이렇게(손으로 흙을 뿌리는 시늉을 하며)

　　　모리라 모리라

잠자리 꽁꽁 / 잠자리 잡는 소리

자료코드 : 03_11_FOS_20110306_KDH_LHS_0004
조사장소 : 강원도 철원군 서면 자등4리 신술1길 23 노인회관
조사일시 : 2011.3.6
조 사 자 : 강등학, 이영식, 박은영, 이창현
제 보 자 : 임해수, 남, 77세
구연상황 : '벌 모으는 소리'에 관한 조사를 마친 후, 어릴 적 잠자리를 잡으면서 부르던
　　　　　노래가 있었느냐는 질문을 하자 곧바로 이 노래를 불렀다. 왜정시절에 부르던
　　　　　노래라고 했다.

　　　잠자라 꽁꽁
　　　높이뜨면 죽구
　　　외뜨면 산다

　그거지. 내 붙잡을라고.

꾸정물은 나가고 / 가재 잡는 소리

자료코드 : 03_11_FOS_20110306_KDH_LHS_0005

조사장소 : 강원도 철원군 서면 자등4리 신술1길 23 노인회관

조사일시 : 2011.3.6

조 사 자 : 강등학, 이영식, 박은영, 이창현

제 보 자 : 임해수, 남, 77세

구연상황 : '잠자리 잡는 소리'에 관한 질문을 마친 후, 가재를 잡을 때 물이 흐려지면 부르던 노래가 있었느냐고 물었다. 임해수는 망설이지 않고 이 노래를 불러 주었다. 침을 뱉으면서 불렀다고 한다.

퉤~

맑아라 맑아라

허영차 소리 / 목도하는 소리

자료코드 : 03_11_FOS_20110306_KDH_LHS_0006

조사장소 : 강원도 철원군 서면 자등4리 신술1길 23 노인회관

조사일시 : 2011.3.6

조 사 자 : 강등학, 이영식, 박은영, 이창현

제 보 자 : 임해수, 남, 77세

구연상황 : '아라리'와 '어랑 타령' 중 이 마을에서는 어떤 노래를 많이 했느냐는 질문에 둘 다 많이 했다고 했다. 불러 줄 것을 청하자 잘 할 줄 모른다며 마다했다. '목도하는 소리'를 해 봤느냐고 묻자 이 노래를 불러 주었다.

미구서,

후영~

히영차 히영

히영차 히영

그렇게 하는 거야.

어랑 타령 / 나무하는 소리

자료코드 : 03_11_FOS_20110306_KDH_LHS_0007
조사장소 : 강원도 철원군 서면 자등4리 신술1길 23 노인회관
조사일시 : 2011.3.6
조 사 자 : 강등학, 이영식, 박은영, 이창현
제 보 자 : 임해수, 남, 77세
구연상황 : 산에 나무하러 갈 때 지게 장단 치면서 부르던 소리가 있었느냐는 질문에 주
　　　　　로 '어랑 타령'을 했다고 대답했다. 불러 줄 것을 청하자 약간 망설이더니 불
　　　　　러 주었다.

　　어랑 타령 잘하기는 함경도나 여잔데
　　기계방아 잘돌리긴 우리집 서방님이로구나
　　어랑 어랑 어허

　이렇게 나가는 거야.

고도리 소리 / 풀 써는 소리

자료코드 : 03_11_FOS_20110306_KDH_LHS_0008
조사장소 : 강원도 철원군 서면 자등4리 신술1길 23 노인회관
조사일시 : 2011.3.6
조 사 자 : 강등학, 이영식, 박은영, 이창현
제 보 자 : 임해수, 남, 77세
구연상황 : 풀을 썰면서 하던 소리가 있었느냐는 질문에 "고도리"라고 했다며 불러 주
　　　　　었다. 손가락 굵기보다 굵은 나무가 들어갈 때 세게 밟으라는 뜻으로 이 소리
　　　　　를 했다고 한다. 이 외의 다른 사설은 없었다고 했다. 주로 풀이 영글었을 때
　　　　　인 칠월 달에 풀을 썰었는데 당시는 대단했다고 했다.

　　고도리여

　그래.

메요 메요 소리 / 송아지 부르는 소리

자료코드 : 03_11_FOS_20110306_KDH_LHS_0009
조사장소 : 강원도 철원군 서면 자등4리 신술1길 23 노인회관
조사일시 : 2011.3.6
조 사 자 : 강등학, 이영식, 박은영, 이창현
제 보 자 : 임해수, 남, 77세
구연상황 : 어릴 때 소를 먹이러 산이나 들로 갔다가 저녁 무렵 돌아올 때 송아지를 부르며 부르던 소리가 있었느냐는 질문에 이 노래를 불렀다. 이 소리를 하면 송아지가 "메에~" 하면서 나타난다고 한다.

        묘~ 묘~

        묘~ 묘~

다람쥐 동동 / 다람쥐 잡는 소리

자료코드 : 03_11_FOS_20110306_KDH_LHS_0010
조사장소 : 강원도 철원군 서면 자등4리 신술1길 23 노인회관
조사일시 : 2011.3.6
조 사 자 : 강등학, 이영식, 박은영, 이창현
제 보 자 : 임해수, 남, 77세
구연상황 : 다람쥐를 잡을 때 부른 소리가 있었느냐는 질문에 이 노래를 불러 주었다. 올무로 다람쥐를 잡으면서 불렀다고 한다.

        다람아 동동

        니감투 써라

신랑방에 불켜라 / 풀뿌리 문지르는 소리

자료코드 : 03_11_FOS_20110306_KDH_LHS_0011

조사장소 : 강원도 철원군 서면 자등4리 신술1길 23 노인회관

조사일시 : 2011.3.6

조 사 자 : 강등학, 이영식, 박은영, 이창현

제 보 자 : 임해수, 남, 77세

구연상황 : 풀뿌리를 문지르면서 부르던 소리를 아느냐는 질문에 더듬더듬 기억을 해냈
다. 조사자가 약간의 힌트를 주자 이 노래를 불렀다. 각시풀의 뿌리를 문지르
며 이 노래를 부르면 뿌리가 새빨갛게 변한다고 했다.

신랑방에 불켜라

각시방에 불켜라

내머리 닦아라

일자나 한자 들고 보니 / 숫자풀이 하는 소리

자료코드 : 03_11_FOS_20110306_KDH_LHS_0012

조사장소 : 강원도 철원군 서면 자등4리 신술1길 23 노인회관

조사일시 : 2011.3.6

조 사 자 : 강등학, 이영식, 박은영, 이창현

제 보 자 : 임해수, 남, 77세

구연상황 : '숫자풀이 하는 소리'나 '화투풀이 하는 소리'를 해 보았느냐는 질문에 그 노
래는 '장타령'이라고 했다. 구연해 줄 것을 여러 번에 걸쳐 부탁하자 잘 모른
다고 하며 조금만 불러 주었다.

일자나한자 들고나보니 일월이숭숭 야숭숭 밤중샛별이 뚜렷하다

정월 송학에 / 화투풀이 하는 소리

자료코드 : 03_11_FOS_20110306_KDH_LHS_0013

조사장소 : 강원도 철원군 서면 자등4리 신술1길 23 노인회관

조사일시 : 2011.3.6

조 사 자 : 강등학, 이영식, 박은영, 이창현
제 보 자 : 임해수, 남, 77세
구연상황 : 제보자의 요청에 장타령의 일부만을 기억하여 조금 불러 준 후, 그 노래는
        잘 못해도 투전뒤풀이는 조금 할 줄 안다면서 자발적으로 이 노래를 불러 주
        었다.

        정월솔석 들인정을
        이월매조에 맺어놓고
        삼월사꾸라 산란한마음
        사월흙싸리에 흩었으니
        오월난초 놀던나비
        유월목단에 춤을추네
        칠월홍돼지는 홀로앉어
        팔월공사를 구경허니
        구월국화는 꽃이피어
        시월단풍에 떨어지네
        오동지섣달 설한풍에
        백설이날려도나 임의생각

꿩아 꿩아 어디 가니 / 다리 뽑기 하는 소리

자료코드 : 03_11_FOS_20110318_KDH_JOH_0001
조사장소 : 강원도 철원군 서면 자등6리 1779번지 주홍집 댁
조사일시 : 2011.3.18
조 사 자 : 강등학, 이영식, 박은영, 이창현
제 보 자 : 조옥희, 여, 77세
구연상황 : 최명하와 오영자가 '다리 뽑기 하는 소리'를 한 수씩 불러 주었다. 조옥희에
        게도 불러 줄 것을 청하자 어릴 적 이 노래를 많이 했다며 불러 주었다.

꿍아 꿍아

어디 가니

알낳러 간다

나하나 다오

장지져 먹자

뿔이 났다

퉁

춘향아 춘향아 / 신 부르는 소리

자료코드 : 03_11_FOS_20110318_KDH_JOH_0002

조사장소 : 강원도 철원군 서면 자등6리 1779번지 주홍집 댁

조사일시 : 2011.3.18

조 사 자 : 강등학, 이영식, 박은영, 이창현

제 보 자 : 조옥희, 여, 77세

구연상황 : '춘향아 춘향아' 하며 부르던 소리를 아느냐는 질문에 다들 어릴 적에 많이
했다고 대답했다. 조옥희가 당시 놀 게 없으니까 여럿이 모여 앉아 이 노래를
부르면 일어나서 춤추는 아이도 있었다고 했다.

남이남이 춘향이

나이는 십팔세

생일은 사월초파일

어서어서 놀아보세

곰보딱지 개딱지 / 곰보 놀리는 소리

자료코드 : 03_11_FOS_20110318_KDH_JOH_0003

조사장소 : 강원도 철원군 서면 자등6리 1779번지 주홍집 댁

조사일시 : 2011.3.18

조 사 자 : 강등학, 이영식, 박은영, 이창현

제 보 자 : 조옥희, 여, 77세

청   중 : 최명하, 오영자, 주홍집

구연상황 : 곰보를 놀리며 부르던 소리를 아느냐는 질문에 조옥희가 사설의 일부를 읊
었다. 다시 불러 줄 것을 청하자 약간 쑥스러워 하면서 이 소리를 했다.

곰보 딱지 개 딱지

너 내앞에 오지 마라

나 닮는다

앞니 빠진 갈가지 / 이 빠진 아이 놀리는 소리

자료코드 : 03_11_FOS_20110318_KDH_JOH_0004

조사장소 : 강원도 철원군 서면 자등6리 1779번지 주홍집 댁

조사일시 : 2011.3.18

조 사 자 : 강등학, 이영식, 박은영, 이창현

제 보 자 : 조옥희, 여, 77세

구연상황 : '곰보 놀리는 소리'를 부른 후, 이 노래가 떠올랐던지 조옥희가 자발적으로
노래를 불렀다. 이 빠진 아이를 놀리며 부른 노래라고 했다. '갈강새'가 무슨
뜻이냐고 묻자 잘 모르겠다고 대답했다.

앞니빠진 갈강새

도랑건너 가지마라

붕어새끼 놀래친다

모여라 소리 / 벌 모으는 소리

자료코드 : 03_11_FOS_20110318_KDH_JOH_0005
조사장소 : 강원도 철원군 서면 자등6리 1779번지 주홍집 댁
조사일시 : 2011.3.18
조 사 자 : 강등학, 이영식, 박은영, 이창현
제 보 자 : 조옥희, 여, 77세
구연상황 : 벌을 분봉할 때 부르던 소리를 아느냐는 질문에 선뜻 이 소리를 했다. 벌이
높이 뜨면 날아가고 낮게 뜨면 모인다고 했다. 쑥을 한 움큼 뜯어서 벌이
날면 휘두르며 불렀다고 한다. 이 노래를 부르면 벌들이 수북하게 모였다고
한다.

모려라 모려라
어서 모여라
모려라 모려라

내 손이 약손이다 / 배 쓸어주는 소리

자료코드 : 03_11_FOS_20110318_KDH_JOH_0006
조사장소 : 강원도 철원군 서면 자등6리 1779번지 주홍집 댁
조사일시 : 2011.3.18
조 사 자 : 강등학, 이영식, 박은영, 이창현
제 보 자 : 조옥희, 여, 77세
구연상황 : 아이들이 배가 아프다고 하면 배를 쓸어 주면서 부르던 소리가 있지 않느냐
는 질문에 조옥희는 이렇게 간단하게 불렀다고 한다.

내손이 약손이다
슬슬 내려가라
내손이 약손이다
슬슬 내려가라

알 낳라 딸 낳라 / 잠자리 부리는 소리

자료코드 : 03_11_FOS_20110318_KDH_JOH_0007
조사장소 : 강원도 철원군 서면 자등6리 1779번지 주홍집 댁
조사일시 : 2011.3.18
조 사 자 : 강등학, 이영식, 박은영, 이창현
제 보 자 : 조옥희, 여, 77세
구연상황 : 잠자리를 잡으며 부르던 소리가 있었느냐는 질문에 조옥희가 답을 해 주었
다. 잠자리를 잡아서 손바닥 위에 대고 이 노래를 부르면 노란 알을 낳았다고
한다.

알낳라 딸낳라
알낳라 딸낳라

별 하나 나 하나 / 단숨에 외는 소리

자료코드 : 03_11_FOS_20110318_KDH_JOH_0008
조사장소 : 강원도 철원군 서면 자등6리 1779번지 주홍집 댁
조사일시 : 2011.3.18
조 사 자 : 강등학, 이영식, 박은영, 이창현
제 보 자 : 조옥희, 여, 77세
구연상황 : 하늘의 별을 세며 부르던 소리를 아느냐는 질문에 조옥희가 이 노래를 불렀
다. 재차 불러 줄 것을 청하자 망설이지 않고 불러 주었다. 단숨에 부르는 소
리이나 그것이 그리 쉽지만은 않다고 했다. 열을 못 채우고 중간에 멈추면 쳐
주지 않았다고 한다.

별하나 나하나
별둘 나둘
별셋 나셋
별넷 나넷
별다섯 나다섯

별여섯 나여섯

별일곱 나일곱

별여덟 나여덟

별아홉 나아홉

별열 나열

메요 메요 소리 / 송아지 부르는 소리

자료코드 : 03_11_FOS_20110318_KDH_JHJ_0001
조사장소 : 강원도 철원군 서면 자등6리 1779번지 주홍집 댁
조사일시 : 2011.3.18
조 사 자 : 강등학, 이영식, 박은영, 이창현
제 보 자 : 주홍집, 남, 76세
구연상황 : 풀어놓은 소를 저녁이 되어 부를 때 하는 소리라고 한다. 이 소리를 하면 어디선가 소들이 나타난다고 한다. 예전에는 소를 풀어놓고 먹였기 때문에 간혹 새끼를 낳아서 들어오기도 한다고 했다.

메엥

메엥

메엥

잠자라 잠자라 / 잠자리 잡는 소리

자료코드 : 03_11_FOS_20110305_KDH_CMH_0001
조사장소 : 강원도 철원군 서면 자등6리 최명하 댁
조사일시 : 2011.3.5
조 사 자 : 강등학, 이영식, 박은영, 이창현
제 보 자 : 최명하, 여, 76세

구연상황 : 옛날이야기나 소리를 해 달라고 청하자 박명하가 소리에 대해서는 자신감을 보였다. 그러나 당장은 구연해 주기를 달가워하지 않으며 다음에 오라는 말을 반복했다. 그럼에도 잠자리를 잡으며 부르던 소리가 있었느냐는 질문에 박명하가 이 노래를 불렀다.

짬자라 짬자라

앉아라 앉아라

앉을자리 앉으면

너 잡아서 장개 보내고 시집 보낸다

가재야 가재야 / 물 맑게 하는 소리

자료코드 : 03_11_FOS_20110305_KDH_CMH_0002
조사장소 : 강원도 철원군 서면 자등6리 최명하 댁
조사일시 : 2011.3.5
조 사 자 : 강등학, 이영식, 박은영, 이창현
제 보 자 : 최명하, 여, 76세
구연상황 : 가재를 잡으며 부르던 소리가 있었느냐는 조사자의 질문에 박명하가 망설임 없이 제보해 주었다. 가재를 잡을 때 흙물이나 거품이 생기면 침을 탁 뱉으면 서 이 소리를 했다고 한다.

가재야 가재야

이춤(침) 먹구

맑은물 다구

덩어리 소리 / 논매는 소리

자료코드 : 03_11_FOS_20110318_KDH_CMH_0001
조사장소 : 강원도 철원군 서면 자등6리 1779번지 주홍집 댁

조사일시 : 2011.3.18

조 사 자 : 강등학, 이영식, 박은영, 이창현

제 보 자 : 최명하, 여, 76세

구연상황 : 주흥집에게 '모심는 소리'와 '논매는 소리'에 관한 질문을 하였으나 잘 모르겠다고 했다. 조옥희 또한 애벌 맬 때는 '덩어리 소리'를, 두벌 맬 때는 '슬스리 훔쳐라 잘 훔쳐라 골고루 훔쳐라'와 같은 소리를 했다는 기억은 있으나 부르지는 못하겠다고 했다. 그때 옆에 있던 최명하가 노래를 불렀다. 자신은 논에 들어가지 않아 잘은 모르나 다른 이들이 이렇게 부르더라고 했다.

어헐씨구야 밝은달아 운무중에서 놀구요

우리같은 무산자는 조방뒤에서 논다

에라 넘겨라 이덩어리 넘어왔다 저덩어리 넘어왔다

이논배미 다맸으니 저논배미로 가자

한알대 두알대 / 다리 뽑기 하는 소리

자료코드 : 03_11_FOS_20110318_KDH_CMH_0002

조사장소 : 강원도 철원군 서면 자등6리 1779번지 주흥집 댁

조사일시 : 2011.3.18

조 사 자 : 강등학, 이영식, 박은영, 이창현

제 보 자 : 최명하, 여, 76세

구연상황 : 최명하에게 다리 뽑기를 하며 부르던 소리를 아느냐고 묻자, 이 노래를 불러주었다. 실제로 놀이를 하듯이 해 달라고 요청하자 오영자와 마주 앉아 놀이를 하며 불러 주었다. 먼저 뽑힌 사람은 양반이 되고 남은 사람은 상놈이 된다. 그러나 마지막으로 다리가 남은 사람의 경우는 땅바닥과 뽑기를 하는데, 만약 땅바닥이 뽑히면 상놈도 못 된다고 했다.

한알대 두알대 영양 거지 팔대 장군 고드레 뽕

한알대 두알대 영양 거지 팔대 장군 고드레 뽕

한알대 두알대 영양 거지 팔대 장군 고드레 뽕

한알대 두알대 영양 거지 팔대 장군 고드레 뽕

내가 양반이여 인제.

골났네 성났네 / 성난 아이 놀리는 소리

자료코드 : 03_11_FOS_20110318_KDH_CMH_0003
조사장소 : 강원도 철원군 서면 자등6리 1779번지 주홍집 댁
조사일시 : 2011.3.18
조 사 자 : 강등학, 이영식, 박은영, 이창현
제 보 자 : 최명하, 여, 76세
구연상황 : '쥐야 쥐야 어디서 잤니'와 같은 노래를 아느냐고 묻자, 부분적으로 기억이
날 뿐 전체적으로는 잘 떠오르지 않는다고 했다. 그때 최명하가 어릴 적에 이
런 노래도 불렀다며 '성난 아이 놀리는 소리'를 불러 주었다.

골났네 성났네
호박국을 끓여라
너먹자고 끓였니
나먹자고 끓였지
후루룩 마시니
맛이가좋아 육해장
육해장네 메누리
장둘러 뚝배기
거지둘러 벙거지썼다

중중 까까중 / 까까머리 놀리는 소리

자료코드 : 03_11_FOS_20110318_KDH_CMH_0004
조사장소 : 강원도 철원군 서면 자등6리 1779번지 주홍집 댁
조사일시 : 2011.3.18
조 사 자 : 강등학, 이영식, 박은영, 이창현
제 보 자 : 최명하, 여, 76세
구연상황 : '성난 아이 놀리는 소리'에 대한 조사를 마친 후, 조사자가 '까까머리 놀리는
소리'도 알지 않느냐고 묻자 최명하가 이 노래를 불렀다. 어릴 적에 이 노래를
부르다가 지나가던 스님에게 혼이 났던 기억도 있다고 하여 모두들 웃었다.

중중 까까중
대패로 밀어 밀은중
파리가 낙성을 하겠다

어랑 타령 / 가창유희요

자료코드 : 03_11_FOS_20110318_KDH_CMH_0005
조사장소 : 강원도 철원군 서면 자등6리 1779번지 주홍집 댁
조사일시 : 2011.3.18
조 사 자 : 강등학, 이영식, 박은영, 이창현
제 보 자 : 최명하, 여, 76세
구연상황 : 이 지역에서는 '어랑 타령'과 '아리랑' 중 어떤 것을 많이 했느냐는 제보자의
질문에 최명하는 '강원도 아리랑'과 '어랑 타령'을 많이 했다고 대답했다. '어
랑 타령'은 주고받으며 부르는 노래라고 설명하는 최명하에게 '어랑 타령'을
불러 줄 것을 청하자, 조옥희에게 뒤를 받으라며 노래를 먼저 불렀다. 그러나
조옥희는 잘하지 못한다며 받아 부르지 않았다. '조방주'가 무슨 뜻이냐고 묻
자, 최명하는 '배운 것도 없는 쓸 데 없는 사람'이라고 답했다.

십오야 밝은달은 운무중에서 놀구요
우리같은 무산자는 소방(소반)뒤에서 노잖다

어랑어랑 어허야 어랑간다디여라 안고지구나 놉시다

방구 타령 / 가창유희요

자료코드 : 03_11_FOS_20110318_KDH_CMH_0006
조사장소 : 강원도 철원군 서면 자등6리 1779번지 주흥집 댁
조사일시 : 2011.3.18
조 사 자 : 강등학, 이영식, 박은영, 이창현
제 보 자 : 최명하, 여, 76세
구연상황 : 2011년 3월 5일 최명하의 집에서 조사할 당시 최명하가 불렀던 '방구 타령'
을 다시 한 번 불러 줄 것을 청했다. 최명하는 예전에는 잘 불렀는데 지금은
기억이 잘 나지 않는다며 기억나는 일부만 불러 주었다. 이 노래를 잘 부르면
참 듣기 좋다고 했다. '막 방구'란 '부부 간에 막 뀌는 방구'이며, '뽀롱수 방
구'란 '이르기를 잘 하고 말질을 잘 하기 때문에 뽀롱수 방구'라고 한다며 설
명을 덧붙였다.

시아버지 방구는 호령 방구
시어머니 방구는 잔소리 방구

시어 뭐야 그다 또 잊어버려 이렇게 허다가,

시누의 방구는 뽀롱수 방구
시어머니 방구는 잔소리 방구
영감 방구는 막 방구요
할멈 방구는 이럭저럭 방구

강원도 아리랑(1) / 가창유희요

자료코드 : 03_11_FOS_20110318_KDH_CMH_0007

조사장소 : 강원도 철원군 서면 자등6리 1779번지 주흥집 댁

조사일시 : 2011.3.18

조 사 자 : 강등학, 이영식, 박은영, 이창현

제 보 자 : 최명하, 여, 76세

구연상황 : 옛날 노인들이 바느질하며 부르던 소리가 다 맞는 말이라는 말과 함께 시어
머니가 부르던 노래라며 최명하가 불렀다. 이 노래에는 후렴이 없었느냐는 질
문에 최명하는 '어랑 타령'으로 들어간다고 했다. 강원도 아리랑이 아니냐고
재차 문자, 최명하는 '어랑 타령'이라고 못 박았다. '어랑 타령'은 여럿이 둘러
앉아 놀 때도 부르고 소리가 간단하기 때문에 일할 때도 많이 불렀다고 했다.

청치마 꼬리에 싸인 담배

시레기만 겉에도 말만맛만 좋네

울타릴 꺾으면 나온다 더니

행랑채를 돌려줘도 안 나오네

강원도 아리랑(2) / 가창유희요

자료코드 : 03_11_FOS_20110318_KDH_CMH_0008

조사장소 : 강원도 철원군 서면 자등6리 1779번지 주흥집 댁

조사일시 : 2011.3.18

조 사 자 : 강등학, 이영식, 박은영, 이창현

제 보 자 : 최명하, 여, 76세

구연상황 : 앞서 부른 '어랑 타령'이 '강원도 아리랑'이 아니냐는 조사자의 질문에 아니
라고 못을 박은 최명하가 '강원도 아리랑'을 불렀다. 잊어 버려서 잘 기억이
나지 않는다며 끝을 맺었다. 아리랑은 종류가 수백 가지는 된다는 설명을 덧
붙였다.

아리랑 아리랑 아라리가 났네

아리랑 고개고개가 몇구비나 되느냐

정드신 님따라 갈라고 했더니

다리를 다쳐서 못 가겠네
아리아리랑 스리스리랑 아라리가 났네

헌물은 나가고 / 가재 잡는 소리

자료코드 : 03_11_FOS_20110318_KDH_CMH_0009
조사장소 : 강원도 철원군 서면 자등6리 1779번지 주홍집 댁
조사일시 : 2011.3.18
조 사 자 : 강등학, 이영식, 박은영, 이창현
제 보 자 : 최명하, 여, 76세
구연상황 : 어릴 적 가재를 잡으면서 부르던 소리가 있지 않았느냐는 조사자의 질문에
최명하는 이 노래를 불렀다고 했다. 가재를 잡느라 흙물이 나오면 맑은 물이
나오라며 불렀다고 한다.

가재야 가재야
샘물 줄테니까
헌물은 내보내라
퉤퉤

이렇게 했어요.

성님 성님 사촌 성님 / 물레질 하는 소리

자료코드 : 03_11_FOS_20110318_KDH_CMH_0010
조사장소 : 강원도 철원군 서면 자등6리 1779번지 주홍집 댁
조사일시 : 2011.3.18
조 사 자 : 강등학, 이영식, 박은영, 이창현
제 보 자 : 최명하, 여, 76세
구연상황 : 예전에 노인들이 물레질을 하면서 부르던 노래라며 최명하가 노래의 앞머리

를 조금 불렀다. 조사자가 귀한 소리이니 다시 불러 줄 것을 청하자 기억이
잘 나지 않는다며 일부분만 불러 주었다.

형님형님 사촌형님 시집살이 어떱디야
고추당추 맵다해도 시집살이 이상더 맵겠니

베틀 소리 / 가창유희요

자료코드 : 03_11_FOS_20110318_KDH_CMH_0011
조사장소 : 강원도 철원군 서면 자등6리 1779번지 주홍집 댁
조사일시 : 2011.3.18
조 사 자 : 강등학, 이영식, 박은영, 이창현
제 보 자 : 최명하, 여, 76세
구연상황 : '베틀 소리'를 아느냐는 조사자의 질문에 '베틀가'도 종류가 많다면서 이 노
　　　　　래를 불렀다. 베틀을 짜면서 부른 노래로 소리 중에서도 못된 소리라고 했다.

허공충천에 벼틀을놓고 에걱제걱 잘누르니
난데없는 편지가와서 외손으로 받아들어
양손으루나 펼쳐보니 고년죽은 편지로다
잘죽었구나 잘죽었구나 천하지대본에 묶일년아
담뱃불에나 지질년아 인두불에나 지질년아

베틀가 / 가창유희요

자료코드 : 03_11_FOS_20110318_KDH_CMH_0012
조사장소 : 강원도 철원군 서면 자등6리 1779번지 주홍집 댁
조사일시 : 2011.3.18
조 사 자 : 강등학, 이영식, 박은영, 이창현
제 보 자 : 최명하, 여, 76세

구연상황 : 최명하가 '베틀소리'를 부른 후 조옥희가 '베틀가'도 있었다면서 말로 사설을 읊었다. 소리로 불러 줄 것을 청했으나 잘 못한다며 부르기를 꺼렸다. 듣고 있던 최명하가 노래를 했다. 뒷부분에 더 있으나 기억이 잘 나지 않는다고 했다. 베를 짜면서 부르던 노래라고 한다.

　　오늘날도 하심심하니 벼틀이나 놓아볼까

　그러고 뭐,

　　낮에짜면 일광단이요 밤에짜면 월광단이요
　　일광단월광단 다짜놓고 정든님와이샤쓰나 지어볼까

춘향아 춘향아 / 신 부르는 소리

자료코드 : 03_11_FOS_20110318_KDH_CMH_0013
조사장소 : 강원도 철원군 서면 자등6리 1779번지 주홍집 댁
조사일시 : 2011.3.18
조 사 자 : 강등학, 이영식, 박은영, 이창현
제 보 자 : 최명하, 여, 76세
구연상황 : 조옥희가 '신 부르는 소리'를 부른 후 최명하에게도 불러 줄 것을 청했다. 최명하는 피난을 나오기 전 북한에서도 이 노래를 불렀지만 철원에 와서 새댁 시절에도 여럿이 둘러앉아 이 노래를 불렀다고 했다. 그러나 다른 노래와는 달리 이 노래는 부르는 것은 상당히 꺼렸다. 재차 불러 줄 것을 청하자 마지못해 불러 주었다. 이 노래를 부르면 손이 벌어지는 사람도 있고 그렇지 않은 사람도 있다고 했다. 손바닥 사이에는 아무 것도 넣지 않고 했다고 한다.

　　춘향이 춘향이 성춘향이
　　나이는 십팔세
　　생일은 사월초파일
　　술술이 내리시오
　　용문산에 산신령님

동개바우 산신령님

술술이 내리십시오

춘향놀이를 하니까

벌어지냐 손이 벌어지냐

나무하러 가세 / 꼬리 잇는 소리

자료코드 : 03_11_FOS_20110318_KDH_CMH_0014
조사장소 : 강원도 철원군 서면 자등6리 1779번지 주홍집 댁
조사일시 : 2011.3.18
조 사 자 : 강등학, 이영식, 박은영, 이창현
제 보 자 : 최명하, 여, 76세
구연상황 : 배를 쓸어주며 부르던 소리를 아느냐는 질문에 조옥희가 사설의 일부를 이야기했다. 불러 줄 것을 청하자 잘 못한다며 마다했다. 최명하가 부르겠노라고 썩 나섰다. 굉장히 길게 가는 노래인데 많이 잊어버렸다고 했다.

배가 아파 죽겠네

무슨 밴가

자라 밸세

무슨 자라

읍 자라

무슨 읍

당 읍

무슨 당

서낭 당

무슨 서낭

개 서낭

무슨 개

주발 개

무슨 주발

통 주발

무슨 통

비지 통

무슨 비지

콩 비지

무슨 뭐

무슨 비지

콩 비지

무슨 콩

새 콩

무슨 새

촉 새

엄마 손이 약손이다 / 배 쓸어주는 소리

자료코드 : 03_11_FOS_20110318_KDH_CMH_0015

조사장소 : 강원도 철원군 서면 자등6리 1779번지 주홍집 댁

조사일시 : 2011.3.18

조 사 자 : 강등학, 이영식, 박은영, 이창현

제 보 자 : 최명하, 여, 76세

구연상황 : 배를 쓸어주며 부르던 소리를 아느냐는 질문에 조옥희가 '엄마 손이 약손이
다'를 불러 주었다. 최명하는 '자장자장' 하며 불러 주었다고 하여, 최명하에
게도 불러 줄 것을 청했다. 아기들이 젖을 먹고 토하거나 하면 배를 쓸어주며
이 노래를 불렀다고 한다. 당시에는 약이 없었기 때문에 이 노래를 불러줄 수

밖에 없었으며, 또 이 노래를 불러 주면 배가 나왔다고 한다.

자장 자장 잘두 잔다

우리 아기 잘두 잔다

엄마 손이 약손 인데

밥먹은 젖 먹은게 얹혔으면

술 술 내려가라

엄마 손이 약손이다

엄마 손이 약손이다

불아 불아 / 아기 어르는 소리

자료코드 : 03_11_FOS_20110318_KDH_CMH_0016
조사장소 : 강원도 철원군 서면 자등6리 1779번지 주홍집 댁
조사일시 : 2011.3.18
조 사 자 : 강등학, 이영식, 박은영, 이창현
제 보 자 : 최명하, 여, 76세
구연상황 : '배 쓸어주는 소리'에 대한 조사를 진행한 뒤 양육요로 화제를 돌렸다. '불아 불아'와 같은 노래를 아느냐는 질문에 최명하와 조옥희 모두 안다고 대답했다. 불러 줄 것을 청하자 조옥희는 마다했으나 최명하는 적극적으로 구연해 주었다.

불아 불아

불불 불어라

어디 쇠냐

경상도 안동땅에

탄탄헌 무쇠로다

불불 불어라

이리 풀떡 저리 풀떡

잘도 분다 불아 불아

둥개 소리 / 아기 어르는 소리

자료코드 : 03_11_FOS_20110318_KDH_CMH_0017
조사장소 : 강원도 철원군 서면 자등6리 1779번지 주홍집 댁
조사일시 : 2011.3.18
조 사 자 : 강등학, 이영식, 박은영, 이창현
제 보 자 : 최명하, 여, 76세
구연상황 : '배 쓸어주는 소리'에 대한 조사를 진행한 뒤 양육요로 화제를 돌렸다. '불아
불아'에 대한 조사를 마친 후, '둥기 둥기'와 같은 소리를 아느냐는 질문을
했다. 최명하와 조옥희 모두 안다고 했으나 조옥희는 부를 줄은 모른다며 구
연하기 꺼렸다. 최명하가 본인이 해 보겠다며 적극적으로 나섰다. 참 좋은 노
래인데 잊어버려 잘 못 한다고 덧붙였다.

둥둥 둥개야

어화둥둥 둥개야

동기간에 의리둥이

나랏님께는 충실뎅이

동네사람 꽃송이냐

어화둥둥 둥둥아

삼 잡자 소리 / 삼선 눈 삭히는 소리

자료코드 : 03_11_FOS_20110318_KDH_CMH_0018
조사장소 : 강원도 철원군 서면 자등6리 1779번지 주홍집 댁
조사일시 : 2011.3.18

조 사 자 : 강등학, 이영식, 박은영, 이창현
제 보 자 : 최명하, 여, 76세
구연상황 : 눈에 삼이 서면 해 뜰 무렵, 깨끗한 그릇에 물을 떠서 해를 바라보며 실을 꿴 바늘과 빨간 팥을 함께 눈에 비빈다. 이 소리를 세 번 정도 한 후에 팥을 싹 훑어서 물에 떨어뜨린다. 그러면 팥눈에 물방울이 하얗게 선다. 그렇게 팥눈에 물방울이 하얗게 설 때까지 같은 행동을 반복한다. 실 꿴 바늘을 가로로 놓아 부뚜막 뒤에 놓아 불어서 삼 선 팥눈이 불어서 다 없어질 때까지 둔다. 이렇게 사흘 아침 잡으면 삼이 없어진다고 한다.

삼 잡자

삼 잡자

눈에 삼 잡자

다람쥐 동동 / 다람쥐 잡는 소리

자료코드 : 03_11_FOS_20110318_KDH_CMH_0019
조사장소 : 강원도 철원군 서면 자등6리 1779번지 주홍집 댁
조사일시 : 2011.3.18
조 사 자 : 강등학, 이영식, 박은영, 이창현
제 보 자 : 최명하, 여, 76세
구연상황 : 어릴 적에 다람쥐를 놀리며 놀아 보았느냐는 질문에 최명하는 그거 안 해 본 아이들이 어디 있겠느냐며 이 소리를 해 주었다.

다람쥐 동동

다람쥐 동동

느 할아범

감투 써라 써라

돌아간다 돌아간다 / 종지 돌리기 하는 소리

자료코드 : 03_11_FOS_20110318_KDH_CMH_0020
조사장소 : 강원도 철원군 서면 자등6리 1779번지 주홍집 댁
조사일시 : 2011.3.18
조 사 자 : 강등학, 이영식, 박은영, 이창현
제 보 자 : 최명하, 여, 76세
구연상황 : 종지 돌리기를 하며 놀아 보았느냐는 조사자의 질문에 최명하, 조옥희, 오영
자 모두 해 보았다고 했다. 뛰어가면서 불렀기 때문에 빨리 부른다고 했다.

돌아간다 돌아간다
종지돌림 돌아간다
빨리빨리 돌려라

올라간다 소리 / 그네 뛰는 소리

자료코드 : 03_11_FOS_20110318_KDH_CMH_0021
조사장소 : 강원도 철원군 서면 자등6리 1779번지 주홍집 댁
조사일시 : 2011.3.18
조 사 자 : 강등학, 이영식, 박은영, 이창현
제 보 자 : 최명하, 여, 76세
구연상황 : 콩주머니 던지며 놀 때 부르던 소리나 널뛰기를 하면서 부르던 소리가 있었
느냐는 질문에 놀이는 해 보았지만 소리는 잘 모르겠다고 대답했다. 그네 뛰
며 부르던 소리를 아느냐는 질문에 최명하가 이 소리를 해 주었다.

올라간다 올라간다
활개 벌려라
누가 더 잘 뛰나 보자

는다 소리 / 그네 뛰는 소리

자료코드 : 03_11_FOS_20110318_KDH_CMH_0022
조사장소 : 강원도 철원군 서면 자등6리 1779번지 주홍집 댁
조사일시 : 2011.3.18
조 사 자 : 강등학, 이영식, 박은영, 이창현
제 보 자 : 최명하, 여, 76세
구연상황 : 최명하는 그네뛰기를 해 보았기 때문에 '그네 뛰는 소리'는 잘 안다고 했다.
이 소리는 쌍그네를 탈 때 하던 소리라고 했다. 그네를 잘 뛰는 사람은 그네
를 뛰며 멀리 있는 수양버들의 잎을 입으로 물어 오기도 했다고 한다. '는다'
는 뜻이 무엇이냐고 묻자 '획획 늘어난다'는 뜻이라고 했다.

는다 는다

그네가 는다

쌍그네다

버드나무 잎사구 따서 입에다 물고 와라

별 하나 나 하나 / 단숨에 외는 소리

자료코드 : 03_11_FOS_20110318_KDH_CMH_0023
조사장소 : 강원도 철원군 서면 자등6리 1779번지 주홍집 댁
조사일시 : 2011.3.18
조 사 자 : 강등학, 이영식, 박은영, 이창현
제 보 자 : 최명하, 여, 76세
구연상황 : '별 헤는 소리'는 조옥희가 구연해 주자, 옆에 있던 최명하가 이 소리는 단숨
에 불러야 하기 때문에 빨리 불러야 한다고 했다. 불러 줄 것을 청하자 망설
이지 않고 불렀다.

별하나 나하나

별둘 나둘

별셋 나셋

별넷 나넷

별다섯 나다섯

별여섯 나여섯

별일곱 나일곱

별여덟 나여덟

별아홉 나아홉

별열 나열

각시방에 불켜라 / 풀뿌리 문지르는 소리

자료코드 : 03_11_FOS_20110318_KDH_CMH_0024

조사장소 : 강원도 철원군 서면 자등6리 1779번지 주홍집 댁

조사일시 : 2011.3.18

조 사 자 : 강등학, 이영식, 박은영, 이창현

제 보 자 : 최명하, 여, 76세

구연상황 : 풀뿌리를 문지르며 부르던 소리가 있었느냐는 질문에 최명하가 금방 이 소리
를 떠올렸다. 쇠비름의 풀뿌리를 문지르며 이 노래를 부르면 뿌리가 빨갛게
변했다고 한다.

신랑방에 불켜라

각시방에 불켜라

신랑방에 불켜라

각시방에 불켜라

신랑방에 불켜라

각시방에 불켜라

헌집 줄게 새집 다오 / 모래집 짓는 소리

자료코드 : 03_11_FOS_20110318_KDH_CMH_0025
조사장소 : 강원도 철원군 서면 자등6리 1779번지 주홍집 댁
조사일시 : 2011.3.18
조 사 자 : 강등학, 이영식, 박은영, 이창현
제 보 자 : 최명하, 여, 76세
구연상황 : 모래집을 지으며 부르던 소리가 있었느냐는 질문에 최명하와 조옥희 모두가
　　　　　 노래를 불렀다. 먼저 최명하에게 불러 줄 것을 청하자 이 소리를 해 주었다.
　　　　　 물을 길어 와야 집을 지을 수 있기 때문에 물 길어 오라는 소리를 한다고 하
　　　　　 였다. 어릴 적 개울가에서 모래집 짓기를 하며 많이 불렀다고 한다.

두껍아 두껍아 집져라

까막아 까막아 물길어와라

두껍아 두껍아 집져라

내가 물길어다 주게

까막아 까막아 빨리빨리 길어와라

피난민 대가리는 / 피난민 놀리는 소리

자료코드 : 03_11_MFS_20110318_KDH_CMH_0001

조사장소 : 강원도 철원군 서면 자등6리 1779번지 주흥집 댁

조사일시 : 2011.3.18

조 사 자 : 강등학, 이영식, 박은영, 이창현

제 보 자 : 최명하, 여, 76세

구연상황 : 장타령에 대한 조사를 하던 중, 최명하가 한국전쟁 당시 수원으로 피난을 갔을 때 그 지역에 살던 아이들이 피난민들을 놀리며 이런 노래를 불렀다며 구연해 주었다.

피난민 대가리는 비행기만 놀구요

피난민 배때기에선 된장덩어리만 논단다

6. 철원읍

▌조사마을

강원도 철원군 철원읍 관전리

조사일시 : 2011.4.3

조 사 자 : 강등학, 이영식, 박은영, 이창현

철원읍(鐵原邑)은 철원군 1읍 9면 중 철원군청의 소재지로서 철원군 지역에서 서쪽에 위치하고 있으므로 서변면(西邊面)이라 했다. 1931년 철원면이 읍으로 승격하고, 1945년 해방과 동시에 38°선 이북 지역으로 공산치하에 있었다. 1954년 6월 일부지역이 수복되었으며, 1954년 11월 15일 군정으로부터 민정으로 이양되었다. 1963년에는 묘장면 대마리, 산명리, 중세리가, 1972년에는 철원군 북면의 유종리, 홍원리 그리고 내문면의 독검리를 철원읍에 편입되었다. 철원읍내 화지리는 수복 당시부터 주민이 정착하였으며, 민통선 북방 지역의 월하리는 72세대가 1959년 4월 10일, 대마리는 150세대가 1968년 8월 30일에, 관전리는 1980년 11월 29일에 입주 정착하였다.

철원읍의 서북쪽은 대체로 높은 산지로 연결되어 있으나, 그 외 지역은 표고 200~300m의 평원을 이루고 있어 농업에 적합하여 철원 곡창지대를 이루고 있다.

철원읍은 화지리, 월하리, 관전리, 사요리, 외촌리, 율이리, 내포리, 중리, 대마리, 중세리, 산명리, 유정리, 홍원리, 독검리, 가단리 등 15개의 법정리를 구성되어 있으며, 행정리는 15개리이다. 사요리, 외촌리, 율이리, 내포리, 중리, 중세리, 산명리, 유정리, 홍원리, 독검리, 가단리 등 11개리는 미수복지구이다.

철원읍은 2008년 12월 기준으로 전체면적이 99.27km²인데, 이중에 논이 27.944km², 밭이 19.409km², 임야가 34.105km²로 논이 밭보다 훨씬 많다. 총세대수는 2,252호이고, 인구는 6,098명이다.

관전리(官田里)는 동쪽으로 중리, 서쪽으로는 율이리, 남쪽으로는 월하리, 북쪽으로는 사요리와 각각 이웃하고 있다. 관전리는 본래 철원군 서변면 지역이었으며, 1914년 행정구역 폐합에 따라 관동리(官洞里)와 궁전리(弓田里)를 병합하여 두 이름을 따서 관전리라 하였다. 현재 민통선 북방지역으로 1980년 11월 29일 32세대가 입주 정착하였다.

관전리에는 2008년 12월 현재 55세대에 남자 61명, 여자 67명 등 총 128명이 거주하고 있으며, 주민 대부분은 농업에 종사하고 있다.

강원도 철원군 철원읍 대마2리

조사일시 : 2011.3.5, 2011.4.3
조 사 자 : 강등학, 이영식, 박은영, 이창현

대마리(大馬里)는 동쪽으로 사요리, 서쪽으로는 판교리, 남쪽으로는 율이리, 북쪽으로는 판교리와 각각 이웃하고 있다. 대마리는 본래 철원군 묘장면 지역이었으며, 1963년 철원에 편입되었다. 민통선 북방지역으로 1968년 8월 30일 철원에 살던 제대군인 85세대와 연천에 살던 제대군인 65세대 등 150세대가 정부의 재건촌 건립 계획에 의거 반공정신이 투철한 향군이 입주 정착하였다. 1981년 7월 8일 행정구역조정에 따라 대마1리와 2리로 분리하였다. 당시에는 가구당 4천 평씩 개간하도록 했는데, 후에 땅 주인이 나타나 도지를 물거나 그들로부터 땅을 다시 구입하는 등 어려움이 많았다. 당시에는 10가구를 1반으로 하여 15개 반을 만들었는데, 1개 반에 경운기 1대씩 나왔다. 이에 초기에는 많은 집이 소로 논을 갈았다.

대마2리에는 2008년 12월 현재 121세대에 남자 169명, 여자 148명 등 총 317명이 거주하고 있다. 주민 대부분은 농업에 종사하나, 군부대가 인접해 있는 까닭에 군인가족들도 많다. 마을에 묘장초등학교가 있으며, 학생 수는 50여 명이다.

강원도 철원군 철원읍 월하리

조사일시 : 2011.4.3
조 사 자 : 강등학, 이영식, 박은영, 이창현

월하리(月下里)는 동쪽으로 중리, 서쪽으로는 동송읍 관우리, 남쪽으로는 화전리, 북쪽으로는 관전리·중리와 각각 이웃하고 있다. 월하리는 본래 철원군 서변면 지역이었으며, 1914년 행정구역 폐합에 따라 월음리(月飮里)와 하리(下里)를 병합하여 두 이름을 따서 월하리라 하였다. 현재 민통선 북방지역으로 1959년 4월 10일 72세대가 입주 정착하였다.

입주 당시에 각처에서 사람들이 왔다. 모심으러 월정리까지도 갔는데,

모심을 때 여자들이 주로 심고 남자들은 모쟁이를 했다. 당시에는 특별한 소리는 없었고, 새참에 막걸리 한 잔하고 술 담았던 통을 두드리며 노래를 한바탕 부르고 난 후 다시 논에 들어가 모를 심었다. 이렇게 1970년대 초까지 모를 심었으며, 이후 이앙기가 들어와 손모를 안 했다. 그리고 당시에는 봇물 사정이 좋지 않아 모심으러 갔다가 돌아온 경우도 있었다. 물 사정이 좋아진 건 1980년대 이후부터이다. 모심으러 갈 때는 보통 15~20명이 다녔다.

월하리에는 2008년 12월 현재 84세대에 남자 104명, 여자 91명 등 총 195명이 거주하고 있으며, 주민 대부분은 농업에 종사하고 있다.

강원도 철원군 철원읍 화지4리

조사일시 : 2011.3.5
조 사 자 : 강등학, 이영식, 박은영, 이창현

화지리(花地里)는 동쪽으로 동송읍 오덕리, 서쪽으로는 율이리, 남쪽으로는 동송읍 이평리, 북쪽으로는 월하리와 각각 이웃하고 있다. 화지리는 본래 철원군 서변면 지역이었으며, 1914년 행정구역 폐합에 따라 화전리(花田里)와 천황지리(天皇地里)를 병합하여 두 이름을 따서 화지리라 하였다. 현재 철원읍의 소재지이다.

이곳은 원래 들이 넓었던 까닭에 일제 때 모심으러 전라도 등지에서 많이 왔다. 이후 1962~1965년에도 많이 왔는데, 남자만 온 것이 아니라 여자들도 왔다. 일하러 왔다가 정착한 사람도 있다. 지금도 가을이면 콤바인을 가지고 전라도·충청도에서 많이 오는데, 그때는 철원의 콤바인 숫자보다 외지에서 온 콤바인이 더 많다. 1마지기는 200평이다.

수복 당시에는 화지4리 마을에 농악이 있었으나 적극적으로 활용하지 않다가 없어졌다. 농지가 접경지대와 가까이 있다 보니, 지정된 시간에 출입했다가 지정된 시간에 나와야 하는 제약이 있다. 따라서 늦게까지 일을 할 수가 없는 까닭에 노래를 부를 시간적 여유가 없었다.

화지4리에는 2008년 12월 현재 178세대에 남자 264명, 여자 237명 등 총 501명이 거주하고 있으며, 주민 대부분은 농업에 종사하고 있다.

▌제보자

김춘자, 여, 1938년생

주 소 지 : 강원도 철원군 철원읍 대마2리 묘장로 341-3
제보일시 : 2011.3.5, 2011.4.3
조 사 자 : 강등학, 이영식, 박은영, 이창현

서울 태생으로 19세에 이주창과 결혼했
다. 1968년에 대마리로 이주하였다. 남편인
이주창이 생각이 안 난다고 하면 옆에서 기
억나도록 도와주는 등 적극적인 성격이다.

제공 자료 목록

03_11_FOT_20110403_KDH_KCJ_0001 메추라기에 올라앉은 콩 껍질의 의미
03_11_FOS_20110305_KDH_KCJ_0001 한알대 두알대
03_11_MFS_20110403_KDH_KCJ_0001 원숭이 똥구멍은

박보천, 남, 1933년생

주 소 지 : 강원도 철원군 철원읍 화지4리
제보일시 : 2011.3.5
조 사 자 : 강등학, 이영식, 박은영, 이창현

인제군 기린 태생으로 50년 전에 화지4
리로 이주하였다. 차분한 성격으로 조사 내
내 말없이 지켜보다가 '이랴 소리'에 관심을
보였다. 평생 농사만 지었다.

제공 자료 목록

03_11_FOS_20110305_KDH_PBC_0001 이랴 소리

박형희, 여, 1919년생

주 소 지 : 강원도 철원군 철원읍 관전리
제보일시 : 2011.4.3
조 사 자 : 강등학, 이영식, 박은영, 이창현

화천군 태생으로 13세에 결혼하여 관전
리에는 6·25가 끝난 후 이주하였다. 들에
서 나무를 캐는 등 건강해 보이나 발음이
좋지 않다. 현재 손자와 함께 살고 있다.

제공 자료 목록
03_11_FOS_20110403_KDH_PHH_0001
덩어리 소리

배경성, 남, 1943년생

주 소 지 : 강원도 철원군 철원읍 화지4리
제보일시 : 2011.3.5
조 사 자 : 강등학, 이영식, 박은영, 이창현

포천군 신북 태생으로 1962년에 화지4리
로 이주하였다. 본인은 여기 토박이가 아니
라 잘 모른다면서 주위 사람을 독려하는 등
적극적인 성격이다. 평생 농사만 지었다.

제공 자료 목록
03_11_FOT_20110305_KDH_BGS_0001 궁예의 패망과 울음산의 유래

윤승남, 여, 1924년생

주 소 지 : 강원도 철원군 철원읍 월하리

조사일시 : 2011.4.3
조 사 자 : 강등학, 이영식, 박은영, 이창현

충남 예산 태생으로 21세 결혼하여 35세에 월하리로 이주하였다. 이주 당시는 6·25가 끝난 지 오래되지 않은 때라 이곳에 고물을 주워 팔거나 개간을 하면 밥은 먹을 거란 소리에 이주하게 되었다. 처음에 군에서 발행하는 패스가 없어서 20여 일 동안 어느 집에 숨어서 지냈다. 당시에 각처에서 사람들이 왔다. 풍채가 좋고 성격이 밝다. 자신은 예산 사람이라 이쪽 소리는 모르지만, 이곳으로 이주하여 모심을 때 부르던 소리를 불러 주는 등 적극적이다.

제공 자료 목록
03_11_FOS_20110403_KDH_YSN_0001 어랑 타령
03_11_FOS_20110403_KDH_YSN_0002 사발가

이주창, 남, 1926년생

주 소 지 : 강원도 철원군 철원읍 대마2리 묘장로 341-3
제보일시 : 2011.3.5, 2011.4.3
조 사 자 : 강등학, 이영식, 박은영, 이창현

철원군 마장면 입석리 태생으로 부모를 따라 북간도 용정에 이주하였다가 7세에 월정리로 왔다. 하지만 부모님이 사기를 당해 다시 용정으로 갔다가 13세에 내문면 독검리로 왔다. 학교는 북간도 용정에서 초등학

교를 잠깐 다녔으며, 국문과 한자를 아버지와 형에게서 배웠다. 독검리에 와서는 농사를 지었다. 인공 시절에는 인민군에 안 가려고 부모나 일가친척도 모르게 귀머거리 행세를 하며 지냈다. 6·25가 나고 국군이 들어왔을 때 귀머거리가 아님을 밝히고 생활하다가 이내 중공군이 나오는 바람에 탄로가 났으나 친구의 도움으로 월남하였다. 이후 국군 노무자로 2년간 활동하다가 군에서 8년간 근무하였다. 30세에 결혼하여 1968년에 현재 대마리로 입주하여 살고 있다. 온화하고 적극적인 성격이다. 마을에서는 선소리꾼으로 활동했을 정도로 기억력이 좋았으나 몇 년 전부터 차츰 기억력이 떨어져 생각이 안 난다고 한다. 현재 허리까지 아파서 장시간 앉아 있는 것이 어렵다.

제공 자료 목록

03_11_FOT_20110305_KDH_LJC_0001 대변보며 호랑이 잡은 할아버지
03_11_FOT_20110305_KDH_LJC_0002 궁예와 장수나드리의 지명유래
03_11_FOT_20110305_KDH_LJC_0003 욕심 많은 부자와 고수레의 유래
03_11_FOT_20110403_KDH_LJC_0001 부자 고지네의 지혜
03_11_FOS_20110305_KDH_LJC_0001_s01_01 하나 소리(1)
03_11_FOS_20110305_KDH_LJC_0001_s01_02 하나 소리(2)
03_11_FOS_20110305_KDH_LJC_0001_s02_01 방아 소리
03_11_FOS_20110305_KDH_LJC_0001_s02_02 상사 소리
03_11_FOS_20110305_KDH_LJC_0002 어랑 타령
03_11_FOS_20110305_KDH_LJC_0003 본조 아리랑
03_11_FOS_20110305_KDH_LJC_0004 노랫가락
03_11_FOS_20110305_KDH_LJC_0005 올라간다 올라간다(1)
03_11_FOS_20110305_KDH_LJC_0006 올라간다 올라간다(2)
03_11_FOS_20110305_KDH_LJC_0007 허영차 소리
03_11_FOS_20110305_KDH_LJC_0008 창창 맑아라(1)
03_11_FOS_20110305_KDH_LJC_0009 아침방아 쪄라
03_11_FOS_20110305_KDH_LJC_0010 계집 죽고 자식 죽고
03_11_FOS_20110403_KDH_LJC_0001 창창 맑아라(1)

주이표, 남, 1936년생

주 소 지 : 강원도 철원군 철원읍 화지4리
제보일시 : 2011.3.5
조 사 자 : 강등학, 이영식, 박은영, 이창현

화지리 옆 마을인 관전리 태생으로 어려
서 화지리로 이주하였다. 예전 농사지을 때
농요를 많이 불렀다고 하는데, 예전 소리보
다 중년소리를 주로 부른다. 평생 농사를 지
었다. 시원스러운 성격이고 목소리도 걸걸
하다. 하지만 약주를 많이 한 탓에 다소 어
수선 했다.

제공 자료 목록
03_11_FOS_20110305_KDH_JIP_0001 앉아라 꽁꽁
03_11_MFS_20110305_KDH_JIP_0002 풍년가

메추라기에 올라앉은 콩 껍질의 의미

자료코드 : 03_11_FOT_20110403_KDH_KCJ_0001
조사장소 : 강원도 철원군 철원읍 대마2리 묘장로 341-3 이주창 댁
조사일시 : 2011.4.3
조 사 자 : 강등학, 이영식, 박은영, 이창현
제 보 자 : 김춘자, 여, 73세
구연상황 : 3월 5일 1차 조사 대 채록하지 못한 '운상하는 소리'를 들으러 갔으나 이주
          창의 건강이 허락지 않았다. 궁금했던 민속에 대해 여쭙고 있자니 이주창 씨
          부인인 김춘자가 메추라기 얘기를 했다.
줄 거 리 : 어렵게 살던 사람이 형편이 좋아져서 좀 건방지게 행동하거나 말을 하면, "메
          추라기에 콩 껍질이 얹혔나 보다!"라는 말을 한다.

　무슨 저 뭐야, 아주 어렵던 사람이 잘 돼 가지고서는, 쪼끔하면
　"아이구 메추리 콩 껍데기 올라앉은 거만큼 되는 줄 아는가 보지!"
　이런, 그 옛날 말이야 그게. 메초리가 이제 콩 껍데기 온 거는 자기 세
상에 자기가 제일 어른인 거로 알구 앉아서 그러면,
　"에이구 저놈 저거 젠장 그렇게 허다니 저기 저 메초리에 콩 껍질이 올
라앉은 거만 하는가 보다!"
　그렇게 사람들이 그래.

궁예의 패망과 울음산의 유래

자료코드 : 03_11_FOT_20110305_KDH_BGS_0001
조사장소 : 강원도 철원군 철원읍 화지4리 금학로 335 화지4리 경로당
조사일시 : 2011.3.5

조 사 자 : 강등학, 이영식, 박은영, 이창현
제 보 자 : 배경성, 남, 68세
구연상황 : 대마리에서 화지4리 마을에 토박이 어른들이 많다고 해서 경로당을 방문했다.
경로당에는 회원들이 여러 패로 나뉘어 화투와 술을 마시고 있었다. 방문 목
적을 전하니 관심을 보인 분은 주이표, 배경성, 박보천 등이었다. 특히 주이표
는 농사를 지으며 소리를 많이 불렀다고 하여 기대를 걸었으나 약주가 과한
탓인지 조사자가 원하는 것을 내놓지 못했다. 이에 조사자가 농사와 관련된
노래를 청하니 풍년가를 시원스럽게 불렀다. 풍년가를 듣고 있던 박보천이
'이랴 소리'를 불렀다. 처음에 부른 소리는 주위 분들의 잡음이 들어가 다시
청해서 들었다. 판을 도와주던 배경성이 자신은 노래는 못하고 울음산 얘기를
안다고 하면서 들려주었다.
줄 거 리 : 궁예가 산정호수 뒤에 있는 산에서 울면서 최후를 맞이한 곳이라 울음산이라
한다.

궁예가 딱 여기서 저거 하다가, 딱 도망가다가 저기서 죽었대잖아.

딱 산정호수 그지 울음산에서 그지? 울음산에 거기 도망가서 딱 그 개
울 입구에 있다가, 거기서 그게 울음산이래. 울었다는 거야 궁예가. 딱 거
기서,

"내 마지막이 다 되는구나!"

마지막에 다 되고 자기 죽는구나 하는 게 슬프니까 거기서 울었다는
거야. 그래서 울음산이라고 그래 딱 이름을 지었다는 거야, 거기 울음산
이라 그러잖아. 그래 궁예가 도망을 타구, 여기서 철원서 그 나라가 망해
갔구 딱 말 타구 도망가 갖구 그 산정호수 뒤에 울음산인가 거기 앉아서
딱 자기 신세 한탄하구 다

"내 나라가 액운이 다 됐구나!"

하면서 울었다는 거야. 거기서 생포가 되구 거기서 딱 죽었다는 거야.

대변보며 호랑이 잡은 할아버지

자료코드 : 03_11_FOT_20110305_KDH_LJC_0001

조사장소 : 강원도 철원군 철원읍 대마2리 묘장로 341-3 이주창 댁

조사일시 : 2011.3.5

조 사 자 : 강등학, 이영식, 박은영, 이창현

제 보 자 : 이주창, 남, 85세

구연상황 : 『강원의 설화』에 정리된 이주창의 자료를 보고 연락을 하였다. 제보자가 몸이 불편하고 알고 있는 것도 다 잊어서 기억이 안 난다고 하였다. 그래도 약속을 하고 집을 방문하였더니 부부만 있었다. 방문 목적을 자세히 설명하니, 그동안 역사와 설화 공부하는 사람이 다녀갔다는 말과 함께 자료집을 보여 주었다. 이에 조사자는 설화는 물론 민요도 들으러 왔다고 하니, 제보자는 마을에서 선소리꾼으로 활동했는데 지금 다 잊었다고 한다. 그래도 아는 데까지 가르쳐 달라고 청했다. 먼저 제보자가 6·25 때 귀머거리 행세를 하며 지냈던 얘기를 들었다. 이어서 농사에 대해 물으니 논매기는 세 번을 했는데, 애벌은 호미로 하고 두벌은 손으로 세벌은 피나 뽑았다고 한다. 1968년 대마리에 입주하여서는 여러 지역 사람들이 입주한 까닭에 심심하면 자신이 알고 있는 노래를 불렀다고 한다. 조사자는 우선 논농사 짓는 순서에 따라 노래를 청했다. 처음에 논가는 소리를 청했으나 안 불러 봤다고 하여 '모심는 소리'를 청해서 들었다. '모심는 소리'인 '하나 소리'를 두 번 연속해서 듣고, '논매는 소리', '방아 소리'와 가창유희요 '어랑 타령'을 청해 들었다. 이후 기존에 정리된 자료를 보고 이야기를 청했더니 '호랑이를 기절시켜 잡은 할아버지'를 들려주었다.

줄 거 리 : 할아버지가 채소밭에서 볼일을 보는데 호랑이가 나타났다. 이에 할아버지는 호랑이 꼬리를 잡고 당겼다 놨다 하여 호랑이를 기절시켜 잡았다.

우리 동네에 으르신인데(어르신인데), 나, 그이 양반이 돌아가신 거까지는 아니니까. 그 양반이 인제 뒤를 보러, 인제 변소에 가지 않고 그냥 채마밭 있는데 아마 대변을 봐 봤나봐. 근데 그 호랭이가 와서 물어갈려구 그 [호랑이가 덤벼드는 시늉을 하며] 이러드래. 꼬랑지를 붙잡구, 그 양반 장사지 뭐야. 꼬랑지를 붙잡구 이렇게 잡아땡겼다 놨다 하니까, 이놈이 가지도 못하구 오지도 못하구. 그래 가지구 낭중엔 그놈을 탈탈 죽였다구.

그 우리네가 죽이는 건 못 봤지. 그랬다구 소문이 그렇게 났드라구.
우리 아이들, 아이들 적에 그 할아버이 그렇게.

(조사자 : 독검리에서?)

그럼.

궁예와 장수나드리의 지명유래

자료코드 : 03_11_FOT_20110305_KDH_LJC_0002
조사장소 : 강원도 철원군 철원읍 대마2리 묘장로 341-3 이주창 댁
조사일시 : 2011.3.5
조 사 자 : 강등학, 이영식, 박은영, 이창현
제 보 자 : 이주창, 남, 85세
구연상황 : 『강원의 설화』에 정리된 이주창의 자료를 보고 연락을 하였다. 제보자가 몸이
　　　　　 불편하고 알고 있는 것도 다 잊어서 기억이 안 난다고 하였다. 그래도 약속을
　　　　　 하고 집을 방문하였더니 부부만 있었다. 방문 목적을 자세히 설명하니, 그동
　　　　　 안 역사와 설화 공부하는 사람이 다녀갔다는 말과 함께 자료집을 보여 주었
　　　　　 다. 이에 조사자는 설화는 물론 민요도 들으러 왔다고 하니, 제보자는 마을에
　　　　　 서 선소리꾼으로 활동했는데 지금 다 잊었다고 한다. 그래도 아는 데까지 가
　　　　　 르쳐 달라고 청했다. 먼저 제보자가 6·25 때 귀머거리 행세를 하며 지냈던
　　　　　 얘기를 들었다. 이어서 농사에 대해 물으니 논매기는 세 번을 했는데, 애벌은
　　　　　 호미로 하고 두벌은 손으로 세벌은 피나 뽑았다고 한다. 1968년 대마리에 입
　　　　　 주하여서는 여러 지역 사람들이 입주한 까닭에 심심하면 자신이 알고 있는
　　　　　 노래를 불렀다고 한다. 조사자는 우선 논농사 짓는 순서에 따라 노래를 청했
　　　　　 다. 처음에 '논가는 소리'를 청했으나 안 불러 봤다고 하여 '모심는 소리'를 청
　　　　　 해서 들었다. '모심는 소리'인 '하나 소리'를 두 번 연속해서 듣고, '논매는 소
　　　　　 리'인 '방아 소리'와 가창유희요 '어랑 타령'을 청해 들었다. 이후 기존에 정리
　　　　　 된 자료를 보고 이야기를 청했더니 '대변보며 호랑이 잡은 할아버지'를 들려
　　　　　 주었다. 이어서 '궁예와 장수나드리의 지명유래'를 얘기해 주었다.
줄 거 리 : 궁예왕 시절에 많은 장수들이 오고 가던 곳이라 장수나드리라 했다.

　왜 장수나드리라 하냐 하믄, 그게 옛날 얘기가 있어요. 장수나드리가

옛날에 군여왕(궁예왕)이 있을 적에, 군여왕 알죠?

(조사자 : 예, 궁예.)

예 군여왕 있을 적에 장수들을 여기 훈련할 적에 여기서 내달리면 장수가 쭈욱 이렇게 길이 있으니까, 일루두 가구 또 연천께 글루두 쭉 가구 장수들이 훈련을 그렇게 했대. 그렇게 해가지군 그 사람들이 일루 다 들어오는 거야 인제. 나, 여길루. 일루 들어오믄 대궐터로 가는 거야. 그 지금 대궐터라는 데 있잖우? 글루 가구. 그래서 여기가 장수나드리데, 장수나드리야. 장수, 장수가 그렇게, 즉 말하자면 지금으로 이르면 별자리 저하는 뭐지, 별자리 드나드는.

(조사자 : 장군들.)

응, 장군들 그나 한가지지 뭐. 그런 자리래 여기가.

욕심 많은 부자와 고수레의 유래

자료코드 : 03_11_FOT_20110305_KDH_LJC_0003
조사장소 : 강원도 철원군 철원읍 대마2리 묘장로 341-3 이주창 댁
조사일시 : 2011.3.5
조 사 자 : 강등학, 이영식, 박은영, 이창현
제 보 자 : 이주창, 남, 85세
구연상황 : 『강원의 설화』에 정리된 이주창의 자료를 보고 연락을 하였다. 제보자가 몸이 불편하고 알고 있는 것도 다 잊어서 기억이 안 난다고 하였다. 그래도 약속을 하고 집을 방문하였더니 부부만 있었다. 방문 목적을 자세히 설명하니, 그동안 역사와 설화 공부하는 사람이 다녀갔다는 말과 함께 자료집을 보여 주었다. 이에 조사자는 설화는 물론 민요도 들으러 왔다고 하니, 제보자는 마을에서 선소리꾼으로 활동했는데 지금 다 잊었다고 한다. 그래도 아는 데까지 가르쳐 달라고 청했다. 먼저 제보자가 6·25 때 귀머거리 행세를 하며 지냈던 얘기를 들었다. 이어서 농사에 대해 물으니 논매기는 세 번을 했는데, 애벌은 호미로 하고 두벌은 손으로 세벌은 피나 뽑았다고 한다. 1968년 대마리에 입주하여서는, 여러 지역 사람들이 입주한 까닭에 심심하면 자신이 알고 있는

노래를 불렀다고 한다. 조사자는 우선 논농사 짓는 순서에 따라 노래를 청했다. 처음에 '논가는 소리'를 청했으나 안 불러 봤다고 하여 '모심는 소리'를 청해서 들었다. '모심는 소리'인 '하나 소리'를 두 번 연속해서 듣고, '논매는 소리'인 '방아 소리'와 가창유희요 '어랑 타령'을 청해 들었다. 이후 기존에 정리된 자료를 보고 이야기를 청했더니 '대변보며 호랑이 잡은 할아버지', '궁예와 장수나드리의 지명유래'를 얘기해 주었다. 이어서 '욕심 많은 부자와 고수레의 유래'에 대하여 들었다.

줄 거 리 : 철원에 고지네가 살았는데 그는 부자이면서 욕심이 많았다. 그래서 사람들이 밥을 먹을 때도 그에게 더 많은 것을 주려고 '고시레' 외치면서 밥을 던져 주는 것이다.

예 고지네?

(조사자 : 네, 고지네.)

고지네 저기 살았어요, 저 월하리 내려가자마자 거기 살았어요. 네 거기 고지네 집이라고, 왜정 때 이 고지네 집이라고 으른들이 그래서 그.

(조사자 : 그러니까 부잔가요, 고지네라는 사람이?)

아 부자죠.

(조사자 : 그런데 인제 그 얘기가 혹시 아는 얘기 있으시면, 들은 바가 있으시면.)

그 고지네가 워낙 그 저 탐이 많아 가지구 뭐든지 아주, 그 돈두 많구, 쌀두 많구 그래 가지구 원만한 건, 그땐 못사는 사람들이 웬만한 건 인제 즘심도 인제 먹다가 인제 '고지네' 쌀 가져가라고, 밥 가져가라고 그렇게 해서 방아 찌구 그랬다 그러더라구. 고지네가 철원 살았어요.

(조사자 : 우리가 밥 먹고 그럴 때,)

(청중 : 고시래 하는 거.)

(조사자 : 고시래 하는 거 그거 말씀하시는 거예요?)

예.

(조사자 : 아, 그게 고시래 아니라 고지네 이래야 되는?)

고지네, 응 고지네. 고지네가 그렇게 욕심이 많대. 그래서 그게 아주 그 고지, 고시네가 됐지, 고시네.

(조사자 : 응 그러니까 고지네가 고시래가 된 거네.)

고시네.

(조사자 : 고시네.)

'고시네 집으로 가라!' 하는 건데 그게 고시네가 됐지.

(조사자 : 감기 걸릴 때도 그러나요, 여기서?)

예, 그게 다 글루. 감기 걸리는 것두 고시네, 고지네 집으루 가라 이기야.

(조사자 : 옛날 그렇게 하셨어요?)

아 옛날 그렇게, 아 우리도 점심 밥 먹다가 에 밥 요만큼 떠서 '에 고지네 집으루 가라!' 그게 고지네 집으루 가라 한 게 아니구, '고시네' 이렇게 하드라구.

부자 고지네의 지혜

자료코드 : 03_11_FOT_20110403_KDH_LJC_0001
조사장소 : 강원도 철원군 철원읍 대마2리 묘장로 341-3 이주창 댁
조사일시 : 2011.4.3
조 사 자 : 강등학, 이영식, 박은영, 이창현
제 보 자 : 이주창, 남, 85세
구연상황 : 3월 5일 1차 조사 때 채록하지 못한 '운상하는 소리'를 들으러 갔으나 이주 창의 건강이 허락지 않았다. 이에 궁금했던 민속에 대해 여쭙고 있자니 김춘 자가 메추라기 얘기를 했다. 이어서 김춘자에게 '원숭이 똥구멍은', '모래집 짓 는 소리'를 청해서 들었다. 옆에서 듣고 있던 이주창에게 지난 번 조사 때 불 러 주었던 '물 맑게 하는 소리'를 다시 부탁했다. 이주창의 소리를 듣고 지난 번 조사 때 들었던 고지네 얘기를 더 들었다. 건강 때문인지 발음이 좋지 않 았다.

줄 거 리 : 고지네가 동무들하고 쉬는데 어떤 사람이 와서 재 열 바리를 사라고 하여 고
지네는 많은 돈을 주고 샀다. 그러자 주위 사람들은 고지네가 미쳤다고 했다.
이에 고지네는 자기가 그걸 사지 않으면 그 사람은 자신의 집에 불을 놓을
것이기 때문에 샀다고 설명했다.

고지네가 저 워, 그니까 마 마실을 어디로 갔냐 하면은 월, 월하리로
마실을 댕기는데, 웬 사람 딱 들어오더니 재를 사라 이기야.

"재가 얼마나 되는지 재를 사라 하느냐"니까,

"재 한 여나무 바리 된다."고 말이야.

그 재 열 바리를 뭐하냔 말이야, 고지네가 부잔데.

"사겠다구."

"그 얼마냐?"니까,

얼마 얼마니라고 그 사람이 그러거던. 그 샀지 뭐야, 그걸. 그니까 이치
여느 사람이 볼 젠 미친놈으로 알잖아?

"저 미친놈 제기, 고지네 부잔데, 뭐 하러 그걸 사나"

아, 그 사람이,

(청중 : 돈을 많이 주고 보냈대.)

돈꺼정, 그니까 재 열 바리 값을 내라 그래서 재 열 바리 값을 주구서
산거야. 샀는데 아 그 뭐 하냐 이기야. 여느 사람이 볼 젠 미친놈이지, 부
잔데 또. 그래 이제 간 다음에,

"아니 재를 여보 그거 어떻게 뭘 할려고 사느냐?"

"저 사람이 재를 사랄 제는 벌써 재 안 사면 우리 집에다 불싸 놓을 사
람이라고 말이야. 그 사야 된다구. 그 내가 뭐 재를 뭐 하냐 이기야."

"내가 농사짓느냐 말이지. 그러믄서, 그래서 산 거라구."

그 재 열 바리 값을 주구서 사드래.

근데 그 머리가, 그 고지네가 그렇게 머리가 좋드래.

한알대 두알대 / 다리 뽑기 하는 소리

자료코드 : 03_11_FOS_20110305_KDH_KCJ_0001

조사장소 : 강원도 철원군 철원읍 대마2리 묘장로 341-3 이주창 댁

조사일시 : 2011.3.5

조 사 자 : 강등학, 이영식, 박은영, 이창현

제 보 자 : 김춘자, 여, 73세

구연상황 : 『강원의 설화』에 정리된 이주창의 자료를 보고 연락을 하였다. 제보자가 몸이
불편하고 알고 있는 것도 다 잊어서 기억이 안 난다고 하였다. 그래도 약속을
하고 집을 방문하였더니 부부만 있었다. 방문 목적을 자세히 설명하니, 그동
안 역사와 설화 공부하는 사람이 다녀갔다는 말과 함께 자료집을 보여 주었
다. 이에 조사자는 설화는 물론 민요도 들으러 왔다고 하니, 제보자는 마을에
서 선소리꾼으로 활동했는데 지금 다 잊었다고 한다. 그래도 아는 데까지 가
르쳐 달라고 청했다. 먼저 제보자가 6·25 때 귀머거리 행세를 하며 지냈던
얘기를 들었다. 이어서 농사에 대해 물으니 논매기는 세 번을 했는데, 애벌은
호미로 하고 두벌은 손으로 세벌은 피나 뽑았다고 한다. 1968년 대마리에 입
주하여서는 여러 지역 사람들이 입주한 까닭에 심심하면 자신이 알고 있는
노래를 불렀다고 한다. 조사자는 우선 논농사 짓는 순서에 따라 노래를 청했
다. 처음에 '논가는 소리'를 청했으나 안 불러 봤다고 하여 '모심는 소리'를 청
해서 들었다. '모심는 소리'인 '하나 소리'를 두 번 연속해서 듣고, '논매는 소
리'인 '방아 소리'와 가창유희요 '어랑 타령'을 청해 들었다. 이후 기존에 정리
된 자료를 보고 이야기를 청해서 '호랑이를 기절시켜 잡은 할아버지', '장수들
이 드나들었던 장수나드리', '욕심 많은 고수레'에 대하여 들었다. 이어서 마을
의 민속에 대해 들었다. 대화 중 '말꾼방', '말방'이라는 말이 나와 궁금해 했
더니 사랑방과 같은 거라고 설명했다. 이에 조사자가 그 말꾼방에서 부르고
들었던 노래를 청하여 아리랑, 노랫가락을 들었다. 점심을 조사자 집에서 만
둣국을 먹고 잠시 쉬면서 산에 나무하던 얘기를 나누다가 독검리에서 나무할
때 부르던 노래를 두 번 청해서 들었다. 이어서 일제 때 논을 개간하면서 돌
을 나르며 불렀다는 목도 소리를 청해 들었다. 장시간 조사에 제보자가 힘들
어 하는 거 같아 분위기를 바꾸려고 전래동요를 부탁하여 '물 맑게 하는 소

리', '메뚜기 부리는 소리'를 들었다. 잠시 이야기를 나누다가 오전에 부르지 못한 '상사 소리'를 청해 들었다. 조사자가 '다리 뽑기 하는 소리'를 묻자 이주창은 모른다고 했다. 이때 옆에서 있던 김춘자가 이렇게 하는 거라며 다리를 뻗어 세면서 불렀다.

한알대 두알대
영랑 거지
팔대 장군
고드래 만드래
뽕

이랴 소리 / 밭가는 소리

자료코드 : 03_11_FOS_20110305_KDH_PBC_0001
조사장소 : 강원도 철원군 철원읍 화지4리 금학로 335 화지4리 경로당
조사일시 : 2011.3.5
조 사 자 : 강등학, 이영식, 박은영, 이창현
제 보 자 : 박보천, 남, 78세
구연상황 : 대마리에서 화지4리 마을에 토박이 어른들이 많다고 해서 경로당을 방문했다. 경로당에는 회원들이 여러 패로 나뉘어 화투와 술을 마시고 있었다. 방문 목적을 전하니 관심을 보인 분은 주이표, 배경성, 박보천 등이었다. 특히 주이표는 농사를 지으며 소리를 많이 불렀다고 하여 기대를 걸었으나 약주가 과한 탓인지 조사자가 원하는 것을 내놓지 못했다. 이에 조사자가 농사와 관련된 노래를 청하니 풍년가를 시원스럽게 불렀다. 풍년가를 듣고 있던 박보천이 '이랴 소리'를 불렀다. 처음에 부른 소리는 주위 분들의 잡음이 들어가 다시 청해서 들었다.

이려~
마라소야 울러서면서 어후 워어
비둘지(비뚤지) 말고 제골수루만 나가자

에어어이 이려~

마라소 올라서이면 에에 어아

덩어리 소리 / 논매는 소리

자료코드 : 03_11_FOS_20110403_KDH_PHH_0001
조사장소 : 강원도 철원군 철원읍 관전리 금강산로 367 박형희 댁
조사일시 : 2011.4.3
조 사 자 : 강등학, 이영식, 박은영, 이창현
제 보 자 : 박형희, 남, 92세
구연상황 : 대마리 이주창 댁에서 2차 조사를 한 후 지나가는 길에 박형희를 만났다. 집
앞 길가에서 봄나물을 캐고 집으로 들어가는 중이었다. 길에서 예전 농사지을
때 부르던 소리를 아느냐고 묻자 대뜸 '덩어리 소리'를 불렀다. 녹음도 준비가
안 된 상태라 댁에 가서 다시 불러 달라고 부탁했다. 집에서 녹음 준비를 하
고 다시 소리를 청했더니 자꾸만 다른 말을 하기에 어려움을 겪었다. 그래도
여러 번을 부탁하여 겨우 이 소리를 들을 수 있었다. 모심는 거는 남녀가 함
께 심었고, 애벌은 남자들이 호미로 맸다고 한다. '덩어리 소리'는 남자들이
애벌 때 부르는 것인데, 제보자는 이 소리를 논에 음식을 해 나르면서 들은
것이라 한다. 그러면서 그때가 좋았다고 한다.

쇠뿔같은 더덕짠지

발발찢어 도라짠지

외씨같은 흰이밥에

애논 찍을 적에 그 하는 소리야, 애논 찍을 적에.

(조사자 : 애논 찍을 적에?)

그럼, 다른 건 아무 것도 아니야.

[호미질을 하는 시늉을 하면서] 애논만 이렇게 호무(호미)라다 이렇게
이렇게 찍으려고 하는 거야, 이렇게.

어랑 타령 / 모심는 소리

자료코드 : 03_11_FOS_20110403_KDH_YSN_0001
조사장소 : 강원도 철원군 철원읍 월하리 월하1길 8-22 월하리 경로당
조사일시 : 2011.4.3
조 사 자 : 강등학, 이영식, 박은영, 이창현
제 보 자 : 윤승남, 여, 87세

구연상황 : 관전리에서 박형희를 만나고 월하리 경로당을 방문했다. 경로당에 들어서니 세 분의 할머니들께서 점심을 들고 있었다. 방문 목적을 말씀드리니 다들 여기 사람이 아니라고 했다. 이에 조사자가 그래도 여기서 오래 사신 거 아니냐고 묻자 웃으면서 아무 말도 안 했다. 잠시 기다렸다가 본격적으로 질문을 하였다. 처음에는 마을에 전해 오는 얘기를 청했으나 별반 아는 것이 없다고 한다. 그래서 논농사와 관련된 민속과 소리를 질문하였더니, 제보자는 여기에 와서 보고 겪은 것이라며 설명을 해 주었다. 모심을 때 여자들이 주로 심고 남자들은 모쟁이를 했다. 1960년 대 초에는 모심을 때 이곳에서만 부르던 특별한 소리는 없었다고 한다. 단지 새참에 막걸리 한 잔하고 술 담았던 통을 두드리며 노래를 한바탕 부르고 난 후 다시 논에 들어가 모를 심었다. 당시 논둑에서 놀 때나 모심을 때는 '어랑 타령', '뱃노래' 등을 많이 불렀다. 이렇게 1970년대 초까지 심었으며, 이후 이앙기가 들어와 손모는 안 했다. 그리고 당시에는 봇물 사정이 좋지 않아 모심으러 갔다가 논에 물이 없어서 돌아온 경우도 있었다. 물 사정이 좋아진 건 1980년대 이후부터라고 한다. 이야기를 끝내고 모심을 때 노래를 청하니 논둑에서 부르던 노래를 그대로 불렀다면서 '어랑 타령'을 불렀다.

신고산이 우루룽 화물차떠나는 소리에
고무공장 큰애기 단봇짐만 싸노라
어랑어랑 어허야 어험마둥기야 요것도 모두다 내사랑

그런 노래했지 뭐. 그런 거지 뭐.

사발가 / 가창유희요

자료코드 : 03_11_FOS_20110403_KDH_YSN_0002

조사장소 : 강원도 철원군 철원읍 월하리 월하1길 8-22 월하리 경로당

조사일시 : 2011.4.3

조 사 자 : 강등학, 이영식, 박은영, 이창현

제 보 자 : 윤승남, 여, 87세

구연상황 : 관전리에서 박형희를 만나고 월하리 경로당을 방문했다. 경로당에 들어서니
세 분의 할머니들께서 점심을 들고 있었다. 방문 목적을 말씀드리니 다들 여
기 사람이 아니라고 했다. 이에 조사자가 그래도 여기서 오래 사신 거 아니냐
고 묻자 웃으면서 아무 말도 안 했다. 잠시 기다렸다가 본격적으로 질문을 하
였다. 처음에는 마을에 전해 오는 얘기를 청했으나 별반 아는 것이 없다고 한
다. 그래서 논농사와 관련된 민속과 소리를 질문하였더니, 제보자는 여기에
와서 보고 겪은 것이라며 설명을 해 주었다. 모심을 때 여자들이 주로 심고
남자들은 모쟁이를 했다. 1960년 대 초에는 모심을 때 이곳에서만 부르던 특
별한 소리는 없었다고 한다. 단지 새참에 막걸리 한 잔하고 술 담았던 통을
두드리며 노래를 한바탕 부르고 난 후 다시 논에 들어가 모를 심었다. 당시
논둑에서 놀 때나 모심을 때는 '어랑 타령', '뱃노래' 등을 많이 불렀다. 이렇
게 1970년대 초까지 심었으며, 이후 이앙기가 들어와 손모는 안 했다. 그리고
당시에는 봇물 사정이 좋지 않아 모심으러 갔다가 논에 물이 없어서 돌아온
경우도 있었다. 물 사정이 좋아진 건 1980년대 이후부터라고 한다. 이야기를
끝내고 모심을 때 노래를 청하니, 논둑에서 부르던 노래를 그대로 불렀다면서
'어랑 타령'을 불렀다. '어랑 타령'을 듣고 다른 노래를 하나 더 청하니, 그
노래가 그 노래면서 '사발가'를 불렀다. 후렴은 '어랑 타령'으로 불렸다. 이후
'논매는 소리'에 대해 물었으나, 제보자는 여기에 와서 '논매는 소리'를 듣지
못했다고 한다.

석탄백탄 타는디는 연기나폴폴 나고요

요내가슴 타는데 연기도김도 안나네

어랑어랑 어허야 어험마둥기야 요것도 모두다 내사랑

그렇게 놀았지 뭐.

하나 소리(1) / 모심는 소리

자료코드 : 03_11_FOS_20110305_KDH_LJC_0001_s01-01
조사장소 : 강원도 철원군 철원읍 대마2리 묘장로 341-3 이주창 댁
조사일시 : 2011.3.5
조 사 자 : 강등학, 이영식, 박은영, 이창현
제 보 자 : 이주창, 남, 85
구연상황 : 『강원의 설화』에 정리된 이주창의 자료를 보고 연락을 하였다. 제보자가 몸이
불편하고 알고 있는 것도 다 잊어서 기억이 안 난다고 하였다. 그래도 약속을
하고 집을 방문하였더니 부부만 있었다. 방문 목적을 자세히 설명하니, 그동
안 역사와 설화 공부하는 사람이 다녀갔다는 말과 함께 자료집을 보여 주었
다. 이에 조사자는 설화는 물론 민요도 들으러 왔다고 하니 제보자는 마을에
서 선소리꾼으로 활동했는데 지금 다 잊었다고 한다. 그래도 아는 데까지 가
르쳐 달라고 청했다. 먼저 제보자가 6·25 때 귀머거리 행세를 하며 지냈던
얘기를 들었다. 이어서 농사에 대해 물으니 논매기는 세 번을 했는데, 애벌은
호미로 하고 두벌은 손으로 세벌은 피나 뽑았다고 한다. 1968년 대마리에 입
주하여서는 여러 지역 사람들이 입주한 까닭에 심심하면 자신이 알고 있는
노래를 불렀다고 한다. 조사자는 우선 논농사 짓는 순서에 따라 노래를 청했
다. 처음에 논가는 소리를 청했으나 안 불러 봤다고 하여 '모심는 소리'를 청
해서 들었다.

하나 허나 하나기로 구나
여기도 하나 저기서도 허나
모내기 소리가 처량도 허다

하나 소리(2) / 모심는 소리

자료코드 : 03_11_FOS_20110305_KDH_LJC_0001_s01_02
조사장소 : 강원도 철원군 철원읍 대마2리 묘장로 341-3 이주창 댁
조사일시 : 2011.3.5
조 사 자 : 강등학, 이영식, 박은영, 이창현
제 보 자 : 이주창, 남, 85세

구연상황 : 『강원의 설화』에 정리된 이주창의 자료를 보고 연락을 하였다. 제보자가 몸이
불편하고 알고 있는 것도 다 잊어서 기억이 안 난다고 하였다. 그래도 약속을
하고 집을 방문하였더니 부부만 있었다. 방문 목적을 자세히 설명하니, 그동
안 역사와 설화 공부하는 사람이 다녀갔다는 말과 함께 자료집을 보여 주었
다. 이에 조사자는 설화는 물론 민요도 들으러 왔다고 하니, 제보자는 마을에
서 선소리꾼으로 활동했는데 지금 다 잊었다고 한다. 그래도 아는 데까지 가
르쳐 달라고 청했다. 먼저 제보자가 6・25 때 귀머거리 행세를 하며 지냈던
얘기를 들었다. 이어서 농사에 대해 물으니 논매기는 세 번을 했는데, 애벌은
호미로 하고 두벌은 손으로 세벌은 피나 뽑았다고 한다. 1968년 대마리에 입
주하여서는, 여러 지역 사람들이 입주한 까닭에 심심하면 자신이 알고 있는
노래를 불렀다고 한다. 조사자는 우선 논농사 짓는 순서에 따라 노래를 청했
다. 처음에 논가는 소리를 청했으나 안 불러 봤다고 하여 '모심는 소리'를 청
해서 들었다. 다른 사설을 들을 요량으로 해서 한 번 더 부탁했다.

하나 하나 하나기로 구나
먼데 사람 듣기나 좋게
가까운데 사람은 보기도 좋게

방아 소리 / 논매는 소리

자료코드 : 03_11_FOS_20110305_KDH_LJC_0001_s02_01
조사장소 : 강원도 철원군 철원읍 대마2리 묘장로 341-3 이주창 댁
조사일시 : 2011.3.5
조 사 자 : 강등학, 이영식, 박은영, 이창현
제 보 자 : 이주창, 남, 85세
구연상황 : 『강원의 설화』에 정리된 이주창의 자료를 보고 연락을 하였다. 제보자가 몸이
불편하고 알고 있는 것도 다 잊어서 기억이 안 난다고 하였다. 그래도 약속을
하고 집을 방문하였더니 부부만 있었다. 방문 목적을 자세히 설명하니, 그동
안 역사와 설화 공부하는 사람이 다녀갔다는 말과 함께 자료집을 보여 주었
다. 이에 조사자는 설화는 물론 민요도 들으러 왔다고 하니 제보자는 마을에
서 선소리꾼으로 활동했는데 지금 다 잊었다고 한다. 그래도 아는 데까지 가

르쳐 달라고 청했다. 먼저 제보자가 6·25 때 귀머거리 행세를 하며 지냈던 얘기를 들었다. 이어서 농사에 대해 물으니 논매기는 세 번을 했는데, 애벌은 호미로 하고 두벌은 손으로 세벌은 피나 뽑았다고 한다. 1968년 대마리에 입주하여서는 여러 지역 사람들이 입주한 까닭에 심심하면 자신이 알고 있는 노래를 불렀다고 한다. 조사자는 우선 논농사 짓는 순서에 따라 노래를 청했다. 처음에 논가는 소리를 청했으나 안 불러 봤다고 하여 '모심는 소리'를 청해서 들었다. '모심는 소리'인 '하나 소리'를 두 번 연속해서 듣고 이어 '논매는 소리'를 부탁했다. 예전에 살던 독검리에서는[독검리는 대마리에서 20리 거리에 있다. 독검리 사람들이 철원장을 갈 때면 대마리를 거쳐야 했다.] 애벌 때 '덩어리 소리'는 안 하고 호미로 논을 매면서 '방아 소리'를 했다면서 '방아 소리'를 불렀다. 조사가 끝날 무렵 철원문화원에서 발행한 책자를 보고 '덩어리 소리'도 불렀다고 했다. 그러나 소리를 청했으나 부르지 못했다.

에헐싸 방아야

이방아가 뉘방아냐

강태공의 조적방아

에헐싸 방아야

상사 소리 / 논매는 소리

자료코드 : 03_11_FOS_20110305_KDH_LJC_0001_s02_02

조사장소 : 강원도 철원군 철원읍 대마2리 묘장로 341-3 이주창 댁

조사일시 : 2011.3.5

조 사 자 : 강등학, 이영식, 박은영, 이창현

제 보 자 : 이주창, 남, 85세

구연상황 : 『강원의 설화』에 정리된 이주창의 자료를 보고 연락을 하였다. 제보자가 몸이 불편하고 알고 있는 것도 다 잊어서 기억이 안 난다고 하였다. 그래도 약속을 하고 집을 방문하였더니 부부만 있었다. 방문 목적을 자세히 설명하니, 그동안 역사와 설화 공부하는 사람이 다녀갔다는 말과 함께 자료집을 보여 주었다. 이에 조사자는 설화는 물론 민요도 들으러 왔다고 하니 제보자는 마을에서 선소리꾼으로 활동했는데 지금 다 잊었다고 한다. 그래도 아는 데까지 가

르쳐 달라고 청했다. 먼저 제보자가 6 · 25 때 귀머거리 행세를 하며 지냈던 얘기를 들었다. 이어서 농사에 대해 물으니 논매기는 세 번을 했는데, 애벌은 호미로 하고 두벌은 손으로 세벌은 피나 뽑았다고 한다. 1968년 대마리에 입주하여서는 여러 지역 사람들이 입주한 까닭에 심심하면 자신이 알고 있는 노래를 불렀다고 한다. 조사자는 우선 논농사 짓는 순서에 따라 노래를 청했다. 처음에 논가는 소리를 청했으나 안 불러 봤다고 하여 '모심는 소리'를 청해서 들었다. '모심는 소리'인 '하나 소리'를 두 번 연속해서 듣고, '논매는 소리'인 '방아 소리'와 가창유희요 '어랑 타령'을 청해 들었다. 이후 기존에 정리된 자료를 보고 이야기를 청해서 '호랑이를 기절시켜 잡은 할아버지', '장수들이 드나들었던 장수나드리', '욕심 많은 고수레'에 대하여 들었다. 이어서 마을의 민속에 대해 들었다. 대화 중 '말꾼방', '말방'이라는 말이 나와 궁금해 했더니 사랑방과 같은 거라고 설명했다. 이에 조사자가 그 말꾼방에서 부르고 들었던 노래를 청하여 아리랑, 노랫가락을 들었다. 점심을 조사자 집에서 만둣국을 먹고 잠시 쉬면서 산에 나무하던 얘기를 나누다가 독검리에서 나무할 때 부르던 노래를 두 번 청해서 들었다. 이어서 일제 때 논을 개간하면서 돌을 나르며 불렀다는 '목도 소리'를 청해 들었다. 장시간 조사에 제보자가 힘들어 하는 거 같아 분위기를 바꾸려고 전래동요를 부탁하여 '물 맑게 하는 소리', '메뚜기 부리는 소리'를 들었다. 잠시 이야기를 나누다가 오전에 부르지 못한 상사소리를 청해 들었다. '상사 소리'는 손으로 두벌 맬 때 부르는 소리라고 한다.

에허래비 상사디아
상사부사가 동지사니라
에헐사 상사디아
상사부사가 동지사구나

어랑 타령 / 가창유희요

자료코드 : 03_11_FOS_20110305_KDH_LJC_0002
조사장소 : 강원도 철원군 철원읍 대마2리 묘장로 341-3 이주창 댁
조사일시 : 2011.3.5

조 사 자 : 강등학, 이영식, 박은영, 이창현
제 보 자 : 이주창, 남, 85세
구연상황 : 『강원의 설화』에 정리된 이주창의 자료를 보고 연락을 하였다. 제보자가 몸이
불편하고 알고 있는 것도 다 잊어서 기억이 안 난다고 하였다. 그래도 약속을
하고 집을 방문하였더니 부부만 있었다. 방문 목적을 자세히 설명하니, 그동
안 역사와 설화 공부하는 사람이 다녀갔다는 말과 함께 자료집을 보여 주었
다. 이에 조사자는 설화는 물론 민요도 들으러 왔다고 하니, 제보자는 마을에
서 선소리꾼으로 활동했는데 지금 다 잊었다고 한다. 그래도 아는 데까지 가
르쳐 달라고 청했다. 먼저 제보자가 6·25 때 귀머거리 행세를 하며 지냈던
얘기를 들었다. 이어서 농사에 대해 물으니 논매기는 세 번을 했는데, 애벌은
호미로 하고 두벌은 손으로 세벌은 피나 뽑았다고 한다. 1968년 대마리에 입
주하여서는, 여러 지역 사람들이 입주한 까닭에 심심하면 자신이 알고 있는
노래를 불렀다고 한다. 조사자는 우선 논농사 짓는 순서에 따라 노래를 청했
다. 처음에 논가는 소리를 청했으나 안 불러 봤다고 하여 '모심는 소리'를 청
해서 들었다. '모심는 소리'인 '하나 소리'를 두 번 연속해서 들었다. 이어서
'논매는 소리'를 부탁하여 애벌 때 부르는 '방아소리'를 청해 들었다. 이후 농
사와 관련된 얘기와 철원장에 대해 들었다. 해방 전 철원장에는 원산에서 생
선을 기차에 싣고 오는 사람들이 많았다고 한다. 이에 조사자가 '어랑 타령'을
청했더니, '어랑 타령'은 많이 했다고 하면서 불러 주었다.

신고산이 우루루 화물차떠나는 소리에
고무공장 큰애기 변또밥만 싸누나
어랑어랑 어허야 어이야 더야

본조 아리랑 / 가창유희요

자료코드 : 03_11_FOS_20110305_KDH_LJC_0003
조사장소 : 강원도 철원군 철원읍 대마2리 묘장로 341-3 이주창 댁
조사일시 : 2011.3.5
조 사 자 : 강등학, 이영식, 박은영, 이창현
제 보 자 : 이주창, 남, 85세

구연상황 :『강원의 설화』에 정리된 이주창의 자료를 보고 연락을 하였다. 제보자가 몸이 불편하고 알고 있는 것도 다 잊어서 기억이 안 난다고 하였다. 그래도 약속을 하고 집을 방문하였더니 부부만 있었다. 방문 목적을 자세히 설명하니, 그동 안 역사와 설화 공부하는 사람이 다녀갔다는 말과 함께 자료집을 보여 주었 다. 이에 조사자는 설화는 물론 민요도 들으러 왔다고 하니, 제보자는 마을에 서 선소리꾼으로 활동했는데 지금 다 잊었다고 한다. 그래도 아는 데까지 가 르쳐 달라고 청했다. 먼저 제보자가 6·25 때 귀머거리 행세를 하며 지냈던 얘기를 들었다. 이어서 농사에 대해 물으니 논매기는 세 번을 했는데, 애벌은 호미로 하고 두벌은 손으로 세벌은 피나 뽑았다고 한다. 1968년 대마리에 입 주하여서는, 여러 지역 사람들이 입주한 까닭에 심심하면 자신이 알고 있는 노래를 불렀다고 한다. 조사자는 우선 논농사 짓는 순서에 따라 노래를 청했 다. 처음에 논가는 소리를 청했으나 안 불러 봤다고 하여 '모심는 소리'를 청 해서 들었다. '모심는 소리'인 '하나 소리'를 두 번 연속해서 듣고, '논매는 소 리'인 '방아 소리'와 가창유희요 '어랑 타령'을 청해 들었다. 이후 기존에 정리 된 자료를 보고 이야기를 청해서 '호랑이를 기절시켜 잡은 할아버지', '장수들 이 드나들었던 장수나드리', '욕심 많은 고수레'에 대하여 들었다. 이어서 마 을의 민속에 대해 들었다. 대화 중 "말꾼방", "말방"이라는 말이 나와 궁금해 했더니 사랑방과 같은 거라고 설명했다. 이에 조사자가 그 말꾼방에서 부르고 들었던 노래를 청하자 '아리랑'을 불렀다.

아리랑 아리랑 아라리 요
아리랑 고개로 넘어 간다
나를 데려가소 나를 데려가소
한양에 낭군아 나를 데려가라

노랫가락 / 가창유희요

자료코드 : 03_11_FOS_20110305_KDH_LJC_0004
조사장소 : 강원도 철원군 철원읍 대마2리 묘장로 341-3 이주창 댁
조사일시 : 2011.3.5
조 사 자 : 강등학, 이영식, 박은영, 이창현

제 보 자 : 이주창, 남, 85세

구연상황 : 『강원의 설화』에 정리된 이주창의 자료를 보고 연락을 하였다. 제보자가 몸이
불편하고 알고 있는 것도 다 잊어서 기억이 안 난다고 하였다. 그래도 약속을
하고 집을 방문하였더니 부부만 있었다. 방문 목적을 자세히 설명하니, 그동
안 역사와 설화 공부하는 사람이 다녀갔다는 말과 함께 자료집을 보여 주었
다. 이에 조사자는 설화는 물론 민요도 들으러 왔다고 하니, 제보자는 마을에
서 선소리꾼으로 활동했는데 지금 다 잊었다고 한다. 그래도 아는 데까지 가
르쳐 달라고 청했다. 먼저 제보자가 6·25 때 귀머거리 행세를 하며 지냈던
얘기를 들었다. 이어서 농사에 대해 물으니 논매기는 세 번을 했는데, 애벌은
호미로 하고 두벌은 손으로 세벌은 피나 뽑았다고 한다. 1968년 대마리에 입
주하여서는 여러 지역 사람들이 입주한 까닭에 심심하면 자신이 알고 있는
노래를 불렀다고 한다. 조사자는 우선 논농사 짓는 순서에 따라 노래를 청했
다. 처음에 논가는 소리를 청했으나 안 불러 봤다고 하여 '모심는 소리'를 청
해서 들었다. '모심는 소리'인 '하나 소리'를 두 번 연속해서 듣고, '논매는
소리'인 '방아 소리'와 가창유희요 '어랑 타령'을 청해 들었다. 이후 기존에 정
리된 자료를 보고 이야기를 청해서 '호랑이를 기절시켜 잡은 할아버지', '장
수들이 드나들었던 장수나드리', '욕심 많은 고수레'에 대하여 들었다. 이어서
마을의 민속에 대해 들었다. 대화 중 "말꾼방", "말방"이라는 말이 나와 궁금
해 했더니 사랑방과 같은 거라고 설명했다. 이에 조사자가 그 말꾼방에서 부
르고 들었던 노래를 청하자 '아리랑'을 불렀다. 아리랑에 이어서 '노랫가락'
을 불렀다.

놀아 젊어서놀아 늙어지면은 못노리라

화무는 십일홍이요 달도둥글면 기우나니

인생은 일장춘몽이 아니노지는 못하리라

올라간다 올라간다(1) / 나무하는 소리

자료코드 : 03_11_FOS_20110305_KDH_LJC_0005

조사장소 : 강원도 철원군 철원읍 대마2리 묘장로 341-3 이주창 댁

조사일시 : 2011.3.5

조 사 자 : 강등학, 이영식, 박은영, 이창현

제 보 자 : 이주창, 남, 85세

구연상황 : 『강원의 설화』에 정리된 이주창의 자료를 보고 연락을 하였다. 제보자가 몸이
불편하고 알고 있는 것도 다 잊어서 기억이 안 난다고 하였다. 그래도 약속을
하고 집을 방문하였더니 부부만 있었다. 방문 목적을 자세히 설명하니, 그동
안 역사와 설화 공부하는 사람이 다녀갔다는 말과 함께 자료집을 보여 주었
다. 이에 조사자는 설화는 물론 민요도 들으러 왔다고 하니, 제보자는 마을에
서 선소리꾼으로 활동했는데 지금 다 잊었다고 한다. 그래도 아는 데까지 가
르쳐 달라고 청했다. 먼저 제보자가 6 · 25 때 귀머거리 행세를 하며 지냈던
얘기를 들었다. 이어서 농사에 대해 물으니 논매기는 세 번을 했는데, 애벌은
호미로 하고 두벌은 손으로 세벌은 피나 뽑았다고 한다. 1968년 대마리에 입
주하여서는 여러 지역 사람들이 입주한 까닭에 심심하면 자신이 알고 있는
노래를 불렀다고 한다. 조사자는 우선 논농사 짓는 순서에 따라 노래를 청했
다. 처음에 논가는 소리를 청했으나 안 불러 봤다고 하여 '모심는 소리'를 청
해서 들었다. '모심는 소리'인 '하나 소리'를 두 번 연속해서 듣고, '논매는
소리'인 '방아 소리'와 가창유희요 '어랑 타령'을 청해 들었다. 이후 기존에
정리된 자료를 보고 이야기를 청해서 '호랑이를 기절시켜 잡은 할아버지',
'장수들이 드나들었던 장수나드리', '욕심 많은 고수레'에 대하여 들었다. 이
어서 마을의 민속에 대해 들었다. 대화 중 "말꾼방", "말방"이라는 말이 나와
궁금해 했더니 사랑방과 같은 거라고 설명했다. 이에 조사자가 그 말꾼방에서
부르고 들었던 노래를 청하여 '아리랑', '노랫가락'을 들었다. 점심을 조사자
집에서 만둣국을 먹고 잠시 쉬면서 산에 나무하던 얘기를 나누다가 독검리에
서 나무할 때 부르던 노래를 두 번 청해서 들었다. 나무는 보통 음력 7월에
수십 명이 모여서 하는데, 기러기 날아가는 형태로 자리 잡아 올라가면서 나
무를 벤다고 한다. 예전 독검리에서는 나무를 해서 철원장에 내다팔기도 했다
고 한다.

올라간다 올라간다
기러기형으로만 올라가세

올라간다 올라간다(2) / 나무하는 소리

자료코드 : 03_11_FOS_20110305_KDH_LJC_0006
조사장소 : 강원도 철원군 철원읍 대마2리 묘장로 341-3 이주창 댁
조사일시 : 2011.3.5
조 사 자 : 강등학, 이영식, 박은영, 이창현
제 보 자 : 이주창, 남, 85세
청   중 : 김춘자
구연상황 : 『강원의 설화』에 정리된 이주창의 자료를 보고 연락을 하였다. 제보자가 몸이
불편하고 알고 있는 것도 다 잊어서 기억이 안 난다고 하였다. 그래도 약속을
하고 집을 방문하였더니 부부만 있었다. 방문 목적을 자세히 설명하니, 그동
안 역사와 설화 공부하는 사람이 다녀갔다는 말과 함께 자료집을 보여 주었
다. 이에 조사자는 설화는 물론 민요도 들으러 왔다고 하니, 제보자는 마을에
서 선소리꾼으로 활동했는데 지금 다 잊었다고 한다. 그래도 아는 데까지 가
르쳐 달라고 청했다. 먼저 제보자가 6·25 때 귀머거리 행세를 하며 지냈던
얘기를 들었다. 이어서 농사에 대해 물으니 논매기는 세 번을 했는데, 애벌은
호미로 하고 두벌은 손으로 세벌은 피나 뽑았다고 한다. 1968년 대마리에 입
주하여서는 여러 지역 사람들이 입주한 까닭에 심심하면 자신이 알고 있는
노래를 불렀다고 한다. 조사자는 우선 논농사 짓는 순서에 따라 노래를 청했
다. 처음에 논가는 소리를 청했으나 안 불러 봤다고 하여 '모심는 소리'를 청
해서 들었다. '모심는 소리'인 '하나 소리'를 두 번 연속해서 듣고, '논매는
소리'인 '방아 소리'와 가창유희요 '어랑 타령'을 청해 들었다. 이후 기존에
정리된 자료를 보고 이야기를 청해서 '호랑이를 기절시켜 잡은 할아버지',
'장수들이 드나들었던 장수나드리', '욕심 많은 고수레'에 대하여 들었다. 이
어서 마을의 민속에 대해 들었다. 대화 중 '말꾼방', '말방'이라는 말이 나와
궁금해 했더니 사랑방과 같은 거라고 설명했다. 이에 조사자가 그 말꾼방에서
부르고 들었던 노래를 청하여 '아리랑', '노랫가락'을 들었다. 점심을 조사자
집에서 만둣국을 먹고 잠시 쉬면서 산에 나무하던 얘기를 나누다가 독검리에
서 나무할 때 부르던 노래를 두 번 청해서 들었다. 나무는 보통 음력 7월에
수십 명이 모여서 하는데, 기러기 날아가는 형태로 자리 잡아 올라가면서 나
무를 벤다고 한다. 예전 독검리에서는 나무를 해서 철원장에 내다팔기도 했다
고 한다.

올라간다 올라간다

상상봉 마루에루 올라간다

허영차 소리 / 목도하는 소리

자료코드 : 03_11_FOS_20110305_KDH_LJC_0007
조사장소 : 강원도 철원군 철원읍 대마2리 묘장로 341-3 이주창 댁
조사일시 : 2011.3.5
조 사 자 : 강등학, 이영식, 박은영, 이창현
제 보 자 : 이주창, 남, 85세
구연상황 : 『강원의 설화』에 정리된 이주창의 자료를 보고 연락을 하였다. 제보자가 몸이
불편하고 알고 있는 것도 다 잊어서 기억이 안 난다고 하였다. 그래도 약속을
하고 집을 방문하였더니 부부만 있었다. 방문 목적을 자세히 설명하니, 그동
안 역사와 설화 공부하는 사람이 다녀갔다는 말과 함께 자료집을 보여 주었
다. 이에 조사자는 설화는 물론 민요도 들으러 왔다고 하니, 제보자는 마을에
서 선소리꾼으로 활동했는데 지금 다 잊었다고 한다. 그래도 아는 데까지 가
르쳐 달라고 청했다. 먼저 제보자가 6·25 때 귀머거리 행세를 하며 지냈던
얘기를 들었다. 이어서 농사에 대해 물으니 논매기는 세 번을 했는데, 애벌은
호미로 하고 두벌은 손으로 세벌은 피나 뽑았다고 한다. 1968년 대마리에 입
주하여서는 여러 지역 사람들이 입주한 까닭에 심심하면 자신이 알고 있는
노래를 불렀다고 한다. 조사자는 우선 논농사 짓는 순서에 따라 노래를 청했
다. 처음에 논가는 소리를 청했으나 안 불러 봤다고 하여 '모심는 소리'를 청
해서 들었다. '모심는 소리'인 '하나 소리'를 두 번 연속해서 듣고, '논매는 소
리'인 '방아 소리'와 가창유희요 '어랑 타령'을 청해 들었다. 이후 기존에 정리
된 자료를 보고 이야기를 청해서 '호랑이를 기절시켜 잡은 할아버지', '장수들
이 드나들었던 장수나드리', '욕심 많은 고수레'에 대하여 들었다. 이어서 마을
의 민속에 대해 들었다. 대화 중 "말꾼방", "말방"이라는 말이 나와 궁금해 했
더니 사랑방과 같은 거라고 설명했다. 이에 조사자가 그 말꾼방에서 부르고
들었던 노래를 청하여 '아리랑', '노랫가락'을 들었다. 점심을 조사자 집에서
만둣국을 먹고 잠시 쉬면서 산에 나무하던 얘기를 나누다가 독검리에서 나무
할 때 부르던 노래를 두 번 청해서 들었다. 이어서 일제 때 논을 개간하면서
돌을 나르며 불렀다는 소리를 청했다. 제보자가 목이 좋지 않아 소리가 제대
로 안 나온다고 했다.

헤이~

헤이여 어이차 어차

이러믄선.

창창 맑아라(1) / 물 맑게 하는 소리

자료코드 : 03_11_FOS_20110305_KDH_LJC_0008
조사장소 : 강원도 철원군 철원읍 대마2리 묘장로 341-3 이주창 댁
조사일시 : 2011.3.5
조 사 자 : 강등학, 이영식, 박은영, 이창현
제 보 자 : 이주창, 남, 85세
구연상황 : 『강원의 설화』에 정리된 이주창의 자료를 보고 연락을 하였다. 제보자가 몸이
불편하고 알고 있는 것도 다 잊어서 기억이 안 난다고 하였다. 그래도 약속을
하고 집을 방문하였더니 부부만 있었다. 방문 목적을 자세히 설명하니, 그동
안 역사와 설화 공부하는 사람이 다녀갔다는 말과 함께 자료집을 보여 주었
다. 이에 조사자는 설화는 물론 민요도 들으러 왔다고 하니, 제보자는 마을에
서 선소리꾼으로 활동했는데 지금 다 잊었다고 한다. 그래도 아는 데까지 가
르쳐 달라고 청했다. 먼저 제보자가 6·25 때 귀머거리 행세를 하며 지냈던
얘기를 들었다. 이어서 농사에 대해 물으니 논매기는 세 번을 했는데, 애벌은
호미로 하고 두벌은 손으로 세벌은 피나 뽑았다고 한다. 1968년 대마리에 입
주하여서는 여러 지역 사람들이 입주한 까닭에 심심하면 자신이 알고 있는
노래를 불렀다고 한다. 조사자는 우선 논농사 짓는 순서에 따라 노래를 청했
다. 처음에 논가는 소리를 청했으나 안 불러 봤다고 하여 '모심는 소리'를 청
해서 들었다. '모심는 소리'인 '하나 소리'를 두 번 연속해서 듣고, '논매는 소
리'인 '방아 소리'와 가창유희요 '어랑 타령'을 청해 들었다. 이후 기존에 정리
된 자료를 보고 이야기를 청해서 '호랑이를 기절시켜 잡은 할아버지', '장수들
이 드나들었던 장수나드리', '욕심 많은 고수레'에 대하여 들었다. 이어서 마을
의 민속에 대해 들었다. 대화 중 "말꾼방", "말방"이라는 말이 나와 궁금해 했
더니 사랑방과 같은 거라고 설명했다. 이에 조사자가 그 말꾼방에서 부르고
들었던 노래를 청하여 '아리랑', '노랫가락'을 들었다. 점심을 조사자 집에서

만둣국을 먹고 잠시 쉬면서 산에 나무하던 얘기를 나누다가 독검리에서 나무할 때 부르던 노래를 두 번 청해서 들었다. 이어서 일제 때 논을 개간하면서 돌을 나르며 불렀다는 '목도 소리'를 청해 들었다. 장시간 조사에 제보자가 힘들어 하는 거 같아 분위기를 바꾸려고 전래동요를 부탁했다. 먼저 '물 맑게 하는 소리'를 청해 들었다.

창창 맑아라

흙탕물을 보내고

맑은 물을 주마

아침방아 쩌라 / 메뚜기 부리는 소리

자료코드 : 03_11_FOS_20110305_KDH_LJC_0009
조사장소 : 강원도 철원군 철원읍 대마2리 묘장로 341-3 이주창 댁
조사일시 : 2011.3.5
조 사 자 : 강등학, 이영식, 박은영, 이창현
제 보 자 : 이주창, 남, 85세
구연상황 : 『강원의 설화』에 정리된 이주창의 자료를 보고 연락을 하였다. 제보자가 몸이 불편하고 알고 있는 것도 다 잊어서 기억이 안 난다고 하였다. 그래도 약속을 하고 집을 방문하였더니 부부만 있었다. 방문 목적을 자세히 설명하니, 그동안 역사와 설화 공부하는 사람이 다녀갔다는 말과 함께 자료집을 보여 주었다. 이에 조사자는 설화는 물론 민요도 들으러 왔다고 하니, 제보자는 마을에서 선소리꾼으로 활동했는데 지금 다 잊었다고 한다. 그래도 아는 데까지 가르쳐 달라고 청했다. 먼저 제보자가 6·25 때 귀머거리 행세를 하며 지냈던 얘기를 들었다. 이어서 농사에 대해 물으니 논매기는 세 번을 했는데, 애벌은 호미로 하고 두벌은 손으로 세벌은 피나 뽑았다고 한다. 1968년 대마리에 입주하여서는 여러 지역 사람들이 입주한 까닭에 심심하면 자신이 알고 있는 노래를 불렀다고 한다. 조사자는 우선 논농사 짓는 순서에 따라 노래를 청했다. 처음에 논가는 소리를 청했으나 안 불러 봤다고 하여 '모심는 소리'를 청해서 들었다. '모심는 소리'인 '하나 소리'를 두 번 연속해서 듣고, '논매는 소리'인 '방아 소리'와 가창유희요 '어랑 타령'을 청해 들었다. 이후 기존에 정리

된 자료를 보고 이야기를 청해서 '호랑이를 기절시켜 잡은 할아버지', '장수들
이 드나들었던 장수나드리', '욕심 많은 고수레'에 대하여 들었다. 이어서 마을
의 민속에 대해 들었다. 대화 중 "말꾼방", "말방"이라는 말이 나와 궁금해 했
더니 사랑방과 같은 거라고 설명했다. 이에 조사자가 그 말꾼방에서 부르고
들었던 노래를 청하여 '아리랑', '노랫가락'을 들었다. 점심을 조사자 집에서
만둣국을 먹고 잠시 쉬면서 산에 나무하던 얘기를 나누다가 독검리에서 나무
할 때 부르던 노래를 두 번 청해서 들었다. 이어서 일제 때 논을 개간하면서
돌을 나르며 불렀다는 '목도 소리'를 청해 들었다. 장시간 조사에 제보자가 힘
들어 하는 거 같아 분위기를 바꾸려고 전래동요를 부탁했다. 먼저 '물 맑게
하는 소리'를 듣고, 이어서 '메뚜기 부리는 소리'를 청해 들었다.

아침방아 쩌라

저녁방아 쩌라

꽝꽝 쩌라

계집 죽고 자식 죽고 / 비둘기 보고 하는 소리

자료코드 : 03_11_FOS_20110305_KDH_KCJ_0010
조사장소 : 강원도 철원군 철원읍 대마2리 묘장로 341-3 이주창 댁
조사일시 : 2011.3.5
조 사 자 : 강등학, 이영식, 박은영, 이창현
제 보 자 : 이주창, 남, 85세
구연상황 : 『강원의 설화』에 정리된 이주창의 자료를 보고 연락을 하였다. 제보자가 몸이
불편하고 알고 있는 것도 다 잊어서 기억이 안 난다고 하였다. 그래도 약속을
하고 집을 방문하였더니 부부만 있었다. 방문 목적을 자세히 설명하니, 그동
안 역사와 설화 공부하는 사람이 다녀갔다는 말과 함께 자료집을 보여 주었
다. 이에 조사자는 설화는 물론 민요도 들으러 왔다고 하니, 제보자는 마을에
서 선소리꾼으로 활동했는데 지금 다 잊었다고 한다. 그래도 아는 데까지 가
르쳐 달라고 청했다. 먼저 제보자가 6·25 때 귀머거리 행세를 하며 지냈던
얘기를 들었다. 이어서 농사에 대해 물으니 논매기는 세 번을 했는데, 애벌은
호미로 하고 두벌은 손으로 세벌은 피나 뽑았다고 한다. 1968년 대마리에 입

주하여서는 여러 지역 사람들이 입주한 까닭에 심심하면 자신이 알고 있는 노래를 불렀다고 한다. 조사자는 우선 논농사 짓는 순서에 따라 노래를 청했다. 처음에 논가는 소리를 청했으나 안 불러 봤다고 하여 '모심는 소리'를 청해서 들었다. '모심는 소리'인 '하나 소리'를 두 번 연속해서 듣고, '논매는 소리'인 '방아 소리'와 가창유희요 '어랑 타령'을 청해 들었다. 이후 기존에 정리된 자료를 보고 이야기를 청해서 '호랑이를 기절시켜 잡은 할아버지', '장수들이 드나들었던 장수나드리', '욕심 많은 고수레'에 대하여 들었다. 이어서 마을의 민속에 대해 들었다. 대화 중 "말꾼방", "말방"이라는 말이 나와 궁금해 했더니 사랑방과 같은 거라고 설명했다. 이에 조사자가 그 말꾼방에서 부르고 들었던 노래를 청하여 '아리랑', '노랫가락'을 들었다. 점심을 조사자 집에서 만둣국을 먹고 잠시 쉬면서 산에 나무하던 얘기를 나누다가, 독검리에서 나무 할 때 부르던 노래를 두 번 청해서 들었다. 이어서 일제 때 논을 개간하면서 돌을 나르며 불렀다는 '목도 소리'를 청해 들었다. 장시간 조사에 제보자가 힘들어 하는 거 같아 분위기를 바꾸려고 전래동요를 부탁했다. 먼저 '물 맑게 하는 소리'를 듣고, 이어서 '메뚜기 부리는 소리'를 청해 들었다. 잠시 이야기를 나누다가 오전에 부르지 못한 '상사 소리'를 청해 들었다. 조사자가 '다리 뽑기 하는 소리'를 묻자 이주창은 모른다고 했다. 이때 옆에서 있던 김춘자가 이렇게 하는 거라며 자신의 다리를 뻗어 '한알대 두알대' 세면서 불렀다. 이어서 새 울음소리 흉내 내는 소리를 물으니 김춘자가 이주창에게 "잘하는 거해 봐요!" 하면서 권했다. 여러 번 연습한 후에 부르고 나서 이주창은 부르던 건데 생각이 잘 안 난다고 안타까워했다.

계집죽고 자식죽고
망근팔아 술사먹고
헌누더기 목에걸고

창창 맑아라(2) / 물 맑게 하는 소리

자료코드 : 03_11_FOS_20110403_KDH_LJC_0001
조사장소 : 강원도 철원군 철원읍 대마2리 묘장로 341-3 이주창 댁
조사일시 : 2011.4.3

조 사 자 : 강등학, 이영식, 박은영, 이창현

제 보 자 : 이주창, 남, 85세

구연상황 : 3월 5일 1차 조사 때 채록하지 못한 '운상하는 소리'를 들으러 갔으나 이주
창의 건강이 허락지 않았다. 이에 궁금했던 민속에 대해 여쭙고 있자니 김춘
자가 메추라기 얘기를 했다. 이어서 김춘자에게 '원숭이 똥구멍은', '모래집 짓
는 소리'를 청해서 들었다. 옆에서 듣고 있던 이주창에게 지난 번 조사 때 불
러주었던 '물 맑게 하는 소리'를 다시 부탁했다.

돌 들추지 않우?

돌 들추문 흐, 저 흐리잖아, 물이?

그러면 고거 맑게 해 달라는 그거지.

그래 침을 발라가지구

창창 맑아라

앉아라 꽁꽁 / 잠자리 잡는 소리

자료코드 : 03_11_FOS_20110305_KDH_JIP_0001

조사장소 : 강원도 철원군 철원읍 화지4리 금학로 335 화지4리 경로당

조사일시 : 2011.3.5

조 사 자 : 강등학, 이영식, 박은영, 이창현

제 보 자 : 주이표, 남, 75세

구연상황 : 대마리에서 화지4리 마을에 토박이 어른들이 많다고 해서 경로당을 방문했다.
경로당에는 회원들이 여러 패로 나뉘어 화투와 술을 마시고 있었다. 방문 목
적을 전하니 관심을 보인 분은 주이표, 배경성, 박보천 등이었다. 특히 주이표
는 농사를 지으며 소리를 많이 불렀다고 하여 기대를 걸었으나 약주가 과한
탓인지 조사자가 원하는 것을 내놓지 못했다. 이에 조사자가 농사와 관련된
노래를 청하니 풍년가를 시원스럽게 불렀다. 풍년가를 듣고 있던 박보천이
'이랴 소리'를 불렀다. 처음에 부른 소리는 주위 분들의 잡음이 들어가 다시
청해서 들었다. 판을 도와주던 배경성이 자신은 노래는 못하고 울음산 얘기를
안다고 하면서 들려주었다. 이야기를 듣고 조사자가 마을 지명과 민속에 대해

질문하였으나 제대로 알고 있는 분이 없었다. 그래 '잠자리 잡는 소리'를 청했더니 주이표가 불렀다. 6·25가 끝나고 입주하여서는 지정된 시간에 논에 들어갔다가 지정된 시간에 나와야 하기 때문에 노래를 잘 하지 않았다고 한다.

앉아라 꽁꽁
앉아라 꽁꽁

그러지 뭐.

원숭이 똥구멍은 / 말꼬리 잇는 소리

자료코드 : 03_11_MFS_20110403_KDH_KCJ_0001
조사장소 : 강원도 철원군 철원읍 대마2리 묘장로 341-3 이주창 댁
조사일시 : 2011.4.3
조 사 자 : 강등학, 이영식, 박은영, 이창현
제 보 자 : 김춘자, 여, 73세
구연상황 : 3월 5일 1차 조사하지 못한 운상하는소리를 들으러 갔으나 이주창의 건강이
　　　　　허락지 않았다. 이에 궁금했던 민속에 대해 여쭙고 있자니 김춘자가 메추라기
　　　　　얘기를 했다. 이어서 '원숭이 똥구멍은'을 아느냐고 물었더니, 김춘자가 웃으
　　　　　면서 그런 노래도 하느냐고 하면서 불러 주었다.

　　　원숭이 똥구멍은 빨개
　　　빨간건 사과
　　　사과는 맛있어
　　　맛있어는 빠나나
　　　빠나나는 길어
　　　길어는 기차
　　　기차는
　　　뭐 잘 달려간다

　　인제 그러면서.

풍년가 / 가창유희요

자료코드 : 03_11_MFS_20110305_KDH_JIP_0001

조사장소 : 강원도 철원군 철원읍 화지4리 금학로 335 화지4리 경로당
조사일시 : 2011.3.5
조 사 자 : 강등학, 이영식, 박은영, 이창현
제 보 자 : 주이표, 남, 75세
구연상황 : 대마리에서 화지4리 마을에 토박이 어른들이 많다고 해서 경로당을 방문했다.
　　　　　경로당에는 회원들이 여러 패로 나뉘어 화투와 술을 마시고 있었다. 방문 목
　　　　　적을 전하니 관심을 보인 분은 주이표, 배경성, 박보천 등이었다. 특히 주이표
　　　　　는 농사를 지으며 소리를 많이 불렀다고 하여 기대를 걸었으나 약주가 과한
　　　　　탓인지 조사자가 원하는 것을 내놓지 못했다. 이에 조사자가 농사와 관련된
　　　　　노래를 청하니 풍년가를 시원스럽게 불렀다.

풍년이 왔네 풍년이 왔네
이강산 삼천리에는 풍년이로 구나

기와 좋다 얼씨구나 춤두좋구료
명년 춘삼월되면 용놀이를 가자

전날이 대보름 농사밖에도 또있느냐
놀지 말구요 농사에 힘을쓰자

■ 엮은이 소개

강등학 성균관대학교 국어국문학과를 졸업하고 동 대학원에서 문학박사 학위를 받
았다. 현재 강릉원주대학교 국문학과 교수이다. 한국민속학회장, 한국민요
학회장을 역임하였다. 주요 저서로 『정선아라리의 연구』(집문당, 1988), 『한
국민요의 현장과 장르론적 관심』(집문당, 1996), 『한국민요학의 논리와 시
각』(민속원, 2006), 『아리랑의 존재양상과 국면의 이해』(민속원, 2011) 등이
있다.

이영식 강릉원주대학교 국어국문학과를 졸업하고 동 대학원에서 문학박사 학위를
받았다. 현재 강릉원주대학교 국문학과 강사, 강원도무형문화재위원회 전문
위원이다. 주요 저서로 『양양군의 민요 자료와 분석』(공저, 민속원, 2002),
『횡성의 구비문학 Ⅰ, Ⅱ』(공저, 횡성문화원, 2002), 『횡성의 회다지소리』(횡
성회다지소리 전승보존회, 2011) 등이 있다.

박은영 강릉원주대학교 국어국문학과를 졸업하고 동 대학원에서 문학박사 학위를
받았다. 현재 강릉원주대학교 국문학과 강사이다. 주요 저서로 『책과 가까워
지는 아이 책과 멀어지는 아이』(청출판사, 2008), 『뚝딱! 100권 엄마랑 그림
책 놀이』(청출판사, 2009), 『시작하는 그림책』(청출판사, 2013) 등이 있다.

증편 한국구비문학대계 2-14
강원도 철원군

초판 인쇄 2016년 12월 21일
초판 발행 2016년 12월 28일

엮 은 이 강등학 이영식 박은영
엮 은 곳 한국학중앙연구원 어문생활사연구소
출판기획 유진아

펴 낸 이 이대현
펴 낸 곳 도서출판 역락
편   집 권분옥
디 자 인 이홍주

주   소 서울시 서초구 동광로46길 6-6(반포4동 577-25) 문창빌딩 2층
등   록 1999년 4월 19일 제303-2002-000014호
전   화 02-3409-2058, 2060
팩   스 02-3409-2059
이 메 일 youkrack@hanmail.net

값 38,000원

ISBN 979-11-5686-703-6 94810
      978-89-5556-084-8(세트)

이 도서의 국립중앙도서관 출판예정도서목록(CIP)은 서지정보유통지원시스템 홈페이지(http://seoji.nl.go.kr)와 국
가자료공동목록시스템(http://www.nl.go.kr/kolisnet)에서 이용하실 수 있습니다.(CIP제어번호: CIP2016029504)